착하게 살려고
했습니다만

키아르네 장편소설

fio
ret

착하게 살려고 했습니다만 1

초판 1쇄 인쇄 2022년 9월 13일
초판 1쇄 발행 2022년 10월 4일

지은이 키아르네
발행인 오광백
편집 편집부
표지·내지디자인 Mull
내지편집 오정인
제작 조하늬

펴낸곳 (주)삼양출판사 · 피오렛
주소 서울시 강북구 도봉로 173
대표 전화 02-980-2112 / **팩스** 02-983-0660
편집부 전화 02-987-9393 / **팩스** 02-980-2115
블로그 blog.naver.com/dan_gul
출판등록 1999년 3월 11일 제9-00046호.

ISBN 979-11-283-7186-8 (04810) / 979-11-283-7185-1 (세트)

fioret 은 (주)삼양출판사의 로맨스 판타지 문학 브랜드입니다.

착하게 살려고
했습니다만

키아르네 장편소설

···┼··· 1 ···┼···

fio
ret

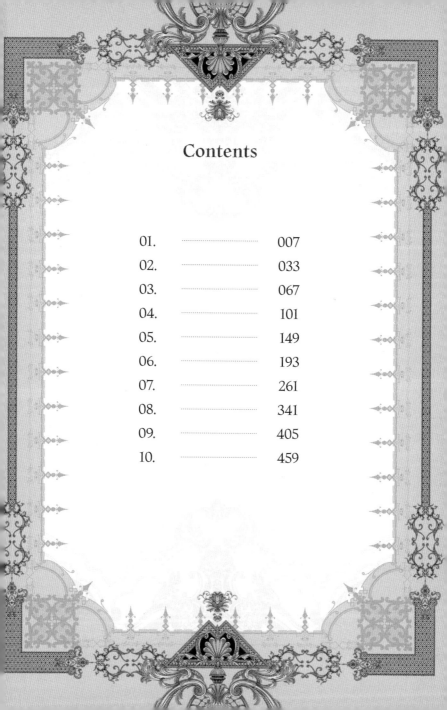

Contents

01

"어때요, 아이린?"

나는 약간 긴장해서 물었다. 내 앞에는 시간 차를 두고 구운 빵이 몇 개나 놓여 있다. 전부 열심히 반죽해서 구운 거다.

아이린 아주머니는 테이블로 옮긴 식빵을 의심스럽다는 듯 쳐다보더니 물었다.

"밤 빵이라고?"

"밤 식빵이에요."

그녀가 무슨 생각을 하는지 안다. 이곳의 밤 빵은 내가 아는 밤 식빵이 아니다. 밤을 가루로 내서 밀가루에 섞어 빵을 만드는 거다.

당연하게도 밤 빵은 내가 아는 쫄깃하고 부드러운 빵 속에 달콤한 밤이 어우러지는 밤 식빵이 아니라 밤 가루 때문에 제대로 부풀지 않아 약간은 퍽퍽한 빵을 말했다.

단맛이 나기 때문에 일부 마이너한 애호가는 있을지 몰라도 기본적으로는 양을 늘리기 위한 방법이었고 가난한 사람들이나 먹는 빵이라는 이미지를 가지고 있었다.

"잘 부풀었는데? 어떻게 한 거야?"

내 생각대로 아이린 아주머니는 밤 빵이라는 이름과 다른 내 밤식빵을 이상하게 여겼다. 그녀는 한 김 식은 빵을 집더니 끄트머리를 잡고 주욱 찢었다. 그리고 결이 살아 있는 빵의 단면을 보더니 내게 뭔가를 물어보려는 듯 나를 쳐다봤다.

"먹어 봐요."

겉보기엔 그냥 식빵과 비슷할 것이다. 하지만 무게부터가 달랐다. 아이린 아주머니는 찢은 조각을 입에 넣고 씹기 시작했다.

평범한 식빵. 하지만 곧 밤을 씹었는지 그녀의 눈이 동그래졌다.

"이거 밤이야?"

"밤을 통째로 넣은 거예요."

"세상에."

환호에 가까운 목소리가 아이린 아주머니에게서 튀어나왔다. 맛있나 보다. 나는 그제야 미소를 지었다. 여기엔 밤을 그대로 넣은 식빵이 없어서 밤 식감을 싫어하는 줄 알았는데 아니었던 모양이다.

"어떻게 빵에 밤을 통째로 넣을 생각을 다 했어?"

아이린 아주머니는 다시 밤 식빵을 크게 뜯으며 물었다. 쫄깃한 빵이 그녀의 힘에 주욱 찢어지면서 먹음직스러운 결을 만들어 냈다.

냄새 좋고.

내가 말없이 웃자 그녀는 밤 식빵을 먹으며 다시 말했다.

"원래 제빵사였던 거 아닐까? 이렇게 빵을 잘 만드는 거 보면 말이야."

그건 절대 아니다. 베이킹은 그냥 취미였을 뿐이니까. 하지만 나는 아무 말도 하지 않았다. 내 이름은 에버딘 어셔. 정확히 말하면 내 몸의 이름이 에버딘 어셔다.

내가 이 몸에서 눈을 뜬 건 한 달 전의 일이었다. 쉽게 말하면 원래의 나는 한국인이었고 베이킹이 취미인 회사원이었다.

퇴근길에 교통사고를 당했는데 눈을 뜨니 어떤 여자애가 내 눈앞에 있었다.

"모르겠어요. 하지만 그걸로 먹고 살고 있으니 다행이네요."

한국에 있을 때 취미였던 게 베이킹이라 다행이었다. 그렇지 않았다면 여기서 뭘 하고 살아야 할지 꽤 곤란했을 것이다.

한 달 전, 교통사고를 당한 내 앞에 나타난 여자애는 내가 죽었다고 말했다. 그리고 자신이 신이라고도 했지.

솔직히 말하면 좀 믿기 힘든 이야기였다. 어느 누가 신이 열두 살짜리 여자애의 모습으로 나타날 거라고 생각하겠냐고.

하지만 지금 내 상황을 보면 그 여자애가 신이라는 걸 부인할 수 없다. 걔가 한 말 중에 틀린 게 하나도 없었거든.

원래 이 몸의 주인인 에버딘 어셔는 착한 사람이었는데 죽었고, 신은 착하게 산 에버딘에게 상을 주기로 했다. 그게 한국에서 살다 죽은 내 몸이었던 거다.

그리고 나는 내 몸을 에버딘 어셔에게 주는 대신 에버딘 어셔로 살 기회를 얻었고.

깨어나기 전에 신이 말했다. 착하게 살 기회라고.

거기까지만 해도 나는 자신을 신이라고 말한 여자애를 믿지 않았다. 이건 교통사고를 당해서 보는 환각이고 눈을 뜨면 응급실이나 어느 병실에 누워 있을 줄 알았다.

하지만 전부 사실이었다. 한 달 전, 나는 더럽고 텅 빈 집에서 깨어났고 눈앞에는 지금 내 앞에 있는 아이린 아주머니와 데이브 아저씨가 있었다.

"기억이 빨리 돌아오면 좋을 텐데."

밤 식빵을 뜯어 먹으며 아이린 아주머니가 말했다. 그녀는 내 기억 상실이라는 핑계를 그대로 믿고 있었다.

거짓말이지만 어쩔 수 없었다. 설마 이런 걸로 착하게 살지 않았다고 하지는 않겠지.

여긴 한국은커녕 지구조차 아니었고 나는 이 몸의 주인이 에버딘 어셔라는 것 외에는 아무것도 몰랐다. 내가 뭐라고 할 수 있었겠어? 죽었다 살아난 충격으로 내 이름을 제외한 모든 것을 잊어버렸다고 말하는 수밖에.

"그러게요."

나는 힘없이 웃으며 차를 홀짝였다. 그 기억은 절대 돌아오지 않는답니다. 그건 내 기억이 아니거든요.

내 머릿속에 있는 기억은 서른 해가 가까운 기간을 한국에서 살았던 여자의 기억이다. 빵을 만드는 방법은 핸드폰으로 검색하고 빵 반죽은 전기로 돌아가는 자동 반죽기를 이용했다. 오븐 역시 전기 오븐이었지.

하지만 여기는 그중 아무것도 없었다. 핸드폰? 웃기고 있네. 인터넷이나 와이파이는커녕 전기도 없다. 그래도 빵 반죽은 손으로 하지 않는 게 어디냐? 손으로 돌려서 반죽을 하는 수동 반죽기가 있었다.

그게 아니었다면 이 세계에서 빵집을 한다는 건 상상도 못 할 일이었을 것이다. 나는 밤 식빵 한 덩어리를 순식간에 전부 먹어 치우는 아이린 아주머니를 보고 빙그레 웃었다.

그래도 맛있게 먹어 주니 기분이 좋았다. 여기에 손님만 더 있다면 좋을 텐데.

"곧 돌아오겠지."

아이린 아주머니는 나를 위로하듯 그렇게 말하고 차를 홀짝였다. 나는 에버딘의 기억이 절대 돌아오지 않는다는 것을 알면서도 고개를 끄덕였다.

이 정도 거짓말은 어렵지 않다. 누구한테 피해를 주는 것도 아닌데, 뭐. 평범한 사람은 다들 나 같지 않을까.

그런 내게 착하게 살 기회라는 말은 충격으로 다가왔다. 나, 꽤 착하게 살지 않았나? 교통사고로 죽기 전까지 내가 딱히 나쁘게 산 것 같지는 않은데 말이야.

물론 탕비실에 있던 믹스 커피 몇 개를 집에 가져간 적이 있긴 하다. 다 먹어서 그랬다고. 지하철에서 누가 내 발을 밟길래 나도 비틀거리는 척 더 세게 밟아 주기도 했고.

하지만 이게 그렇게 나쁜 짓은 아니잖아. 안 그래?

"그래도 가게가 하나 더 늘어나서 좋네."

아이린 아주머니의 말에 나는 다시 말없이 웃었다. 내가 있는 곳은 노헤임이라는 나라의 수도, 노헬. 노헬은 다섯 개의 큰 대로를 가지고 있는데 대로는 각각 몇 개의 거리로 이루어져 있었다.

그리고 이곳은 두 번째 대로의 일곱 번째 거리. 수도의 중심도, 가장자리도 아닌 중간쯤에 위치해 있지만 이상하게도 오가는 사람이 적은 거리였다.

처음 에버딘의 몸에서 깨어났을 때 얼마나 당황했는지 모른다. 내가 애에 대해 아는 건 이름이 에버딘 어서라는 것뿐이었고, 아이린 아주머니 역시 나와 크게 다르지 않았기 때문이다.

에버딘은 두 달쯤 전에 혼자서 갑자기 이 집에 나타나 살기 시작했다고 한다. 착하긴 했지만 자기 이야기는 그다지 하지 않는 편이었다고.

덕분에 나는 완전히 맨땅에 헤딩하는 느낌으로 이곳에서의 삶을 시작했다. 에버딘이 대체 뭘 해 먹고 살았는지 알 수 있는 게 하나도 없었던 데다가 그녀가 가지고 있는 것도 얼마 없었기 때문이다.

쉽게 말하면 에버딘 어서는 가난했다. 아이린 아주머니의 도움이 없었다면 지금 이 빵집을 시작하는 것도 어려웠을 것이다.

"에버딘!"

그때 누군가 밖에서 나를 부르면서 문을 쾅쾅쾅 두드렸다. 조급하기까지 한 목소리에 나는 벌떡 일어나서 후문으로 뛰어나갔다.

"어이, 수잔. 이리 와서 같이 놀자고."

험상궂게 생긴 남자가 문 앞에 붙어 있는 여자를 향해 이죽거리고 있었다. 그 뒤로 그와 비슷한 남자들이 이쪽을 쳐다보며 히죽거리는 게 보였다. 이 구역에 돌아다니는 건달들이다.

"들어와."

나는 재빨리 문을 열어 수잔을 들였다. 그러자 남자들이 내게도 휘파람을 불며 말을 걸었다.

"빵집 아가씨! 나 배고픈데."

"우리도 들어가도 되나?"

그러더니 자기들끼리 엄청 재미있다는 듯 웃음을 터트렸다. 진짜? 너넨 그게 재미있어? 나는 한심한 나머지 꺼지라고 말하고 싶은 심정을 꾹 눌러 참으며 수잔을 들이고 문을 닫아 버렸다.

이 거리에 손님이 없는 이유 중 하나다. 거리에 모여서 건들거리는 건달들.

"어휴, 진짜 짜증 나서……."

수잔은 안으로 들어오자마자 짜증을 내더니 나를 보고 재빨리 사과했다.

"미안, 에버딘. 문 빨리 열어 줘서 고마워."

열어 줘야지. 나는 수잔에게 괜찮다는 표정을 지어 보이고 말했다.

"치안관들은 왜 저 녀석들을 그냥 두는지 몰라."

"집 안으로 들어오지 않는 이상 치안관도 어떻게 할 수가 없어."

주방에 앉아 있던 아이린 아주머니가 수잔과 내게 다가오며 말했다. 집 안으로 들어오는 건 당연히 안 되겠지. 그건 가택침입이라는 범죄니까.

나는 그들이 들어오지 못한다는 것을 알면서도 후문의 걸쇠를 걸었다. 그리고 이해가 되지 않아서 물었다.

"그래도 치안관이잖아요? 거리의 치안을 해치는 사람들은 제재를 해야 하는 거 아니에요?"

"그렇긴 한데……."

수잔과 아이린 아주머니의 얼굴이 어두워졌다. 아이린 아주머니는 다시 주방으로 돌아가서 테이블 앞에 앉아 이야기를 이었다.

"거리의 주인에 따라 다르거든."

"거리의 주인이요? 수도는 왕의 것이잖아요?"

왕. 이 나라는 왕이 있다. 아니, 이 나라뿐만이 아니라 이 세계는 대부분 왕정제라고 한다. 아니면 부족국가거나.

전기가 없을 때부터 알아봤다. 이 세계는 내가 있던 지구가 아니었고 지구의 대부분의 나라에 비해 문화적으로 기술적으로 많이 뒤떨어져 있었다.

그중 가장 많이 뒤떨어진 건 왕정제라는 점인데 그 말은 에버딘이 사는 이 나라에 계급 사회라는 점이다.

"수도는 국왕 폐하의 것이지. 그런데 건물은 아니거든."

건물은 왕의 것이 아니라는 건 안다.

기본적으로 이 나라의 땅은 모두 왕의 것이다. 그리고 왕은 공로에 따라 사람들에게 영지를 나눠 주기도 하는데 이때 보통 작위를 함께 내려 귀족으로 만들어 준다.

영지에 사는 사람들은 영지의 주인인 귀족에게 세금을 내고, 귀족은 별도로 귀족세라는 것을 왕에게 내는 것이다.

하지만 땅과 건물은 별도고 영지의 주인이 모든 건물을 다 세울 수는 없으니 또 다른 사람에게 땅을 대여해 주는 거다.

"토지 이용권을 사면 건물을 지을 수 있어. 만약 한 거리의 모든 토지 이용권을 산다면 사실상 그 거리는 그 사람의 것이 되는 거지."

무슨 말인지 알겠다. 하지만 그게 말이 되나? 나는 어이가 없어서 물었다.

"그렇다고 그 거리의 치안까지 그 사람이 좌지우지할 수 있는 건 아니잖아요?"

"보통은 그런데⋯⋯."

다시 아이린 아주머니와 수잔의 시선이 부딪쳤다. 아, 어쩐지 엄청나게 뒤통수 땡기는 이야기가 시작될 것 같은데⋯⋯.

"토지 이용권과 함께 거리의 치안까지 좌지우지할 권리를 넘긴다는 말이 있어."

그거 너무 위험한 짓 아냐? 나는 입을 딱 벌리고 아이린 아주머니를 쳐다봤다. 거리의 치안까지 전부 넘긴다고? 그럼 그 거리에서 범죄라도 일어나면? 그건 어떻게 할 건데?

할 말을 잃은 내 표정에 수잔이 끼어들었다.

"안 그래도 그 이야기 때문에 왔어."

뭐가 또 있어? 나는 뭐라고 말해야 할지 몰라 수잔을 쳐다봤다. 그녀는 나와 아이린 아주머니를 번갈아 쳐다보더니 조심스럽게 말을 내뱉었다.

"웨스트 공작이 이 거리를 사들이고 있대."

웨스트 공작은 안다. 나는 충격이 가시지 않는 머리로 여기 온 한 달 동안 내가 들었던 귀족에 대한 이야기를 떠올렸다.

귀족은 오 등작이라고 해서 작위가 총 다섯 가지가 있는데 공작, 후작, 백작, 자작, 남작이란다. 그 밑으로 준남작이라는 것도 있다는 데 복잡해서 반쯤은 흘려 넘겼다.

중요한 건 남작이 마지막이라고 해서 자작이나 백작의 부하 같은 건 아니라는 거다. 공작을 제외하면 다른 건 작위의 명칭일 뿐이고 어떤 남작은 어떤 백작보다도 힘이 강하다고 한다.

웨스트 공작은 이 나라에 존재하는 세 공작 중 하나였고 유일하게 왕과 혈연이 아니라고 했다. 그래서 다들 레베카 공주님이 웨스트 공작과 결혼할 거라고 떠들어 대곤 했지.

"그건 좋은 거 아냐?"

나는 머리를 감싸 쥔 채 한숨처럼 말했다. 오 등작을 떠올렸더니 너무 복잡해서 머리가 다 아프다. 웨스트 공작은 그냥 공작이 아니라 뭐라고 했는데 그건 기억이 안 난다.

어쨌든 짱 센 공작님이 건달들이 어슬렁거리고 망해 가는 이 거리를 사들이는 건 우리한테 좋은 일 아닌가? 공작이 주인이 됐으니 건달들을 다 내쫓을 거 아냐?

"좋은 건지 나쁜 건지는 두고 봐야지."

이건 또 무슨 소리야? 내가 그게 무슨 소린가 하고 아이린 아주머니를 쳐다보는 데 수잔이 다시 말했다.

"나쁜 거예요. 아까 본 건달들 중에 갈색 머리 기억나?"

뒷말은 나를 향한 거였다. 갈색 머리? 나는 수잔을 쳐다보다가 고개를 저었다. 건달들의 얼굴도 생각이 안 나는데 머리 색이 생각 날 리가 없다.

"갈색 머리에 여기 흉터 있는 남자가 있거든. 존이라고."

어, 그러니까 기억날 것도 같은데. 나는 수잔이 자기 입꼬리에 손가락을 긋는 것을 보고 고개를 끄덕였다. 오른쪽 입꼬리에 흉터가 있는 남자라면 안다.

그 녀석 이름이 존이었구나. 아까 나한테 들어가도 되냐고 웃기지도 않는 농담을 하던 녀석이 딱 거기에 흉터가 있었다.

"용병이래요."

"세상에."

용병이라는 말에 아이린 아주머니의 입에서 신음이 흘러나왔다. 용병이라면 나도 안다. 별로 질이 좋은 자들은 아니었다.

"용병인 거랑 웨스트 공작이 이 거리를 사들이는 게 무슨 상관인데?"

나는 가만히 앉아서 아이린 아주머니와 수잔의 대화를 듣다가 물었다. 그 모자란 놈이 용병이라는 게 놀랍긴 하지만 그게 웨스트 공작과 무슨 상관인지는 모르겠다.

내가 웨스트 공작이라면 내가 사들이는 거리에 모자란 용병이 눌러앉아 있는 걸 그리 반길 거 같지는 않거든.

"서쪽 하늘 용병대라고 알아?"

"모르겠는데."

용병 길드에 가입해서 개인적으로 움직이는 용병이 있고 용병대가 있다는 건 안다. 하지만 어떤 용병대가 있는지까지는 모르겠다.

단순한 내 대답에 수잔이 어떻게 모를 수 있냐는 표정을 짓더니 곧 고개를 끄덕이며 말했다.

"아, 맞다. 너 기억이 없댔지."

이 핑계 아주 괜찮은데? 나는 말없이 고개를 끄덕였다. 그러자 그녀가 다시 설명했다.

"서쪽 하늘 용병대라고 아주 유명한 용병단이 있거든. 거기 본거지가 웨스트햄튼이야."

그런데? 나는 여전히 모르겠다는 표정을 지었다. 용병한테도 본거지라는 게 있나?

생각해 보니 있을 것 같기도 하다. 걔네도 사무실이 있어야 할 테니까. 하지만 웨스트햄튼이라니. 거기가 대체 어디람?

어리둥절해 하는 내게 수잔이 다시 말했다.

"웨스트 공작의 영지. 거기가 웨스트햄튼이야."

"아."

무슨 소린지 알겠다. 나는 멍한 표정으로 수잔과 아이린 아주머니를 쳐다봤다. 그러니까 서쪽 하늘 용병대의 주인은 웨스트 공작이고 웨스트 공작이 이 거리를 사들이고 있으니 저 존인가 전인가 하는 놈을 거리에서 쫓아낼 리는 없다는 말이구나.

"허."

저도 모르게 신음이 흘러나왔다. 그럼 어떻게 되는 거야? 우린 그냥 저 멍청한 놈을 감수해야 하는 건가?

"또 다른 문제가 있어."

말도 안 되는 상황에 멍하니 앉아 있는데 이번에는 아이린 아주머니가 입을 열었다. 또 다른 문제? 여기서?

나는 저도 모르게 인상을 쓰며 그녀를 쳐다봤다. 그녀는 나와 수잔을 쳐다보더니 침통하게 말했다.

"웨스트 공작이 우릴 다 내쫓을 수도 있거든."

"계약서가 있잖아요? 계약 끝나기 전에 내쫓으려면 위약금을 줘야 할 텐데요?"

그럴 리가 없다. 고개를 젓는 내게 수잔이 말했다.

"웨스트 공작은 위약금을 주는 쪽을 선택할 가능성이 커."

"그 정도로 부자야?"

잠깐, 그러고 보니 그랬던 것 같다. 엄청난 부자라고 들었다.

"그렇기도 하고, 난 위약금이 얼마 안 되거든."

위약금이 어떻게 얼마 안 될 수가 있지? 어리둥절해 하는 내게 수잔이 설명했다.

"작년에 계약했는데 그때 이미 임대료가 엄청나게 낮았어."

아, 그렇군. 이 거리는 다른 곳에 비해 터무니없이 사람이 적다. 장사가 안되니 임대료가 낮고, 임대료가 낮으니 위약금 역시 낮은 모양이다.

나는 뭐라고 말해야 할지 몰라 입을 다물었다. 그러자 아이린 아주머니가 입을 열었다.

"내 계약은 건물이 남아 있는 동안은 유지돼."

위약금은? 내가 위약금의 존재를 물어보려는 순간, 수잔이 안됐다는 듯 말했다.

"건물을 전부 부수고 다시 짓는대요."

뭐라고? 깜짝 놀라서 아이린 아주머니를 쳐다보자 그녀는 예상했는지 그럴 줄 알았다고 고개를 끄덕였다. 상황이 별로 안 좋았다.

나는 무슨 말을 해야 할지 몰라 입을 다물었다. 그때 수잔이 물었다.

"넌 어때, 에버딘?"

나? 잘 모르겠다. 나는 가만히 앉아서 내가 임대료를 냈는지 떠올렸다. 에버딘이 된 지 한 달이 됐지만 임대료를 낸 적은 없다. 에버딘의 짐에 건물 임대 서류도 본 적이 없다.

생각해 보니 에버딘이 이 집에서 대체 뭘 했는지도 모르겠다. 그녀는 내가 오기 전까지 이 집에서 아주 조용히 살았고 어디로 출퇴근하는 것처럼 보이지도 않았다고 들었다.

여기서 빵을 팔겠다고 한 것도 내 결정이었지. 이유는 단순했다. 나는 빵을 만드는 법을 알았고 이 건물의 일 층이 빵 가게를 하면 딱 좋을 구조였기 때문이다.

정문을 들어서면 빵을 진열하고 판매하기 좋을 만한 텅 빈 방이 있고 그 옆은 직화 오븐이 두 개나 있는 주방으로 이어졌다.

"내 건물인 거 같은데."

나는 생활감이라고는 이 층의 침실뿐이었던 한 달 전의 이 건물을 떠올리며 그렇게 말했다. 이 층에 방이 세 개나 있지만 에버딘이 사용한 건 그중 가장 큰 방 하나뿐이었다.

그래서 지금까지 당연히 이 건물이 내 거라고 생각했다. 임대 계약 서류도 없었고 혼자서 이 큰 건물을 빌렸다면 두 달이나 건물을 그냥 놀릴 리도 없잖은가.

"다행이다."

"잘됐네."

내 대답에 아이린 아주머니와 수잔의 입에서 안도와 부러움이 섞인 한숨이 흘러나왔다. 아, 이런 거 별로 안 좋은데.

나는 가슴 한쪽을 따끔따끔하게 찌르는 죄책감에 한숨을 내뱉었다. 내 잘못도 아닌데 죄책감이 드는 건 정말 기분 별로다.

"어떻게든 되겠죠. 너무 걱정하지 마세요."

무거운 시간이 지나고 나는 두 사람을 위로하기 위해 그렇게 말했다. 그리고 밤 식빵을 하나씩 싸서 내밀었다.

"가져가서 드세요."

"팔려고 만든 거잖아."

그렇긴 하다. 나는 어깨를 으쓱하며 말했다.

"가져가서 저녁으로 드세요."

내 죄책감을 이걸로 덜 수 있다면 좋겠다. 딱히 두 사람을 돕고 싶어서가 아니라 죄책감 때문이었다. 하지만 그때 아이린 아주머니가 나를 끌어안으며 말했다.

"착하기도 하지. 고마워."

착하기도 하지. 그 말이 번개처럼 내 뇌리에 꽂혔다. 나는 에버딘의 몸에 들어오기 전에 신과 이야기 했던 것을 떠올렸다.

착하게 살기. 맞다. 난 착하게 살기로 했었다.

"수잔, 데려다줄게."

나는 거리를 내다보고 여전히 용병과 좀도둑으로 이뤄진 집단 때문에 얼쩡거리는 사람이 하나도 없다는 것을 확인한 뒤 수잔에게 말했다.

착하게 살기로 했으니 착한 일을 하나라도 해야 한다.

"그럼 고맙지."

수잔은 한 손에 내가 싸 준 빵을 든 채 활짝 웃었다. 그러고 보니 여기 와서 그녀에게 많은 정보를 얻었다. 예를 들면 웨스트 공작이 아주 부자고 왕위 계승이 두 번째인 레베카 공주와 결혼 이야기가 나온다는 것도 수잔에게 들은 거다.

"난 갈게."

가게 문을 닫고 나온 우리는 곧 아이린 아주머니와 헤어졌다. 그녀는 내 가게 바로 맞은편에서 술집을 해서 거리가 훨씬 가까웠다. 그리고 이 거리에서 나를 가장 많이 도와준 사람이기도 하지.

내가 도와줄 수 있는 게 있다면 좋겠지만 과연 있을까. 나는 아이린 아주머니의 뒷모습을 쳐다보며 회의적으로 생각했다. 여기서 내가 할 수 있는 게 뭐가 있겠어?

"그런데 웨스트 공작은 난데없이 이 거리의 건물들은 왜 사고 있는 거래?"

수잔의 가게는 내 가게에서 조금 더 걸어가야 한다. 나는 죄책감도 털어버릴 겸 수잔에게 물었다.

이런 걸 과연 수잔이 알까 싶지만 그녀는 이 거리의 소식통. 가십뿐 아니라 거리에 도는 정보까지 전부 수잔을 통해서 듣고 있다.

아나나 다를까 그녀의 입에서 거침없이 말이 흘러나왔다.

"아, 웨스트 공작한테 동생이 있잖아?"

"어느 쪽? 망나니? 인형?"

웨스트 공작에게 두 명의 동생이 있다는 걸 수도에서 모르는 사람이 없다. 둘 다 굉장히 유명하거든. 내 질문에 수잔이 멈칫하더니 말했다.

"망나니."

"아. 둘째."

둘째 마, 뭐였더라? 마선? 마누? 정확한 이름은 기억이 안 난다. 일명 망나니라고 한다. 엄청난 바람둥이에 난봉꾼. 동시에 세 다리, 네 다리를 걸치는데 당연하게도 상대방은 모르게 그 짓을 한다고 한다.

심지어 사생아도 몇 명 있다는 소문까지 들었다. 이건 다 수잔이 귀족 사교계 이야기에 관심이 많은 덕분이다.

"동생에게 관리를 맡기려나 봐. 아예 처음부터."

"동생이 관리를 잘하나?"

자연히 이야기는 웨스트 공작의 동생으로 이어졌다. 형인 웨스트 공작은 사업수완이 좋다는 평인데 동생이 뭔가를 잘했다는 말은 한 번도 들어 본 적이 없다.

"이번에 동생이랑 혼담이 오가던 여자가 아무래도 자살했나 보더라고."

그때 수잔이 엄청난 소식을 터트렸다. 뭐라고? 왜? 나는 경악해서 걷는 것도 잊고 그녀를 쳐다봤다. 대체 무슨 짓을 했길래 약혼자가 자살을 해?

"전부터 여자 쪽은 바라지 않는데 아버지가 강행한다는 소문이 돌았거든. 그런데 죽었다나 봐."

결혼하기 싫어서 자살했다는 이야기다. 세상에, 얼마나 끔찍했길래? 수잔은 다리가 아픈지 무게 중심을 바꾸더니 말을 이었다.

"그것 때문에 공작이 화가 나서 동생을 아예 집에서 내치는 거 아니냐는 소문이 있거든. 예전에도 사생아를 만들어서 공작이 크게 혼을 냈는데 또 이런 일이 벌어진 거라네."

나라도 그렇겠다. 그렇게 행실이 똑바르지 못한 남자는 혼이 좀 나야 한다. 나는 말없이 고개를 끄덕이다 말고 물었다.

"그런데 왜 관리를 맡기려는 거야?"

그런 난봉꾼에게 굳이 건물을 사서 거리를 맡기려는 이유가 뭔데? 하지만 수잔도 그 이유는 모르는 모양이었다. 그녀는 어깨를 으쓱하며 말했다.

"그것까진 모르겠네."

그때 누군가 내 엉덩이를 움켜쥐었다. 어? 깜짝 놀라는 것과 동시에 남자가 말했다.

"예쁜이들, 뭐해?"

너무 놀라서 머리가 빨리 돌지 않았다. 나는 삐걱거리며 고개를 돌려 감히 내 엉덩이를 움켜쥔 남자를 쳐다봤다.

"같이 이야기하자고."

존이었다. 입가에 흉터가 있는. 그의 왼쪽 손이 내 엉덩이를 잡고 있었다. 그리고 오른쪽 손은 수잔의 표정을 보아 그녀의 엉덩이를 잡고 있는 모양이었다.

"다음번에 꼭 끼워 줘."

그 손 놓으라고 말하려는 순간 존이 손을 놓고 물러나며 말했다. 그러더니 낄낄거리며 물러났다. 그의 뒤에서 멍청이들이 환호성을 지르는 게 보였다.

"뭐, 뭐야⋯⋯."

수잔이 넋이 빠진 표정으로 중얼거렸다. 그녀는 믿기지 않다는 듯 자신의 엉덩이를 만지고 있었다.

나는 내 엉덩이를 만지는 행동은 하지 않았다. 존이 멍청이들 사이에서 으스대며 떠나는 것을 노려봤을 뿐이다.

"저 새끼가⋯⋯."

그 순간, 나는 결심했다. 저놈은 꼭 죽여 버리겠다고.

"쟤가 어디 용병대라고?"

나는 여전히 갑자기 당한 봉변에 넋이 나가 있는 수잔의 손을 잡고 물었다. 여기서 얼이 빠지면 안 된다. 내 경험상 여기서 얼이 빠져서 집에 가면 밤새 이불 찢어가면서 이를 갈게 된다.

지금 복수를 다짐해야 한다. 나는 수잔을 억지로 끌고 그녀의 꽃집으로 향했다. 그리고 그녀를 대신해서 문을 열고 안으로 들어가서 다시 물었다.

"어디랬지? 서쪽 노을?"

"어? 서, 서쪽 하늘."

"거기 주인이 웨스트 공작이라고?"

"주인은 아니고⋯⋯."

갑자기 당한 봉변에 수잔은 여전히 멍한 상태였다. 하지만 점차 그녀의 얼굴이 붉어지기 시작했다.

"수잔."

나는 다시 그녀를 불렀다. 그러자 그제야 정신이 들었는지 수잔이 주먹을 쥐고 집 밖을 쳐다보며 소리쳤다.

"저, 저 미친놈! 가만 안 둘 거야, 진짜!"

이게 두 번째 단계다. 세 번째 단계는 내가 뭘 잘못했는지 생각하기 시작한다. 나는 수잔의 손을 잡고 그녀를 가까운 곳에 있는 테이블로 안내했다. 그리고 그녀를 의자에 앉히고 물었다.

"어떻게 가만 안 둘 건데?"

"뭐?"

수잔이 멈칫했다. 어떻게 가만 안 둘 건데? 저런 놈이래도 용병이잖아. 우리 둘이 덤벼도 이길 수 있을 리가 없다. 게다가 용병이라면 뒤에 용병대가 있다는 말이다.

용병대가 정상적인 사람들이라면 용병대에 고발하면 알아서 혼내 주겠지만 과연 그럴까? 기사단조차도 우리에게 그래서 어쩌라는 식으로 반응하거나 무시할 거다.

"내가 뭘 할 수 있냐고 물어보는 거야?"

당연하게도 수잔의 반응은 날카로웠다. 나라도 그럴 거다. 나는 그녀의 앞에 무릎을 꿇고 앉았다. 그리고 그녀의 무릎 위로 내 손을 올리며 물었다.

"용병대 주인이 공작이랬지?"

"뭐?"

"용병대 주인이 공작이라며. 저 녀석 건드리면 공작이 화낼까?"

"어, 아니, 어……."

느닷없는 질문이었는지 수잔이 머뭇거렸다. 그러더니 인상을 쓰며 물었다.

"엄밀히 말하면 주인은 아니지만, 왜? 설마……."

애가 무슨 생각을 하는지 모르겠지만 내 계획에는 웨스트 공작이 아주 중요하다. 나는 그녀의 질문에 대답하지 않고 계속해서 물었다.

"엄밀히 말하면 주인이 아니라는 게 무슨 소리야?"

"어, 그러니까, 용병대 대장은 따로 있거든. 하지만 서쪽 하늘 용병대는 웨스트햄튼 사람만 들어갈 수 있다고 알고 있어. 그러니까……."

이 나라는 영지민들이 영지를 떠나려면 영주의 허락이 있어야 한다. 영주는 영지민의 세금이 주 수입원이니 당연하다. 즉, 서쪽 하늘 용병대의 용병들은 영주인 웨스트 공작의 허가로 용병대 일을 하고 있다는 말이 된다.

"웨스트 공작은 좋은 영주야?"

나는 재차 이어서 질문을 던졌다. 누군가를 공격하려면 최대한 많은 정보를 얻어야 한다. 다행히 웨스트 공작은 사업으로는 피도 눈물도 없는 작자지만 자기 영지민들에게는 괜찮은 영주인 모양이었다.

용병들은 대부분 멍청하고 다른 멍청한 용병대처럼 서쪽 하늘 용병대로 멍청한 짓을 했다고 한다. 지금처럼.

수잔은 그 멍청한 짓으로 치안관들이 몰려왔을 때 몇 번 웨스트 공작이 막아 줬다고 이야기했다.

"만약 용병들이 내 집에 내 허락 없이 밀고 들어오려면 어떻게 돼?"

"무턱대고? 말도 안 되지. 용병 자격 박탈이야. 그 사람들은 민간인을 공격하면 무조건 감옥행일걸?"

거기까지 말한 수잔은 잠시 입을 다물었다가 재빨리 덧붙였다.

"치안관이 올 때까지 네가 버틴다면 말이야."

좋아. 나는 벌떡 일어나며 씩 웃었다. 그 정도면 됐다. 나는 수잔에게 따뜻한 물에 몸을 담근 뒤 자라고 말한 뒤 그녀의 가게 겸 집에서 나왔다. 그러자 수잔이 따라 나오며 물었다.

"뭐하게? 에버딘, 위험한 짓 하려는 거 아니지? 그 자식이 아무리 쓰레기래도 용병이야."

그건 그렇다. 하지만 그 쓰레기가 하나 간과한 게 있다. 나는 수잔의 손을 잡고 흔들며 말했다.

"혹시 모르니까 넌 모르는 척해."

엮인 사람이 없어야 한다. 나는 그녀의 손을 놓고 다시 내 가게 겸 집으로 걷기 시작했다. 중반쯤 가다가 돌아보니 수잔은 그대로 문 밖에 서서 나를 쳐다보고 있었다.

"밀가루 배달이요."

이틀 뒤, 준비를 거의 끝내고 어떻게 시행할지 고민하는 데 배달부가 주문한 밀가루를 가져왔다고 소리쳤다. 장사가 잘되는 건 아니지만 그래도 빵집이라 밀가루를 가정집보다는 많이 주문하고 있다. 그리고 설탕이랑 버터도.

나는 오늘 밀가루를 배달해 주기로 한 것을 떠올리고 문을 열었다가 멈칫했다. 어깨에 밀가루 포대를 든 남자가 후문 앞에 서 있었다.

"안녕, 예쁜이."

입가에 흉터가 있는 용병, 존이었다. 나는 허리에 손을 얹으며 말했다.

"배달 일을 하는 줄은 몰랐는데."

"널 위해 특별히 배달을 해 주려고 왔지."

무슨 소린가 하고 문밖을 내다보니 얼굴이 익숙한 배달부가 걱정스러운 표정으로 집 안을 들여다보고 있었다. 아하. 배달부에게 자신이 배달해 주겠다고 밀가루를 빼앗은 모양이다.

나는 배달부에게 괜찮다는 표시로 손을 흔들어 주었다. 그리고 존에게 말했다.

"그래? 그럼 주방에 갖다 줄래?"

오히려 잘됐다. 어떻게 끌어들일지 고민했는데 제 발로 들어올 줄이야. 존은 밀가루 포대를 어깨에 짊어지고 집 안으로 들어오며 말했다.

"특별히 배달해 주러 왔으니 보답을 기대해도 되려나?"

"오, 물론이지."

널 위해 아주 좋은 걸 남겨 놨거든. 내 대답이 마음에 들었는지 존이 고개를 돌리고 씩 웃더니 말했다.

"이 집 빵을 전부터 먹어 보고 싶었거든. 다른 빵집과 맛이 좀 다르다며?"

그럼 사 먹으면 되잖아? 내 기억 속에 존이 내 빵을 사 먹은 적은 한 번도 없었다. 내 빵뿐만이 아니다. 존과 그의 패거리들은 이 거리에서 도움이 되는 소비를 한 적이 한 번도 없었다.

"빵은 줄 수 있지."

나는 그렇게 말하고 주방으로 들어가는 존의 뒷모습을 관찰했다. 어떻게 해야 할까.

계획은 세워 놨는데 어떻게 실천해야 할지가 문제다. 그때, 누군 가 후문을 작게 두드리는 소리가 들렸다.

"에버딘, 나야."

수잔이었다. 무시하려던 나는 수잔의 목소리에 깜짝 놀라서 문을 열었다. 얘 왜 왔어? 그녀는 긴장한 표정으로 문고리를 잡은 채 안을 들여다보더니 내게 속삭였다.

"그 자식, 들어갔지? 이쪽으로 가길래 따라왔어."

뭐? 나는 혹시 모르니까 모른 척하라는 말의 어느 부분을 수잔이 이해하지 못했는지 생각하기 시작했다. 하지만 수잔은 문을 비집고 몸을 반쯤 밀어 넣더니 다시 속삭였다.

"네가 뭘 하든지 나도 할래."

내 질문의 어디가 위험하지 않고 재미있게 들렸던 거지? 나는 다 시 그녀에게 질문했던 것들을 떠올렸다. 주거 침입이랑 용병에 대해 물어봤던 거 같은데?

"어디에 두라고?"

그때 존이 소리쳤다. 나는 아무 데나 두라고 말하려다가 그가 다 가올까 봐 마음을 고쳤다.

"오른쪽 찬장 옆에!"

그리고 다시 수잔을 향해 고개를 돌리며 속삭였다.

"안 엮이는 게 좋다니까?"

나는 수잔을 집 밖으로 밀어내려 하며 말했다. 내가 하려는 짓은 도박이나 마찬가지였다. 아주 위험한 일이기도 했다. 수잔까지 위험하게 만들 수는 없었다.

내가 수잔을 집 밖으로 밀어내려 했지만 그녀는 문고리를 잡고 버텼다. 그러면서 이를 악물고 말했다.

"엮여야겠어."

수잔의 태도는 완강했다. 그녀는 결국 집 안으로 들어와 문을 닫고 서더니 나를 똑바로 쳐다봤다. 그리고 낮은 목소리로 말했다.

"열 받아서 어제까지 한숨도 못 잤어. 네가 안 끼워 주면 나 혼자라도 저 자식 머리를 박살 내 버릴 거야."

아니, 난 저 녀석 머리를 박살 낼 생각까지는 없다. 좀 혼만 내줄 생각이지. 하지만 수잔이 무슨 각오로 온 것인지는 알겠다.

나는 한숨을 내쉬며 말했다.

"수잔, 잠을 못 자서 제대로 생각을 못 한 건 아냐?"

"이번 일에 안 끼면 앞으로도 제대로 못 잘걸?"

그건 틀린 말이 아니다. 나는 그녀를 물끄러미 쳐다보다가 고개를 끄덕였다.

"알았어. 일단 저 녀석 좀 재우자."

그 순간 수잔의 눈이 빛났다. 뭐지? 내가 뭐라고 반응하기도 전에 수잔은 주방으로 살금살금 들어가더니 프라이팬을 집어 들었다.

"잠깐."

말리려고 했지만 이미 늦어버렸다. 수잔은 밀가루를 놓고 일어나려는 존의 머리를 향해 프라이팬을 휘둘렀다. 그러자 "깡!" 하고 속이 빈 깡통이 부딪치는 소리가 났다.

"세상에."

나는 깜짝 놀라서 주방으로 달려갔다. 시간 차를 두고 쿵 하는 소리가 났는데 들어가 보니 이미 존은 정신을 잃고 쓰러져 있었다.

이 행동력은 대체 뭐지? 어이가 없어서 쳐다보자 수잔이 프라이팬을 두 손으로 꽉 쥔 채 나를 돌아보며 물었다.

"재웠어. 이제 어떻게 해?"

나는 반사적으로 테이블에 놓아둔 작은 약병을 쳐다봤다. 그리고 컵과 찻잎도. 수면제를 쓸 생각이었다는 건 말하지 말아야겠다.

02

"어서 양? 뭐 좀 물어봅시다."

왔다. 나는 세 번째로 찾아온 용병들을 보고 인상을 구겼다. 어제도 왔고 그제도 왔다. 존이 이 거리에서 사라진 지 정확히 나흘째 되는 날이다.

용병들은 딱 봐도 용병이라는 티가 났다. 대부분 몸 어딘가에 흉터가 있었고 손을 늘 허리춤에 대고 있었으니까. 눈앞의 여자도 내가 본 용병들과 똑같은 행동을 하고 있었기 때문에 용병이라는 것을 한눈에 알아볼 수가 있었다.

"댁 이름은?"

나는 다시 빵을 진열하며 물었다. 우습게도 사라진 존을 찾기 위해 서쪽 노을인가 서쪽 하늘인가 하는 용병대가 이 거리로 들어오자 모여서 세월이나 까먹던 한심한 이 동네 건달들이 싹 사라졌다.

건달보다는 용병이 더 센 모양이지?

"카렌 고든."

이름 예쁘네. 나는 고개를 끄덕이고 다음 빵을 진열대 위에 올려 놓았다. 건달들이 사라진 덕분에 거리에 사람들이 좀 느는가 싶었는데 그 혜택은 정확하게 내 가게만 비켜나갔다.

존을 찾겠다며 용병들이 내 가게에 매일 찾아왔기 때문이다. 그래 봤자 가게로 사용하는 딱 이 공간까지지만.

"빵 사러 온 거 아니면 나가 줬으면 좋겠는데."

나는 빵을 모두 진열하고 빵을 옮긴 쟁반을 집어 들며 말했다. 안 그래도 장사 안 되는데 맨날 이렇게 찾아올 거면 빵이라도 사야 하지 않겠니?

어제랑 그제 찾아온 용병들에게 이렇게 말했는데 그들은 끝까지 아무것도 사지 않았다. 아, 어제 찾아온 녀석들은 살 겨를도 없었지.

어제 찾아온 놈들이 제일 웃기는 놈들이었다. 나와 실랑이를 하던 녀석들은 이 층에서 들리는 쿵 소리에 나를 밀고 이 층으로 올라갔고 대기하고 있던 치안관의 손에 그대로 잡혀 끌려 나갔다.

"이거, 하나 사지."

카렌은 그렇게 말하며 밤 식빵을 집었다.

"감사합니다, 고객님!"

나는 그녀의 마음이 식을세라 재빨리 식빵을 종이로 감쌌다. 그러자 카렌이 식빵값보다 훨씬 많은 돈을 내밀며 물었다.

"이 근처에서 입가에 흉터 있는 남자 본 적 없어?"

아, 이거 거스름돈 주려면 남은 잔돈을 전부 줘야 할 거 같은데. 나는 서랍에서 남은 돈을 전부 긁어모아 카렌에게 건네며 말했다.

"봤는데. 이 근처에서 하루 종일 죽치고 앉아 있었지."

"거스름돈은 필요 없어."

그래? 이 돈이면 밤 식빵 다섯 개는 더 살 수 있을 텐데? 내가 다시 내밀었지만 카렌은 손을 젓는 것으로 거부했다.

그렇다면야.

"마지막으로 이 집에 들어가는 걸 봤다는 사람이 있는데."

그럴 줄 알았다. 카렌이 거부한 돈을 서랍에 넣는데 그녀가 말했다. 나는 콧방귀를 뀌며 대꾸했다.

"나가는 건 못 봤대?"

"못 봤다는군."

"그 사람이 신뢰할 수 있는 목격자기는 하고?"

내 질문에 카렌이 입을 다물었다. 그렇겠지. 나는 서랍을 닫고 물러났다. 존이 이 집으로 들어가는 걸 봤다는 놈들이 누군지 뻔하다. 그 녀석이 어울리던 한심한 좀도둑들이었겠지.

"어서 양, 만약 존을 가두고 있다면……."

"고든 양."

나는 쟁반을 들어 올려서 카렌의 말을 멈췄다. 그러자 카렌이 기분 나쁘다는 표정을 지었다. 왜 기분 나빠하는지 모르겠다. 나는 그녀가 뭐라고 말할까 싶어 기다렸지만 아무 말도 하지 않는 것을 보고 다시 입을 열었다.

"존이라는 남자, 용병 아냐? 용병을 내가 가두고 있을 수 있다고 생각하는 거야?"

만약 그렇다면 실망인데? 너네 용병이잖아. 고작 일반인한테 잡혀서 갇힐 정도로 실력이 엉망인 거야? 그런 빈정거림이었는데 카렌은 아무렇지 않다는 듯 말했다.

"그 녀석은 우리 용병대에서도 문제아거든."

"나쁜 쪽으로?"

"땅을 뚫고 들어가지."

용병대 내부에서도 평가는 별로 안 좋았던 모양이다. 나는 가슴 앞으로 팔짱을 끼고 어깨를 으쓱했다. 그러자 카렌이 조용히 말했다.

"혹시 어디 있는지 알려 준다면 내가 책임지고 이번 일은 없는 일로 치지."

미안한데 그 정도로는 안 된다. 나는 잠시 생각하다가 말했다.

"당신들 대장이랑 말하고 싶어."

"베르트라면 여기서 보름은 더 걸리는 곳에 있어."

베르트가 누구야? 나는 어리둥절해서 카렌을 쳐다보다가 그녀가 말하는 게 내가 생각하는 공작이 아니라 용병대 대장이라는 것을 깨달았다.

아, 그렇군. 이 사람들에게 대장은 용병대 대장인 거다. 베르트라. 나는 그 이름을 기억해 두기로 하고 말했다.

"그럼 공작이라도 좋아."

아주 잠깐 카렌의 행동이 굳었다. 그녀는 나를 믿을 수 없다는 듯 쳐다보더니 나직하게 경고하듯 말했다.

"그냥 나와 대화하는 게 나을 거야."

"고든 양. 당신을 의심하는 건 아니니까 오해하지 말아 줘. 그냥 당신이 보장하는 것보다는 공작님이 보장하는 게 나을 거 같거든."

카렌의 눈동자에 마치 나를 동정하는 듯한 눈빛이 떠올랐다. 나도 안다. 평민이 다른 귀족도 아니고 공작을 만나고 싶다고 하는 게 얼마나 겁 없는 행동인지.

하지만 나는 보장을 받아야 한다. 이건 존을 기절시키기 전부터 세운 계획이었다. 공작에게 보장을 받거나 용병대 대장에게 보장을 받거나.

용병대 대장은 지금 수도에 없다고 했으니 공작에게 받아야 한다.

다시 카렌이 찾아온 것은 이튿날 늦은 오후였다. 전날부터 용병과 그 떨거지들 중 아무도 이 거리에 얼씬거리지 않은 덕분에 내 가게도 약간 장사가 된 날이었다.

이 정도만 돼도 괜찮을 것 같은데. 가게는 내거니까 여기서 나가는 돈은 재료비뿐이다. 그럼 아슬아슬하게 내가 먹고살 만한 수준의 돈이 된다.

"어서, 나야. 카렌."

그때 카렌이 후문을 두드리며 말했다. 가게 문이 닫혀서 후문으로 온 모양이다. 아니면 가게 문이 닫히길 기다렸던가.

나는 매출 장부를 덮어 밀어 넣은 뒤 후문이 보이는 창문으로 다가갔다. 살짝 커튼을 걷고 보니 확실히 카렌이 후문 쪽에 서 있었다. 물론 혼자는 아니었다.

"누구랑 왔어?"

내 질문에 카렌은 잠시 말이 없었다. 그녀는 두리번거리지도 않고 내가 내다보는 창문으로 고개를 돌리더니 말했다.

"네가 원한 사람."

그럼 저 남자가 웨스트 공작이라는 말이다. 어두워서 얼굴은 보이지 않았다. 하지만 키가 상당히 크다는 건 보였다.

카렌이 나보다 한 뼘 정도 컸던 것 같은데 남자는 그런 카렌보다도 훨씬 컸다. 나는 창문으로 카렌과 남자를 내다보다가 남자가 내쪽으로 고개를 돌리자 재빨리 창문에서 몸을 떼어 냈다.

그리고 후문으로 다가가서 문을 열어 주었다.

"조심성이 너무 많은 거 아냐?"

문을 열자마자 카렌이 하는 말에 나는 피식 웃었다. 당연한 거 아냐? 어제까지만 해도 이 거리는 용병과 좀도둑들이 몰려다녔다.

나는 카렌을 들이지 않기 위해 문 앞에 섰다. 그리고 허리에 손을 얹으며 말했다.

"오늘 새벽에 발에 못 박힌 놈 없었어?"

카렌의 눈이 커졌다가 곧 그녀의 표정 전부가 일그러졌다. 있었을 거다. 새벽에 울부짖으며 도망치는 소리를 들었거든.

나는 그녀가 한숨을 내쉬는 것을 보고 허리에 얹은 손을 내렸다. 어제 카렌이 찾아온 다음에도 나는 우리 집에 침입할 만한 부분에 못을 깔아 놨다.

"미안하게 됐어. 대신 사과하지."

카렌의 사과에 나는 어깨를 으쓱하고 말했다.

"괜찮아. 하나하나 세운 보람이 있었거든."

못을 하나하나 세우느라 힘들었는데 아무도 안 걸렸으면 좀 힘이 빠졌을 것이다. 누군지 몰라도 내 집에 침입하려다가 못이 박힌 놈은 그걸로 고생 좀 했으면 좋겠다.

"얌전히 이야기만 할 거라면 들어와도 좋아."

내 말에 카렌이 뒤를 돌아보았다. 그제야 나는 그녀가 웨스트 공작과 함께 왔다는 것을 떠올렸다.

"에버딘 어서?"

남자의 낮은 목소리와 함께 그가 다가왔다. 카렌이 비켜 준 덕분에 나는 그가 얼마나 큰지 체감할 수 있었다.

키가 아주 컸다. 게다가 어깨도 얼마나 넓은지 망토를 입었다면 안에 갑옷을 걸쳤다고 생각했을 것이다. 하지만 남자는 몸에 딱 맞는 정장을 입고 있었고 그가 움직일 때마다 재킷 안의 셔츠가 팽팽하게 당겨지는 게 보였다.

"살아 있었군."

세상에. 나는 잠시 넋을 잃고 그의 얼굴을 쳐다봤다. 이렇게 잘생겼다는 말은 못 들었는데.

비현실적으로 잘생긴 얼굴은 무표정해서 오히려 컴퓨터 그래픽으로 만진 것처럼 느껴졌다. 그가 가볍게 한쪽 눈썹을 들어 올리지 않았다면 조각인 줄 알고 만져 봤을지도 모른다.

새까만 머리카락은 깔끔하게 뒤로 넘겨 이마를 시원하게 드러내고 있었다. 그게 어쩐지 날카로우면서 금욕적으로 느껴졌다. 그리고 눈은.

"들어가서 이야기하지."

그의 눈을 보고 멈칫한 순간 웨스트 공작이 문 쪽으로 다가오며 말했다. 나 아직 들어오란 말 안 했는데? 나는 허락도 없이 안으로 불쑥 들어오려는 그의 앞을 저도 모르게 막아섰다. 웨스트 공작의 눈이 나를 향했다.

"잠깐만요."

덕분에 그의 눈동자 색에 놀란 티를 내지 않을 수 있었다. 웨스트 공작의 눈동자는 그만큼 특이했다.

안쪽은 보라색이었고 겉으로 갈수록 붉은 기가 돌아서 자주색으로 보이는 눈동자였다. 이 세계에는 이런 눈도 있구나. 역시 지구가 아니었다고 새삼 감탄하며 나는 자세를 바로 하고 말했다.

"예의 바르게 이야기만 한다고 약속해 주세요."

저쪽은 내 두 배쯤 될 만한 크기의 남자와 용병이다. 여차하면 아이린 아주머니가 치안관을 불러오겠다고 했지만 여자 둘이서 상대하는 건 불리했다.

웨스트 공작은 얼마나 큰지 나를 물끄러미 쳐다보는 것만으로 위협적으로 느껴졌다. 지금 치안관을 부르면 과연 그들이 이 남자를 끌고 갈 수 있을까.

문득 말도 안 되는 의문이 떠올랐다. 애초에 웨스트 공작은 공작이니까 치안관이 함부로 손을 댈 수 없을지도 모른다. 역시 괜히 공작과 이야기하겠다고 했나?

스스로의 선택에 후회감이 들 무렵 카렌을 한 번 쳐다본 웨스트 공작이 천천히 말했다.

"네가 예의를 지킨다면 나도 지킨다고 약속하지."

반쪽짜리 약속이지만 약속이었다. 나는 뒤로 물러나서 카렌과 웨스트 공작이 들어올 자리를 만들어 주었고 두 사람이 들어오자 주방의 테이블로 안내했다.

"누추하지만……."

앉으라고 말하려는데 웨스트 공작이 대뜸 말했다.

"그렇군."

뭐라고? 나는 그를 노려봤다. 그리고 몸을 휙 돌려 컵을 꺼내며 말했다.

"참으세요."

잠시 주방의 공기가 얼어붙는 것처럼 느껴졌다. 그럼 불을 켜면 된다. 나는 주전자에 물을 담아 끓이기 시작했다. 내가 찬장에서 차 통을 꺼내자 웨스트 공작이 다시 말했다.

"이런 데서 차를 마실 생각은 없으니 이야기나 하지."

왜 웨스트 공작에 대한 평가가 저 끝내주게 잘생긴 외모에도 불구하고 피도 눈물도 없는 냉혹한이라는 건지 알겠다. 나는 싸가지 없는 웨스트 공작에게 대놓고 말했다.

"내가 마실 건데요."

"풋."

누군가의 웃음소리가 작게 터져 나왔다. 나는 아니고 웨스트 공작도 아니다. 그럼 남은 건 카렌밖에 없는데 그녀는 무표정한 얼굴로 앉아 있다가 내게 말했다.

"나도 주시죠."

오늘부터 우리 집의 가훈이다. 달라는 사람만 준다. 나는 차를 내려 컵 두 개에 따라 가져갔다. 그리고 하나는 카렌 앞에, 다른 하나는 내 앞에 놓고 의자에 앉았다.

"용병을 납치한 이유부터 들어 보지."

웨스트 공작은 자신에게 아무것도 주지 않은 것을 신경 쓰지 않는다는 표정으로 말했다. 그때 이 층에서 끼익하고 누군가 움직이는 소리가 들렸다.

나와 카렌, 웨스트 공작의 시선이 천장을 향했다. 나는 곧바로 고개를 내려 웨스트 공작을 쳐다보며 말했다.

"내가 납치해 갔다는 증거 있어요?"

"그럼 내게 보장을 받아야겠다고 말할 이유가 없겠지."

웨스트 공작은 차가운 표정으로 나를 쳐다보고 있었다. 자주색의 눈동자와 검은색 머리카락. 그리고 끝내주게 잘생긴 얼굴이 이질적으로 느껴졌다.

나는 웨스트 공작을 쳐다보다가 카렌을 쳐다봤다. 그러고 보니 웨스트 공작의 이름이 뭐였는지도 모른다. 물어볼까, 하는 생각이 들었지만 이번 일 이후로 나와 상관없을 사람이라 묻지 않았다.

"이유는 많죠."

거리의 치안을 망가트렸고 장사를 방해했으며 여자들을 추행했다. 하지만 나는 존을 납치한 이유를 열거하려다가 멈추고 말했다.

"한 가지만 보장해 주면 풀어 줄게요."

두 사람이 어서 말하라는 표정으로 나를 쳐다봤다. 나는 허리를 세우고 당당하게 말했다.

"용병대가 나한테 복수하지 않길 바라요."

내가 용병대라고 해도 자기들 중 하나를 납치하면 납치범을 가만두지 않을 것 같다. 게다가 나는 평범한 사람이고 저쪽은 꽤 유명한 용병대니 용병대가 덤비면 내가 이길 도리가 없다.

그래서 용병대 대장이나 공작과 이야기를 해야 한다고 우긴 거다.

"그 정도라면……."

내 말에 카렌의 얼굴이 일그러졌다. 그 정도라면 자신에게 말했어도 되지 않았냐는 표정이었다. 하지만 그것만으로는 부족하다. 나는 그녀의 말을 무시하고 공작을 쳐다보며 말했다.

"더 나아가서 나와 이 거리의 사람들이 어떤 해코지도 당하지 않길 바라요."

딱히 거리의 사람들을 위해 이러는 건 아니었다. 나만 보호해 달라고 했다가 정말 내게만 해를 끼치지 않고 주변 상인들에게 내 복수랍시고 해를 끼치면 아무 쓸모가 없기 때문이다.

사람은 더 약한 쪽을 미워하기 마련이다. 내 일로 용병대가 거리의 상인들을 괴롭힌다면 그들은 용병이 나쁜 것을 알아도 나를 미워할 거다.

이 거리에서 얼마나 살아야 할지 모르는데 거리의 상인들에게 미움을 받고 싶은 마음은 없었다.

"왜 납치한 건데?"

이유를 들어 보고 결정하겠다는 태도에 나는 존이 이 거리에 어

떤 피해를 입혔는지 열거했다. 거리의 치안을 망가트렸다는 말에
어깨를 으쓱거리던 카렌은 장사를 방해했다는 말에 인상을 쓰더니
여자들을 추행했다는 부분에서 벌떡 일어났다.

"뭐라고?"

"피해자도 있어."

나는 당당하게 말했다. 당장 피해자가 둘이나 된다. 나랑 수잔.
수잔은 내가 존에게 복수할 거라는 걸 몰랐다면 그냥 넘어갔을 테
니 분명 피해자를 찾으면 더 많을 것이다.

"존과 이야기를 해 봐야겠어."

카렌이 믿을 수 없다는 듯 말했다. 그럴 줄 알았다. 나는 팔짱을
낀 채 카렌을 쳐다보고 있었다. 존은 용병대고 같은 용병대인 카렌
이 그렇게 쉽게 우리 말을 믿을 거라고는 생각하지 않았다.

하지만 그때 웨스트 공작이 말했다.

"좋아."

응? 나와 카렌의 시선이 동시에 공작을 향했다. 그는 의자에 감
탄이 나올 정도로 느긋한 자세로 앉아 있었다. 그의 시선이 나를 향
하더니 마치 뭔가를 아는 것처럼 지하로 향했다.

"그렇게 하지. 용병대에게 이 거리와 사람들에게 손대지 말라고
하겠어."

이렇게 쉬워? 나는 엉거주춤하게 선 카렌과 나를 똑바로 쳐다보
는 웨스트 공작을 보며 당황한 표정을 감추지 못하고 있었다.

좀 더 말싸움이 오갈 거라 생각했다. 하지만 공작은 자리에서 일
어나며 말했다.

"그 녀석을 풀어 줘."

"하지만……."

카렌이 뭐라고 말하려 했지만 공작이 그녀를 쳐다보자 입을 다물었다. 진짜로 용병대 뒤에 공작이 있는 모양이다. 나는 카렌을 지하로 안내했다.

"이 층이 아니었군."

당연하다. 나는 말없이 어깨를 으쓱했다. 일부러 용병들이 존을 이 층에 갇혀 있다고 착각하게 만들었다. 그래야 그들이 지하로 시선을 돌리지 않을 테니까.

오늘도 이 층에는 수잔과 그녀의 친구가 있다. 일부러 가끔씩 걸어 다녀서 소리를 내 달라고 부탁했다. 덕분에 카렌과 웨스트 공작이 이 층만 신경 썼다.

하지만 공작은 지하를 쳐다봤지. 나는 그게 단순히 우연인지 아니면 뭘 알고 있었던 건지 잠시 의심했지만 곧 생각을 털어 냈다.

어쨌든 그는 내게 약속했다. 이 거리와 내게 손대지 않도록 용병대의 고삐를 바짝 조이기로.

"여기야."

존은 지하에 가둬 놨다. 사실 지하에 가둔다는 건 딱히 용병들을 헷갈리게 하려는 게 아니라 어쩔 수 없는 선택이기도 했다. 내가 어떻게 성인 남자를 이 층으로 끌고 올라가겠어?

"이 멍청이……."

카렌은 의자에 꽁꽁 묶여 있는 존을 보고 욕을 내뱉었다. 당연하지만 삼 일 동안이나 묶여 있던 그에게서는 상당히 냄새가 났다. 내가 책임져야 할 일은 아니지. 나는 지하에 화가 난 용병 둘과 있고 싶지 않아서 재빨리 일 층으로 올라왔다.

"끝인가?"

다행히 웨스트 공작은 여전히 주방에 앉아 있었다. 잠깐, 이게 다행인 건가? 나는 재갈이 풀렸는지 희미하게 들리는 존이 욕을 내뱉는 소리를 들으며 말했다.

"네. 이런 일로 오시라고 해서 죄송해요."

어쨌든 상대는 귀족이다. 예의를 지켜야 할 필요가 있다는 말이다. 웨스트 공작은 나를 물끄러미 쳐다보더니 불쑥 물었다.

"내게 할 말이 있을 텐데?"

내가? 이어진 웨스트 공작의 질문에 나는 미간을 찡그렸다. 설마 엎드려서 사과라도 하라는 건가?

하지만 그런 거라면 사과를 하라고 하지 할 말이 있을 거라고 하지는 않았을 것 같다. 나는 그에게 조심스럽게 물었다.

"우리, 아는 사이인가요?"

공작의 미간에 주름이 생겼다. 그게 좀 무서워 보인다. 왜 이 남자에 대한 소문이 그렇게 안 좋은지 좀 알 것 같았다. 그렇지 않아도 키도 크고 검은 머리에 자주색 눈을 가졌는데 인상을 쓰니까 위압감이 장난이 아니었다.

"연기라면 꽤 잘하는군."

설마 내가 진짜 에버딘이 아니라는 것을 알아차린 건 아니겠지. 심장이 철렁했지만 곧 그럴 리가 없다는 생각이 들었다. 이 남자가 그걸 어떻게 알겠어? 나는 당당하게 거짓말을 하기로 결심했다.

"안 좋은 일이 있어서 기억을 잃었거든요. 우리가 아는 사이였나 보죠?"

웨스트 공작의 눈이 가늘어졌다. 그는 내가 거짓말을 한다는 듯 쳐다보더니 나직하게 말했다.

"기억을 잃었다고?"

"죽을 뻔했거든요. 그래서 기억하는 게 별로 없어요."

앞부분은 사실이니까 이 말의 반은 사실이다. 그리고 과반수가 사실이라면 문장의 전체는 사실이라고 볼 수도 있다.

머릿속에 말도 안 되는 계산법이 떠올랐다. 앞으로 이걸 내 모토로 삼아야겠어. 과반수가 사실이라면 전체가 사실이니라.

"죽을 뻔했다고?"

웨스트 공작은 이번에도 내 말을 따라 했다. 아무래도 우리가 제대로 된 대화를 하기는 틀린 모양이라 나는 차근차근 설명했다.

"한 달쯤 전에 죽을 뻔했고 그 충격으로 기억을 잃었대요. 기억하는 건 내 이름 정도예요."

흠. 웨스트 공작이 한숨을 쉬며 가슴 앞으로 팔짱을 꼈다. 그는 나를 가만히 쳐다보더니 나직하게 물었다.

"사실인가?"

그 순간, 이상한 일이 일어났다. 분명 창문이 모두 닫혀 있었는데 어디선가 바람이 불어온 것이다. 묵직한 바람이 나를 감싸고 빙글 빙글 도는 것처럼 느껴졌다. 머리카락이나 치맛자락이 날리지는 않았지만 내 피부에 바람이 느껴졌다.

이게 무슨 일이지? 내가 멍하니 주변을 둘러보는 사이 바람은 어느새 사라져 버렸다. 나는 방금 그걸 웨스트 공작도 느꼈는지 궁금해서 그를 쳐다봤다.

그는 여전히 나를 쳐다보고 있었다. 셔츠가 팽팽하게 당겨져서 그의 근육이 옷 위로 드러나 보였다. 이 남자는 대체 없는 게 뭐지?

"이런 거짓말을 굳이 왜 하겠어요?"

신이 몸을 바꿔 준 게 아니라면 말이지.

웨스트 공작은 한동안 아무 말도 없었다. 진짜 에버딘과 아는 사이였나? 그의 표정을 읽을 수가 없어서 어떻게 아는 사이였는지 감을 잡을 수가 없었다.

지하에서 카렌과 존이 올라오는 소리가 들렸다. 간간이 신음과 함께 말소리가 들렸다. 삼 일 동안 묶여 있었으니 다리에 피가 통하지 않을 거다. 나는 존의 목소리에 귀를 기울이고 그게 욕이라는 것을 깨달았다. 입까지 더럽군.

"마틴 웨스트. 이 이름을 모른다고?"

"웨스트 공작님의 이름이야 알죠."

나는 재빨리 대꾸했다. 솔직히 공작 이름이 뭔지 모르지만 알 게 뭐냐. 같은 웨스트니 공작 이름이겠지.

그때 웨스트 공작이 쿡 하고 웃었다. 어어, 이 남자가 웃기도 하네. 비웃음에 가까웠지만 웃음은 웃음이었다. 이것도 잘생겼군.

멍하니 그의 얼굴을 쳐다보는데 웨스트 공작이 다시 말했다.

"진짜 기억이 없는 모양이군."

우리 방금까지 그 이야기를 하지 않았나? 내가 아무 말도 하지 않자 그가 자리에서 일어나며 말했다.

"마틴 웨스트는 내 동생이야."

"아, 그 난봉꾼."

저도 모르게 아는 걸 입 밖에 내뱉자 공작이 나를 쳐다봤다. 실수했다. 나는 찻잔을 들면서 고개를 숙였다. 웨스트 공작의 동생이 난봉꾼이라는 이야기를 하도 들었더니 나도 모르게 말이 나왔다.

걔가 걔잖아. 망나니라서 약혼자가 결혼하기 싫다고 죽어 버린.

나는 아무 말도 안 했다는 표정으로 찻잔을 내려놓고 공작을 쳐다봤다. 마틴이라는 망나니가 형을 닮았다면 얼굴값 꽤 하고 다녔을 거 같다.

하긴, 그러니 온갖 추잡스러운 짓은 다 하고 다녀서 소문이 난 거겠지.

아니, 아니지. 공작은 아무 소문도 없잖아. 소문이 없는 게 아니라 여자에게 관심이 없다는 소문까지 돌고 있다. 어떤 여자가 웨스트 공작에게 꽃을 보냈다가 그걸 그대로 돌려받았다는 이야기를 수잔이 질린다는 느낌으로 이야기했거든.

"아무 느낌도 안 나나?"

가만히 나를 쳐다보고 있던 공작이 물었다. 무슨 느낌? 나는 망나니를 향한 경멸이라면 아주 조금 느낀다고 말하려다가 말았다. 아주 조금인 이유는 어쨌든 남이라 뒤돌아서면 잊어버릴 수준의 감정이기 때문이다.

"글쎄요. 동생분이 저와 아는 사이였나 보죠?"

내 말에 다시 공작이 피식 웃었다. 이번에도 그리 긍정적인 웃음은 아니었지만 나는 모른 척했다. 그는 식탁을 긴 손가락으로 톡톡

치며 말했다.

"아는 사이였지. 네가 내 동생과 결혼하느니 죽겠다고 죽어 버리기 전까지."

＊　　　＊　　　＊

"에버딘 어셔 씨?"

웨스트 공작과 카렌이 존을 끌고 내 집에서 떠난 이튿날, 나는 웨스트 공작의 집을 찾았다.

밤새 한숨도 못 잔 탓에 얼굴은 퀭하고 머릿속은 복잡했지만 오지 않을 수가 없었다.

내가 웨스트 공작의 동생과 결혼하기 싫다고 자살해 버린 그 여자였단 말이야? 충격적인 이야기였는데 그게 무슨 소리냐고 묻기도 전에 카렌과 존이 올라와서 더 이야기할 수가 없었다.

존은 나를 보자마자 가만두지 않겠다고 날뛰었고 카렌이 그런 그를 억지로 끌고 나가면서 웨스트 공작도 같이 가 버렸기 때문이다.

공작의 저택에서 나온 집사는 내 이름을 듣더니 잠시 어리둥절한 표정을 지었다. 하지만 공작을 만나야겠다는 내 요구에 표정을 가다듬고 말했다.

"집사 니콜라스 톰슨입니다. 들어오십시오."

나를 안으로 들인 집사는 그대로 응접실로 나를 안내했다. 어라? 공작을 만나러 가는 거 아니었어? 당황하는 내게 잠시 기다려 달라고 말한 집사가 덧붙였다.

"주인님께 방문을 알리고 오겠습니다."

설마 웨스트 공작을 만나려면 대기를 해야 하는 건가?

나는 이 나라의 귀족은 만나기 전에 예약도 해야 하는 건지 고민하고 가장 가까이에 있는 소파에 대충 걸터앉았다. 응접실에는 이미 남자 둘이 먼저 와 있었다. 이 사람들도 공작을 보러 온 걸까?

아, 가게 문 닫아 놓고 나왔는데. 거리에 용병과 좀도둑들이 사라진 덕분에 거리는 조금씩 손님이 늘어나고 있었다. 아주 눈곱만큼이긴 하지만.

장사의 기본은 규칙적인 영업시간이다. 공작과 얼른 이야기하고 돌아가서 가게를 열려고 했는데 대기인이 두 명이나 있어서야 시간이 오래 걸릴 것이다.

나는 하인이 가져다준 차를 보고 시간이 꽤 걸릴지도 모른다는 것을 깨달았다.

이럴 줄 알았으면 아이린 아주머니나 수잔에게 가게를 봐 달라고 부탁하고 나올걸. 나는 이미 구워서 식으라고 남겨 두고 온 밤식빵을 떠올리며 주먹을 꽉 쥐었다. 그때 누군가가 혀를 차는 소리가 들렸다.

"쯧."

뭐지? 내가 고개를 들자 나와 가까운 곳에 있던 남자가 말을 걸었다.

"뭘 모르는 거 같은데 내가 조언 하나 하지."

나? 나한테 하는 말인가? 고개를 돌려보니 그뿐만 아니라 떨어진 곳에 서 있던 남자도 나를 쳐다보고 있었다.

"웨스트 공작은 아무나 만나 주지 않아. 보름 동안 매일 찾아와야 만나 줄까 말까라고."

남자의 말에 나는 이해가 안 돼서 인상을 썼다. 사람 하나 만나려고 보름 동안 매일 찾아왔다고?

"미리 약속하고 오면 되잖아요?"

보름 동안 올 거면 차라리 전화로 예약하면 되지 않나? 아, 이쪽은 아직 전화기가 없지. 그렇다면 전날 와서 예약한다거나.

하지만 내가 그렇게 말한 순간 내게 훈수를 둔 남자뿐 아니라 떨어진 곳에 서 있던 남자까지 웃음을 터트렸다.

"웨스트 공작이 약속을 한다고 아무나 만나 주는 줄 알아?"

"이래서 뭘 모르는 애들은……."

그렇게 말하는 댁들도 딱히 웨스트 공작이 만나 주는 거 같지는 않은데. 나는 어이가 없어서 헛웃음을 지었다. 보름 동안 매일 찾아와도 만나 줄까 말까라는 건 본인 이야기인 거 아닐까?

"우리한테 잘 보여 봐. 혹시 알아? 우리가 공작을 만나면 아가씨이야기를 해 줄지."

점입가경이라더니 남자들의 말은 어이없는 걸 넘어서서 비웃기 딱 좋은 수준까지 넘어갔다. 이런 인간은 내가 살던 곳에도 있었다.

가진 건 쥐뿔도 없는 주제에 신입에게 뭔가 있는 척 거들먹거리는 놈들. 나는 찻잔을 들어 올리며 부드럽게 물었다.

"댁들이 이야기해 주면 공작이 날 좀 빨리 만나 준대?"

갑작스러운 반말에 가까이 있던 남자의 표정이 일그러졌다. 나는 차를 한 모금 마시고 찻잔을 내려놓으며 다시 말했다.

"보름 동안 매일 와도 아직도 못 만나는 건 당신들 이야기 아냐?"

"이게⋯⋯."

가까이 있던 남자가 벌떡 일어났다. 떨어진 곳에 있던 남자 역시 별로 다르지는 않았다. 그는 막 피우던 담배를 든 채 나를 어이없다는 듯 쳐다보고 있었다.

하지만 곧바로 이 집의 집사가 문을 벌컥 열고 들어왔다. 그러더니 일어난 남자와 앉은 나를 쳐다보고 고개를 돌려 떨어진 곳에 서 있는 남자를 보더니 그에게 다가갔다.

"이 집은 금연입니다."

"어?"

말투와 태도는 정중했지만 단호했다. 집사는 담배를 피우던 남자가 자신의 말을 듣고도 멍하니 있자 그의 담배를 빼앗더니 가까이 있는 찻잔에 그대로 집어넣어 버렸다.

아무래도 저 찻잔이 담배를 피우던 남자에게 내온 차였던 모양이다. 그의 표정이 굳는 것과 동시에 찻잔에 눌려진 담배가 치익 소리를 내며 꺼졌다. 대단한데.

"차는 다시 가져다드리죠."

집사는 끝까지 정중했다. 그는 마치 찻잔에 담배를 집어넣은 게 자신이 아니라 남자라는 듯이 그렇게 말하더니 내게 고개를 돌려 말했다.

"어서 씨, 공작님께서 만나겠다고 하십니다. 따라오시죠."

"뭐?"

저 '뭐?'라는 소리는 내가 한 소리가 아니다. 내게 시비를 걸던 남자가 한 소리였다. 곧 담배를 빼앗긴 남자가 집사에게 덤빌 것처럼 따지기 시작했다.

"이봐! 난 지금 열흘째 기다리고 있다고! 그런데 방금 온 저 계집애를 먼저 불러?"

"그건 공작님 결정입니다."

상대가 때릴 것처럼 주먹을 쥐고 있는데도 집사는 눈썹 하나 까딱하지 않았다. 말려야 하나? 그런 고민을 하는데 나와 가까이에 있던 남자도 따지고 들었다.

"너무한 거 아닙니까? 나도 일주일째라고요. 그런데 오늘 처음 온 애송이를 부르다니, 형평성에 어긋나잖습니까."

"그럼 가시죠."

흥분한 남자들에 비해 집사는 싸늘하다 싶을 정도로 침착하게 말했다. 그는 두 손을 모으더니 공손한 자세와 달리 쌀쌀맞은 말투로 말을 이었다.

"이 집은 웨스트 공작님의 집이고 모든 기준과 룰은 공작님입니다. 형평성을 원하신다면 다른 곳에 가서 찾으시는 게 좋을 겁니다."

남자들은 집사에게 찍소리도 못했다. 집사도 결국은 이 집에서 부리는 사람 아닌가? 부리는 사람에게도 찍소리하지 못할 정도로 저 남자들이 별 볼 일 없는 건지, 손님에게 집사가 저렇게 대해도 될 정도로 웨스트 공작가가 대단한 건지 모르겠다.

"가시죠."

집사의 말에 나는 자리에서 일어났다. 남자들은 분하다는 표정이었지만 아무 말도 하지 않았다. 이대로 가는 건 아쉽다는 느낌이 든다. 나는 방으로 나가기 전에 참지 못하고 남자들에게 말했다.

"나한테 잘 보여 봐. 내가 공작님한테 당신들 이야기를 해 줄 수도 있잖아?"

남자들의 얼굴이 일그러졌다. 고소하다. 나는 소리 내서 웃지 않으려 애쓰며 방 밖으로 나갔다. 아주 조금 웨스트 공작이 좋아졌다. 아주 조금. 그러니까 손톱만큼.

"공작님."

나를 이 층까지 데리고 올라간 집사는 커다란 문 앞에 서서 문을 두드렸다. 그리고 감정 없는 목소리로 말했다.

"에버딘 어서 씨께서 오셨습니다."

안에서 들어오라는 목소리 들려왔다. 어제와 다른 느낌이었다. 나는 집사가 열어 주는 문을 통해 방 안으로 들어갔다.

안은 서늘했고 큰 창에 커튼은 열어 두어 밝았다. 방도 크고 가구들도 큼직큼직한데 생활감이 없는 게 꼭 사장님 방 같다. 책장과 장식장이 몇 개 있고 안쪽에는 역시 사장이나 사용할 만한 커다란 책상과 의자가 있었다.

"왔군."

두툼한 종이 뭉치를 살피고 있던 웨스트 공작이 고개를 들며 말했다. 안경을 쓰네. 나는 그가 안경을 벗는 것을 멍하니 쳐다보고 있었다.

안경 때문에 그의 자주색 눈동자가 가려져서 좀 부드러워 보이던 인상이 안경을 벗자마자 다시 날카롭고 무섭게 변해 버렸다.

"어제 한 이야기 때문에 왔어요."

공작은 그럴 줄 알았다는 표정이었다. 곧이어 누군가 노크를 하더니 하인이 차를 가지고 들어왔다.

나는 하인이 내게 차를 따르는 것을 지켜보며 머릿속에 의문을 정리했다. 어제 공작이 그렇게 떠난 뒤 밤새도록 뒤척였다.

누가 안 그러겠어? 내가 소문 속의 마틴 웨스트와 결혼 이야기가 오가자 싫다고 죽어 버린 여자라는데.

정말 이해가 되지 않았다. 웨스트 공작가와 혼담이 오갈 정도라면 에버딘도 괜찮은 집안이라는 말 아닌가? 적어도 내가 살던 곳에선 그랬다. 혼담은 비슷한 집안끼리 이뤄졌고 웨스트 공작 정도의 집안과 혼담을 주고받으려면 에버딘도 최소한 귀족이어야 한다.

"나, 귀족이에요?"

하인이 떠나자 나는 제일 궁금했던 것을 입에 올렸다. 에버딘 어셔가 에버딘 어셔 씨나 에버딘 어셔 양이 아니라 에버딘 어셔 경일 수도 있다는 말이다.

이 나라의 귀족은 작위가 있는 사람은 이름 뒤에 작위를 붙이지만 작위를 가진 자의 자식들은 모두 이름 뒤에 경을 붙인다고 들었다.

아직 성인식을 치르지 않은 아이들의 경우에만 여자는 양, 남자는 군이라고 부른다.

"그래. 에버딘 어셔 씨가 아니라 에버딘 어셔 경이라고 불러야 하지"

웨스트 공작은 얄미울 정도로 침착하게 찻잔을 들어 올리며 대답했다. 에버딘이 귀족이었어? 나는 저도 모르게 벌떡 일어나려다가 간신히 멈췄다.

그렇구나. 그제야 이상하다고 생각한 부분이 하나씩 풀리는 느낌이 들었다. 에버딘이 대체 무슨 일을 하고 살았는지 궁금했는데 아예 일을 하지 않았던 거다.

잠깐, 근데 나 지금 빵집을 하고 있잖아? 귀족이 그런 일을 해도 되는 건가?

나는 다음으로 궁금하던 것을 물었다.

"그럼 내 부모님이 어디 사는지도 알아?"

얘도 귀족, 나도 귀족이라면 나만 존댓말을 해야 할 필요가 없다. 웨스트 공작은 내 반말에 한쪽 눈썹을 들어 올리더니 찻잔을 내려놓으며 말했다.

"그래."

에버딘의 부모를 찾았다. 귀족이면 부자겠지? 일을 하지 않아도 된다는 생각에 기분이 좋아졌다. 에버딘이 아무 일도 하지 않고 살 수 있었던 이유는 그거였던 거다.

부모님에게 생활비를 받는 거.

원래의 세상에서도 나는 내가 보호자면 보호자였지 부모에게 생활비를 받아 본 적은 없었다. 내 부모님은 내가 어릴 때 돌아가셨고 나를 키워 준 건 할머니였으니까.

그리고 할머니가 돌아가시기 몇 년 전부터는 내가 할머니의 보호자였지.

할머니 생각에 기분이 이상해졌다. 나는 가만히 앉아서 할머니를 생각했다. 그러고 보니 밤 식빵도 할머니가 좋아하는 빵이었지.

"내게 먼저 해야 할 말이 있을 텐데."

그때 공작이 말했다. 할 말? 나는 놀라서 고개를 들었다.

"무슨 말?"

"사과."

무슨 사과? 먹는 사과? 내가 어리둥절한 표정을 짓자 그는 다시 가슴 앞으로 팔짱을 끼더니 다리를 꼬았다. 그리고 거만한 표정으로 말했다.

"감히 우리 집과의 혼담을 거절한 사과를 해야겠지."

"그게 사과까지 해야 할 일이야?"

나는 어이가 없어서 입을 딱 벌렸다. 싫으면 결혼 안 할 수도 있지. 게다가 마틴 웨스트라는 놈은 완전 망나니 중에 상망나니던데?

"네가 결혼하기 싫다는 이유로 죽어 버려서 이쪽도 피해가 크거든."

"허."

사람들 소문이 맞았다. 웨스트 공작은 거만하고 피도 눈물도 없는 작자였다. 나는 입을 딱 벌린 채 그를 쳐다보다가 말했다.

"그럼 동생을 잘 키우지 그랬어."

"뭐?"

생각하지 못한 지적이었는지 웨스트 공작의 행동이 멈췄다. 당연한 말 아냐? 얼마나 인간 말종이면 결혼하느니 차라리 죽겠냐고.

나는 웨스트 공작처럼 가슴 앞으로 팔짱을 끼고 말했다.

"당신 동생, 별로 소문 안 좋잖아. 바람둥이에, 사고란 사고는 죄다 치고. 술집에서 점원한테 치근거리다가 술주정뱅이들한테 맞았다며?"

"헛소문이야."

그래? 그럼 이건 어떠냐? 나는 다른 패를 꺼내 보였다.

"한 번도 사귀는 여자에게 정직한 적도 없고, 사생아도 있다며?"

이번에는 사실이었던 모양이다. 웨스트 공작이 대꾸하지 못하자 나는 어이가 없어서 벌떡 일어서서 외쳤다.

"사생아가 있어?"

"그건 네가 걱정할 필요 없이 처리를……."

"세상에!"

미쳤네. 나는 소파를 벗어나서 방 안을 걸어 다니기 시작했다. 에버딘이 차라리 죽겠다고 한 이유를 알겠다. 그냥 난봉꾼이 아니었던 거다.

"그래 놓고 나한테 사과라고? 당신들, 어디 크게 문제 있는 거 아냐?"

이제는 화가 나기 시작했다. 너네 진짜 미쳤니? 콩가루 집안도 이런 콩가루 집안이 없다.

에버딘의 부모도 제정신이 아닌 게 분명했다. 그런 더러운 남자를 딸하고 결혼시키려고 해?

"진정해."

그때 웨스트 공작이 나를 붙잡았다. 이 남자가 언제 일어나서 내게 다가왔는지도 모르겠다. 나는 소리 없이 다가와서 내 팔을 잡은 그에게 벌컥 화를 냈다.

"손대지 마!"

동생의 더러운 짓을 옹호하고 있다면 형도 마찬가지다. 웨스트 공작은 내 거부에 당황하는 듯하더니 내게 몸을 숙였다. 그리고 나직하게 말했다.

"진정해."

이상한 일이 일어났다. 어디선가 묵직한 바람이 불어온 것이다. 나는 바람이 내 몸을 감싸는 감각에 놀라 그에게서 물러나며 소리쳤다.

"당신이라면 진정하게 생겼어?"

순간 나를 감싸던 바람이 확 하고 흩어지는 느낌이 들었다. 웨스트 공작은 놀란 표정으로 나를 쳐다보고 있었다.

나는 허리에 손을 얹고 말을 이었다.

"사과할 건 내가 아니라 당신들 아냐? 어디서 사과를 입에 올려?"

한 번만 더 사과하라고 하기만 해 봐라. 입에 사과를 물려 줄 테다. 화가 나서 노려보는데 나를 보는 공작의 표정이 이상했다. 그는 나를 이상한 생명체 보듯 쳐다보고 있었다.

왜 이러는 거지? 당황해서 화가 가라앉았다. 그는 나를 물끄러미 쳐다보다가 말했다.

"에버딘 어서?"

갑자기 내 이름은 왜 불러? 나는 두 번째 손가락을 들어 올리며 말했다.

"경."

귀족의 자식은 이름 뒤에 경을 붙인다며? 그럼 그는 나를 부를 때 이름 뒤에 경을 붙여야 할 것이다. 웨스트 공작은 감정 없는 표정으로 다시 말했다.

"에버딘 어서 경."

"왜?"

에버딘 어서 경. 익숙하진 않지만 익숙해져야 할 것이다. 이게 이 나라의 규칙이라면. 내 아버지가 귀족이라면 내가 작위를 물려받을 수 있는 걸까. 문득 궁금해졌다.

에버딘에게 형제가 있을까?

"흥미롭군."

느닷없는 공작의 말에 나는 인상을 썼다. 나한테 하는 말이니? 그게 무슨 소리냐고 물어보려는데 그가 다시 말했다.

"그만 돌아가 줬으면 좋겠는데."

축객령이었다. 지금? 갑자기? 나는 어이가 없어서 입을 딱 벌렸다. 그러자 웨스트 공작이 내게서 물러나며 덧붙였다.

"급한 일이 생각났거든. 다음에 다시 시간을 내지."

얼씨구? 나는 내가 들어온 문 쪽으로 다가가는 그에게 말했다.

"댁이 보자고 하면 내가 네 알겠습니다, 하고 와야 하는 거야?"

비꼬는 거였는데 웨스트 공작은 재미있었나 보다. 그는 씩 웃더니 문을 열며 말했다.

"내가 만나러 가지."

내가 너랑 왜 또 만나? 그렇게 말하려고 했는데 웨스트 공작이 문을 열자 대기하고 있었는지 문밖에 서 있던 집사가 들어왔다.

"어서 경을 배웅해 주게."

어어, 진짜? 이게 무슨 일이야? 드러누워서 난동을 부려 볼까 하는 생각이 들었지만 내게 다가오는 집사를 보고 포기했다. 아까 일층에서 대기하던 남자들도 찍소리 못하고 물러났지.

결국 나는 집사의 안내를 받아 눈 깜짝할 사이에 저택 밖으로 나올 수밖에 없었다.

"이게 무슨 일이래?"

분명 내가 물어볼 게 있어서 찾아간 거긴 한데 이렇게 쫓아낼 줄은 몰랐다. 나는 다시 집으로 돌아가며 공작과 있었던 일을 곰곰이 생각하기 시작했다.

*　　　*　　　*

"톰슨."

완곡하게 집 밖으로 내쫓긴 에버딘이 저택을 한 번 돌아보더니 순순히 떠나는 것을 본 선이 집사를 불렀다. 대기하고 있던 집사가 서재로 들어왔다.

창가에 서서 밖을 내다보고 있던 선이 몸을 돌렸다. 빛을 받아서 그의 자주색 눈동자가 붉은색으로 빛이 났다.

처음 저 눈동자를 본 사용인들은 대부분 겁을 집어먹고 사표를 낸다. 스무 해를 웨스트 공작가의 집사로 지낸 니콜라스조차도 웨스트 공작의 눈동자를 보면 가끔 겁이 날 정도였다.

"어셔가와 우리 집안이 피가 섞인 적이 있었나?"

마틴과의 혼담을 진행하기 위해 어서가와 에버딘 어서에 대한 조사를 했었다. 에버딘 어서. 스물네 살. 어서 남작의 무남독녀로 조용하고 숫기가 없는 아가씨라고 했다.

"없었을 겁니다."

니콜라스는 생각할 것도 없이 고개를 저었다. 어서 가문과 웨스트 가문 사이에 혼인이 있었는지 조사한 적은 없다. 하지만 그건 그가 게으르거나 방종해서가 아니라 웨스트가 방계가 없을 정도로 손이 귀한 편이라 조사하지 않은 거였다.

집사가 조사한 것은 어서가와 웨스트가 사이에 은원이 있느냐 정도였다.

"조사해 보게."

혹시 모르니 조사하라는 말에 집사는 알겠다고 대답하며 고개를 끄덕였다. 다시 창문 밖으로 고개를 돌린 선의 시선에 길을 따라 걸어가는 에버딘이 보였다.

"그녀의 아버지는 어때?"

"여행 중입니다. 한 달쯤 전에 부인과 함께 세느랄로 떠났다고 합니다."

세느랄이라면 마차로 한 달이 넘게 걸리는 나라다. 아직 도착하지 않았을 것이다. 그렇다면 연락을 취할 방법이 없다.

아니, 있긴 하지만 사람도, 돈도 많이 든다. 선은 에버딘의 모습이 사라질 때까지 지켜보다가 말했다.

"그의 동향도 확인해 두게."

"이미 사람을 보냈습니다."

혹시 몰라서 두 사람이 여행을 떠난 곳으로 사람을 보냈다. 집사의 대답에 선이 몸을 돌려 다시 책상으로 돌아가며 말했다.

"그리고 어서 경이 다른 가문과 관련이 있는지 확인해 보고."

너무 광범위한 요구였다. 하지만 집사는 이번에도 추가 질문 없이 대답했다.

"알겠습니다."

책상에 앉은 선은 서류 뭉치로 시선을 던지며 손끝으로 책상을 톡톡 두드리기 시작했다. 에버딘 어서. 마틴과 결혼을 추진하기 전까지는 관심도 없던 여자였다. 아니, 결혼을 추진한 뒤에도 그는 에버딘 어서가 가진 것에 관심이 있었지 그녀에게는 관심이 없었다.

어떤 사람인지, 어떤 성격이고 어떤 장점이 있는지는 중요하지 않았다. 그에게는 어서라는 가문과 작위가 필요했을 뿐이었다.

"그녀가 언제부터 그 거리에 살고 있는지 아나?"

"두 달쯤 됐습니다."

집사의 대답이 막힘없이 흘러나왔다. 두 달이라. 선은 두 달 전에 무슨 일이 있었기에 에버딘이 집을 떠나 혼자 살게 된 건지 생각하기 시작했다.

귀족은 자녀를 그렇게 따로 내보내는 경우가 드물었다. 대부분의 귀족은 영지를 가지고 있었고 영지에 저택이 있는 것과 별도로 사교 시즌을 보낼 수도의 집도 가지고 있기 때문이다.

그가 아직 성년식을 치르지 않은 여동생, 아네트를 데리고 다니는 것과 비슷했다. 사교 시즌이 되면 수도의 저택으로 일가족이 옮겨 갔다가 사교 시즌이 지나가면 영지로 내려가는 게 대부분이었다.

여행을 간다면 가족이 모두 함께 가는 게 보통이었고 일이 있어서 자녀를 두고 간다면 영지로 보내거나 수도의 집에 그대로 남겨두지 에버딘처럼 혼자 다른 집으로 내보내지는 않았다.

그것도 사용인도 없이.

선의 머릿속에 어젯밤, 사용인 없이 혼자 있던 에버딘이 떠올랐다. 그러고 보니 빵을 만들어 판다고 했다.

"어서 경이 빵을 만들어 판 지 얼마나 됐지?"

"한 달쯤 됐습니다."

"예전부터 했던 건 아니라는 말이군."

미간에 주름을 만든 채 선은 다시 손가락으로 책상 위를 톡톡 두드리기 시작했다.

귀족이 가게를 운영하는 것 자체는 그리 이상한 일이 아니다. 몇 년 전부터 귀족들 사이에서 자식에게 교육을 위해 가게를 직접 운영하게 하는 일이 유행하고 있기 때문이다. 그가 마틴을 위해 거리의 가게를 사들이는 것도 그런 이유였다.

하지만 직접 만들어서 판다는 건 대단히 이상한 일이다. 물론 어디나 괴짜는 있는 법이고 온실을 직접 가꾸거나 그림을 직접 그리는 귀족도 있기는 하다.

선이 아는 한 직접 요리를 해서 손님에게 대접하는 취미가 있는 사람도 있었다. 실력은 대단치 않았지만.

그래서 선은 기억을 잃었다는 에버딘의 말이 사실이라고 판단했다. 기억을 잃은 척하는 거라면 지금처럼 빵을 만들어 팔지는 않았을 것이다.

"원래 성격이 저랬는지도 알아보게."

한참을 생각하던 선은 그렇게 말하고 집사에게 물러가라고 지시했다. 그는 에버딘 어서가 조용한 성격이라고 들었다. 조용하다. 얌전하다. 숫기가 없다. 그게 에버딘 어서를 지칭하는 말이었다.

마틴과의 혼담을 진행할 때 선이 괜찮다고 생각한 부분이었다. 그쪽이 마틴과 자신에게도 좋을 거라고 생각했으니까.

하지만 정작 어제와 오늘 만난 에버딘은 얌전하거나 조용하다는 말과는 전혀 달랐다. 그는 오늘 그에게 펄펄 뛰며 화를 내던 에버딘을 떠올렸다.

왜 그의 힘이 통하지 않았던 걸까.

"흥미롭군."

선은 그렇게 중얼거리고 내려놓았던 펜과 안경을 집어 들었다. 그리고 다시 서류를 살피기 시작했다.

03

잠깐 잘 팔리나 싶었던 밤 식빵의 매출이 원래대로 돌아갔다. 그렇다고 아예 처음으로 돌아간 건 아니고 '어라?' 싶게 잘 팔렸던 게 '이 정도면 괜찮네' 정도로 팔리게 됐다는 말이다.

밤 식빵이 이곳의 사람들에게 익숙해진 게 아닐까.

"그러면 여기 유행이 너무 빠른 거 아닌가?"

내가 밤 식빵을 처음 만든 게 고작 일주일 전이었는데 여기 사람들은 고작 일주일 만에 밤 식빵에 익숙해졌다는 말이다. 여기 사람들의 적응력이 너무 뛰어난 거 아냐?

거기까지 생각한 나는 고개를 흔들었다. 지금 그런 걸 고민할 때가 아니다. 이미 내 머릿속은 얼마 전에 웨스트 공작에게 들은 정보로 이미 포화 상태였다.

나는 한 김 식은 식빵을 진열하며 에버딘이 귀족이라는 것을 다시 떠올렸다.

에버딘 어셔가 귀족이란다. 그 말은 그녀가 귀족 가문이라는 말이고 귀족 가문이라는 말은 가족이 있다는 말이다.

가족이 있다. 그게 내 심장을 뛰게 만들었다. 원래 세계에서의 내게 가족이라고 할 만한 사람은 할머니뿐이었다. 부모님은 내가 어릴 때 돌아가셨고 형제자매도 없었다.

왕래하던 친척도 적었고 대부분 할머니의 장례식에서 처음 본 사람들이었다.

그런데 에버딘에게는 가족이 있다. 어쩌면 부모님이, 그리고 어쩌면 형제자매가.

호기심과 긴장감 때문에 갓 구운 빵을 두 번이나 움켜쥘 뻔한 뒤에야 나는 진열을 끝내고 자리에서 일어났다. 만나고 싶다. 에버딘과 친할까? 한 번도 가져 본 적 없는 가족이라는 존재가 나를 들뜨게 만들었다. 그게 비록 내 진짜 가족이 아니라고 해도.

"어서 오세요."

누군가 문을 열고 들어오는 소리에 나는 몸을 돌리며 반사적으로 인사를 건넸다. 자고로 가게란 손님이 들어오면 인사를 해야 하는 법이다.

귀족이 이렇게 가게를 해도 되는 건가 하는 의문이 떠오르긴 했지만 안 하면 먹고살 방법이 없다. 에버딘이 죽기 전에 대체 어떻게 가족들에게 돈을 받았는지 모르기 때문이다.

그러고 보니 에버딘의 가족은 왜 에버딘과 연락이 안 되는데 그녀를 찾지 않는 거지?

나는 머릿속에 하나둘 떠오르는 또 다른 의문을 머리 한쪽에 차곡차곡 쌓아 놓으며 방금 들어온 손님을 향해 미소를 지어 보였다.

방금 들어온 손님은 깜짝 놀랄 정도로 예쁘게 생긴 소녀였다. 금발에 파란색 눈을 가진 소녀가 가만히 서 있기만 한다면 커다란 인형이라고 착각할 정도였다.

"뭐 찾는 거 있어요?"

옷차림을 보아하니 부잣집인 게 분명했다. 주름을 자잘하게 잡은 블라우스에 풍성한 스커트. 금실로 만든 듯한 그녀의 머리카락에 달린 리본에도 자수와 레이스가 달려 있었다.

내가 살던 곳과 달리 여긴 옷차림으로 부와 지위를 드러낸다. 단순히 옷 브랜드의 문제가 아니라 천 재질부터 차이가 난다는 말이다.

단색으로 염색하고 아무 장식이 없는 내 치마와 달리 눈앞의 소녀는 무늬가 들어간 천에 레이스까지 달려 있는 치마였다. 이 거리에 이 정도로 부자가 온 건 처음인데.

머릿속에 웨스트 공작이 떠올랐지만 나는 가볍게 그를 지워 버렸다. 그 사람은 손님이 아니었다. 그러니까 패스.

"이 사기꾼!"

그때 손님 아니, 소녀가 소리쳤다. 뭐? 나는 깜짝 놀라서 주변을 둘러보고 가게 안에 그녀와 나만 있다는 것을 확인했다.

여자애는 나를 노려보고 있었다. 그리고 내게 삿대질을 하며 다시 소리쳤다.

"뻔뻔스럽기도 하지! 감히 얼굴을 들고 살아 있어? 이 사기꾼!"

이건 또 무슨 일이래. 머리가 아프다. 나는 지끈거리는 머리를 손가락으로 누르며 소녀를 쫓아내야 할지, 무슨 일인지 안으로 들여서 물어야 할지 고민하기 시작했다.

마음 같아서야 내쫓고 싶다. 하지만 그때 그녀가 다시 말했다.

"어떻게 책임질 거야? 당신 때문에 우리 집안 명예가 떨어졌다고!"

집안 명예가 떨어질 만한 일을 내가 했던가? 난 아니다. 그럼 에버딘이라는 말인데. 나는 머리를 꾹꾹 누르며 여자애에게 물었다.

"너네 집안이 어느 집안인데?"

"웨스트 공작가! 당신이 결혼하기 싫다고 죽은 척해서 곤경에 빠트린 마틴 웨스트 경이 내 오라버니야!"

이제 알겠다. 느닷없이 나타나서 나를 사기꾼이라고 매도하는 여자애의 정체는 웨스트가의 세 남매 중 마지막이었던 거다.

아하.

나는 분노로 얼굴이 붉어진 소녀를 보고 고개를 끄덕였다. 하나는 망나니, 하나는 인형이라더니 그 말이 딱 맞았다. 웨스트가의 셋째는 깜짝 놀랄 정도로 예쁘게 생긴 소녀였다.

하긴, 재수 없긴 했지만 웨스트 공작도 얼굴 하나만은 끝내줬었지. 나는 소녀와 그다지 닮은 부분이 없는 공작을 떠올리며 물었다.

"너네 오빠도 네가 여기 온 걸 아니?"

놀랍게도 분노로 팔짝팔짝 뛰던 웨스트 양의 기세가 꺾였다. 그렇군. 웨스트 공작은 자기 동생이 여기 와서 민폐를 끼치고 있다는 걸 모르는 모양이다.

나는 허리에 손을 얹으며 다시 물었다.

"남의 가게에 와서 영업 방해하기 전에 네 오빠와 이야기라도 하고 오지 그랬어."

그랬다면 이런 짓을 하지 않았을 텐데. 내가 쯧쯧거리며 혀를 차자 여자애의 얼굴이 붉어졌다. 그녀는 억지로 강한 척하듯 가슴 앞으로 팔짱을 끼더니 소리쳤다.

"웃기지 마! 어디서 거짓말이야? 오라버니와 이야기하면 어쩔 건데?"

"네 오빠와 이야기했다면 사과는 내가 아니라 너네 집이 해야 한다는 걸 알았을 거거든."

그렇잖아? 에버딘은 엄밀히 말하면 마틴인가 미친인가 하는 놈이 인생 똑바로 안 살아서 생긴 피해자다. 난 아직도 웨스트 공작에게 사과를 받을 기회를 노리고 있다고.

하지만 웨스트 양은 그렇게 생각하지 않는 모양이었다. 그녀의 얼굴이 이번에는 분노로 달아올랐다.

"우리 집이 사과를 해? 뻔뻔하기도 하지!"

그렇게 소리친 웨스트 양이 갑자기 손으로 진열대를 후려쳤다. 얘 뭐 하는 거야? 내가 놀라는 것과 동시에 진열되어 있던 빵이 바닥으로 후드득 떨어졌다.

"어? 야!"

내가 깜짝 놀라서 소리친 순간 막내 웨스트는 그대로 문 쪽으로 뛰어나가고 있었다. 어딜 도망쳐? 그녀가 문을 세게 여는 바람에 문이 "쾅!" 하고 부딪치면서 주변 선반이 흔들렸다.

"헉!"

선반에는 대부분 쓸모없는 것들을 올려놨다. 안 쓰는 바구니나 유리병 같은 것들. 그런 게 우르르 쏟아지면서 박살이 나는 소리가 났다. 나는 떨어지는 것들과 박살 나는 것들에게서 몸을 보호하기 위해 둥글게 몸을 말았다가 일어났다.

아, 놓쳤겠네. 이미 저만치 뛰어갔을 거다. 지금이라도 쫓아가야 하나 하고 문 쪽으로 몸을 돌리는데 문 앞에 시커먼 게 서 있는 게 보였다.

"아네트 웨스트."

웨스트 공작이었다. 무표정한 얼굴로 동생을 부르는 그의 목소리가 낮았다. 이름이 아네트였군. 나는 두 사람에게 어떻게 화를 내야 할지 고민하며 밖으로 나갔다. 내 눈에 새하얗게 질린 얼굴로 굳어 있는 아네트가 보였다.

"의상실에 내려 줬을 텐데. 하녀들은 어떻게 했지?"

아네트는 이어진 공작의 질문에 어찌할 바를 모르고 있었다. 둘이 같이 나와서 공작이 동생을 의상실에 내려 줬는데 여기로 온 모양이다.

그것참 쌤통이네. 여유가 생긴 덕에 나는 허리에 손을 얹고 삐딱하게 서 있었다. 새까만 모자와 새까만 재킷을 입은 공작의 모습은 그에게 혼이 날 사람이 아니라 해도 무섭게 보인다. 그리고 나는 그게 내가 아니라는 사실을 다행으로 여겼다.

"오, 오라버니……."

아네트의 입에서 떨리는 목소리가 흘러나왔다. 그녀가 나를 쳐다보자 공작의 시선도 나를 향했다. 날 왜 쳐다봐? 나는 아네트가 한 짓이 잘 보이도록 가게 앞에서 살짝 비켰다.

"여긴 왜 왔지?"

공작의 질문에 아네트가 아무 말도 못 하는 것을 본 나는 속으로 콧바람을 불렀다. 혼나라, 혼나.

"여기에 에버딘 어서가 있다고 들어서……."

아네트는 우물쭈물하면서도 말은 똑똑히 들리도록 말했다. 나는 공작이 에버딘 어서 경이라고 고쳐 주지 않는 것을 보고 그를 향해 인상을 썼다.

하지만 공작은 내가 인상을 썼음에도 호칭을 고쳐 주지 않았다. 그는 나를 향해 몸을 돌리며 말했다.

"내가 대신 사과하지."

응? 그걸로 끝이야? 사과 뒤에 배상을 어떻게 해 줄 건지 이야기가 나올 거라 생각했는데, 공작은 그런 말이 없었다. 나는 아네트에게 마차로 돌아가서 기다리라고 말하는 공작에게 가슴 앞으로 팔짱을 끼고 말했다.

"필요 없어."

아네트와 공작의 얼굴에 그게 무슨 소리냐는 표정이 떠올랐다. 나는 콧방귀를 뀌며 말했다.

"댁의 사과가 뭐 그리 대단하다고? 필요 없으니까 사고 친 애 보고 직접 사과하라고 해."

아네트와 공작의 시선이 부딪쳤다. 공작이 사과하면 하늘에서

금이라도 뚝 떨어지니? 내 말에 아네트가 말도 안 된다는 표정을 지었지만 공작은 그녀를 잡아당기며 말했다.

"사과해, 아네트."

"오라버니!"

아네트는 항의했지만 공작이 그녀를 쳐다보자 입을 다물었다. 그리고 나를 향해 몸을 돌리며 내키지 않는다는 표정으로 말했다.

"미안해."

"뭐가 미안한데?"

"뭐?"

내 질문에 아네트가 인상을 쓰며 공작을 쳐다봤다. 하지만 그는 말없이 나를 바라보고 있을 뿐이었다. 오빠가 자기편이 아니라는 것을 깨달았는지 아네트가 우물쭈물 말했다.

"연락도 없이 찾아와서 미안해."

"그리고?"

"그리고, 라니?"

지금 여기서 네가 연락 없이 찾아온 게 제일 큰 잘못이니? 나는 뭐라고 하려다 웨스트 공작을 쳐다봤다. 그러고 보니 웨스트 공작도 딱 그것만 혼을 냈다.

그 오빠의 그 동생이군. 역시 내 생각이 틀리지 않았다. 나는 다시 아네트를 바라보며 말했다.

"나한테 사기꾼이라고 한 거, 네 집안 명예 어쩌고 하면서 나한테 욕한 거."

그것뿐인가? 나는 아예 손가락을 꼽기 시작했다.

"그리고 내가 만든 빵을 바닥에 떨어트린 거, 하나는 밟기까지 했지? 그것뿐이야? 네가 문을 쾅 닫는 바람에 가게가 난장판이 됐는데?"

이건 어떻게 할 거야? 내 지적에 아네트의 얼굴이 분노인지 당황인지 모를 표정으로 붉게 달아오르기 시작했다. 공작은 그제야 가게 안의 상황을 발견했는지 가게 안을 들여다보더니 말했다.

"피해받은 만큼 보상하지."

어떻게 할 거냐고 물어볼 필요도 없었다. 그가 품으로 손을 넣었으니까. 지갑이라도 꺼낼 모양이다. 나는 여전히 그의 앞에 버티고 서서 말했다.

"그리고 당신 동생보고 치우라고 해."

그 순간 아네트뿐만 아니라 공작의 시선도 나를 향했다. 당연한 거 아냐? 쟤가 어지른 걸 왜 내가 치워야 해?

"미쳤어?"

대뜸 아네트가 소리쳤다. 그러자 웨스트 공작이 무서운 목소리로 말했다.

"아네트."

금세 아네트의 기세가 꺾였다. 아무래도 쟤가 제일 무서워하는 사람이 공작인 모양이다. 그럼 제일 좋아하는 사람은 마틴 웨스트인가?

내가 마틴과의 결혼을 거부했다는 이유로 나한테 쫓아왔던 것을 떠올리는데 웨스트 공작이 말했다.

"치우는 비용도 주지."

"싫어. 돈이면 다 되는 줄 알아?"

나는 단칼에 거절했다. 돈으로 행복을 살 수는 있다. 하지만 내 자존심은 못 산다. 공작은 내 대답에 멈칫하더니 나를 쳐다보기 시작했다.

"당신 동생보고 치우라고 해. 싫으면 당신이 치워."

분노로 달아올랐던 아네트의 얼굴에 이번에는 말도 안 된다는 표정이 떠올랐다. 자기 오빠가 내 가게를 치울 리 없다고 생각하는 모양이라 나는 흥 하고 콧방귀를 뀌었다. 나도 이 짜증 나는 남자가 그럴 거라는 생각은 안 든다.

"치울 사람을 불러 주지."

공작은 그게 대단한 배려인 것처럼 말했지만 그건 당연한 거다. 가해자들이 치워야지. 나는 그래도 아네트가 치우라고 억지를 부리려다가 그게 내게도 별 도움이 안 된다는 것을 깨닫고 고개를 끄덕였다.

쟤가 치워 봤자 얼마나 치우겠어. 제대로 된 사람들이 와서 치우는 게 내 일도 줄어든다. 대신 집으로 돌아가서 집사에게 치울 사람을 보내 달라고 말하는 일은 아네트에게 맡겼다.

"그런 건 하인을 시키면 되잖아!"

마차를 타고 집에 다녀오라는 말에 당연하게도 아네트는 반발하고 나섰다. 네 잘못이면 하나쯤은 네가 해라, 좀. 내가 그렇게 말하려는데 공작이 말했다.

"하녀를 버려두고 혼자 다닌 건 너야. 내가 분명히 혼자 다니지 말라고 했을 텐데?"

하녀가 있었다면 당연히 하녀를 시켰을 거라는 말이다. 이 집안 애들은 뭐가 문제래? 나는 아네트가 투덜거리며 떠나는 걸 보고 가게 안으로 들어갔다. 빵이 다 망가졌으니 새 빵을 만들어야 한다. 지금부터 반죽하면 오후에는 팔 수 있겠지.

하지만 빵을 만든다는 건 나만의 계획이었던 모양이다. 나는 내가 들어온 문이 닫히지 않은 것을 느끼고 몸을 돌렸다. 그리고 반사적으로 뒤로 물러났다.

"어."

공작이 그대로 내 뒤를 따라와 가게 안으로 들어와 있었다. 하마터면 부딪칠 뻔했다. 에버딘은 평균보다 작은 편이고 공작은 평균보다 훨씬, 휘어어얼씬 큰 편이라 우리가 부딪치면 내가 나가떨어질 게 뻔했다.

"뭐, 뭐야?"

그가 들어올 줄 몰랐기 때문에 나는 놀라서 물었다. 설마 피해 보상금을 직접 책정하려는 건 아니겠지? 빵값을 두 배쯤 뻥튀기해야겠다고 생각하는데 공작이 말했다.

"이야기 좀 하지."

평소에도 그리 큰 편은 아니라고 생각한 가게가 공작이 들어온 것만으로도 꽉 찬 것처럼 느껴졌다. 나는 본능적으로 뒤로 물러나서 그와의 안전거리를 확보한 뒤 말했다.

"무슨 이야기?"

그를 집 안에 들이고 싶지 않은 내 심정과 달리 공작은 들어오고 싶었나 보다. 그가 한 발짝 내디딘 것만으로도 어느새 우리 거리는 훌쩍 가까워져 있었다.

키 커서 좋겠다, 야. 속으로 투덜거리는 동안 내 앞으로 성큼 다가온 그가 말했다.

"조용한 곳에서 이야기를 했으면 좋겠는데."

여기도 충분히 조용하다. 나는 방어적으로 팔짱을 꼈다. 지난번에 그를 주방에 들인 건 카렌이라는 용병이 있었기 때문이다.

솔직히 말하면 나를 향한 그의 감정이 그를 향한 내 감정보다 더 좋을 거라는 확신을 못 하겠거든.

됐으니 여기서 이야기하자고 말하려는데 누군가 가게 안으로 들어왔다. 아차, 팻말을 닫혔다고 돌려놨어야 했는데.

"아이구, 세상에나! 이게 다 무슨 일이래?"

아이린 아주머니였다. 그녀는 난장판이 된 가게를 보고 놀라서 들어왔다가 웨스트 공작을 보고 더 놀라서 흠칫 물러났다.

나는 재빨리 그녀를 안심시키기 위해 말했다.

"아, 잠깐 사고가 있어서요. 별일 아니니까 걱정하지 마세요."

아이린 아주머니는 공작을 힐끔 쳐다보더니 어깨를 움츠리며 고개를 숙였다. 그러더니 애써 그를 무시하고 내게 걱정스러운 표정으로 물었다.

"괘, 괜찮아?"

내가 고개 한 번, 눈동자 한 번이라도 흔드는 순간 뛰쳐나가서 치안관을 불러올 것 같은 모습이었다. 나를 걱정하는 모습에 웃음이 절로 흘러나왔다.

이러니저러니 해도 나는 이 거리의 사람들이 좋았다. 가십을 이야기하기 좋아하는 수잔도, 날 그다지 안 좋아하는 크리스틴도, 그리고 제일 처음 나를 발견해 도와준 아이린 아주머니도.

나는 공작 옆으로 다가가며 그녀를 안심시키기 위해 말했다.

"그럼요. 이분이 치우는 사람을 불러 준댔거든요."

"내가 뭐 도와줄 건 없고?"

아이린 아주머니의 얼굴에 내가 협박이라도 당하고 있는 거 아닌가 하는 걱정이 보여서 나는 실실 웃으며 두 사람을 소개했다.

"맞은편 거리에서 술집을 하는 아이린이에요. 이쪽은 어, 마틴……."

"션."

아이린 아주머니에게 공작의 이름을 소개하는 데 그가 불쑥 말했다. 아, 맞다. 마틴은 이 남자 이름이 아니라 이 남자 동생 이름이었지.

나는 그제야 내가 공작의 이름을 모르고 있었다는 것을 깨달았다. 딱히 부를 일도 없고 공작은 공작이니까, 굳이 생각하지 못했었다.

하지만 공작 아니, 션은 내가 자기 이름도 모른다는 게 꽤 기분 나빴던 모양이다. 그가 나를 물끄러미 쳐다보기 시작해서 나는 부랴부랴 아이린 아주머니를 내보냈다.

"곧 사람이 와서 치울 거라 잠깐 가게 문 닫아 두려고요."

"그래? 도와줄 거 있으면, 나 어디 있는지 알지?"

아이린 아주머니는 끝까지 션을 위험한 사람으로 인식하며 떠났다. 그게 퍽 재미있었다. 나는 싱글벙글 웃으며 문을 닫고 팻말을 닫음으로 바꿔 놓았다. 그리고 몸을 돌리자 불쾌해 보이는 선의 얼굴이 보였다.

"너와 이야기하려면 앞으로 몇 명이나 더 거쳐야 하는 거지?"

놀랍게도 그의 입에서 농담이 흘러나왔다. 아니, 농담이 아니라 빈정거린 건가? 나는 어깨를 으쓱해 보이고 그를 주방으로 안내하며 말했다.

"앞으로 여덟 명 더 대기하고 있지만 특별히 공작님이니까 한 명만으로 넘어갈게."

그 농담이 선의 취향에 맞던 모양이다. 내 뒤를 따라오는 그에게서 작게 웃는 소리가 났다. 농담이 통하기도 하는 상대였군.

그동안 봤던 선의 모습을 생각하면 바늘로 찔러도 피 한 방울 안 나올 것 같았는데 좀 의외였다. 아니, 바늘로 찔러도 바늘이 부러질 것 같았지.

"그래서, 무슨 이야기인데?"

나는 그를 주방으로 안내하고, 이번에는 특별히 차까지 대접한 뒤 물었다. 그는 내가 내려 준 차를 한 모금 마시고 찻물을 힐끔 쳐다봤지만 아무 말도 하지 않았다.

물론 한 모금 마신 뒤로 더 이상 손을 안 대기도 했다.

"너와 마틴의 결혼 이야기야."

선의 망나니 동생, 마틴의 이름을 듣자마자 내 인상이 구겨졌다. 나는 식탁에 찻잔을 내려놓으며 말했다.

"설마 동생과 결혼하기 싫다고 죽기까지 한 여자랑 동생을 결혼시킬 생각은 아니겠지?"

입장이 반대라고 해도 이 결혼은 반대다. 그렇잖아. 내가 마틴이 래도 자기 싫다고 죽기까지 한 여자랑 결혼을 강행하면 싫을 것 같다.

물론 내가 그 백배쯤 더 싫지만.

선은 계속 들어 보라는 듯 손을 들어 올리더니 담담하게 이야기를 시작했다. 그리고 놀랍게도 그의 목소리는 굉장히 듣기 좋았다.

"지참금?"

알고 보니 어서가는 웨스트가에게 마틴의 지참금을 요구했던 모양이다. 그리고 웨스트가는 그 지참금의 반을 이미 지불했고.

"왜, 아니……."

내가 살던 곳에도 비슷한 게 있긴 했다. 예단이라고. 물론 돈이 아니라 비단이었지만 요새는 돈으로 한다고 들었다.

기술 발달은 내가 살던 곳보다 좀 뒤떨어졌는데 이런 문화는 비슷한 모양이다. 비단이 아니라 돈이라니. 문제는 그걸 왜 결혼도 하기 전에 줬냐는 점이다.

내 의문을 알아차렸는지 선이 씩 웃으며 말했다.

"네가 먼저 달라고 했거든. 정확히 말하면 어서가에서."

와, 웃으니까 끝내주게 잘생겼네. 나는 그의 의도하지 않은 미남계에 홀려 멍하니 그를 쳐다보다가 한 박자 늦게 그의 말을 이해했다.

지참금을 먼저 달라고 했다고? 어째 불길한 기분이 들기 시작했다. 나는 조심스럽게 물었다.

"얼마였는데?"

약간의 침묵 끝에 그가 지불한 금액의 액수를 내뱉었다. 뭐라고? 나는 깜짝 놀라서 벌떡 일어났다.

"미쳤어?"

일 년 내내 밤 식빵을 팔아도 그 돈은 안 나오겠다. 아니, 이 가게를 팔아도 부족할 것 같다. 놀란 내 태도에 선이 앉으라는 듯 손짓하며 말했다.

"그래서 꽤 당황했지. 네가 죽었다는 이야기를 들었을 때 말이야."

그랬겠다. 문득 아네트가 나를 사기꾼이라고 소리치던 게 떠올랐다. 어마어마한 돈을 받아 놓고 죽었는데 알고 보니 멀쩡히 살아 있었다면 나라도 사기꾼이라고 생각했을 거다.

그렇다고 해도 이 남자도 참 겁도 없다. 나는 자리에 앉으며 말했다.

"뭘 믿고 그 큰돈을 덥석 준 거야?"

아직 결혼도 안 했는데. 혼인 신고서에 도장이라도 찍고 주지 그랬냐는 내 말에 선이 웃음을 터뜨렸다.

이게 웃기니? 나는 이 남자도 소리 내어 웃는다는 사실에 놀라야 할지, 지금 웃음이 나오냐고 타박해야 할지 망설였다.

"뭐, 우리가 그만큼 아쉬웠다고 하지. 아니면 어서가에서 거절할 줄 몰랐다고 하거나."

어느 쪽이든 상관없다는 듯 말하며 선은 테이블 위에 손을 올려 놓았다. 아까 전보다 훨씬 부드러워진 그의 태도에 기분이 이상해졌다.

우리가 좀 친한 것처럼 느껴졌다. 그럴 리가 없는데 말이지.

"중요한 건, 네가 결혼을 안 하겠다면 그 돈을 돌려줘야 한다는 거야."

아, 친한 것처럼 느껴진다는 거 취소다. 나는 턱을 괸 채 한숨을 내쉬었다.

"여기 증거도 있어."

주도면밀하게도 그는 편지를 두 장 꺼내 놓았다. 첫 번째 편지에 적힌 건 혼담을 진행하게 됐으니 지참금의 일부라도 먼저 받고 싶다는 내용이었다. 에버딘, 글씨 잘 쓰네. 나는 사소한 것에 감동하며 편지 말미의 서명을 확인했다.

확실히 에버딘 어서의 서명이었다. 그리고 두 번째 편지에는 지참금의 반을 먼저 보내 줘서 고맙다는 내용이 적혀 있었다.

"허허."

받은 적도 없고, 갖고 있지도 않은데 내게 줬다는 돈이 나타나다니. 악몽의 레퍼토리 중 하나일 줄 알았는데.

"설마 죽었다 살아나서 기억도 잃은 사람에게 당장 돈을 내놓으라고 하는 건 아니겠지?"

안 갚겠다는 건 아니다. 하지만 나도 살아야지. 나는 신과 내 몸을 받아 떠난 에버딘을 떠올리며 속으로 이를 갈았다.

착하게 살았다고? 남의 돈 받아가 놓고 죽은 사람을 어떻게 착하다고 할 수 있어? 그리고 이 상황에서 내가 어떻게 착하게 살 수 있는 건데?

억울하다는 생각과 두 사람을 향한 분노 때문에 눈앞의 남자에게서 받던 위협적인 느낌조차도 마비돼 버렸다. 물론 한 명은 사람이 아니었지만.

"그건 아냐."

션은 씩 웃으며 의자 등받이에 몸을 기댔다. 그의 체중을 견디느라 낡은 의자가 괴로운 비명을 지르는 소리가 들렸지만 우리 둘 다 신경 쓰지 않았다.

"모르는 거 같길래 알려 주러 왔지. 그리고 어떻게 갚을지도 듣고."

악마다. 그 순간 내 눈에 션이 악마로 보였다. 검은 머리카락과 자주색의 눈동자. 의자에 여유롭게 기댄 모습이 악마 그 자체였다.

악마보다 잘생겼다는 점이 문제였지만.

"결혼이 무산됐으니 당장 돌려주지 않겠다면 빚으로 쳐서 이자를 받아야 도리지만."

말이 끝난 줄 알았는데 션은 아니었던 모양이다. 그의 말에 나는 입을 딱 벌렸다. 뭐? 이자까지? 이성은 당연하다고 말했지만 본능은 내 이성의 멱살을 잡고 당연하게 그만 살고 싶냐고 윽박지르기 시작했다.

"그렇게까지 하는 건 너무 가혹한 것 같아서 말이야."

다행이다. 나는 이어진 션의 말에 속으로 안도의 한숨을 내쉬었다. 본능에게 멱살이 잡힌 이성도 가까스로 풀려났다.

션은 그런 내 모습에 피식 웃더니 식탁에 올려놓은 자신의 손을 깍지 꼈다. 긴 손가락이 얽히는 게 저도 모르게 시선을 잡아끄는 매력이 있었다.

나는 그의 손을 물끄러미 쳐다보다가 불쑥 물었다.

"돈은 누가 받아 갔는데?"

돈을 줬다면 받은 사람이 있을 것이다. 그리고 에버딘은 내가 보기엔 그 많은 돈을 받은 거 같지는 않다. 이 낡은 집을 사는 데 그 큰돈을 썼다면 얘는 아주 멍청하거나 사기를 당한 게 분명하거든.

선의 얼굴에 제법이라는 표정이 떠올랐다. 그걸 보자 정신이 번쩍 들었다. 이 남자가 바라는 게 뭘까. 그가 보기에도 나는 그 큰돈을 당장 내놓을 방법이 없어 보일 텐데.

"네 아버지가 찾아갔다더군."

찾아갔다고? 내가 그게 무슨 소리냐는 표정을 짓자 그가 재빨리 덧붙였다.

"은행에서 말이야."

은행에서 누가 돈을 찾아갔는지 알 정도라면 이 남자의 영향력이 은행에도 뻗어 있거나 그 은행 직원 기억력이 어마어마하게 좋은 거다.

후자보다는 전자일 가능성이 크겠는데. 나는 그렇게 생각하며 여유 있게 말했다.

"그럼 내 아버지에게 받아야 할 것 같은데."

"네 아버지는 혼담을 유지하려 할 것 같은데."

아, 그렇군. 나는 머리를 감싸고 신음을 내뱉었다. 그 결혼, 에버딘은 싫다고 했는데 아버지가 강행한 거라고 했지. 점점 에버딘의 아버지라는 작자의 얼굴이 보고 싶어졌다.

"마틴과 결혼하는 게 그렇게 싫다면 또 다른 선택지가 있어."

그때 선이 말했다. 또 다른 선택지? 내가 고개를 들자 그가 씩 웃으며 말을 이었다.

"다행히 웨스트가에는 아직 미혼인 남자가 하나 더 있거든."

누구? 나는 아까 만났던 인형처럼 예쁜 아네트를 떠올렸다. 그리고 조심스럽게 물었다.

"아네트가 남자야?"

그러자 선의 얼굴이 일그러졌다. 아냐? 그럼 대체 누굴 말하는 건데? 나는 어리둥절해서 그를 쳐다보다가 깜짝 놀라서 벌떡 일어났다.

"으엑!"

너랑? 나랑? 미쳤니? 우리 사이도 별로 안 좋잖아?

내 반응에 그도 기분이 상했나 보다. 선은 불쾌하다는 표정으로 말했다.

"무례하군."

"무례한 건 당신이 더 무례하지. 당신 나 좋아해?"

아주 잠깐 선이 머뭇거렸다. 그것 봐! 나는 그 틈을 놓치지 않고 말했다.

"그리고 당신, 공주님이랑 혼담 오가고 있다며?"

충격이 좀 가시니까 이제야 생각이 났다. 웨스트 공작은 레베카 공주님과 혼담이 오가고 있다고 했었다. 수잔이 날이면 날마다 가십지에 나온 기사들을 읊어댔었다.

공작과 레베카 공주님이 결혼하면 유일하게 혈연이 아닌 공작가가 왕가와 혈연관계가 된다는 내용의 기사였다. 잠깐, 그럼 이 나라의 귀족들은 본질적으로 다 친척인 건가? 끔찍한 상상이 머릿속에 떠오르는 데 션이 말했다.

"오간 적 없어. 그저 호사가들이 떠들어대는 이야기인 거지."

아, 그래? 하긴 생각해 보니 떠들어 대기 좋은 대상이긴 하다. 결혼 적령기의 공주와 왕가와 혈연관계가 아닌 공작이라. 내가 웨스트 공작가와 아무 관련이 없다면 나도 수잔과 함께 재미있어했을지도 모르겠다.

"마틴도 싫고 나도 싫다면 갚는 수밖에 없겠군."

싫다는 내 태도가 꽤 기분 나빴는지 션은 그렇게 말하며 자리에서 일어났다. 다시 내 이성이 건방지게 그는 기분 나빠할 만하다고 떠들어 대기 시작했다.

이 남자는 돈 많은 공작이고 사람들이 공주와의 결혼 이야기를 떠들어 댈 정도로 조건 좋은 남자니까. 죽었다 살아난 가난한 남작가의 나와 비교해 보면 션이 아깝다는 소리가 나올 만도 하다.

게다가 잘생겼잖아? 툭 튀어나온 본능이 끼어들었다. 생긴 건 진짜 한숨이 나올 정도로 잘생겼다. 나는 이성과 본능을 걷어찬 뒤 한숨을 내쉬었다.

"빵 몇 개 팔아서 과연 갚을 수나 있을지 모르겠군."

주방을 나가며 션이 빈정거렸다. 나도 안다. 나는 울컥 치밀어 오르는 분노를 눌렀다. 그의 말이 맞았다. 내가 생각해도 밤 식빵을 하루에 백 개씩 팔아도 그에게 받은 돈을 돌려주려면 얼마나 걸릴지 모른다.

하지만 그래도 열 받는 건 열 받는 거다. 나는 그의 뒤를 쫓아가며 말했다.

"갚을 테니 걱정 마."

"그럴 리가."

그는 말도 안 된다는 듯 피식 웃었다. 아, 열 받네. 덥석 돈부터
받은 에버딘의 아버지를 향하던 분노는 이 상황에서 죽음으로 도망
쳐 버린 에버딘과 내 앞에서 빈정거리는 웨스트 공작에게로 옮아갔
다.

내가 에버딘인 건 맞는데 이 상황을 내가 해결해야 한다니, 이게
좀 덜 착하게 산 벌이라면 너무 하는 거 아냐? 나는 화가 나서 허리
에 손을 얹으며 말했다.

"갚으면 어떻게 할래?"

입 밖으로 내뱉은 뒤에야 갚으면 갚은 거지 뭘 어쩌냐는 생각이
떠올랐지만 이미 말은 나간 뒤였다.

"아니……."

나는 부랴부랴 말을 고치려 했지만 그보다 먼저 선이 말했다.

"그런 기적이 일어난다면."

기이저억? 내 눈초리가 휙 올라갔다. 그는 내게 돌아서더니 삐딱
하게 서서 가슴 앞으로 팔짱을 꼈다. 화가 난 순간에도 그의 모습은
기가 막히게 멋있었다.

"네 앞에 무릎 꿇고 네 발등에 입을 맞추지."

"오."

그 순간 모든 부정적인 생각이 사라졌다. 저 끝내주게 재수 없고
잘생긴 남자가 내 발등에 입을 맞춘다니, 상상만으로도 짜릿했다.

나는 허리에 손을 얹은 채 재빨리 덧붙였다.

"당신 집에서?"

가능하면 여기가 아니라 그의 저택에서 그러는 게 더 짜릿할 것 같아서 한 말이었는데 선은 절대 불가능하다고 생각한 모양이었다. 그는 피식 웃더니 말했다.

"진짜 그런 기적이 일어난다면 사람을 불러서 파티를 열어 주지."

"좋아."

저도 모르게 대답이 흘러나왔다. 그런 거래라면 몇 번이나 할 수 있다. 하지만 다음 순간 선이 말을 이었다.

"하지만 못 갚는다면."

아, 맞다. 갚을 때의 조건도 있다면 못 갚을 때의 조건도 있어야지.

그는 팔짱을 낀 채 나를 위아래로 훑어보더니 말했다.

"결혼하는 걸로 하지."

"윽."

저도 모르게 신음이 흘러나왔다. 얼굴도 모르는 남자를 향한 혐오감이 벌써 이렇게 한계까지 차올라 있었다. 선은 그런 내 모습에 고개를 삐딱하게 기울이며 물었다.

"두 달 안에. 할 수 있겠어?"

조건이 점점 더 어려워졌다. 두 달? 이년이 걸려도 어려울 거다. 나는 말도 안 된다고 말하려 입을 열었다. 하지만 그보다 먼저 선이 그럴 줄 알았다는 듯 피식 웃으며 말했다.

"못하면 결혼식 준비하고."

그 순간, 내 머릿속에 밤 식빵을 하루에 몇 개 팔아야 두 달 안에 돈을 갚을 수 있는지 계산이 시작됐다. 내가 꼭 갚고 만다.

오기와 분노로 머리가 제대로 돌지 않아서 곱셈과 덧셈을 몇 번이나 반복하는데 누군가 가게 문을 두드리는 소리가 들렸다.

"문 닫았어요!"

그렇게 소리쳤지만 손님은 가지 않고 계속해서 문을 두드렸다. 덕분에 머릿속의 계산이 완전히 엉망이 되어 버렸다.

나는 선을 한번 노려보고 주방을 나가 가게로 향했다. 아, 문에 닫음이라고 팻말 걸어 둔 거 못 봤어? 짜증을 내려는데 문밖에서 익숙한 남자가 몇 명의 하인과 하녀를 데리고 서 있는 것이 보였다.

"아가씨께서 주인님이 여길 청소하라고 시키셨다고 하시던데요."

웨스트 저택의 집사, 톰슨 씨였다.

맞다. 그제야 나는 선이 아네트에게 청소할 사람을 불러오라고 시킨 것을 떠올렸다. 문을 열어 주자 안으로 우르르 들어왔던 웨스트가의 사용인들은 내 뒤를 보고 허리를 숙였다.

주방에 앉아 있던 선이 나온 모양이다. 고개를 돌려보니 아니나 다를까 그는 어느새 내 뒤에 서 있었다.

"내일까지 시간을 주지."

생각할 시간을 주겠다는 뜻인가 보다. 그는 집사에게 가게를 청소해 주고 오라는 지시를 남기고 가게를 떠나 버렸다.

생각할 시간씩이나 줘서 고맙다고 해야 할지, 생각할 시간을 고작 하루를 주냐고 화를 내야 할지 모르겠다. 나는 허리에 손을 얹은 채 떠나는 선의 모습을 물끄러미 쳐다봤다. 그는 느긋한 걸음걸이로 눈 깜짝할 사이에 내 시야에서 사라져 버렸다.

"어서 경."

진짜 짜증 나는 남자라니까. 한숨을 내쉬고 돌아서는데 지시를 기다리던 집사가 내게 말을 걸어왔다. 아, 그래. 청소.

두 명 정도면 충분할 거라고 생각했는데 아네트가 대체 무슨 소리를 했는지 이 작은 가게를 청소할 사람만 다섯 명을 불러왔다. 집사까지 하면 여섯 명이군.

잘됐다. 그렇지 않아도 이 집을 청소해야 한다고 생각하고 있었는데 영 엄두가 안 나서 포기하고 있던 터였다. 나는 씩 웃으며 지시했다.

"두 명은 여기를 청소해 줘요. 두 명은 주방을 청소해 주고. 두 명은 날 따라와요."

이 김에 커튼이랑 침대 시트도 다 뜯어서 빨아야지.

*　　　*　　　*

"주인님, 어서 경이 방문했습니다."

이튿날 아침, 식사를 하던 선은 집사의 말에 읽던 신문을 내리고 그를 쳐다봤다. 어제 그가 찾아갔던 게 점심 식사 시간 전이었으니 에버딘은 그의 생각보다 훨씬 빨리 결정한 모양이었다.

집사는 아무 말 없이 선의 지시를 기다리고 있었다. 그가 돌려보내라고 하면 톰슨은 어떻게 해서든 상대를 돌려보낸다.

선은 어서 경이라는 말에 식사를 하던 것을 멈추고 자신을 쳐다보는 아네트를 힐끔 쳐다봤다. 그녀는 싫은 건지 반가운 건지 복잡한 표정을 짓고 있었다.

그도 그럴 것이 허락 없이 에버딘을 찾아간 벌로 어제부터 외출 금지인 터였다. 심심한 와중에 찾아온 방문객이라니 반가울 만도 하지만 상대가 어서 경이라니 싫은 거겠지.

"들이게."

선의 지시에 톰슨은 고개를 숙이고 물러나더니 곧 에버딘을 데리고 돌아왔다. 다시 신문을 읽고 있던 그는 에버딘의 발걸음 소리가 남들보다 훨씬 작다는 사실을 깨달았다.

신기한 여자다. 그는 죽었다가 살아나면서 기억을 잃었다는 에버딘의 말을 곧이곧대로 믿지는 않았지만 기억을 잃었다는 말은 일부 사실이라고 생각하고 있었다.

에버딘 어서는 원래 사교계에 모습을 그다지 드러내는 타입은 아니었지만 혼자서 쇠퇴해가는 거리에 살고 있을 만한 타입도 아니었다.

게다가 먹고살겠다고 가게를 운영할 사람은 더더욱 아니었다.

"앉지."

신문을 내려놓으며 선은 각오한 듯한 표정의 에버딘에게 가볍게 말했다. 그의 제안을 받아들일 모양이다. 그는 타인의 감정을 알아차리는 데 능숙했고 그걸 무시하는 것도 능숙했다.

"물어보고 싶은 게 있어."

집사가 차를 내오자 에버딘은 저도 모르게 찻잔을 손끝으로 문지르며 입을 열었다. 아침이라 약간 서늘했는데 따뜻한 찻잔 덕분에 손끝에서 온기가 피어났다.

그녀는 찻잔을 들어 올려 목을 축였다. 웨스트 공작이 하루밖에 생각할 시간을 주지 않는 바람에 밤새 고민했다. 그리고 결심이 서자마자 바로 여기로 달려왔다.

선은 물어보라는 의미로 고개를 끄덕였다. 창백했던 에버딘의 얼굴이 차를 마시자 약간 혈색이 돌아오는 게 보였다. 그녀는 그를 한 번 쳐다보고 아네트와 집사까지 돌아본 뒤 다시 선에게 고개를 돌렸다.

단둘이서 이야기를 하고 싶다는 표정에 선이 입을 열었다.

"아네트, 다 먹었으면 올라가."

"아직 덜 먹었⋯⋯."

아네트가 거절했지만 선은 그걸 받아들이지 않았다. 자신을 쳐다보는 오빠의 시선에 아네트가 할 수 없다는 듯 자리에서 일어났다.

그걸 본 에버딘은 역시 아네트는 선을 무서워한다고 그리고 선은 공작가의 폭군이라고 생각했다.

"묻고 싶은 게 있다고."

아네트가 떠나고 시중을 들기 위해 대기하고 있던 하인들까지 물리고 나자 선이 다시 물었다. 그녀를 데리고 자리를 옮길 줄 알았지 주변 사람들을 모두 물릴 줄은 몰랐던 에버딘은 주변을 돌아보고 말했다.

"전에도 말했지만 기억 상실이라 아무것도 모르거든."

그런데? 선이 표정만으로 그렇게 물었다. 에버딘은 찻잔을 만지작거리며 가장 신경 쓰이던 지점을 질문했다.

"귀족이 장사를 해도 돼?"

귀족이라는 것을 모를 때는 먹고 살아야 하고 빵을 만들어 파는 게 그녀가 당장 할 수 있는 일이라 시작했다. 하지만 과연 귀족이 그래도 되는 걸까.

그녀가 살던 곳은 계급이 없기 때문에 누가 무슨 일을 하는 가에 대해서는 제약이 없었다. 하지만 과거에는 사농공상이라고 해서 계급에도 순서가 있었다. 그리고 그 순서의 가장 마지막은 상인이었다.

과연 귀족이 장사를 해도 되는 걸까. 그게 에버딘의 첫 번째 의문이었다.

"사업을 하는 귀족은 많아."

장사는 사장이 직접 일을 하는 것이고 사업은 직원을 고용해서 업무를 시키는 거다. 확실히 지금 귀족들이 하는 건 후자였다.

그리고 에버딘이 하는 건 전자였고.

그걸 물어볼 줄은 몰랐다. 하지만 중요한 질문이기도 했다. 선은 식탁에 팔꿈치를 대고 턱을 괬다. 그리고 에버딘을 응시하며 말을 이었다.

"귀족은 영지에서 나오는 수익으로 생활을 하는 게 보통이지만 영지에서 나오는 수익은 언제나 충분하지 않거나 불확실하기 마련이거든."

영지에서 나오는 수익이란 결국 영지민들의 세금이다. 그리고 영지민들은 농사를 짓거나 가축을 기르고 공예를 해서 세금을 낸다.

문제는 그 모든 것들이 완벽하게 늘 같은 수익을 보장해 주지는 않는다는 점이다. 그리고 영지에 늘 충분한 세금을 낼 수 있는 영지민이 살고 있는 것도 아니다.

도전적이거나 영지에서 나오는 세금만으로 생활이 어려운 귀족들은 사업을 병행했다. 물론 오히려 그 사업에서 실패해서 영지에서 나온 수익으로 사업을 메우는 사람도 적지 않았다.

그는 자신의 말에 귀를 기울이는 에버딘을 보고 씩 웃었다. 너무 짧은 순간이라 그녀가 진짜 미소인지 의심할, 그런 미소였다.

"그래서 많은 귀족들은 사업에 손을 댔고 자식들에게도 그 사업을 물려주고 싶어 하지. 수완이 있는 귀족은 대대로 가업으로 하기도 해."

십여 년 전쯤의 유행이었다. 귀족들 사이에 교육의 일환으로 자식에게 작은 가게를 하나 사 주고 직접 운영하도록 하는 게.

지금은 사라진 유행이지만 아직도 그때 받은 가게를 팔지 않고 가지고 있는 사람도 있었다. 그들도 대부분 관리할 사람을 고용하는 형태였지만.

"그리고 아주 가끔 여전히 직접 가게를 운영하는 사람도 있어."

에버딘은 선이 무슨 말을 하는지 알 것 같아서 입술을 굳게 다물었다. 그러니까 결국 장사를 하는 귀족도 있다는 말이다.

쉬운 이야기를 빙빙 돌려서 한다. 에버딘이 그렇게 생각한 순간 선이 씩 웃으며 덧붙였다.

"그런 사람들을 사교계에서는 괴짜라고 여기지만."

괴짜로 불려도 상관없다면 지금처럼 계속 장사를 해도 된다는 말이다. 괴짜가 되는 건 상관없었다. 에버딘은 어깨를 으쓱하고 물었다.

"결혼하기 싫어서 자살한 사람이 괴짜 소리를 듣는 걸 신경 쓸까?"

그건 그렇다. 선은 저도 모르게 턱을 괸 손에 얼굴을 묻으며 웃어 버렸다. 마치 소년처럼 웃는 모습에 에버딘은 저도 모르게 멍하니 그를 쳐다보다가 재빨리 정신을 차리고 물었다.

"그리고 두 번째로."

"뭔데."

웃느라 선의 눈이 부드럽게 휘어져 있었다. 에버딘은 그의 입꼬리도 초승달처럼 휘어 있는 것을 발견하고 저도 모르게 시선을 피했다.

왜 이렇게 쓸데없이 잘생겼담?

"웨스트가는 그런 괴짜랑 혼인 관계를 맺고 싶은 거야?"

꽤 당연한 질문이지만 이번에도 그녀가 할 줄은 몰랐던 질문이다. 선은 자세를 바로 하고 말했다.

"그래."

단호한 대답에 에버딘은 왜냐는 추가 질문을 던지지 못했다. 그녀는 머뭇거리다가 입을 열었다.

"조건이 하나 있어."

"질문 두 개에 조건 하나라."

꽤 까다로운 상대였지만 상관없었다. 선이 말해 보라는 듯 고개를 끄덕이자 에버딘이 말을 이었다.

"내가 성공하면 거리의 상인들이 거리를 재개발해도 그대로 장사를 할 수 있게 해 줘."

의외의 조건에 선은 눈썹을 들어 올렸다가 원래대로 돌아왔다. 그의 머릿속에 에버딘 어서가 착하다던 평가가 떠올랐기 때문이다. 자기 코가 석 자인데 아직도 그럴 생각이 들다니.

선은 팔짱을 끼고 고개를 삐딱하게 숙이며 물었다.

"돈을 갚는 건 포기한 모양이군?"

"뭐? 왜?"

선의 빈정거림에 에버딘은 당황해서 물었다. 돈을 갚으려고 이러는 건데 무슨 소리야? 선은 에버딘이 어리둥절해 하자 느긋하게 말했다.

"네 성공을 걸고 다른 사람들의 이득도 보장해 주려는 건 둘 중 하나지. 성공할 자신이 있거나, 이 김에 착한 척하려는 거거나."

그가 무슨 말을 하는 건지 알겠다. 에버딘은 아아 하고 고개를 끄덕였다. 그렇게 보인 거구나. 착한 척한다는 소리를 듣는 건 괜찮다. 착한 척한다니 그거야말로 그녀가 바라는 일이다.

가능하면 착하다는 소리를 들었으면 좋겠지만.

"마음대로 생각해."

에버딘은 어깨를 으쓱하며 말했다. 조건만 들어준다면 무슨 소리를 해도 상관하지 않았다. 선은 그녀의 대답에 한쪽 눈썹을 들어

올렸다.

아무 대책도 없이 그를 이용해서 착하다는 평가를 얻으려는 거라면 들어줄 수 없다. 못마땅한 그의 표정에 에버딘이 다시 입을 열었다.

"갚으려고 이러는 거야. 당신은 혼자서도 그 큰돈을 벌 수 있겠지만 난 아니거든."

애초에 돈이 많고 사업을 하고 있는 사람이라면 혼자서도 큰돈을 벌 수 있을 것이다. 하지만 에버딘은 아니다. 그녀는 가진 게 하나도 없었고 선에게 돈을 돌려줄 수 있는지조차 알 수가 없다.

게다가 에버딘이 장사를 하는 거리는 유입 인구도 적고 기존 상인들도 쫓겨날 거라는 걱정에 장사할 의욕을 잃고 있었다. 여기서 에버딘 혼자 열심히 일한다고 해결될 문제가 아니다.

"그 사람들도 보상이 필요해."

에버딘과 함께 장사를 할 의욕이 있어야 한다. 그녀의 설명에 선은 놀란 표정을 지었다. 거기까지 생각하고 있을 줄은 몰랐다. 게다가 그녀의 말이 맞았다.

하지만 선에게는 상관없는 일이기도 했다. 그가 에버딘의 일을 더 어렵게 만들어 줄지, 말지 고민하는 사이 그녀가 다시 말했다.

"당신한테도 나쁜 이야기는 아니잖아? 장사를 할 의욕적인 상인을 갖게 되는 거니까."

그 말 역시 맞았다. 선은 의자 등받이에 몸을 기댄 채 자신 있는 모습으로 자신을 설득하는 에버딘을 물끄러미 쳐다봤다. 역시 신기한 여자라는 생각이 들었다.

자신의 앞에서 당당하게 자신의 의견을 제시하고 요구할 수 있는 사람은 많지 않았다. 선과 사업 이야기를 하는 사람들 중에도 그의 눈을 똑바로 쳐다보지 못하거나 그를 무서워하는 사람이 있었다.

"좋아. 대신 나도 조건을 걸지."

선은 식탁 위에 두 손을 올려놓으며 말했다. 그의 커다란 손이 식탁 위로 올라가자 에버딘의 시선이 반사적으로 그의 손을 향했다가 다시 선의 얼굴로 돌아갔다.

"매출을 지금의 열 배 이상 올리면 재계약을 하겠어."

그 정도는 되어야 한다. 선의 조건에 에버딘의 얼굴이 일그러졌다. 열 배가 가능할지 생각하는 그녀의 모습에 선은 씩 웃으며 덧붙였다.

"그게 최소한의 조건이야."

지금 그 거리의 매출은 없는 것이나 다름이 없었다. 상인들은 낙후된 탓에 상당히 저렴한 임대료를 내고 있었고 재건축을 하면 당연히 선은 임대료를 올릴 예정이었다.

그렇다면 그가 올릴 임대료를 낼 수 있어야 한다.

"좋아."

에버딘은 고개를 끄덕이며 자리에서 일어났다. 그러자 선 역시 자리에서 일어나며 손을 내밀었다.

거래가 체결됐으니 악수를 하자는 뜻이다. 에버딘은 망설이다가 그의 손을 잡았다. 그녀의 손이 그의 손안에 쏙 들어갔다.

"두 달 안에 매출 열 배?"

웨스트 공작을 만나고 온 이튿날, 어떻게 됐는지 물어보러 찾아온 아이린 아주머니는 내 설명에 깜짝 놀라서 비명을 질렀다.

나는 차를 홀짝이며 고개를 끄덕였다. 열 배라고 하니까 엄청나 보이지만 원래 이 거리의 매출 자체가 워낙 낮아서 공작의 제안은 당연하다면 당연했다.

"지금 수익으로는 재건축 후의 임대료를 감당 못 할걸요?"

내 말에 아이린 아주머니가 조용해졌다. 그녀는 지금 임대료가 거의 없는 거나 다름없다고 들었다. 어떻게 그럴 수 있는지 모르겠지만 사정이 있겠거니 싶어서 묻지 않았다.

나도 어떻게 젊은 나이에 건물이 있냐고 물어보면 할 말이 없다.

션에게 귀족 중에도 직접 가게를 운영하는 사람이 있다는 말을 들었지만 굉장히 소수고 괴짜라는 소리를 듣는다고 했다. 그런 걸 귀족이 아닌 사람들은 더더욱 이해하기 어려워할 것 같은데.

게다가 혼자 사는 여자가 귀족이라는 소문이 나서 좋을 게 하나도 없다. 나는 지금은 평안해졌지만 용병을 감금한 동안 매일 밤 있었던 침입 시도를 떠올리며 한숨을 내쉬었다.

지금이야 그런 일도 있었지, 하고 넘어가지만 그때는 밤새도록 한숨도 못 자고 창문 앞에 앉아 있었다.

"그게 가능할까?"

아이린 아주머니의 자신 없는 질문에 나는 최대한 긍정적으로 말했다.

"할 수 있는 데까지는 해 봐야죠."

어쨌든 기회를 얻은 거잖아. 게다가 매출을 올려서 손해는 하나도 없다. 할 수 있는 건 다 해 봐야 한다. 나는 그녀와 머리를 맞대고 이 거리에서 가장 장사가 잘되는 집과 가장 안 되는 집을 꼽아보았다.

"크리스틴이 가장 잘될 거야. 그 앤 단골 고객이 있거든."

크리스틴은 대로에서 가장 인접한 가게에서 의상실을 하는 여자다. 이상하게 나를 별로 안 좋아한다는 특징이 있지.

나는 머릿속에 크리스틴을 떠올렸다. 갈색 머리에 키가 큰 편이고 호리호리한 체형이었다. 한 번도 이야기를 나눠 본 적은 없지만 지나다니면서 몇 번 봤다.

"데이브 아저씨는요?"

나는 가장 장사가 안 되는 가게로 내 가게를 적어 넣으며 물었다. 그러고 보니 데이브 아저씨를 잊고 있었다.

그를 처음 본 건 내가 에버딘의 몸에 들어온 날이었는데 마지막으로 본 것도 그쯤 된다. 아이린 아주머니도 나와 비슷한 모양이었다. 마지막으로 본 게 보름도 전이라는 말에 나는 저도 모르게 입을 딱 벌렸다.

"가끔 들여다봤는데 가게도 거의 닫아 두던 걸요?"

"가끔 큰 의뢰가 있나 봐. 최근에 단골을 잡았다는 말을 들은 적이 있거든."

"단골이요?"

"대장간이잖아. 그쪽은 한번 마음에 들면 거기서만 주문을 하거든."

대장간에서 뭘 팔지? 내가 아는 한 대장간은 농기구를 손보는 게 전부였다. 텔레비전에서 본 적이 있다. 호미 같은 걸 만들었던 것 같은데.

하지만 이곳의 대장간은 좀 더 취급하는 게 많은 모양이었다. 내가 뭘 파냐고 묻자 아이린 아주머니는 덤덤하게 이야기했다.

"농기구도 만들고 주방기구도 만들고. 네가 쓰는 빵틀이나 식칼 같은 거 말이야."

아, 그런 것도 대장간에서 만드는구나. 생각해 보면 당연한 일이다. 여긴 공장 같은 게 없나? 그렇게 생각하는데 아이린 아주머니가 엄청난 소리를 내뱉었다.

"그리고 무기나 방어구도 만들고."

"무기요?"

무기라고? 나는 아이린 아주머니의 말에 놀라서 그녀를 멍하니 쳐다봤다. 내가 아는 그 무기가 맞나? 내가 살던 곳은 무기가 그렇게 흔하지 않았고 수집하는 사람들이나 가지고 있는 게 보통이었다.

가끔 정부 허락을 받고 사냥을 하는 사람들이 총 같은 걸 사용한다고는 들었는데.

"용병들이 검을 옆에 차고 다니는 거, 못 봤어?"

못 봤다. 내가 고개를 절레절레 흔들자 그녀는 알겠다는 듯 고개를 끄덕이며 말했다.

"하긴, 여기 오는 용병들이 무기를 들고 오지는 않았겠네."

아이린 아주머니의 설명에 의하면 수도를 비롯한 어지간한 마을과 도시는 무기를 가지고 다니려면 소지 허가증과 패용증이 있어야 한단다. 만약 없는데 가지고 다니다가 걸리면 감옥에 며칠 있다 와야 한다고.

그렇군. 나는 고개를 끄덕이며 우리 가게에 왔던 용병들도 빈손으로 왔던 것을 떠올렸다. 무기까지 들고 와서 날 협박하면 가중 처벌이 돼서 그랬던 모양이다. 여자 하나 정도는 만만해 보이기도 했을 테고.

"대장간마다 주력으로 만드는 게 조금씩 달라서 잘 알아보고 가야 해. 무기 전문인 데도 있고 식칼 전문인 데도 있거든."

그렇겠네. 내가 있던 곳도 식칼은 어느 회사 제품이 좋다거나 하는 말이 있었다. 나는 고개를 끄덕이며 물었다.

"데이브 아저씨는 뭘 파는데요?"

그러자 아이린 아주머니의 입이 닫혔다. 웅? 내가 대답을 기다리자 그녀는 곰곰이 생각하다가 말했다.

"잘 모르겠네. 이것저것 한다던 거 같은데."

그 말은 주력 상품이 없다는 말 아닌가? 큰 대장간도 아니고 혼자 하는 곳이 이것저것 다한다는 건 결국 장사가 안 된다는 뜻이다.

아니지. 나는 재빨리 고개를 흔들었다. 어쩌면 데이브 아저씨가 모든 제품을 다 잘 만드는 건지도 모른다. 그랬다면 가게 문을 한 달에 두어 번만 열지는 않겠지만.

"그래도 대장간은 걱정 안 해도 될 거야. 단골도 있다고 하고 좀 있으면 검술 시합도 있고."

검술 시합? 종이에 가게를 적어 내리던 나는 생각하지 못한 단어에 고개를 번쩍 들었다. 그게 뭐야?

어리둥절한 내 표정에 아이린 아주머니 역시 어리둥절한 표정을 짓더니 말했다.

"몰랐어? 그래서 지금 대로를 한창 정비하고 있잖아?"

그게 시합 때문이었어? 뭔가 하는 줄은 알았지만 항상 하는 도로 정비 같은 건 줄 알았다. 내가 살던 곳은 도로 정비가 잦았거든. 연말이면 인도를 갈아엎었고 연초면 나뭇가지를 정돈했었다.

이 나라도 대로의 나무를 정리하고 도로의 타일을 일부 보수하길래 그런 건 줄 알았다.

하지만 내 말을 들은 아이린 아주머니는 배를 잡고 웃더니 다시 설명하기 시작했다.

"정확한 이름은 잊어버렸는데, 다른 나라하고 돌아가면서 여는 행사야. 계급 상관없이 모두 참가할 수 있고 상금이 상당해서 대륙 전체에서 사람들이 몰려들거든."

한국으로 따지면 올림픽이나 월드컵 같은 건가? 그렇게 생각하는데 아이린 아주머니가 재빨리 덧붙였다.

"그래서 요새 용병들이 많이 있는 거야. 원래는 다들 의뢰를 받아서 대륙 전체에 흩어져 있어."

그렇구나. 이 세계는 내가 살던 곳과 비슷하면서도 많이 달랐다. 이렇게 새로운 것을 배울 때마다 신기하면서도 새삼 여기가 한국이 아니라는 것을 깨닫게 된다.

나는 말없이 고개를 끄덕이다가 이 이야기에서 엄청난 장점이 있다는 것을 깨달았다.

"시합 때문에 사람들이 몰려든다면 매출 올리기가 더 쉽겠는데요?"

그래서 내가 살던 곳은 올림픽을 서로 유치하려고 난리였었다. 선수들에게도 영광이겠지만 열리는 나라에도 관광으로 엄청난 수익이 발생한다고 들었다.

하지만 내 말에도 아이린 아주머니는 약간 심드렁한 반응이었다. 여긴 좀 다른가? 그녀가 왜 심드렁해 하는지 이해하지 못하는 내게 아이린 아주머니가 천천히 입을 열었다.

"사람들이 몰려든다고 뭐가 달라질까? 작년에도 축제가 있었지만 여긴 크게 매출이 오르지 않았거든."

그럴 수가 있나? 나는 믿을 수 없는 아이린 아주머니의 말에 눈살을 찌푸렸다. 축제나 행사가 있으면 근방 상권이 일시적이나마 살아난다는 건 아르바이트만 해 본 나도 안다.

나는 가만히 그녀를 지켜보다가 물었다.

"작년 축제 때 뭘 했는데요?"

"뭘 해? 평소랑 똑같았지."

"그게 문제죠!"

축제인데 평소와 똑같이 장사를 했다고? 당연히 안됐을 거다. 주변 다른 거리의 가게들은 축제 때 한몫 잡아 보겠다고 온갖 호객 행위를 했을 텐데 여기만 조용했다는 말이다.

세상에. 나는 어이가 없어서 벌떡 일어서서 말했다.

"이 거리는 다른 거리보다 훨씬 사람도 적은데 아무것도 안 했으니 당연히 아무도 안 오죠! 사람을 끌어 와야 한다고요!"

"어떻게?"

당연한 아이린 아주머니의 질문에 말이 막혔다. 그러게. 사람을 어떻게 끌어 오지? 내가 아르바이트를 할 때 가게 사장님은 여러 가지 홍보를 했다. 전단지를 나눠 주기도 했고 바이럴 업체를 이용하기도 했었다. 문자로 이벤트를 알리기도 했지?

여기도 그런 게 있나?

거기까지 생각한 나는 고개를 저었다. 이곳은 텔레비전이나 핸드폰은커녕 인터넷도 없다. 근데 무슨 바이럴이란 말인가.

"신문 광고는 어때요?"

여기에서 할 수 있는 홍보의 종류에 뭐가 있는지를 모르겠다. 아이린 아주머니는 내 제안에 고개를 저으며 말했다.

"너무 비싸."

신문 광고가 그렇게 비싼가? 생각해 보니 난 내가 살던 곳에서도 신문 광고가 어느 정도 금액이었는지도 모른다. 그러고 보니 신문을 읽어 본 지도 오래됐네.

또 다른 홍보 방법이 뭐가 있는지 생각하는데 아이린 아주머니가 말을 이었다.

"차라리 전단지가 나을 거야. 그건 거리의 아이들에게 동전 몇 개 주고 시키면 되거든. 인쇄비가 좀 들긴 하지만."

내가 제일 처음 생각한 방법도 전단지를 나눠 주는 거긴 했다. 가장 오래된 홍보 방법이면서 동시에 가장 무난한 홍보 방법이기도 했다.

과연 효과가 있을까? 그렇게 물어보려던 순간 나는 근처 마트에서 날아온 전단지를 펼치고 할머니와 함께 뭘 살지 이야기하던 것을 떠올렸다.

몇백 개 한정 상품을 사려면 일찍 가야겠다거나, 한 사람당 한 상품만 살 수 있으니 둘이 따로 가야겠다거나 하는 이야기를 했었다.

별거 아닌 일상이었다. 당연하고 너무 흔한 일이었다. 그런데 더 이상 그런 일은 일어날 수가 없다.

나는 울컥하는 감정을 다스리기 위해 고개를 숙이고 입술을 깨물었다. 우는 날 보고 아이린 아주머니가 왜 그러냐고 하면 대답할 말이 궁색했기 때문이다.

"신문 광고비는 어렵지만 인쇄비 정도라면 다른 사람들하고 돈을 모으면 가능할 거야."

다행히 그녀는 내가 인쇄비 걱정을 한다고 생각했는지 그렇게 말했다. 가게 하나의 홍보가 아니라 거리 전체의 홍보니까 다른 가게 사람들에게 모금을 하면 된다.

좋은 생각인데? 나는 재빨리 표정을 관리하고 고개를 들었다. 거리 전체의 매출을 올리는 일이니까 다른 사람들과도 이야기를 해봐야 한다.

사용할 수 있는 돈이 늘어나면 할 수 있는 일도 늘어난다. 나는 진지한 표정으로 물었다.

"옷값은 어떨까요?"

*   *   *

이 거리는 사람이 없다는 게 가장 문제다. 몇 년 전부터 쇠퇴했다고 들었다. 유입이 적으니 장사가 안되고, 장사가 안되니 가게 문을 닫는 사람들이 늘어나면서 자연스럽게 사람들의 발걸음은 더더욱 줄었다.

그렇다면 사람들의 흥미를 끌어야 한다.

내가 살던 곳에는 인형 탈을 쓰고 전단지를 나눠 주는 아르바이트가 있었다. 한 번 해 봤는데 더워서 죽는 줄 알았다. 겨울에는 할 만한데 여름엔 진짜 진짜 힘들다.

"뭘 만들어 달라고?"

크리스틴은 예상대로 뾰족한 말투로 물었다. 앤 처음부터 그랬다. 그러니까 내가 크리스틴을 처음 만났을 때부터 나한테 적대적이었다는 말이다.

"드레스 말이야. 안 들리니?"

나는 크리스틴의 적의를 무시하며 대꾸했다. 원래 누군가 나를 이유 없이 미워한다면 이유를 만들어 줘야 하는 법이다. 내 태도에 그녀가 콧방귀를 끼더니 말했다.

"귀하신 몸이라 이런 데서 드레스를 맞출 줄 몰랐거든."

응? 나는 크리스틴의 말에 놀라서 그녀를 쳐다봤다. 내가 귀족인 걸 아나? 나도 몰랐는데?

그게 무슨 소리냐고 물어보려는데 아이린 아주머니가 끼어들었다.

"들어 봐, 크리스틴. 에버딘이 입을 드레스가 아니야."

그녀의 말에 크리스틴이 무슨 소리냐는 표정으로 고개를 돌렸다. 그야 난 드레스는커녕 천을 살 돈도 없거든.

에버딘 어서는 웨스트 공작에게 지참금의 반을 먼저 받았지만 내 수중에는 없다. 적어도 내가 사는 집에는 그런 큰돈이 없었다.

그렇다면 둘 중 하나일 것이다. 에버딘 어서와 그 가족들에게 큰 빚이 있어서 지참금을 받아서 빚을 갚았거나, 에버딘의 부모님이 딸을 행실 안 좋은 남자와 결혼시키는 조건으로 돈을 요구한 거거나.

둘 다 꽤 가능성이 있는 이야기다. 그리고 난 가능하면 후자였으면 좋겠다. 에버딘에게는 좀 미안하지만 그렇다면 그 돈을 에버딘의 부모가 가지고 있을 테니까.

음. 적어도 일부는 남아 있겠지.

"그럼 누가 입을 건데?"

크리스틴의 질문에 나는 상념에서 깨어나 입을 열었다. 지금은 여행을 간 에버딘의 부모를 생각할 때가 아니다. 적의를 보이던 크리스틴이 흥미를 보이고 있었다.

"내가 웨스트 공작과 거래를 했거든."

"웨스트 공작? 그 웨스트 공작을 말하는 거야?"

그래, 그 공작. 나는 네가 어떻게 웨스트 공작과 거래를 했냐는 크리스틴의 질문을 무시하고 그와 한 거래에 대해 설명했다. 두 달 안에 매출의 열 배를 올리면 재건축을 한 뒤에도 재계약을 해 주겠다고 약속했다는 말에 크리스틴이 자리에서 벌떡 일어났다.

"공작님이 너와 그런 계약을 했다고? 진짜?"

"잊지 마. 매출 열 배야."

그냥 재계약을 해 준다고는 안 했다. 내 지적에도 크리스틴은 여전히 흥분 상태였다. 그녀는 믿을 수 없다는 표정으로 이리저리 서성거리더니 내게 물었다.

"그럼 웨스트 양도 만났어? 아네트 웨스트 양 말이야!"

만났고말고. 그 싸가지 없는 계집애. 내가 고개를 끄덕이자 주변을 서성거리던 크리스틴이 테이블에 두 손을 내려놓으며 외쳤다.

"세상에! 진짜 예뻐? 인형처럼 예쁘다던데, 사실이야?"

사실이긴 하다. 하지만 그것보다 나는 크리스틴이 공작가에 관심이 많다는 게 더 신기했다. 이런 건 수잔의 전공인 줄 알았는데.

나는 떨떠름한 표정으로 물었다.

"너도 귀족 가십에 관심 있니?"

"당연하지! 난 디자이너라고! 게다가 아네트 웨스트 양이 얼마나 유명한데!"

얼마나 유명한데? 나와 아이린 아주머니의 시선이 부딪쳤다. 예쁘다는 걸로 유명하다는 건 알겠다. 하지만 크리스틴의 입에서 나온 말은 상상을 초월했다.

"같은 드레스를 한 번 이상 입은 적이 없대! 가장 유명한 의상실의 드레스만 입는 거로 유명해!"

어, 그런 애였나? 그러고 보니 만날 때마다 다른 옷을 입고 있긴 했다. 고작 두 번 정도였지만.

심드렁한 나와 달리 크리스틴은 흥분 그 자체였다. 가장 유명한 의상실 드레스만 입는 게 뭐가 그리 대단하다고. 같은 드레스를 한 번 이상 입은 적이 없다는 건 좀 놀랍긴 하다.

하지만 걘 부자잖아. 제일 유명한 상표의 옷을 사다 입겠지.

아니, 잠깐. 나는 문득 이 세계는 기성복이라고 부를 게 없다는 것을 깨달았다. 내가 살던 곳처럼 한 상표로 같은 옷을 잔뜩 만들어서 파는 경우가 없다는 말이다.

대부분의 옷은 의상실에서 주문해서 입었고 가난한 사람들은 천을 사다가 직접 만들어 입었다. 그나마 기성품이라고 할 만한 건 의상실에서 미리 만들어 둔 옷이다. 그것도 전시해 놨다가 지나가던 사람이 보고 사겠다고 하면 손님의 치수에 맞춰 수정을 해 준다.

"설마 아네트 웨스트가 입을 드레스를 만들어 달라는 건 아니지?"

이어진 크리스틴의 질문에 나는 대놓고 싫다는 표정을 지었다.

내가 미쳤니? 그 못된 애 옷을 만들어 달라고 하게? 그건 걔네 집에서 알아서 할 일이다.

내 표정에 크리스틴의 흥분이 식었다. 그녀는 실망한 표정으로 자리에 앉으며 물었다.

"그럼 누가 입을 건데? 그리고 웨스트 공작과의 거래가 드레스랑 무슨 상관인데?"

나는 아네트와 사이가 별로 안 좋다고 이야기할까 하다가 말았다. 크리스틴과 그런 이야기를 할 정도의 사이가 아니지. 대신 나는 내 계획을 털어놓았다.

"매출을 올리려면 손님이 많아야 하고 손님이 많으려면 거리에 유입되는 사람의 수가 늘어나야 하잖아."

"뭐, 그렇지."

자신이 만들 드레스가 아네트가 입을 드레스가 아니라는 말에 모든 흥미를 잃어버렸는지 크리스틴의 태도는 심드렁했다. 그녀는 턱을 괴고 내 이야기를 듣기 시작했다.

"그래서 거리 홍보지를 돌릴 생각이거든."

"홍보지?"

크리스틴의 미간에 주름이 생겼다. 그녀는 곰곰이 생각하더니 고개를 저었다.

"너무 흔할 텐데?"

확실히 그렇다. 대로를 나가보면 전단지를 나눠 주는 아이들과 신문을 파는 사람들로 난리인데 그중에서도 입담이 좋은 사람 몇 명만 불타나게 팔린다.

처음에도 그래서 빼 둔 방법이었다. 너무 흔하고 효과도 기본이라서.

"특이하게 할 방법이 있거든."

나는 처음의 나와 똑같이 회의적으로 생각하는 크리스틴을 향해 씩 웃어 보였다. 여기서 인형 탈을 만들 수는 없다. 기술이 가능한지도 모르지만 돈도 얼마나 들지 모르니까. 게다가 여기 사람들이 인형 탈을 어떻게 받아들일지도 모르겠다.

하지만 드레스는 아니지.

"나눠 주는 아이들에게 아주 화려한 드레스를 입히는 거야."

크리스틴의 미간에 다시 주름이 생겼다. 그녀는 나를 물끄러미 쳐다보더니 불쑥 물었다.

"아이들?"

"거리의 아이들에게 시킬 거야. 아이린 말로는 그런 걸 많이 시킨다며?"

이곳은 아동 복지라는 개념이 없는 건지 거리에 낡은 옷차림으로 돌아다니는 아이들이 많았다. 그중에는 구두를 닦거나 신문, 꽃, 성냥 등등을 파는 아이들도 있었다.

내 말에 크리스틴이 가슴 앞으로 팔짱을 꼈다. 이 태도는 별로 좋지 않은데. 내가 불안해하는 것과 동시에 그녀가 다시 물었다.

"걔들한테 옷을 주겠다고?"

"주는 건 아니지, 당연히."

내가 미쳤다고 걔들한테 옷을 그냥 주겠니? 줬다가 그대로 들고 도망치면 어쩌라고. 나는 말도 안 되는 소리라고 크리스틴을 쏘아

붙인 뒤 설명했다.

"일하러 오는 애들한테 입힐 거야. 다 나눠 준 다음 돌아와서 옷을 갈아입고 가는 거지."

"걔들이 그걸 돌려주러 올 거라고 생각해?"

"그래야 할걸? 다른 애들이 있으니까."

"다른 애들?"

내 계획은 이렇다. 옷을 한 벌만 만들어서 매일 다른 아이들에게 돌려 입히면서 전단지를 나눠 주게 시키는 거다. 만약 오늘 드레스를 입은 애가 입은 채 도망쳐 버리면 이튿날 일을 하러 온 애는 못 입게 된다.

"과연. 이튿날 입기로 한 애가 알아서 도망친 애를 잡아 오거나 이르겠네."

"게다가 다음번에 자신이 또 입을 수 있으니까 옷을 아껴 입기도 하겠지."

내 설명에 크리스틴이 고개를 끄덕였다. 그 설명까지는 듣지 못한 아이린 아주머니가 감탄한 목소리로 말했다.

"괜찮은 생각이네."

"여기서 가장 중요한 임무를 크리스틴에게 맡기려는 거예요."

나는 그렇게 말하며 크리스틴을 쳐다봤다. 모든 아이들이 입고 싶어 할 만큼 멋진 드레스를 만들어야 한다. 그리고 그 드레스는 다양한 체형의 아이들이 입을 수 있어야 한다.

"다양한 체형?"

"모든 사람의 체형이 같진 않잖아."

애들도 그렇겠지. 내가 본 아이들의 대부분 마르고 키가 작았다. 하지만 그렇지 않은 아이들도 입고 싶어 할 수 있다.

내 설명에 크리스틴이 곰곰이 생각하는 표정을 지었다. 물론 비용은 낼 거다. 크리스틴이 받아들인다면 다른 상인들과 돈을 모아서.

하지만 생각에 잠겼던 크리스틴이 놀라운 말을 내뱉었다.

"무료로 해 줄게."

"뭐?"

"천값만 받겠다는 거야?"

아이린 아주머니는 놀라서 물었지만 나는 다른 것을 물었다. 이곳의 옷값이 얼마나 나가는지 모르겠지만 이런 특이한 의뢰라면 디자인비에 만드는 비용까지 돈이 두 배로 나갈 거다.

그걸 전부 무료로 해 주겠다면 굉장히 고마운 일이 아닐 수 없었다. 내 질문에 크리스틴은 고개를 저으며 대답했다.

"아니, 전부 무료로 할게. 대신 디자인은 나한테 맡겨 줘."

그건 당연한 일이다. 나는 천값도 받지 않겠다는 그녀의 말에 믿을 수가 없어서 입을 벌렸다. 진짜로? 꽤 부담스러울 텐데?

"세상에, 크리스틴. 고마워."

감동한 아이린 아주머니가 덥석 크리스틴의 손을 잡았다. 아, 맞다. 고마운 일이긴 하지. 그때 그녀가 나를 쳐다보며 쏘아붙였다.

"널 위해 하는 거 아니니까 착각하지 마."

아, 맞다. 애 날 별로 안 좋아했지. 상관없다. 나는 어깨를 으쓱했다. 날 싫어한다고 해서 애가 하는 일이 고마운 일이 아닌 건 아니니까.

"어쨌든 무료로 해 주는 거잖아. 고마워."

솔직한 감사에 크리스틴이 놀랍다는 표정을 지었다. 내 신조다.
감사와 복수는 확실하게.

그 후로 우리의 준비는 착착 이어졌다. 일을 하고 싶은 아이들을
모아서 순서를 부여하는 건 아이린 아주머니가 맡았다. 그동안 크
리스틴은 드레스를 디자인해서 만들었다.

그리고 나는 여유 있는 사람들을 불러 모아 거리의 환경 미화를
시작했다.

어디나 깨끗해야 돈도 들어오고 복도 들어온다. 그게 할머니의
말버릇이었다. 물론 이런 거리가 아니라 내 방을 보고 하는 말이었
지만.

나는 손으로 잡초를 뽑다 말고 한숨을 내쉬었다. 할머니가 보고
싶었다. 대체 언제쯤 돼야 덜 보고 싶어지는 걸까. 밤에 문득 잠에
서 깰 때면 반사적으로 할머니가 잘 주무시고 있는지 생각하곤 했
다.

그러다가 할머니는 돌아가셨고 여기는 내가 살던 곳이 아니라는
사실이 떠오르면 사무치는 외로움이 나를 덮쳐 왔다.

이상한 일이다.

지금까지 나는 외로움을 별로 타지 않는 줄 알았다. 주말 내내
집에서 드라마를 보고 인터넷을 해도 충분히 재미있었고 즐거웠다.
그런데 아니었다.

"에버딘!"

한참 할머니를 생각하며 훌쩍이는데 반대편에서 잡초를 뽑고 있던 수잔이 풀 한 뭉치를 들고 다가왔다. 아차. 나는 재빨리 눈물을 닦고 심호흡을 했다. 다행히 그녀는 내가 훌쩍였다는 걸 눈치채지 못했는지 자신만만한 표정으로 풀 뭉치를 내밀며 말했다.

"이런 건 버리지 말고 가져오랬지?"

맞다. 조금 다른 게 섞여 있긴 했지만 수잔은 잡초를 뽑으면서 발견하면 내게 달라고 부탁한 풀만 가져왔다. 나는 재빨리 손을 털고 그녀가 내민 풀 뭉치를 잡아 들며 말했다.

"고마워. 많이 캤네."

"저쪽엔 많더라고."

그래? 나는 언제 훌쩍였냐는 듯 수잔을 따라 그녀가 잡초를 뽑던 곳으로 달려갔다. 그녀의 말대로였다. 진짜로 잔뜩 있었다.

쑥이.

쑥은 여린 잎만 익혀서 먹어야 한다. 언젠가 할머니가 말했다. 억센 건 배앓이를 할 수 있다고. 진짜 그런지는 모르겠지만 할머니 말을 들어서 나쁜 적은 없었다.

나는 여린 잎만 골라서 채취한 뒤 바구니에 담았다. 한 번 삶아서 떡을 만들어 먹거나 말렸다가 겨울에 쑥국을 끓이면 맛있지.

"그런데 그건 뭐에 쓰게?"

수잔의 질문에 나는 어리둥절해서 그녀를 쳐다봤다. 이 나라는 쑥을 안 먹나? 그러고 보니 내가 쑥을 캐 달라고 했을 때 그걸 왜 캐냐는 반응을 보였었다.

"쑥. 떡 해 먹으려고. 쑥 안 먹어?"

"떡? 그게 뭐야?"

어, 맞다. 여긴 떡이라는 게 없지. 떡이 얼마나 맛있는데 왜 떡을 안 해 먹지? 머릿속에 갓 찐 백설기가 떠오르면서 입맛이 돌았다.

갓 찐 백설기가 얼마나 맛있는데. 따끈따끈하고 포실포실한 떡. 어릴 땐 콩 들어간 걸 싫어했는데 나이를 먹으니 콩 들어간 것도 맛있다고 느꼈었다. 쌀을 불려서 곱게 빻은 다음……

거기까지 생각한 나는 이곳의 주식이 쌀이 아니라 밀이라는 것을 떠올리고 좌절했다. 아차, 그랬지. 여긴 밀가루로 빵을 해 먹는 나라지.

그렇다고 완전히 좌절할 필요는 없다. 밀가루로도 떡을 해 먹을 수 있으니까. 나는 자신 있게 말했다.

"빵이랑 비슷한 건데 더 쫄깃하고 맛있어. 하면 부를게."

"쑥으로?"

그런데 수잔의 표정이 이상했다. 응? 왜 이러지? 내가 왜 그러냐고 묻자 그녀가 떨떠름하게 대답했다.

"보통은 벌레를 쫓아내는 데 쓰거든."

"벌레를? 어떻게?"

"말려서 태우는 거야. 그럼 향이랑 연기가 지독하니까 벌레가 도망쳐."

어, 이야기 들은 것 같다. 그렇게도 쓴다고. 그리고 말려서 뜸을 뜨는 데 쓰기도 했지.

설마 여기 쑥은 못 먹나? 불안한 마음에 바구니 가득 담아 둔 쑥으로 시선을 던졌을 때였다. 갑자기 우리가 잡초를 뽑던 가게 앞에서 누군가가 뛰어나오며 소리쳤다.

"수잔!"

크리스틴이었다. 나와 수잔의 고개가 그녀를 향해 휙 돌아갔다. 크리스틴은 새하얗게 질린 얼굴로 우리에게 달려오더니 물었다.

"이 근처에서 수상한 사람 못 봤어?"

"수상한 사람?"

수상한 사람이라니, 어떤 사람을 말하는 건지 모르겠다. 제일 먼저 떠오른 건 검은 마스크와 선글라스를 쓴 딱 보기에도 수상해 보일 만한 사람이었지만 이곳에 그런 사람이 있을 리가 없다.

"낯선 사람 말이야!"

"크리스틴, 여긴 상가 거리야."

결국 나는 참지 못하고 끼어들었다. 상가 거리는 언제나 뭔가를 사려는 사람들로 북적인다. 물론 우리 거리는 아니지만. 나는 지나다니는 사람이 몇 없는 한적한 거리를 돌아보았다.

여기서 굳이 수상한 사람을 찾자면 우리일 것이다. 다들 더러워져도 되는 옷을 입고 잡초를 뽑고 있었으니까.

크리스틴은 나를 쳐다보더니 짜증을 내며 소리쳤다.

"도둑이 들었다고!"

"뭐?"

"세상에!"

도둑을 들었다는 말에 나와 수잔의 눈이 커졌다. 여기서? 지금? 한낮에? 말도 안 된다. 놀란 우리의 태도에 크리스틴이 약간 진정됐는지 그녀가 떨리는 손으로 자신의 이마를 짚었다. 그리고 한숨을 내쉬며 거리를 살피더니 다시 우리에게 목소리를 낮춰 물었다.

"오늘 이상한 사람 못 봤어? 막, 그러니까……."

이상하다고 해도 뭐가 이상할지는 설명하기 어려운 모양이다. 나는 어찌할 바를 모르는 그녀를 물끄러미 쳐다보다가 불쑥 물었다.

"뭐를 도둑맞았는데?"

"디자인…… 이번 신작이었는데……."

"우리 거?"

아이들에게 입힐 디자인을 훔쳐 갔다고? 그걸 왜? 어리둥절해 하는데 크리스틴이 다시 발칵 화를 내며 소리쳤다.

"그런 거 말고! 귀족 상대로 팔려고 했단 말이야!"

아, 무슨 소린지 알겠다. 귀족용 드레스였던 모양이다. 그러니까 지금 나랑 수잔이 입은 수수한 셔츠와 스커트가 아니라 좀 더 부풀고 장식이 달려 있는 거.

나는 왜 화를 내냐고 한마디 하려다 말았다. 얘는 지금 제정신이 아니다. 자기 디자인을 도난당했는데 제정신을 유지할 수 있을 리가 없다.

착한 내가 참아야지. 나는 그렇게 생각하며 다시 물었다.

"그게 어디 있었는데?"

"이 층에. 왜 자꾸 물어봐? 수상한 사람 못 봤냐니까?"

어허. 자꾸 그렇게 짜증 내면 도와줄 것도 안 도와준다? 나는 손가락을 들어 올리며 말했다.

"어디로 도망쳤는지 알아야 찾을 거 아냐? 마지막으로 본 게 언젠데?"

내 말이 그럴듯했는지 크리스틴이 이번에는 순순히 대답했다.

"오늘 아침에. 아침 먹기 전에 확인하려고 꺼내 놨었거든."

"그리고 어디에 뒀는데?"

다시 크리스틴의 얼굴이 붉어졌다. 내가 약점을 찌른 모양인데. 그렇게 생각한 순간 그녀가 기어들어 가는 목소리로 말했다.

"그대로 놨어. 누가 들어올 줄 몰랐단 말이야!"

아니, 나 아직 아무 말도 안 했다? 나는 지레 변명하는 크리스틴의 모습에 입을 다물었다. 누가 자기 집에 도둑이 들 줄 알겠어? 밖에 내놓은 것도 아니고 이 층에 놨는데.

하지만 아니었던 모양이다. 수잔이 기겁한 목소리로 물었다.

"왜 그랬어? 전에도 도둑맞았다며!"

아하. 전적이 있었군. 수잔에게로 돌린 시선을 크리스틴에게 돌린 순간 그녀가 바닥에 쪼그리고 앉는 게 보였다. 크리스틴은 두 손에 얼굴을 묻고 울기 시작했다.

아이고, 세상에. 나는 이마를 짚고 한숨을 내쉬었고 수잔은 크리스틴 옆에 쪼그리고 앉아 사과를 하기 시작했다. 어쩌다 이렇게 됐대. 나는 크리스틴을 진정시키기 위해 말했다.

"재단을 했다면 이미 만들고 있었던 거 아냐?"

"마, 맞는데…… 무슨 소용이, 있어?"

"무슨 소용이라니. 네가 먼저 만들어서 팔면 되지."

"난 아, 아직 누구한테 팔지도 모른단 말이야."

그럼 왜 만든 거야? 내가 어리둥절해서 쳐다보자 크리스틴이 다시 화를 냈다.

"모델한테 입혀서 소개하려고 했다고!"

응? 여기도 모델이 있어? 여긴 텔레비전은커녕 사진기도 없다. 무슨 모델이 있단 말이야? 어리둥절해 하는데 수잔이 다가오더니 속삭였다.

"완성된 옷을 모델을 데리고 가서 입히고 소개를 하거든. 그걸 보고 누군가 마음에 들어 하면 고쳐 주는 거야."

"귀족들이 그렇게 사?"

귀족들은 자기 치수를 재서 만들게 하는 거 아니었어? 내 질문에 수잔이 어깨를 으쓱하며 말했다.

"크리스틴은 귀족들 사이에선 그렇게 유명하지 않거든."

그러니 그녀의 실력을 먼저 보여 줘야 한다는 말이다. 나름대로 합리적인 이유였다.

그럼 계획대로 만들어서 귀족들에게 보여 주면 되는 거 아닌가? 어쨌든 크리스틴이 먼저 만들기 시작했으니 그녀가 먼저 완성할 거 아냐?

하지만 내 질문에 크리스틴이 짜증을 내며 설명했다.

"우리 같은 사람이 귀족과 만나려면 얼마나 오래 걸리는지 알아? 하지만 빨간 리본 의상실은 귀족하고 이미 거래를 터서 디자인을 보여 주려면 내일도 보여 줄 수 있어!"

응? 느닷없이 그녀의 입에서 흘러나온 빨간 리본 의상실이라는 말에 나는 눈을 깜빡였다. 그러자 크리스틴도 아차 싶었는지 입을 다물었다.

좋아. 나한테 짜증 낸 건 나중에 복수해 줄 테다. 그전에 물어볼 게 있다. 나는 수잔과 함께 크리스틴을 데리고 그녀의 가게로 향하며 물었다.

"누가 훔쳤는지 알아?"

"아는 건 아니고……"

그럼 뭔데? 내가 크리스틴을 쳐다보자 수잔이 날름 대답했다.

"전에도 빨간 리본 의상실에서 같은 짓을 했거든."

"디자인을 훔쳤어?"

"훔친 걸 재빨리 만들어서 귀족한테 팔아치웠지. 덕분에 크리스틴은 다 만든 옷을 버려야 했고."

그러니까 이 짓이 처음이 아니라는 말이렷다.

우리는 실컷 화를 내고 짜증을 내자 기운이 빠진 크리스틴을 그녀의 집 의자에 앉혔다. 크리스틴도 나와 같이 일 층은 가게로, 이 층은 집으로 쓰고 있는 모양이었다.

나는 수잔이 크리스틴을 위해 차를 내려 주는 사이 슬쩍 이 층으로 올라갔다. 원래는 잠가 두는지 제일 바깥쪽에 있는 방문에 자물쇠가 걸려 있는 게 보였다.

자물쇠는 그것만이 아니었다. 이 층 가장 안쪽에 있는 방의 문에도 자물쇠가 걸려 있었다. 디자인이 사라진 것을 깨닫고 뛰쳐나왔는지 열려 있긴 했지만.

게다가 방 안에 있는 모든 서랍에는 다 자물쇠가 걸려 있었다. 와, 얘 열쇠 관리하기도 힘들었겠는데? 문득 이 정도까지 했다는 건 디자인을 도둑맞은 게 이번이 고작 두 번째가 아닐 수도 있다는 생각이 들었다.

고작 한번 도둑맞은 경험으로는 이렇게까지 자물쇠를 달아 두지는 않는다.

"어디 갔다 왔어?"

다시 일 층으로 내려오자 수잔이 물었다.

"이 층에."

나는 어깨를 으쓱하며 대답하고 크리스틴을 향해 물었다.

"전에도 이런 일이 잦았지?"

절대 한두 번이 아니다. 크리스틴은 내 질문에 힘없이 고개를 끄덕였다.

"그때도 전부 검은 리본인가 하는 데였어?"

"빨간 리본."

아, 그래. 어쨌거나. 내가 그게 무슨 상관이냐는 표정을 짓자 크리스틴이 한숨을 내쉬고 말했다.

"어떤 건."

"어떤 건?"

"훔쳐 가기만 하고 안 만들더라고."

아, 그렇군. 그러니까 디자인을 훔쳐 간 시점에서는 누가 훔쳐 갔는지는 알 수 없다. 크리스틴이 디자인한 거랑 똑같은 옷이 세상에 나오면 그제야 누가 범인인지 알게 된다는 거다.

"안 만든 건 왜 안 만들었을까?"

"너무 도전적이었거든."

뜻밖의 대답에 나는 고개를 기울였다. 그게 무슨 소리야? 크리스틴은 내 반응에 다시 한숨을 내쉬었다. 이번에는 훨씬 깊게.

"빨간 리본은 귀족 영애가 주 고객이거든. 귀족 영애들이 입기엔 너무 파격적인 거지."

"왜? 미니스커트라도 디자인했어?"

"그게 뭐야?"

아, 여긴 미니스커트가 없겠군. 그러고 보니 내가 살던 곳도 육십 년 대에 어느 가수가 처음 입었다고 들었다. 할머니가 그땐 치마가 너무 짧은 것도 규제 대상이었다고 했었다.

경찰들이 자를 들고 다니면서 무릎 위로 치마가 얼마나 올라가는지 재고 다녔다고.

"유명한 곳이야?"

귀족 영애들이 주 고객이라는 게 어떤 느낌인지 잘 모르겠어서 나는 다시 물었다. 내가 살던 곳도 아주 비싼 브랜드가 있긴 하지만 거기 주 고객이 모두 부잣집 아가씨인 건 아니었다.

한 번은 옆자리 남자 직원이 여행 다녀오면서 백만 원짜리 허리띠를 샀다고 자랑한 적이 있었지.

"여성복 의상실 중에서 탑 중 하나야. 거기서 재봉사로 일하는 것도 꽤 경력이 돼."

아, 의상실이 여성복과 남성복이 나뉘어져 있구나. 이제야 지나가면서 본 크리스틴의 의상실에 여자 옷만 있던 게 이해가 된다.

나는 흠 하고 한숨을 쉬며 팔짱을 끼고 기운이 없는 크리스틴을 내려다봤다. 이렇게 보니 검은 리본인가 구린 리본인가 하는 곳이 얄미워졌다.

그 정도로 유명한 의상실에서 이런 쇠퇴해가는 거리의 의상실 디자인을 훔친단 말이야? 거기 사장이 누군지 몰라도 아주 못돼먹었다.

"옷, 얼마나 만들었어?"

내 질문에 크리스틴이 그걸 왜 묻냐는 듯 고개를 들었다. 중요하다. 버릴 각오를 할 수 있느냐, 못 하느냐라는 차이가 생기거든. 당연하지만 아직 다른 옷으로 회생할 수 있다면 버릴 각오를 하기 어렵다.

"저기."

크리스틴은 여전히 힘없이 한쪽을 가리켰다. 나는 수잔과 함께 그녀가 가리킨 곳으로 가서 파티션에 가려진 마네킹을 꺼냈다.

내가 아는 딱딱한 마네킹이 아니었다. 천으로 만들고 안에 솜인지 천인지를 꽉꽉 채워 넣은 마네킹이었다. 거기에 소매가 달리지 않은 드레스가 입혀져 있었다.

"아직 완성된 건 아니야. 소매랑 장식을 더 달아야 하거든."

어쩐지 부끄럽다는 태도로 크리스틴이 말했다. 뭐가 부끄러운 건지 모르겠네. 나는 이미 충분히 괜찮은 드레스를 보고 감탄했다.

이 거리에서 이 정도로 훌륭한 드레스를 입고 다니는 사람은 없다. 딱 한 명 빼고.

"언제 완성할 수 있어?"

"왜? 네가 입게?"

다행히 크리스틴의 기력이 좀 회복된 모양이었다. 나는 빈정거리는 그녀에게 눈을 가늘게 뜨며 말했다.

"널 도와주려는 사람에게 하는 말투가 마음에 안 드는데?"

"날 도와주게? 네가? 왜?"

왜긴. 당연히 크리스틴이 예뻐서는 아니다. 나는 드레스의 사이즈를 가늠하며 어깨를 으쓱했다.

"구린 리본 사장이 얄미워서."

"빨간 리본이라니까."

구린 색이나 빨간색이나. 나는 엎어치나 메치나 마찬가지 아니냐고 투덜거리며 그녀를 일으켜 세웠다.

"어쨌든 걔네보다 먼저 귀족이 입으면 되는 거잖아."

"귀족 영애! 여자! 남자가 입으면 안 돼!"

앤 나를 뭐로 보는 거야. 나는 허리에 손을 얹으며 말했다.

"걱정 마. 귀족 남자 중에 아는 사람은 하나도 없어."

"주인님께 오셨다고 전하겠습니다."

한 시간 뒤, 나는 웨스트 공작의 저택에서 내가 아는 귀족 남자가 최소한 한 명은 있다는 것을 깨달았다. 맞다. 선 웨스트.

그 얄미운 남자도 귀족 남자였지.

머릿속에 아네트를 만나야 한다는 생각만 가득해서 정작 그녀의 오빠는 생각도 못 했다. 나는 나를 응접실로 안내하고 돌아서는 집사를 붙잡으며 말했다.

"아니에요! 공작님이 아니라 웨스트 양을 만나고 싶어요."

"아가씨를 말입니까?"

돌아선 집사의 얼굴에 아주 약간 놀랍다는 표정이 떠올랐지만 그는 프로페셔널하게 금세 무표정으로 바뀌었다. 나는 그 틈을 놓치지 않고 재빨리 물었다.

"설마 그것도 공작에게 허락을 받아야 하는 건가요?"

그는 나와 아네트가 과연 친한지 생각하는 듯하더니 조심스럽게 대답했다.

"그건 아닙니다."

선보다 먼저 아네트를 만날 수 있다는 말이다. 좋아. 계획대로 될 것 같다. 내가 아네트를 만나고 싶다고 하자 집사가 물어보겠다며 떠나더니 다시 돌아와서 말했다.

"아가씨께서 만나겠다고 하십니다."

다행이다. 나 때문에 혼나서 만나지 않겠다고 하면 어쩌나 걱정했었다. 나는 안내해 주겠다는 집사의 뒤를 따르며 다시 물었다.

"웨스트 양과 잠시 나가서 놀아도 될까요?"

어, 엇박자다. 집사의 걸음이 움찔하더니 반 박자 느리게 움직였다. 다 큰 어른이 나가서 논다니까 어이가 없었던 걸까. 아니면.

그는 나를 힐끔 돌아보더니 조용히 말했다.

"그건 공작님께 여쭤보시는 게 좋을 듯합니다."

아네트를 만나는 건 선에게 허락을 받지 않아도 되지만 아네트와 나가서 노는 건 선에게 허락을 받아야 한다고? 아까 떠올린 가설이 다시 머릿속에 떠올랐다.

혹시, 아네트가 지금 벌을 받고 있는 중인가?

나는 그녀가 대체 무슨 벌을 받고 있는지 궁금해하며 아네트의 방 안으로 들어갔다.

"안녕, 아네트."

"무슨 일이야?"

여기도 있군, 귀족 크리스틴. 나는 크리스틴과 마찬가지로 내게 뾰족하게 구는 아네트의 모습에 한숨을 내쉬었다. 내가 왜 크리스틴을 위해 이런 애랑 만나야 하는 건가?

하지만 난 크리스틴을 위해 이러는 게 아니다. 구린 리본이 얄미워서 혼 좀 내고 싶은 거지.

원래 인간은 남의 이득보다 불행을 위해 움직이는 존재다.

"널 도와주려고."

"너 때문에 외출 금지 중인데 또 무슨 벌을 받게 하려고?"

아하.

그제야 집사의 행동이 이해가 됐다. 그러니까 아네트는 지금 외출 금지라는 벌을 받고 있는 거다. 이건 내가 확실히 도와줄 수 있을 것 같은데.

나는 자신만만한 태도로 웃으며 말했다.

"벌은 네 잘못이지 나 때문은 아니잖니?"

아네트의 눈초리가 올라갔다. 사실이잖아? 나는 허리에 손을 얹으며 그렇지 않냐는 표정을 지었고 그녀는 흥 하고 콧방귀를 뀌었다.

"뭘 도와준다는 건데?"

내가 싫은 것보다 심심한 게 더 강했던 모양이다. 나는 앉으라는 말이 없음에도 소파에 앉으며 말했다.

"여기서 나가게 해 줄게."

"난 갇힌 거 아니거든?"

지금은 맞잖아. 나는 그렇게 말하려다 말고 자리에서 일어났다.

"아, 그래? 내가 착각했나 보네. 심심할 것 같아서 같이 나가서 놀까 했지."

"잠깐."

어우, 안 잡을까 봐 걱정했다. 다행히 아네트는 나를 붙잡았고 나는 아무것도 모른다는 표정으로 돌아섰다.

"뭘 원해?"

놀랍게도 아네트는 대뜸 그렇게 물었다. 뭘 원하냐고? 그녀는 깜짝 놀랄 정도로 어른스러운 표정으로 말했다.

"아무 이유 없이 남 좋을 일을 하진 않을 거 아냐?"

어, 얘 나랑 비슷한 구석이 있네. 나는 새삼 아네트를 살폈다. 이런 애였나? 이기적이고 철없는 부잣집 아가씨인 줄 알았는데.

"말해 봐. 들어 보고 결정할게."

마치 거래를 제안하듯 아네트가 내게 자리를 권했다. 그 모습이 어쩐지 그녀의 오빠인 선을 떠올리게 했다. 피는 못 속이네. 아니면 같이 자라서 닮은 거던가.

"별건 아니고, 드레스 하나만 입어 주면 돼."

내 대답에 아네트의 눈이 가늘어졌다. 그녀는 믿을 수 없다는 표정으로 나를 바라보며 말했다.

"왜? 훔친 거야?"

"너한테 도둑질한 드레스를 입혔다가 너네 오빠한테 무슨 소리를 들으려고 그런 멍청한 짓을 하겠니."

"그런 멍청한 짓을 하는 사람이 얼마나 많은지 알면 놀랄걸?"

문득 아네트 역시 사는 게 쉽지는 않았을 거라는 생각이 들었다. 공작가라는 위세 높은 가문의 아쉬운 것 하나 없이 부유한 막내로 살았으니 당연히 세상을 쉽고 편하게 살았을 거라 생각했다.

하지만 지금 그녀의 얼굴에는 어딘지 모르게 회한이 어린 것처럼 보였다.

"솔직히 말할게. 대신 아무에게도 말 안 한다고 약속해 줘."

나는 자세를 바로 하고 진지하게 말했다. 아네트가 계획에 가담하지 않는 건 어쩔 수 없지만 이걸 떠들고 다니면 곤란하다.

그러자 아네트는 이상한 짓을 했다. 오른손을 들더니 자기 가슴을 한 번 치고 얼굴 옆으로 들어 올린 것이다.

"맹세할게."

손가락 거는 거랑 비슷한 건가? 나는 그게 무슨 행동이냐고 물어보려다가 그럴 때가 아니라는 생각에 입을 열었다.

"디자인을 도난당했거든. 훔쳐 간 의상실에서 만들어서 팔기 전에 네가 입어 줬으면 좋겠어."

아주 잠깐 침묵이 흘렀다. 비웃으려나? 설마 동네방네 떠들고 다니지는 않겠지? 내 선택을 후회하려는 찰나 아네트가 입을 열었다.

"어딘데?"

"뭐가?"

"디자인을 훔쳤다는 곳 말이야. 유명한 데인가 본데."

와, 얘 눈치 빠르네. 철없고 이기적인 부잣집 아가씨라고 생각했는데 아니었다. 나는 그녀를 물끄러미 쳐다보다가 다시 물었다.

"아무에게도 말 안 할 거야?"

그러자 아네트의 표정에 생기가 돌아왔다. 마치 비밀 이야기를 처음 하는 소녀 같은 모습에 약간 얼떨떨한 정도였다.

오늘 여러 사람의 여러 가지 면을 보게 되는군.

"그래."

다시 오른손으로 가슴을 치고 얼굴 옆으로 들어 올리는 행동을 한 아네트가 대답했다. 진짜 저 행동은 뭘까. 나는 뭘 의미하는 건지 궁금해하며 말했다.

"붉은 리본이래."

"빨간 리본 말하는 거야?"

"아, 그래."

하도 구린 리본, 구린 리본 하다 보니 헷갈렸다. 아네트는 내 대답에 아, 하고 알겠다는 표정으로 말했다.

"거기 그런 소문 있어."

"남의 디자인을 도용한다고?"

"음. 거기서 나오는 옷이 사장의 디자인이 아니라는 소문."

허. 당한 사람이 크리스틴 하나만이 아니었던 모양이다. 내가 어이없다는 듯 쳐다보자 아네트는 어깨를 으쓱하며 말했다.

"원래 그래. 어쨌든 의상실 이름으로 나오는 거고, 사장이 통과시킨 디자인이니까."

그러니 별문제 없었다는 거다. 하긴, 수석 디자이너 혼자 디자인한 거로 얼마나 만들겠어? 그 밑에 디자이너들이 디자인한 것도 같은 브랜드의 이름으로 나온다고 들었다.

하지만 다른 의상실의 디자인을 훔친다거나 도용하는 건 다른 문제였다. 나는 가슴 앞으로 팔짱을 끼며 말했다.

"그럼 좀 비슷한 규모의 의상실 걸 훔쳐 가던가. 너무 치사하잖아?"

저쪽은 귀족 대상으로 판매하는 고급 의상실이고 이쪽은 개인이 하는 작은 의상실이다. 좀 체급에 맞는 상대를 괴롭히란 말이다.

"정의롭네."

그때 아네트가 내게 말했다. 뭐라고? 나는 믿을 수 없는 말에 놀라서 그녀를 쳐다봤다. 정의롭다고? 내가? 난 불의를 보면 꿋꿋하게 못 본 척 넘어가는 사람이다.

나랑 정의라니, 맛없는 빵만큼이나 말도 안 되는 소리다. 맛없는 빵이 존재하지 않는 건 아니니까 가능성 정도는 남겨 두기로 하자.

"그렇게 생각하고 싶으면 그렇게 생각해."

나는 팔짱을 낀 채 어깨를 으쓱해 보이며 말했다. 남이 나를 좋게 생각한다는데 굳이 아니라고 할 필요는 없지.

"좋아."

이윽고 아네트가 대꾸했다. 그녀는 자리에서 일어나더니 내게 손을 내밀며 말을 이었다.

"날 여기서 나가게 해 주면 그 드레스를 입고 이틀 뒤에 있는 음악회에 참석할게."

이틀 뒤? 과연 이틀 안에 크리스틴이 드레스를 완성할 수 있을지 의문이 들었지만 나는 아네트의 손을 잡았다. 어쩌겠어? 자기가 억울하면 빨리 만들겠지.

"그런데, 너 외출 금지가 내일이면 끝나?"

"그건 아니고."

아네트는 내 손을 잡고 한번 흔들더니 재빨리 놓으며 대답했다.

"오라버니는 그런 데를 갈 때 항상 나를 데려가거든."

"그런 데?"

"동반자와 함께 가야 하는 곳 말이야."

어, 귀족들은 혼자 참석하면 안 되는 곳도 있나 보구나. 나는 그녀의 말을 가슴속에 잘 담아 두었다. 앞으로 내가 겪을 일이다.

그러다가 나는 문득 또 다른 게 궁금해졌다.

"무슨 음악흰데? 어떻게 초대받는 거야?"

"초대장이 오거든. 못 받았어? 너도 받았을 텐데?"

안 왔는데? 못 받았다는 내 말에 아네트가 자기 턱을 짚더니 물었다.

"원래 살던 집으로 간 거 아냐?"

어, 그러네. 지금 내가 사는 집은 에버딘이 살기 시작한 지 두 달이 좀 넘은 곳이다. 그럼 에버딘이 원래 살던 집으로 초대장이 갔을 거다.

귀족이랬지. 초대장이 얼마나 도착했을까. 궁금해졌다. 귀족들의 생활이. 내 머릿속에서는 화려하고 반짝반짝한 파티가 떠올랐다. 그런 곳에 화려한 드레스를 입고 참석하는 모습이라니. 어쩐지 멋있어 보인다.

나는 혹시 에버딘의 집이 어딘지 아느냐고 물어보려고 했다. 하지만 그보다 먼저 아네트가 말했다.

"어쨌든, 오라버니를 설득해서 날 나가게 해 줘."

심심해 죽겠다는 태도였다. 그래, 그래. 나는 아네트에게 밀려 그녀의 방에서 나왔다. 그러자 기다리고 있었는지 집사가 다가와서 물었다.

"돌아가시는 겁니까?"

"아뇨. 이번엔 공작님을 만나고 싶어요."

집사는 아주 잠깐, 나를 신기하다는 듯 쳐다봤지만 금세 공작에게 물어보고 오겠다며 떠났다. 그리고 곧바로 돌아와서 말했다.

"모셔 오라고 하십니다."

분명 처음 이 집에 왔을 때 만난 남자들은 웨스트 공작과 만나기 어렵다고 했는데 다 거짓말이었던 모양이다. 하긴, 그 사람들은 거짓말쟁이인 거 같더라.

그러다가 나는 문득 오늘 안내받은 응접실이 지난번에 안내받던 응접실과 다르다는 것을 떠올렸다.

어라, 설마 나 특별 대우를 받는 건가?

"아네트를 만나러 왔다고."

그럴 리가. 아주 잠깐 내가 이 집에서 특별 대우를 받는 게 아닐까 하는 생각이 들었지만 웨스트 공작을 보자 그 생각은 금세 사라졌다. 그는 여전히 책상 앞에 앉아서 내 쪽으로 시선도 던지지 않았다.

저 모습이 특별 대우하는 손님을 대하는 거라면 특별 대우를 안 하는 손님은 대체 어떻게 대하는 거냐고.

"오랜만이야."

나는 그의 책상 앞으로 다가가며 비꽜다. 전에 일어났으니 저 의자에 엉덩이가 붙어 있는 건 아닐 텐데.

내 인사에 선이 드디어 고개를 들었다. 어휴, 심장에 별로 안 좋아. 잘생긴 얼굴이 나를 올려다보는 게 부담스럽게 다가왔다.

이 세계 사람들은 어떻게 이 얼굴을 아무렇지 않게 보고 사는 거지?

"그래, 오랜만이군."

그는 내가 슬쩍 물러나자 자리에서 일어났다. 그리고 쓰고 있던 안경으로 손을 가져가더니 벗지 않고 말했다.

"아네트를 만나러 왔다던데."

안경 쓴 얼굴도 잘생겼다. 지난번에는 안경 덕에 좀 부드러웠던 인상이 아네트를 만났다는 말 때문인지 좀 딱딱해 보였다. 나는 그의 움직임을 따라 뒤로 물러나며 말했다.

"전에 아네트가 왔을 때 사고를 쳤잖아?"

내 말에 선의 표정이 살짝 굳었다. 그는 가슴 앞으로 팔짱을 끼며 딱딱하게 말했다.

"그 손해라면 이미 보상해 줬을 텐데?"

그랬다. 이 집의 사람들이 와서 깨끗하게 청소해 주고 갔지. 심지어 커튼과 이불, 소파 커버까지 싹 빨았다. 얼마나 고마웠는지 모른다.

그리고 그날 하루 내내 벌었을 돈보다 더 많은 돈을 보내 주기까지 했지. 나는 그에게 두 손을 깍지를 끼고 들어 보이며 말했다.

"어, 맞아. 하루를 전세 내주셔서 감사합니다, 고객님."

선의 얼굴이 기묘하게 일그러졌다. 그는 한쪽 눈썹을 들어 올린 채 입술을 실룩이기 시작했다. 고객이라는 소리를 처음 듣기라도 했나.

나는 그런 그를 무시하고 아네트를 빼내기 위한 계획을 이어갔다.

"그때 아네트가 떨어트린 게 틈에 껴서 말이야. 그냥 빼면 찢어질 것 같거든."

"뭔데?"

"어, 어, 리본? 그, 빨간색인데……."

급조한 계획이라 약간의 설정 구멍이 있지만 할 수 없다. 나는 아네트에게 빨간 리본이 아주 많길 기도했다. 다행히 선은 그녀에게 빨간 리본이 없다는 말 대신 이렇게 말했다.

"버려."

"에이, 안 되지. 그게 아네트한테 소중한 건지도 모르잖아."

이번에는 선의 얼굴에 대체 뭘 원하냐는 표정이 떠올랐다. 좋아. 먹힌다. 나는 당당하게 말을 이었다.

"그래서 물어봤더니, 걔도 확신은 못 하더라고. 그래서 아네트가 직접 확인했으면 좋겠는데."

"안 돼."

아, 단호하네. 단호박인 줄. 나는 조바심이 들어서 단번에 거절하는 그에게 다가가며 말했다.

"그럼 어떡해? 걔가 선물 받은 걸 수도 있잖아? 내가 막 빼다가 찢어 버리면 어떡할래? 그래서 아네트가 삐뚤어지면 어쩔래?"

다시 서재 안에 침묵이 흘렀다. 먹혀라, 먹혀라, 먹혀라. 나는 깍지를 낀 채 그를 올려다보고 있었다. 나를 못마땅하다는 듯 물끄러미 내려다보던 선은 한숨을 내쉬며 말했다.

"마차를 하나 내주지. 확인만 하고 돌려보내."

의외로 여동생에게는 약한 모양인데? 나는 계획이 통했다는 기쁨에 깔깔대며 선의 손을 잡았다. 그리고 힘차게 흔들며 말했다.

"알았어. 확인만 하고 돌려보낼게."

그 확인이 아마 하루 종일 걸릴 테지만. 나는 그대로 몸을 돌려 서재 문을 열다가 간다는 말도 안 했다는 것을 떠올리고 선을 돌아보았다.

그는 내가 잡고 흔든 자신의 손을 들여다보고 있었다. 설마 내가 마음대로 잡아서 기분이 상한 건가? 남과 손을 잡는 게 싫은 거지, 나랑 잡은 게 싫은 건지 고민하느라 결국 나는 그에게 인사를 하지 못하고 아네트와 함께 가게로 돌아왔다.

"웨, 웨스트 양!"

내 가게에서 기다리고 있던 크리스틴은 감격한 표정이었다. 이런 얼굴을 예전에 본 적이 있는데. 좋아하는 연예인을 본 팬의 얼굴이었다.

내가 살던 곳이라면 아네트는 연예인이 되고도 남았을 외모긴 하지. 나는 크리스틴과 아네트에게 서로를 소개해 주었다.

"이쪽은 아네트 웨스트 양. 이쪽은 크리스틴……."

크리스틴 성이 뭐더라? 잠깐 당황하면서 크리스틴의 도움을 기대하고 고개를 돌렸는데 그녀는 살짝 얼어붙어 있었다.

뭐해? 나는 재빨리 크리스틴의 옆구리를 툭 쳤다. 그러자 그녀가 기계적으로 아네트에게 다가와 손을 내밀며 말했다.

"크리스틴 메이예요, 웨스트 양. 만나서 영광이에요."

아네트를 만나서 어쩔 줄 몰라 하는 크리스틴과 달리 아네트는 덤덤했다. 그녀는 자신을 보고 감동하는 게 당연하다는 듯 고개를 끄덕이며 말했다.

"드레스를 내가 입길 바란다고 들었는데."

그제야 나는 이게 귀족과 평민의 차이라는 것을 깨달았다. 아네트는 크리스틴보다 몇 살이나 어리지만 귀족이고 크리스틴에게는 존댓말을 해야 하는 상대인 것이다.

그게, 굉장히, 이상하게 느껴졌다.

"에버딘."

크리스틴이 아네트에게 미완성인 드레스를 입혀 주는 동안 가게 입구로 아이린 아주머니가 찾아왔다. 나는 내가 자리를 비운 동안 빵집을 봐 준 크리스틴이 뭘 팔았는지 확인하고 있었다.

"들어가도 돼?"

막 빈 진열대를 확인하고 들어온 돈이 맞는지 확인하는데 아이린 아주머니가 가게 문을 열며 물었다. 나는 그런 걸 왜 묻냐고 물어보려다가 그녀의 뒤에 선 마르고 더러운 아이를 확인하고 멈췄다.

"잠깐!"

그 꼴로는 내 가게에 못 들어온다. 낡은 옷은 그렇다 쳐도 태어

나서 한 번도 안 감은 것 같이 뭉쳐 있는 머리카락에 옷 밖으로 드러난 손과 발이 엄청나게 더러웠다.

얘 뭐야? 내가 놀라서 문 쪽으로 달려가자 아이린 아주머니가 재빨리 속삭였다.

"홍보지를 나눠 줄 아이를 구한댔잖아."

그랬다. 크리스틴이 옷을 만들고 아이린 아주머니가 홍보지를 나눠 줄 아이들을 모아 순서를 정하기로 했다. 얘가 바로 그 첫 번째 아이인 모양이다.

하지만 이 정도인 줄은 몰랐지. 나는 멀리서만 봐서 단순히 까맣다고 생각한 아이들의 피부가 사실은 흙과 먼지 등으로 까맣게 더러워져 있었다는 것에 기겁했다.

"크리스틴이 여기로 데려오라고 해서……."

내 표정이 안 좋아졌는지 아이린 아주머니가 변명을 덧붙였다. 덕분에 뒤에 서 있던 소녀의 얼굴도 어두워졌다. 아, 소녀는 소녀군. 나는 그녀의 더러운 머리카락 아래의 얼굴을 보고 나이가 열두세 살쯤 됐을 거라고 판단했다.

최소 열세 살은 되어야 한다고 했으니 열세 살은 됐겠지. 아니면 얘가 나이를 속였거나.

"너, 이름이 뭐니?"

나는 아이린 아주머니와 여자아이의 사이에 끼어들어서 물었다. 이 정도로 더럽다는 건 부모가 없다는 뜻이 아닐까. 그런 생각을 하는데 여자아이의 눈동자가 흔들리는 게 보였다. 그녀는 아이린 아주머니를 한번 쳐다보더니 기어가는 목소리로 말했다.

"엘리스."

"좋아, 엘리스. 마지막으로 목욕한 건?"

설마 목욕이 뭔지 모르는 건 아니겠지? 엘리스의 새까만 손톱 밑을 보고 있노라니 목욕이 뭐냐고 물어봐도 이상하지 않을 것 같다.

다행히 엘리스는 목욕이 뭔지 알고 있었다. 문제는 그게 작년 가을쯤이었다는 거고.

나는 기겁을 하고 엘리스와 아이린 아주머니를 가게 밖으로 쫓아냈다. 그리고 후문으로 들인 뒤 말했다.

"일단 목욕부터 하자."

이 꼴로 드레스를 입힐 수는 없다. 우스꽝스러운 건 둘째치고 크리스틴이 거부할지도 모른다. 그때 이 층에서 아네트에게 옷을 입혀 주고 있던 크리스틴이 계단으로 내려오다가 우리를 발견하고 물었다.

"누구야?"

이크. 나는 반사적으로 엘리스를 내 몸 뒤로 감췄다. 크리스틴 성격에 이렇게 더러운 아이가 자기 드레스를 입는다면 하면 가만히 안 있을 것 같은데.

하지만 나는 잊고 있었다. 아이린 아주머니의 존재를.

그녀는 내 뒤에서 크리스틴을 향해 외쳤다.

"엘리스라고, 전단지를 나눠 줄 거야."

"아, 그 일."

크리스틴은 성큼성큼 내려오더니 내 뒤로 돌아와서 엘리스를 내려다보았다. 으, 소리 지르는 거 아냐? 긴장하고 있는데 놀랍게도 그녀는 무덤덤하게 말했다.

"혹시 몰라서 옷 가져왔는데 다행이네."

"응?"

크리스틴은 어떻게 이렇게 더러운 애한테 자기 옷을 입히냐고 화를 내지도, 웨스트 양을 상대하느라 이런 애한테는 옷 입힐 수 없다고 말하지도 않았다.

그녀는 그저 나를 돌아보며 말을 이었다.

"어서, 애 손이랑 발 닦게 욕실 좀 쓸 수 있을까? 그리고 이 층에서 입혀도 되지?"

어, 오늘 진짜 놀라운 일 가득인데? 나는 저도 모르게 고개를 끄덕이다가 정신을 번쩍 차리고 말했다.

"목욕을 시키려고 했는데. 그 사이에 넌 아네트한테 옷 입혀 주고."

"아, 그럼 고맙고."

고개를 끄덕이며 크리스틴이 대답했다. 그러더니 엘리스를 쳐다보며 말했다.

"몇 살이니? 열넷? 열다섯?"

열둘이나 셋이 아니라? 나는 놀라서 엘리스를 쳐다봤다. 그녀는 크리스틴의 질문에도 당황한 듯하더니 말했다.

"열다섯."

세상에, 이렇게 말랐는데 열다섯이라고? 아네트가 몇 살이었지? 열다섯? 열여섯? 엘리스는 아네트에 비하면 완전히 아기처럼 보였다.

놀라는 나와 달리 크리스틴을 그럴 줄 알았다는 표정으로 물었다.

"오늘 아침에 뭐 먹었어?"

이번에도 엘리스가 우리의 눈치를 살피다 대답할 줄 알고 기다렸는데 그녀는 아무 말도 하지 않았다. 나는 고개를 숙인 엘리스를 보고 그녀가 오늘 아침에 아무것도 먹지 않았다는 것을 깨달았다.

젠장.

기분이 별로 안 좋았다. 할머니가 늘 말했다. 다 먹고 살자고 하는 짓이라고. 굶지는 말라고 했지.

"이리 와."

속상해서 행동이 거칠어졌다. 나는 엘리스의 손목을 잡았다. 그 손목은 너무 가늘어서 내 손 안에서도 남았다.

내 손이 웨스트 공작만큼 크면 말도 안 한다. 나는 화가 나서 엘리스를 쳐다봤다가 그녀가 겁을 집어먹은 것을 깨달았다. 아, 진짜.

"나 화난 거 아냐."

나는 가까스로 그렇게 말하고 고개를 돌렸다. 그리고 그녀를 주방으로 데려갔다.

어차피 얘를 목욕시키려면 물을 끓여야 한다. 시간이 필요하다는 말이다. 나는 식탁 앞에 그녀를 앉히고 있는 것들을 내놓았다. 빵이랑 잼, 내가 먹으려고 만들어 둔 샐러드와 저녁때 먹으려고 남겨 둔 햄도 한 조각 꺼냈다.

엘리스의 눈이 커졌다. 그게 또 화가 났다.

"먹고 있어."

그사이 나는 재빨리 욕실로 들어가서 물을 끓였다. 그리고 엘리스가 들어가 될 만큼 물이 뜨거워졌을 때 다시 주방으로 돌아갔다.

"왜 안 먹었어?"

엘리스는 내가 차려 준 음식에 거의 손을 대지 않고 있었다. 나는 물을 데우느라 젖은 손을 수건으로 닦으며 물었다. 먹은 거라곤 빵 한 쪽 정도. 햄을 먹으려고 했는지 위치가 좀 바뀌어 있긴 했다.

"머, 먹었는데······."

아까부터 궁금했던 건데, 애 혹시 존댓말을 할 줄 모르나? 나는 물끄러미 엘리스를 쳐다보다가 접시에 빵과 햄을 옮겨 담았다. 그리고 그녀의 앞에 내려놓으며 말했다.

"이거 다 먹고 나와."

일을 하려면 배를 먼저 든든하게 만들어야 하는 법이다. 그 사이 가게로 가 보니 아이린 아주머니가 대신 봐 주고 있었다.

"고맙습니다."

"별소릴. 애는 어때? 좀 먹었어?"

"전혀요."

"배고팠을 텐데, 이상하네."

"눈치 보는 거죠, 뭐."

나는 별거 아니라는 듯 손을 흔들고 손님이 가져온 빵을 포장해 주었다. 하지만 별 게 아닌 게 아니다. 어린애가 먹는 거로 눈치 보면 안 되는 거다.

포장하는 손에 힘이 들어가서 종이가 구겨졌다. 하지만 나는 애써 표정을 관리하며 손님을 내보냈다.

"어디서 데려온 거예요?"

"우드네서."

우드네가 어디야? 내가 못 알아듣자 아이린 아주머니는 카운터에 몸을 기대며 조용히 설명했다.

"고아들을 보살펴 주면 돈을 주거든. 그래서 애들만 모아서 돈을 받는 사람들이 있어. 우드네도 그중 하나지."

"고아원 같은 거예요?"

"비슷해. 고아원은 기관에서 운영하지만."

사립 고아원 같은 건가 보다. 나는 아이 한 명당 나라에서 아주 약간의 돈을 준다는 말을 듣고 고개를 끄덕였다. 그 돈으로는 애 식비도 충당이 안 될 거 같은데.

하지만 그 돈이라도 준다는 게 놀라웠다. 늘 거리에서 이것저것 파는 아이들을 본 탓에 나라에서 약간이라도 돈을 주는 줄은 몰랐다.

"저기……."

그때 엘리스가 가게 쪽으로 다가와서 말을 걸었다. 아까 내가 가게로 들어오지 말라고 한 말 때문인지 그녀는 복도에 서서 내게 말했다.

"다, 다 먹었는데……."

아차, 손 닦고 먹으라고 할걸. 그것도 모를 줄은 몰랐다. 나는 식사를 했음에도 여전히 더러운 엘리스의 손을 보고 아주 잠깐 인상을 썼다가 재빨리 표정을 관리했다. 그리고 그녀를 데리고 욕실로 향했다.

"브러시는 내가 쓰던 거라 싫으면 안 써도 돼."

내가 브러시를 가리키며 말하자 엘리스가 고개를 끄덕였다. 그 표정이 좀 이상했다. 저 표정을 안다. 나는 그녀만 두고 나가려다 말고 멈췄다. 그리고 엘리스 옆에 쪼그리고 앉으며 물었다.

"엘리스, 목욕해 본 적 있다고?"

"웅."

웅이 아니라 네겠지. 하지만 그걸 가르쳐 줄 시간이 없다. 나는 다시 진지하게 물었다.

"욕조에서? 브러시와 비누를 사용하고?"

다시 엘리스의 얼굴이 이상해졌다. 민망함과 분노가 동시에 떠오른 얼굴 위로 그녀의 눈동자가 내 시선을 피하는 것처럼 움직였다.

"목욕하는 거 도와줄까?"

잠깐 엘리스의 움직임이 멈췄다. 그녀는 나와 아이린 아주머니의 눈치를 살피더니 혼자 할 수 있다고 말하려는 것처럼 입을 열었다.

"머리도 감아야 하고 등은 손이 안 닿을 거 같거든."

나는 재빨리 끼어들었다. 때로 어떤 애들은 제대로 씻는 법을 모르기도 한다. 나야 할머니가 목욕탕에 데려가서 억지로 씻겨서 알았지만 어릴 때 머리 감는 법을 모르는 친구가 있었던 게 생각났다.

"웅."

다시 고민하던 엘리스가 고개를 끄덕이자 나는 아이린 아주머니에게 문을 닫아 달라고 부탁하고 엘리스에게 말했다.

"옷 벗고 들어가."

다른 사람들 앞에서 옷을 벗는 게 부담스러운지 머뭇거리던 엘리스는 우리가 몸을 돌리자 재빨리 옷을 벗고 욕조 안으로 들어갔다.

"머리까지 전부 담가."

한 번에 머리까지 감으려면 머리카락도 충분히 적셔야 한다. 내 지시에 숨을 크게 들이쉰 엘리스가 물속으로 잠수했다. 그리고 그 순간 끔찍한 일이 벌어졌다.

아주 작은 벌레들이 엘리스의 머리 위에서 튀어나오기 시작했다. 대부분 물에 빠졌지만 욕조 밖으로 튀어나오는 것들도 있었다.

투두둑 하고 바닥에 벌레가 떨어지는 소리에 나는 깜짝 놀라서 물러났다. 비명을 지르지 않은 건 비명도 지르지 못할 만큼 놀랐기 때문이다. 저도 모르게 아이린 아주머니의 팔을 꽉 끌어안았는데 그녀 역시 놀란 표정으로 말했다.

"모, 목욕시키길 잘했네."

"저, 저게 뭐예요?"

너무 작아서 튀는 것만 보인다. 내 질문에 아이린 아주머니가 잠시 침묵하더니 내뱉듯이 말했다.

"이."

"어?"

마차 안에서 창밖을 쳐다보던 아네트가 놀란 듯한 신음을 내뱉었다. 무슨 일이지? 마치 석상처럼 꼿꼿한 자세로 앉아서 서류를 보고 있던 션은 고개를 들어 아네트를 쳐다봤다. 그러자 그의 동생이 당황하더니 말했다.

"아무것도 아니야."

물어보지도 않았다. 하지만 저렇게 당황하는 게 이상해서 션은 그녀가 보고 있던 창문으로 고개를 돌렸다. 음악회가 시작하기 전에 아네트의 새 드레스를 맞추기 위해 의상실로 향하던 길이었다.

그는 사람들이 드레스를 입은 소녀를 둘러싼 것을 발견하고 무슨 일인가 하고 시선을 고정했다.

귀족 아가씨들이나 입을 만한 드레스였다. 저런 드레스를 입은 소녀가 혼자 이 거리를 돌아다닐 리가 없는데 돌아다니고 있었다. 게다가 자세히 보니 뭔가를 나눠 주는 게 보였다.

"저게 뭐지?"

선의 질문에 아네트의 얼굴에 망설임이 떠올랐다. 알고 있지만 말해도 될지 모르겠다. 안다는 게 문제가 아니라 어떻게 알게 됐는지가 문제기 때문이다.

"저면."

아네트가 말하기 싫다면 다른 사람에게 물어보면 된다. 선이 마부를 부르자 마부 쪽으로 난 작은 창문이 열렸다. 그는 저게 뭐냐는 주인의 질문에 지체 없이 대답했다.

"거리에서 하는 홍보입니다. 원래는 그냥 전단지를 나눠 주는데 저기는 특이하게 저렇게 드레스를 입히더군요."

확실히 눈에 확 띄기는 한다. 선의 눈에 나눠 주던 홍보지가 금세 바닥이 나자 여자아이가 뭐라고 소리치는 게 보였다. 하지만 주변에 사람들이 많아서 뭐라고 소리치는지는 들리지 않는다.

꽤 영리한 방법이라고 감탄하는 그에게 마부가 말했다.

"지난번에 가셨던 그 거리에서 하는 홍보인 것 같더군요."

지난번에 갔던 그 거리? 선의 머릿속에 순식간에 에버딘이 떠올랐다. 그에게 거래를 제안하면 여자. 붉은 머리카락을 가지고, 그의 힘이 통하지 않던 사람.

이윽고 선의 시선이 아네트를 향했다. 아까 놀라던 것도 그렇고 말하는 것을 망설이던 것도 그렇고 그의 동생은 뭔가를 알고 있는 게 분명했다.

"드레스를 입힌다는 건 저 옷을 고용한 사람에게 준다는 건가?"

"그건 아니고."

마부가 대답하기 전에 아네트가 끼어들었다. 그녀와 똑같이 대답하려던 저면은 물러가도 좋다는 선의 눈짓에 창문을 닫았다.

"빌려주는 거야. 그래야 다른 애들도 저 옷을 입어 볼 수 있으니까."

아네트의 설명에 선의 미간에 주름이 생겼다. 다른 애들도 저 옷을 입어 볼 수 있다는 게 무슨 소리지?

그의 상식으로 사람을 고용할 때는 유니폼을 지급했다. 정확히 말하면 직접 유니폼을 만들어 입도록 천을 지급한다.

유니폼은 고용인이 자기 몸에 맞게 직접 만든 거고, 당연히 다른 고용인은 입을 수 없었다. 심지어 고용인이 해고되거나 퇴직하더라도 유니폼은 가지고 가는 게 보통이었다.

물론 그걸 다른 사람에게 물려주는 경우도 있기는 하지만 그건 더 이상 자신이 입지 않기 때문이지 남과 공유한다는 건 있을 수 없는 일이었다.

아네트 역시 에버딘과 크리스틴에게 직접 설명을 듣지 못했다면, 그리고 보지 않았다면 이해하지 못했을 일이다. 그녀는 오라버니는 모르고 자신은 아는 게 있다는 사실에 기뻐서 흥분한 채 말을 이었다.

"한 명에게만 저 옷을 입히면 입고 싶어 한 누군가가 옷을 망칠 수가 있잖아? 다들 좋은 옷은 입어 보고 싶을 테니까. 저 드레스를 입고 싶어서 일을 하겠다고 나선 애들이 아주 많대."

동생의 흥분한 모습에 선의 눈이 가늘어졌다. 대체 어디서 그런 이야기를 들은 걸까. 그는 이틀 전 에버딘이 찾아와서 말도 안 되는 핑계를 대며 아네트를 데려갔던 것을 떠올렸다.

리본이 어쩌고 하는 우습지도 않은 소리였다. 그가 허락한 이유는 단 하나. 에버딘과 아네트가 친해지는 게 나쁘지 않다고 생각했기 때문이었다.

"어서 경과 친해진 모양이군."

선은 팔짱을 끼고 등받이에 몸을 기대며 말했다. 에버딘은 귀족이고 문제가 좀 있긴 하지만 그 정도는 귀엽게 봐줄 수 있었다. 그와의 내기에서 지면 집안사람이 될 테고 이기면 사업 수완이 있다는 것을 보여 주는 것이니 아네트가 친하게 지내는 것도 괜찮았다.

하지만 아네트는 다르게 반응했다. 그녀는 선의 말을 지적으로 받아들였다. 그래서 저도 모르게 얼굴을 굳히며 부정하고 나섰다.

"아니, 안 친해졌어. 그런, 우리 집안에 문제를 일으킨 사람과 친해졌을 리가 없잖아."

상관없는데. 선은 그렇게 말하려다 입을 다물었다. 그와 아네트는 낳아 준 어머니가 다르다. 아네트는 집에 잘 들어오지 않는 둘째, 마틴과 동복 남매고 그와는 이복 남매였다.

그러니 선보다는 마틴에게 좀 더 친밀감을 느끼는 거겠지. 마틴과의 결혼을 거부한 에버딘에게 분노하는 건 어쩌면 당연했다. 그런 거라면 그가 이러쿵저러쿵 말할 자격은 없지.

"그래."

선은 그렇게만 말하고 다시 시선을 서류로 떨어트렸다. 그의 영지, 웨스트햄튼에서 관리인이 보낸 보고서였다.

무심한 오빠의 태도에 아네트의 표정이 일그러졌다. 잘 대답한 걸까. 이게 오라버니가 원한 대답이 맞는 걸까. 묻고 싶었지만 물어보면 자신을 어린애처럼 생각할까 봐 물어볼 수가 없었다.

그녀는 재빨리 고개를 숙여 표정을 감췄다. 다시, 마차 안에 침묵이 이어졌다.

"한 시간이면 되겠지?"

빨간 리본 의상실 앞에서 마차를 멈춘 선이 물었다. 아네트는 고개를 끄덕이며 마차에서 내렸다. 그녀의 뒤로 하녀가 따라나섰다.

선은 할 일이 있었다. 그는 아네트와 하녀가 의상실로 들어가는 것을 보고 마차를 돌리라고 지시했다.

"어서 오십시오."

아네트 웨스트라면 모든 의상실에서 붙잡고 싶어 할 고객이다. 빨간 리본의 사장이자 수석 디자이너인 폴은 아네트 웨스트가 왔다는 소식에 씩 웃었다.

아직 귀족 사교계에서 활동할 나이는 아니지만 웨스트가라는 이름은 사교계에 나가지 않아도 사람들의 관심을 받는다. 그의 드레스를 그녀가 입으면 홍보 효과가 좋을 것이다.

"웨스트 양."

아네트는 직원이 가져다준 차를 마시며 마네킹이 입은 드레스를 구경하고 있었다. 이런 큰 의상실은 마네킹이 입은 옷도 착용한 것을 보고 싶다고 하면 직원이 입고 나온다.

물론 마네킹에 걸려 있지 않은 드레스도 마찬가지였다.

"영광입니다."

폴은 일 층으로 내려가 아네트의 손을 잡았다. 그리고 손등에 입을 맞추며 말했다.

"댁으로 부르셨다면 갔을 텐데요."

"지나가는 길에 괜찮은 옷이 있는지 보려고."

아네트는 손등 키스가 익숙하다는 듯 폴의 손에서 자신의 손을 빼내며 말했다. 아닌 게 아니라 진짜로 익숙했다. 그녀는 자신을 떠받드는 사람들에게 익숙했고 그중에서 특히 신분 상승이라는 욕망으로 불타는 남자들에게 익숙했다.

"어떤 드레스를……."

장소가 어디냐에 따라 드레스의 디자인이 달라진다. 어떤 드레스를 원하냐고 물어보려던 폴의 시선에 아네트가 입은 드레스가 들어왔다.

그 순간 그의 눈이 튀어나왔다. 그가 오늘 아침 어느 귀족에게 팔기로 한 그 드레스였다.

"그, 그 드레스는……."

당황한 나머지 표정 관리도 못 하고 물어보는 폴에게 아네트는 모르는 척 물었다.

"뭐가?"

"그, 지금 입고 있는 드레스 말입니다. 어, 어디서……."

그제야 아네트는 새삼스럽다는 듯 자신의 드레스를 내려다보았다. 어찌나 천연덕스러운지 폴은 그녀가 일부러 드레스를 보여 주기 위해 찾아왔다는 것을 전혀 눈치채지 못했다.

"이거? 최근에 선물 받은 건데. 왜?"

"서, 선물이요? 누가……."

폴의 머릿속이 복잡해졌다. 이미 고객에게 디자인을 보여 줬고 이틀 뒤 1차 가봉을 하기로 했다. 이제 와서 디자인을 바꿀 수 있을 리가 없었다.

"오늘 음악회에 입고 가라고 선물 받았어. 왜? 관심 있어?"

아네트의 말에 폴은 정신을 번쩍 차렸다. 지금 웨스트 양의 드레스에 관심 있는 것처럼 보여서는 안 된다. 그는 아네트가 드레스를 입고 음악회에 가게 둬서는 안 된다고 판단했다.

"아뇨, 혹시 제가 만든 건가 해서요."

"오, 아냐."

아네트는 단호하게 말하고 빙그레 웃었다. 이 정도 했으면 됐겠지. 에버딘과 크리스틴이 음악회에 가기 전에 빨간 리본에 잠깐 들러서 드레스를 보여 주라고 부탁했었다.

이제 오라버니가 데리러 오는 것만 기다리면 된다. 아네트는 푹신한 소파에 앉아 다른 드레스를 사겠다는 핑계로 시간을 보내려 했다.

그때, 차를 가지고 온 직원이 아네트에게로 다가왔다.

"웨스트 양, 차 한 잔 더 드릴까요?"

저거다. 폴의 눈이 반짝 빛났다. 죽으란 법은 없다더니. 그는 슬쩍 발을 내밀어 아네트에게 다가가는 직원의 발을 걸었다. 다음 순간 "악!" 하는 비명과 함께 직원이 비틀거렸다.

"엄마야!"

아네트는 비틀거린 직원이 차를 자신에게 쏟기 전에 자리에서 벌떡 일어났다. 덕분에 뜨거운 차를 뒤집어쓰지는 않았다.

하지만 그녀의 옷은 아니었다. 아네트를 따라나선 하녀가 화들짝 놀라서 손수건을 꺼내 들었다.

"괜찮으세요, 아가씨?"

그제야 아네트가 자신의 치마에 차가 튄 것을 깨달았을 정도로 그녀에게 피해는 없었다. 하지만 옷이 더러워졌다는 사실에 그녀의 머릿속에 짜증이 확 솟았다.

"무슨 짓이야?"

"죄송합니다."

아네트의 한마디에 의상실이 난리가 났다. 직원들은 얼음물을 가져온다, 수건을 가져온다 뛰어나갔고 하녀는 무릎 꿇고 앉아서 아네트의 치마에 묻은 차를 닦아 내기 시작했다.

"죄송합니다, 웨스트 양. 이런 큰 실수를 하다니. 그 녀석은 책임지고 쫓아내겠습니다."

폴이 시치미를 떼고 아네트에게 말을 걸었다. 누가 보더라도 완벽하게 미안해하는 표정이었다. 아네트는 직원들이 가져온 물을 적신 수건으로 손을 닦고 한구석에 물러나서 벌벌 떠는 직원을 쳐다봤다.

"그건 당연한 거 아냐?"

그녀의 한마디에 직원의 해고가 결정되었다. 이걸로 됐다. 폴은 속으로 미소를 지었다. 그리고 아네트의 호감을 사기 위해 다시 입을 열었다.

"그 옷은 두고 가시면 제가 깨끗하게 닦아서 보내드리겠습니다. 대신 오늘 입고 가실 다른 드레스를 꺼내드릴게요."

곧바로 폴의 지시에 직원들이 미리 만들어 둔 드레스를 가지고 돌아왔다. 귀족들에게 소개하려고 만들어 둔 드레스였다. 팔 생각 이었지만 아네트 웨스트가 입고 음악회에 간다면 그것도 괜찮을 것 이다.

이거야말로 일거양득이지. 폴은 그렇게 생각하며 미소를 지었 다.

* * *

"어서 오세요."

딸랑하는 종소리에 진열대를 정리하던 에버딘이 반사적으로 소 리쳤다. 장사의 기본은 인사. 그녀가 아르바이트를 하면서 배운 것 중 하나였다.

그리고 손님에게 친절할 것. 하지만 방금 가게 안으로 들어온 손 님을 본 순간 에버딘의 얼굴이 구겨졌다.

"손님을 맞이하는 표정이 그건가?"

션의 말에 에버딘의 얼굴은 더더욱 처참하게 구겨졌다. 적어도 손님을 불러 놓고 서류에서 시선을 안 떼는 놈한테 그런 말을 듣고 싶지는 않다.

그녀는 정리하던 진열대로 고개를 돌리며 말했다.

"아직 안 샀으니까 손님 아니야."

유치하지만 어쩔 수 없다. 마음 같아서는 대기표를 뽑고 기다리라고 하고 싶지만 선은 그게 뭐냐고 물어볼 것이다.

에버딘은 대기표가 뭔지 이해하지 못하는 선을 상상하며 속으로 웃었다. 그때 그가 그녀의 곁에서 식빵을 하나 집어 들며 말했다.

"그럼 이거 하나 사지."

도대체 언제 여기까지 왔는지 모르겠다. 에버딘은 눈 깜짝할 사이에 소리도 없이 자신의 곁으로 다가온 선을 보고 그가 마법사가 아닌가 잠시 의심했다.

하지만 마법사면 어떻단 말인가. 중요한 건 따로 있다.

"감사합니다, 고객님."

순식간에 에버딘의 태도가 확 부드러워졌다. 선은 어이가 없어서 픽 웃어 버렸다. 그녀는 그에게서 식빵을 받아 포장을 하며 물었다.

"여기까지 행차한 이유가 뭐야?"

이 거리와 선 웨스트라니, 어울리지 않는다. 선은 대놓고 투덜거리는 에버딘이 능숙하게 빵을 포장하는 것을 물끄러미 지켜보고 있었다.

그녀의 손이 빵을 종이로 한번 감싸더니 가느다란 끈으로 종이가 풀어지지 않도록 솜씨 좋게 묶었다. 그 모습이 굉장히 능숙하고 재빨라서 그의 기분을 이상하게 만들었다.

"그냥."

선은 헛기침을 하며 입을 열었다. 순식간에 포장을 끝낸 에버딘이 빵을 건네자 그는 또 다른 빵을 집어 들며 말을 이었다.

"아네트가 이 근처에 볼일이 있거든."

같이 나왔다가 시간이 남아서 거리에 들러 봤다는 말이다. 에버딘은 그가 건네는 밤 식빵을 받아 들어 그것도 포장하기 시작했다.

"오늘 음악회 간다고 들었는데?"

"아, 그래."

한 시간쯤 뒤에 빨간 리본에 돌아가서 아네트를 데리고 음악회를 가야 한다. 션은 에버딘이 종이로 빵을 꼼꼼하게 감싸는 것을 구경하면서 시계를 꺼내 곁눈질로 시간을 확인했다.

그사이, 에버딘은 다시 가느다란 끈으로 종이가 풀어지지 않도록 빵을 묶었다.

솜씨가 좋군. 션은 가볍게 감탄했다. 가느다란 끈으로 에버딘은 빵을 뒤집지도 않고 빵 밑바닥에서 교차해서 빵 윗부분에 균일한 리본을 만들어 냈다.

"무슨 음악이야?"

에버딘의 손을 넋을 잃고 쳐다보는데 그녀가 물었다. 션은 퍼뜩 정신을 차리고 에버딘을 쳐다봤다.

"그냥 음악이지."

"음악도 여러 가지가 있잖아. 가사가 있는 거, 없는 거."

음악에 대한 에버딘의 견해는 딱 그 두 개였다. 가사가 있는 것과 없는 것. 꽤 참신한 말에 션의 얼굴에 미소가 떠올랐다. 그는 피식 웃으며 또 다른 빵을 집어 들었다.

"이것도 사지. 가사는 없을 거야."

아마도. 사실은 그도 모른다. 음악회를 참석하는 건 이번 추문에도 그의 집안이 아무 문제 없으며 그가 전혀 신경을 쓰지 않는다는 것을 보여 주기 위해서다. 음악을 들으려는 목적이 아니라는 말이다.

그리고 그 추문은 마틴과 에버딘의 혼사에 관한 거고.

문득 선은 다음번 초대에는 에버딘과 함께 가는 것도 괜찮겠다는 생각이 들었다. 그렇다면 에버딘 어셔가 마틴 웨스트와 결혼하느니 죽으려 했다는 소문은 헛소문이라는 것을 보여 줄 수 있다.

"네, 감사합니다."

계속된 추가에도 짜증 한 번 안 낸 에버딘은 선에게서 세 번째 빵을 받아 들었다. 빵을 세 개나 사 가는데 고맙지 않을 리가 없다. 그리고 다시 종이를 꺼내 빵을 감싸기 시작했다.

그때 그가 불쑥 물었다.

"다음번엔 초대하지."

"뭘?"

에버딘의 고개가 휙 올라갔다. 어딜 초대해? 날? 어리둥절한 그녀의 표정에 선이 빙그레 웃었다.

"음악회나, 연회나. 티타임도 괜찮고. 네가 살아 있다는 걸 사교계에 알릴 필요가 있으니까."

"아."

무슨 소린지 알겠다. 에버딘은 그제야 사교계에 그녀가 멀쩡하다는 것을 알려야 한다는 것을 깨달았다. 그동안은 먹고 사느라, 그리고 선과의 내기에서 이길 궁리를 하느라 사교계는 생각도 못 했다.

"고맙긴 한데."

에버딘은 세 번째 빵을 재빨리 포장에 션에게 내밀며 말을 이었
다.

"난 드레스가 없거든."

"없다고?"

션의 얼굴에 말도 안 된다는 표정이 떠올랐다. 그의 동생은 하루
가 멀다고 옷을 사댄다. 이건 아네트를 말하는 게 아니다.

에버딘은 자신이 드레스가 있어 보이냐는 표정으로 두 팔을 벌
려 보였다. 이 집엔 그녀가 그런 곳에 입고 갈 드레스가 없다.

그렇다고 그녀의 부모님 집에 있냐면 거긴 들어가 보지도 못했
다. 사람이 없었기 때문이다. 그녀가 몇 번이나 찾아갔지만 문은 항
상 잠겨 있었다.

"그렇군."

션은 이 집에 그녀의 드레스가 없다는 사실에 고개를 끄덕였다.
그리고 네 개째 빵을 집어 들며 말했다.

"그건 내가 알아서 하지."

알아서 해? 뭘 알아서 해? 의문이 들었지만 그때 딸랑하고 종이
울리면서 손님이 들어왔다.

"어서 오세요!"

반사적으로 인사를 한 에버딘은 션을 내보내기 위해 네 번째 식
빵을 부랴부랴 포장하기 시작했다. 그러자 뒤늦게 들어온 손님이
텅 빈 밤 식빵 진열대를 바라보며 물었다.

"이건 하나도 없어요?"

"방금 이분이 남은 거 전부 사셨어요."

남은 걸 전부? 손님의 눈에 포장된 빵이 쌓여 있는 게 보였다. 그렇게 인기 있는 거였어? 그녀의 얼굴에 호기심이 떠올랐다.

"다음엔 언제 나와요?"

"어, 주문하면 오늘 저녁때쯤이요."

다 팔릴 줄 모르고 더 준비를 안 해 와서 지금부터 반죽을 시작해야 한다. 손님은 아무것도 들어 있지 않은 식빵을 집어 들며 말했다.

"저녁때 다시 올게요. 만들어 주세요."

에버딘의 얼굴이 환해졌다. 그녀는 네 개의 포장한 밤 식빵을 선의 품에 안기며 그에게 했던 것과 똑같은 어조로 외쳤다.

"네."

그 모습을 본 선의 표정이 복잡해졌다.

＊　　＊　　＊

"당했네."

이튿날, 어떻게 됐는지 웨스트 저택으로 찾아간 나는 아네트의 이야기를 듣고 툭 내뱉었다. 훔친 디자인과 똑같은 드레스를 입고 간 아네트에게 우연히 차를 엎질렀다고? 말도 안 된다.

"뭐가 당해? 폴한테 드레스는 보여 줬잖아."

"하지만 그 드레스는 지금 네 손이 없지. 그리고 드레스를 본 사람도 그 사장뿐이고."

"거기 직원들이 봤잖아?"

"사장 한마디에 입 다물 직원들 말이야?"

그제야 아네트는 일이 어떻게 돌아가는지 깨달은 모양이다. 나는 그녀의 얼굴에 번져 가는 충격에 한숨을 내쉬었다.

폴이라는 그놈, 여우도 보통 여우가 아니다. 할머니는 그런 사람을 보면 이렇게 말했다. 꼬리가 아홉 개 달린 불여우라고.

"하지만 내가 먼저 입었잖아? 그럼 된 거 아냐?"

뭐, 여기가 현대라면 그렇겠지. 입은 걸 사진 찍어서 인터넷에 올리면 되니까. 하지만 여기는 그런 게 없다. 나는 폴에게 보여 주지 말고 음악회에 가라고 우겨야 했다고 후회했다.

폴에게 먼저 보여 주라는 건 크리스틴의 요청이었다. 그녀는 빨간 리본 사장이 다른 손님에게 드레스를 팔기 전에 보여 줘야 한다고 주장했다. 그래야 다른 손님이 피해를 입지 않을 테니까.

"네가 먼저 입었다는 증거가 없잖아."

내 말에 아네트는 이해가 안 된다는 표정이었다. 그녀는 고개를 갸웃하며 물었다.

"내가 있잖아? 그리고 너랑 네 친구도 있고."

"크리스틴은 본인이라 증인이 안 되지. 그리고 그쪽에서 자기가 먼저라고 우길걸?"

"감히?"

툭 튀어나온 아네트의 말에 나는 새삼 그녀가 지체 높은 집안의 아가씨라는 것을 느꼈다. 지체 높은 집안의 아가씨라니까 좀 웃긴

데 그 말이 딱 맞게 느껴진다.

그녀는 빨간 리본의 사장이 감히 자신을 상대로 그런 짓을 하지 못할 거라 생각하고 있었다. 나도 그랬으면 좋겠지만 뻔뻔하게 아네트에게 차를 엎지르고 그녀의 옷을 받아 간 여우다.

아네트를 어떻게 구워삶을지 또 어떻게 알겠는가.

"드레스를 이미 판 모양인데. 쥐도 궁지에 몰리면 고양이를 물어."

나는 그렇게 말하며 한숨을 내쉬었다. 아직 팔지 않았다면 아네트의 드레스를 본 순간 포기할 거라는 게 나와 크리스틴의 생각이었다. 하지만 그런 짓까지 해서 아네트가 드레스를 입고 사람들 앞에 나가는 걸 막았다는 건 이미 누군가에게 팔았다는 뜻이겠지.

돈 때문에 그런 짓을 하는 건 아닐 거다. 나는 상당한 규모의 빨간 리본을 떠올리며 생각했다. 거긴 삼 층짜리 건물에서 삼 층 전부를 사용하고 있었다. 이 나라에서 삼 층짜리 건물을 전부 쓴다는 건 가게의 규모가 엄청나다는 뜻이다.

드레스 한 벌 가격이 아까워서 감히 웨스트 가문의 아가씨에게 뜨거운 차를 엎지르는 위험을 저지르지는 않았을 것이다. 이미 누군가에게 드레스를 팔았거나, 최소한 구매자가 드레스의 디자인을 알고 있다는 말이다.

"걱정하지 마. 누가 같은 드레스를 입고 오면 내가 도둑맞은 디자인이라고 한마디 해 줄게."

아네트가 호탕하게 말했지만 그걸로 될 리가 없다. 나는 한숨을 내쉬며 말했다.

"그럼 싸움이 크리스틴과 빨간 리본이 아니라 너와 상대 구매자의 싸움이 되어 버려. 그 사장은 쏙 빠지는 거야."

그거 너무 얄밉지 않니? 잘못이라는 잘못은 다 해놓고 사교계의 아가씨들만 드레스 하나 가지고 싸우게 되는 거다. 아네트의 얼굴에도 짜증이 번졌다. 아네트는 두 사람을 상대해야 하는 거다. 빨간 리본 사장과 구매자.

"자기가 도둑맞은 드레스를 입었는데 왜 나한테 화를 내?"

얘가 뭘 모르네. 나는 아네트의 질문에 한숨을 내쉬며 말했다.

"네가 큰맘 먹고 옷을 하나 샀어. 그리고 사람들 많은 곳에 입고 갔는데 어떤 애가 다가와서 어머, 그거 도둑맞은 디자인인데! 이런다고 생각해 봐."

아네트의 표정이 굳었다. 그녀는 뭔가를 곰곰이 생각하는가 싶더니 내게 말했다.

"빨간 리본에서 어떤 직원이 나한테 차를 엎질렀을 때 말이야."

응? 갑자기 그 이야기가 왜 나와? 나는 어리둥절했지만 아무 말도 하지 않았다. 한국말은 끝까지 들어 봐야 한다. 여긴 한국이 아니지만.

"직원한테 화가 나더라고. 그래서 해고하라고 해 버렸거든."

허. 나는 여전히 아무 말도 하지 않았다. 고작 차를 좀 엎질렀다고 해고하라고 했단 말이야? 내가 살던 곳에서 들은 진상 고객들이 생각난다.

그때 아네트가 계속해서 말을 이었다.

"난 그게 우연인 줄 알았지. 그런데 생각해 보니까 거기 사장이 먼저 그 직원을 해고하겠다고 해서 그러라고 했는데."

와. 나는 사장이 먼저 직원을 해고하겠다고 했다는 말에 입을 딱 벌렸다. 그거 진짜 불여우네. 사람 간 빼 먹는 불여우.

잠깐. 그럼 아네트는 빨간 리본에 불만도 있는 거네? 물론 그녀는 지금 딱히 빨간 리본에 불만을 보이는 건 아니지만 사람들이 보기에는 그렇다는 거다.

나는 아네트에게 진지하게 말했다.

"그럼 만약 네가 빨간 리본 사장의 디자인이 도용이라고 한다면, 너는 그 전에 빨간 리본에 불만이 있어서 직원을 해고시키고 도용이라는 억지를 부리는 거네."

"그게 왜 억지야?"

아네트가 발칵 화를 냈지만 나는 손가락을 흔들었다. 내가 그렇다는 게 아니라 빨간 리본 사장은 그렇게 주장할 거라는 말이다.

이거 아주 나쁜 놈이네. 게다가 착착 자신에게 유리하게 포석까지 깔아 놨다. 사람들은 그렇게 생각할 거라는 말에 아네트의 표정이 일그러졌다.

"나쁜 자식!"

아네트가 벌컥 화를 내며 자리에서 일어났다. 보통 여우가 아니라니까. 나는 침착하게 말했다.

"지금 바로 빨간 리본에 사람을 보내. 그 직원 해고하지 말라고."

"뭐? 뭐 하러?"

"그래야 네가 빨간 리본과 그 직원한테 불만이 없다는 걸 알릴 수 있을 거 아냐."

나중에 아네트가 나설 거라면 꼭 그렇게 해야 한다. 나는 그녀의 방에서 나서며 더러워진 드레스도 받아 내라고 말했다. 무슨 핑계를 대고 안 돌려줄지도 모르지만 일단 받아 내야 한다.

어서 크리스틴에게 이 이야기를 알려 줘야 한다. 서둘러 집으로 돌아가려는데 기다리고 있었는지 웨스트가의 집사가 내게 다가오며 말했다.

"어서 경, 주인님께서 아가씨와 이야기가 끝나셨다면 잠시 이야기를 하고 싶다고 하십니다."

나는 대체 언제부터 집사가 나를 기다렸을지 궁금해하며 물었다.

"지금요?"

"네. 아직 기다리고 계실 겁니다."

션이 나를? 놀랄 일이다. 하지만 나는 아무 말도 하지 않고 조용히 집사의 뒤를 따랐다. 이번에 안내된 곳은 서재가 아니라 응접실이었다. 이 집엔 응접실이 대체 몇 개람?

나는 집사가 열어 주는 문을 통해 안으로 들어갔다가 일인용 소파에 앉아 신문을 읽는 션을 보고 멈춰 섰다.

와, 다리 엄청 기네.

그는 종아리가 착 달라붙은 바지를 입고 있었다. 거기에 거의 무릎까지 올라오는 부츠까지 신은 게 꼭 승마복처럼 보인다.

"빨리 왔군."

내가 들어가자 션은 그렇게 말하며 신문을 반으로 접어 아무렇게나 테이블에 툭 내려놓았다. 나는 그가 다리를 꼬는 것을 저도 모르게 멍하니 쳐다봤다.

인간 다리가 이렇게까지 길 필요가 있을까?

"일주일 뒤에 무도회가 있어. 내가 에스코트하지."

"허?"

선의 다리를 쳐다보느라 정작 그가 무슨 말을 하는지는 놓쳤다. 나는 그의 발끝까지 따라갔던 시선을 거둬들여 그를 쳐다봤다.

선은 한쪽 눈썹을 들어 올리며 물었다.

"무도회와 에스코트 중에 어느 쪽이 이해가 안 된 거지?"

"어, 둘 다?"

에스코트가 뭔지 모르겠다. 무도회는 안다. 춤추는 거지. 맥락상 무도회에 함께 가자는 말인 거 같은데 우리가 무도회에 함께 가야 할 이유가 있나?

"일주일 뒤에 브룩 백작가에서 여는 무도회에 초대받았어. 이십 분만 있다가 오면 돼."

"무도회면 춤을 춰야 하는 거 아냐?"

파트너라는 말은 그러니까, 나랑 춤을 추자는 말인 거지? 나는 선과 춤을 춘다는 선택지가 과연 좋은 건지 나쁜 건지 고민하기 시작했다.

"안 춰."

그때 그가 단호하게 말했다. 아, 그래? 괜히 고민했네. 안도가 되면서도 이상하게 한편은 푸쉬식하고 김이 식는 느낌이 들었다.

나는 어깨를 으쓱하며 물었다.

"무도회에 춤도 안 추면 뭐 하러 가는데?"

"네가 살아 있다는 걸 사교계에 알려야 하니까."

아, 맞다. 그제야 나는 사교계에 에버딘 어서가 죽었다는 소문이 났다는 것을 떠올렸다. 그동안 먹고사느라 전혀 생각을 못 하고 있었다.

사실 사교계는 지금 내게 가장 중요한 문제가 아니었다. 나는 빵집을 운영하고 에버딘의 부모와 연락할 방법을 찾느라 그런데 신경 쓸 여력이 없었다.

"무도회면 드레스를 입어야 하는 거 아냐?"

에버딘의 부모님이 살던 집에 그녀의 드레스가 있으려나? 여차하면 부모님의 집에 침입해서라도 드레스를 찾아야 하는 건가 하고 생각하는데 선이 말했다.

"말해 두지. 주문하고 와."

"말해 둔다고? 어디에?"

내 질문에 선이 답답하다는 듯 자리에서 일어났다. 어, 진짜 승마복이었네. 그의 재킷은 마치 제비 꼬리처럼 길고 두 개로 갈라져 있었다.

그는 테이블에 놓아둔 장갑을 집어 들며 말했다.

"당연히 의상실이지. 일주일 안에 만들어야 해."

내 드레스값을 내주겠다는 말인가? 나는 멍하니 선을 쳐다보다가 불쑥 물었다.

"나한테 옷을 사 주겠다는 거야?"

"싫으면 갚아."

"아니, 그건 아닌데."

갚으란 말에 나는 반사적으로 대답했다. 그러자 그가 씩 웃으며 말했다.

"그 정도 금액은 받을 생각도 없어. 같이 가는 내가 부끄럽지 않게만 해."

뭣이라? 내 눈초리가 올라갔다. 널 부끄럽지 않게만 해 달라고? 아주 본때를 보여 주마.

나는 가슴 앞으로 팔짱을 끼며 물었다.

"어디로 가면 돼?"

"네 마음대로 해. 아네트는 빨간 리본을 선호하던데."

"잠깐."

거긴 안 된다. 나는 이마를 짚었다. 그리고 한숨을 내쉬며 물었다.

"다른 데로 할래."

"마음대로 해. 일주일 안에만 완성 시켜."

꼭 빨간 리본에서 옷을 만들어야 할 이유는 없었던 거다. 나는 얼마가 들어도 좋으니 일주일 안에 완성 시키라는 신신당부를 듣고 웨스트 저택에서 나왔다. 그리고 곧바로 크리스틴의 가게로 쳐들어 갔다.

"크리스틴."

빨간 리본의 여우가 무슨 짓을 했는지 알려 줘야 한다. 그리고 션이 요구한 드레스도 크리스틴에게 의뢰하겠다는 기쁜 소식도 알릴 생각이었다.

"큰일 났어."

내가 가게 문을 열고 들어가자 크리스틴은 의자에 앉아 있다가 나를 보고 벌떡 일어났다.

"어서."

내가 말을 꺼내기도 전에 크리스틴이 나를 불렀다. 그러더니 내게로 다가와서 자기 맞은편에 앉아 있던 사람을 가리키며 말했다.

"소개해 줄게. 내……."

잠시 망설이던 크리스틴은 마음을 굳힌 것처럼 말을 이었다.

"친구야. 조디라고, 같은 가게에서 일을 했어."

조디는 꽤 세련된 차림을 하고 있었다. 갈색 머리는 깔끔하게 틀어 올렸고 셔츠가 아니라 블라우스를 입고 있었으며 스커트도 군청색에 많이 퍼지지 않는 단순한 디자인이었지만 천이 좋은 거였다.

꼭 고급스러운 거리에서 일하는 사람처럼 보인다. 이런 사람들은 어디나 비슷한 느낌인 모양이다. 나는 명품관에서 일하던 직원을 떠올리며 손을 내밀었다.

"에버딘 어서예요."

"조, 조디 커트예요."

세련된 차림과 달리 조디는 창백하고 긴장된 모습을 하고 있었다. 무슨 일이지? 내가 크리스틴에게 눈빛만으로 물어보자 그녀가 나를 끌고 조디에게서 떨어지더니 속삭였다.

"조디는 어제까지 빨간 리본에서 일했어."

"뭐?"

잠깐. 어제 빨간 리본 사장이 어떤 직원을 해고했다고 하지 않았나? 내가 조디를 쳐다보자 크리스틴은 재빨리 내 손을 붙잡아 내 시선을 자신에게 고정시키고 말을 이었다.

"어제 빨간 리본 사장이 누명을 씌우고 해고해 버렸대."

"중요한 손님 옷에 차라도 엎질렀대?"

이번에는 크리스틴이 놀란 표정을 지었다. 그러더니 알았다는 듯 물어왔다.

"웨스트 양을 만나고 왔어?"

"어제 일이 어떻게 됐는지 물어보느라."

그리고 크리스틴에게 맡길 아주 큰 의뢰도 하나 가져왔지. 하지만 지금은 그런 이야기를 할 때가 아니다. 나는 크리스틴의 손을 놓으며 물었다.

"누명은 뭐야?"

"차를 나르는데 발을 걸었나 봐."

사장이? 허허. 나는 어이가 없어서 쓰게 웃었다. 빨간 리본이니까 딱 맞네. 불여우.

"그런데 너한테 왜 왔어?"

억울하게 해고당했다고 크리스틴에게 이르러 온 건 아닐 거다. 그녀도 불여우에게 피해를 입고 있지만 어떻게 하지 못하고 있으니까.

크리스틴은 내 질문에 아무 말도 하지 않았다. 대신 조디가 입을 열었다.

"사과하려고요."

이건 또 무슨 소리야? 나는 조디와 크리스틴을 번갈아 쳐다봤다. 크리스틴은 곤란한 듯한 표정을 짓고 있었다. 조디가 계속해서 말을 이었다.

"미안해, 크리스틴. 네 말을 믿었어야 했는데……."

이상한 기분이 들었다. 크리스틴은 조디를 전 직장에서 같이 일한 친구라고 소개했다. 그리고 조디는 빨간 리본에서 일하다가 바로 어제 해고당했고.

빨간 리본의 불여우는 이상할 정도로 크리스틴의 디자인을 몇 번이나 훔쳐 갔지.

"세상에."

벼락처럼 어떤 가능성 하나가 내 머릿속을 스쳐 지나갔다. 나는 입을 딱 벌리고 크리스틴을 쳐다보다가 외쳤다.

"크리스틴, 너 빨간 리본에서 일했었구나!"

크리스틴은 눈을 질끈 감은 채 손으로 이마를 짚고 있었다. 와, 그렇구나. 그래서 그 불여우가 크리스틴의 디자인이 훌륭하다는 걸 알고 매번 훔쳐 간 거구나.

빠져 있던 퍼즐 한 조각이 제자리를 찾은 것처럼 딱 맞아 들어갔다. 내가 조디를 쳐다보자 그녀가 고개를 끄덕이며 말했다.

"우리 가게에서 제일 실력 있는 디자이너였어요."

그렇군. 어쩐지 이 쇠퇴해가는 거리에서 유일하게 장사가 잘되는 집이다 싶었다. 낭중지추라고 실력 있는 사람은 어디서나 두각을 보이는 법이다.

"그런데 왜 그만뒀어?"

나는 조디의 옆에 앉으며 물었다. 두통이 있는지 두 손으로 이마를 꾹꾹 누르던 크리스틴이 짜증을 내며 말했다.

"왜겠어?"

"불여우가 네 디자인을 훔친 게 그때부터였구나?"

그러니 견디다 못해 뛰쳐나온 게 아닐까. 조디와 크리스틴은 내 말에 놀란 표정으로 나를 쳐다보더니 곧 어이없다는 듯 물었다.

"불여우? 설마 폴을 불여우라고 부르는 거야?"

"빨간 리본 사장이고 여우짓을 하잖아?"

나는 어깨를 으쓱하며 대답했다. 그걸 불여우라고 해야지 뭐를 불여우라고 하겠어? 그러자 조디와 크리스틴이 웃음을 터트렸다.

불여우라는 별명이 두 사람에게는 퍽 재미있는 모양이다. 나는 두 사람이 웃음을 그치기를 기다렸다가 크리스틴에게 물었다.

"다른 큰 의상실로 갈 생각은 안 해 봤어?"

빨간 리본만큼은 아니지만 유명한 다른 의상실로 가면 폴이 더 이상 크리스틴의 디자인을 훔치긴 어려웠을 것이다. 하지만 폴에게 불여우라는 별명이 괜히 붙은 게 아니다. 크리스틴은 고개를 흔들 며 말했다.

"폴이 내 소문을 안 좋게 내놔서 아무 데도 갈 수가 없었어."

아, 별명 바꿔야겠는데. 나는 다리를 꼬며 한숨을 내쉬었다. 이건 불여우라는 별명이 붙을 수준을 넘었다. 여우는 그 정도로 나쁜 동 물이 아니라고.

"좋아. 도둑놈한테 한 방 먹이려던 우리 계획이 무산됐다 치자 고."

나는 심기일전해서 입을 열었다. 계획이 실패했으면 다시 하면 된다. 하지만 두 사람은 아닌 모양이었다. 크리스틴이 어이없다는 듯 물었다.

"도둑놈?"

"불여우보다는 그쪽이 더 나은 거 같아서."

"한 방 먹이려던 계획은 뭐였어?"

이번엔 조디가 물었다. 크리스틴은 나를 이상하다는 표정으로 쳐다보다가 그녀에게 우리의 계획을 설명했다. 빨간 리본 사장이 훔쳐 간 드레스를 먼저 만들어서 선보이려 했지만 실패했다.

조디는 크리스틴의 이야기를 가만히 듣다가 입을 열었다.

"나, 그 드레스를 누가 샀는지 알아."

드레스를 주문한 사람은 캐서린 허바드. 허바드 백작이라고 했다.

"백작이라고?"

여자 이름인데? 놀란 나와 달리 크리스틴과 조디는 내가 왜 놀랐는지 모르겠다는 표정이었다. 두 사람은 서로를 쳐다보더니 조디가 말했다.

"무도회에 입을 거라고 했어."

잠깐. 나는 이번에는 눈을 가늘게 뜨며 물었다.

"그거 혹시 일주일 뒤에 열리는 무도회야?"

"아니, 이 주, 잠깐."

조디가 뭔가를 생각하는 표정을 짓더니 손가락을 꼽기 시작했다. 그러더니 고개를 끄덕이며 말했다.

"맞네. 일주일 뒤에 열리는 거야."

"브룩 백작가에서 열리는 거?"

그걸 어떻게 아느냐는 크리스틴의 표정과 달리 조디는 인상을 쓰고 있었다. 그녀는 기억해 내려는 것처럼 계속 인상을 쓰다가 결국 고개를 저으며 말했다.

"누구 무도회인지는 모르겠어. 하지만 일주일 뒤에 열리는 무도회가 브룩 백작가의 무도회라면 그게 맞겠지."

브룩 백작이 유명한 사람인가 보다. 아니면 발이 넓거나. 나는 조디와 크리스틴에게 허바드 백작을 만나 봐야겠다고 말하고 가게로 돌아왔다.

내게도 생계라는 게 있다. 하루 종일 불여우에게 엿 먹이겠다고 돌아다닐 수는 없는 거 아닌가.

"왔다!"

내가 가게로 다가가자 문 앞에 서 있던 사람들이 나를 발견하고 소리쳤다. 어, 뭐야? 나는 어리둥절해서 걸음을 멈췄다. 그러다가 다시 가게로 걸어가기 시작하자 제일 끝에 있던 사람이 내게 달려와서 물었다.

"언제 열어요?"

언제 여냐고? 그런 질문은 처음 들었다. 설마 이 사람들 가게 앞에서 기다리고 있었던 건가? 우리 집 앞에서?

제일 먼저 말도 안 된다는 생각이 들었다. 우리 집에서 파는 건 식빵이 다다. 오는 손님도 오전과 저녁 식사 시간 전에 몰려 있다. 처음엔 샌드위치라도 만들어서 점심때 팔아 볼까 했는데 점심에 오는 손님은 아이린 아주머니나 수잔뿐이라 포기했었다.

"어, 지금 열 건데요."

"안에 밤 들어간 거 있죠?"

이게 무슨 소리야? 나는 내게 질문하는 손님과 그 뒤에 선 사람들을 멍하니 쳐다보다가 물었다.

"밤 식빵 말하는 거예요?"

"그래, 그거. 그거 맛있다고 하던데."

대답한 건 가게 앞에 서 있던 또 다른 손님이었다. 그녀는 내 쪽으로 몸을 내밀며 분하다는 듯 말했다.

"이틀 전부터 왔는데 매번 다 팔려서 말이야. 좀 일찍 오면 있을까 해서 기다리는 중이야."

그러고 보니 선이 남은 밤 식빵을 몽땅 사서 가 버린 뒤로 밤 식빵을 찾는 손님이 있긴 했다. 기껏 해 봐야 두세 명 정도였지만 이렇게 일찍 와서 기다릴 정도로 원하는 사람이 있는 줄은 몰랐다.

"그거……."

별거 아니라고 말하려던 나는 입을 다물었다. 별거 아니긴 뭐가 별거 아니란 말인가. 밤 식빵은 맛있다. 빵은 보들보들하고 밤이 걸리면 달콤하니 아주 맛있다.

나는 가게 문을 열고 사람들을 가게로 들인 뒤 주방으로 달려갔다. 발효 중인 빵은 빵빵하게 부풀어 있었다.

"굽는 데 시간이 좀 걸려요."

"기다릴게요."

"난 두 개 미리 빼 줘."

누군가 그렇게 말한 순간 사람들은 너도나도 외치기 시작했다.

"난 세 개!"

"난 하나만!"

"어허, 나부터 왔어!"

이게 무슨 일이야? 갑자기 벌어진 일에 정신을 차릴 수가 없었다. 하지만 나는 일단 발효 중인 빵의 개수를 확인하고 손님들을 정리하기 시작했다.

"인당 하나씩만 팔게요."

안 그러면 기다린 사람 중에 못 사고 가는 사람이 생긴다. 원래 살던 곳에서는 구매 제한을 두는 걸 이해를 못 했는데 이젠 알겠다.

나는 부랴부랴 빵을 오븐에 옮겼다. 그리고 오븐에서 빵이 익는 동안 다시 반죽을 시작했다.

결론적으로 말하면 추가로 반죽을 시작한 건 아주 좋은 선택이었다. 가게 앞에서 기다리던 손님들이 빵을 하나씩 들고 나가자마자 또 다른 손님들이 줄을 이어 들어왔기 때문이다.

반죽을 해 두지 않았다면 일찌감치 문을 닫아야 했을 것이다. 덕분에 저녁 식사 시간이 되기도 전에 파김치가 되어 버린 나는 가게 바닥에 주저앉아서 한숨을 내쉬었다.

"에버딘, 괜찮아?"

급하게 도와주러 온 아이린 아주머니가 바닥에 주저앉은 나를 보고 걱정스럽다는 듯 물었다. 정신이 하나도 없다. 손님이 빠져나간 가게는 마치 거대한 바람이 휩쓸고 나간 것처럼 보였다.

텅 빈 진열대와 바닥에 떨어진 포장지. 그리고 널브러진 나까지.

나는 아이린 아주머니의 손을 잡고 자리에서 일어나서 가게 안을 돌아봤다. 장사가 이렇게 잘된 건 처음이다. 나조차도 장사가 이렇게 잘되는 날이 있을 줄 몰랐다.

빵 반죽을 얼마나 했는지 팔이 다 아프다. 나는 분명 내일 아침이면 오른쪽 팔이 부서질 것처럼 아플 거라고 생각하고 인상을 썼다.

자기 전에 뜨거운 물로 목욕하고 자야지. 그 전에 내일 팔 반죽을 해 놔야 하는 게 문제지만.

"어서, 허바드 백작님한테 연락 안 했지?"

그때 크리스틴이 가게 안으로 들어오며 물었다. 아이고, 아프다. 허리를 툭툭 치고 있던 나는 그제야 허바드 백작이라는 사람과 이야기를 하기로 했다는 것을 떠올렸다.

분명 그럴 생각으로 몇 시간 전에 조디에게 주소를 물어보고 왔는데 갑자기 나타난 손님들 때문에 정신이 없어서 완전히 까먹었다.

"어, 내일 찾아가야겠는데."

별생각 없이 대답하고 나자 약간 화가 났다. 네가 연락해 보지 왜 나한테 물어봐? 막 크리스틴에게 짜증을 내려는데 그녀가 먼저 말했다.

"다행이다. 내가 만나고 싶다고 편지를 보냈거든. 생각해 보니까 혹시 너도 보냈나 싶어서 확인하려고 왔어."

앗, 이미 연락하고 확인하러 온 거였군. 막 치솟았던 분노가 푸쉬식하고 꺼져 버렸다. 애꿎은 사람에게 짜증을 낼 뻔했다는 죄책감이 생겨났지만 나는 애써 무시했다.

생각만 했다, 생각만.

"아직 안 보냈어."

바로 찾아가 보려고 했다. 편지를 보낸다는 생각은 한 번도 못 해 봤는데. 나는 웨스트 공작을 만나러 갈 때도 무작정 찾아갔던 것을 떠올리며 물었다.

"뭐래?"

"오전에 오래."

이상하게도 크리스틴의 얼굴은 뭔가를 굳게 각오한 표정이었다. 백작과 만나는데 긴장되나? 나는 어리둥절해 하며 물었다.

"응? 그게 다야? 불여우, 아니, 빨간 리본 사장에 대해서는 뭐라고 안 하고?"

"이야기 안 했는데 백작님이 무슨 말을 하겠어?"

"이야기 안 했어?"

이번에는 나뿐만 아니라 크리스틴의 얼굴에도 어리둥절한 표정이 떠올랐다. 그녀는 아이린 아주머니를 한 번 쳐다보더니 내게 말도 안 된다는 듯 말했다.

"어서, 상대를 만나러 가기 전에는 만나고 싶다고 허락을 구하는 게 먼저야."

뒤통수를 망치로 맞은 느낌이 들었다. 허락까지 구해야 돼? 전혀 몰랐다. 내가 선을 만날 수 있었던 건 순전히 운이 좋아서였던 거다.

"그냥 가면 안 만나 줘?"

"안 만나 줄 수도 있고 엄청 오래 기다려야 할 수도 있어."

그렇군. 새삼 나는 내가 이 나라의 예의나 규칙에 대해 잘 모른다는 것을 깨달았다. 아, 갑자기 창피해지네. 여기서 살 거라면 공부를 해야 할 필요가 있겠다는 생각이 들었다.

"준비됐어?"

이튿날 아침, 아침 장사를 마친 나는 크리스틴의 가게로 가서 그녀를 불렀다. 오늘 아침도 치열했다. 자기 전에 반죽을 평소의 두 배 이상 해 놨는데 한 시간도 안 돼서 전부 다 팔았다.

기쁘긴 한데 너무 빨리 팔리니까 허탈할 정도다. 하지만 허탈해하면 안 되겠지.

이렇게만 장사가 되면 직원을 한 명 고용해야 할 것 같은데. 나는 문 앞에 서서 직원을 고용하는 게 과연 안전할지 고민했다.

나는 이곳에 아는 사람이 없다. 직원을 고용할 때 어떤 방식으로 고용하는지도 모른다. 하지만 일손은 필요한데.

"잠깐만."

한참 고민하는데 이 층에서 크리스틴이 모자를 두 개 들고 내려왔다. 대체 무슨 옷을 이렇게 오래 갈아입는 건지 모르겠다. 하지만 그러고도 끝나지 않았는지 모자 하나를 머리에 쓰고 물었다.

"어때?"

누가 보면 전쟁이라도 나간다고 착각할 만큼 굳게 결심한 표정이었다. 나는 그녀를 힐끔 보고 대꾸했다.

"어유, 예뻐. 완벽해. 천사가 내려온 줄."

나름 최선을 다한 건데 크리스틴의 표정이 이상해졌다. 그녀는 쓰고 있던 모자를 휙 벗더니 다른 모자를 쓰고 물었다.

"어때?"

"어유, 예뻐. 완벽해. 천사가 내려온 줄."

토씨 하나 안 틀리고 그대로 말해 줄 수 있다. 솔직히 말하면 무슨 차이인지 모르겠다. 모자 두 개는 꽃이 달렸냐 리본이 달렸냐를 제외하면 색까지 비슷했기 때문이다.

"좀 성의 있게 볼 수 없어?"

"내가 그걸 성의 있게 볼 안목이면 지금 빵집이 아니라 옷가게를 하고 있겠지?"

그것도 그러네. 크리스틴은 그렇게 중얼거리더니 결국 제일 처음 썼던 모자를 머리에 쓰고 나왔다.

"허바드 백작은 어떤 사람이야?"

나는 크리스틴과 함께 허바드 백작가로 향하며 물었다. 나 혼자 다닐 땐 걸어 다녔는데 크리스틴 덕분에 오늘은 삯마차를 타고 갈 수 있었다.

나는 처음 타 보는 마차의 감각에 감동하며 굳게 결심했다.

다음엔 그냥 걸어가야지.

이걸 타느니 그냥 걸어 다니는 게 낫겠다. 의자는 공원 벤치 수준이었고 도로는 울퉁불퉁해서 내 머리와 엉덩이는 반복적으로 나무 패널에 부딪혔다. 이걸 고문으로 써도 되겠는데?

"음…… 평범한데 평범하지 않은 사람?"

뭐라는 거야. 나는 어이가 없어서 크리스틴을 쳐다봤다. 그 정도 설명은 나도 하겠다. 하지만 그녀는 그게 최선이었는지 어깨를 늘어트리며 덧붙였다.

"나도 잘 몰라. 그분에 대한 소문은 딱 하나밖에 없거든."

"뭔데?"

"세 살 난 딸이 있다는 거."

와, 그것참 엄청난 소문이네. 목구멍까지 그런 빈정거림이 기어 올라왔지만 나는 예의를 아는 현대인으로서 참고 물었다.

"왜? 허바드 백작가는 여자애가 귀해?"

"응? 그건 아닐걸? 지금 백작님도 여자고 전 백작님도 여자였거든."

이 나라는 여자가 작위를 잇는 게 당연한 모양이다. 좀 신기하다는 생각이 들었다. 내가 살던 곳은 이천 년이 되어서야 호주제가 폐지됐다.

"그런데 딸이 있는 게 뭐 그리 대단한 소문인데?"

"아, 그게, 그분이 결혼을 안 했거든."

세상에. 나는 놀라운 크리스틴의 말에 저도 모르게 입을 딱 벌렸다. 그래도 돼? 아니, 잠깐.

생각해 보니 별 상관없는 것 같다. 어차피 백작은 캐서린 허바드고, 후계자는 백작의 자식이면 되는 거잖아.

캐서린은 여자니까 남자들처럼 자기 자식이 자기 자식이 맞는지 확인할 필요도 없겠지. 굳이 후계자를 얻기 위해 결혼을 해야 할 필요가 없는 거다.

"그런 사람이 많아?"

나는 흔들리는 마차 안에서 혀를 깨물지 않으려 애를 쓰며 물었다. 크리스틴 역시 혀를 깨물지 않으려 애쓰며 물었다.

"어떤 사람?"

"결혼 안 하고 자식을 갖는 사람 말이야."

내가 살던 곳은 미혼모나 미혼부가 그리 많지 않았다. 없었다는 건 아니고 그냥 좀 적었다는 거다. 하지만 여기는 귀족이 가문을 잇는데 성별이 상관이 없다는 걸 보니 미혼모나 미혼부가 그리 특이한 게 아닐지도 모른다는 생각이 들었다.

"그랬으면 소문이 나지도 않았겠지."

여기도 흔한 일은 아닌 모양이군. 나는 그럼 그렇지 하고 한숨을 내쉬었다. 동시에 캐서린 허바드라는 여자에 대해 흥미가 생겼다.

어떤 사람일까.

"크리스틴 메이, 그리고 에버딘 어서……."

"갑자기 찾아와서 죄송합니다."

캐서린 허바드 백작은 크리스틴의 말대로 평범하게 생긴 사람이었다. 션이나 아네트처럼 입이 떡 벌어질 정도의 미인은 아니었고 키가 아주 크거나 아주 작지도 않았다. 그렇다고 션처럼 특이한 눈색을 가지지도 않았다. 나이는 나보다 몇 살 정도 많아 보이고.

나는 그녀가 내 이름 뒤에 경을 붙일 것 같아서 재빨리 사과를 한 뒤 빙그레 웃어 보였다.

캐서린은 내가 치고 들어오자 움찔하더니 나를 물끄러미 쳐다보기 시작했다. 그러더니 찻잔을 들어 올리며 크리스틴에게 물었다.

"빨간 리본에서 주문한 드레스 일로 할 말이 있다고?"

아, 그 이야기는 했군. 나도 캐서린을 따라 크리스틴을 쳐다봤다. 그녀는 뭔가를 말하려는 것처럼 입을 열더니 멈칫했다. 그리고 나를 돌아보았다.

"뭐해?"

우리 계획 세웠잖아. 나는 크리스틴에게 어서 이야기하라고 재촉했다. 하지만 그녀의 얼굴은 새하얘지더니 곧 점점 새빨개지기 시작했다.

애 왜 이래? 내가 당황하는 사이 캐서린이 다시 물었다.

"할 이야기가 뭐지?"

크리스틴은 긴장으로 완전히 얼어붙어 있었다. 애 아네트한테도 비슷하게 굴더니 지금은 더 심하게 얼어붙었네. 아네트 옷은 어떻게 만들어 줬나 모르겠다. 나는 그녀를 쳐다보다가 한숨을 내쉬며 캐서린을 향해 고개를 돌렸다.

"자작님께서 빨간 리본에서 주문한 드레스는 도둑맞은 디자인이에요."

"어서!"

내 이야기에 캐서린보다 크리스틴이 더 깜짝 놀라서 소리쳤다. 아, 이제는 말할 수 있니? 나는 그녀를 한번 돌아보고 다시 캐서린을 쳐다보며 말했다.

"백작님께서는 아직 드레스를 받지 못하셨죠? 똑같은 디자인을 크리스틴은 이미 만들어서 다른 귀족 영애에게 팔았어요. 만약 공개된 장소에서 만난다면 당황하실 것 같아서 알려드리려고 온 거예요."

"어서!"

당황해서 내 손을 잡아당기는 크리스틴과 달리 허바드 백작은 평온했다. 그녀는 차를 한 모금 마시고 내려놓더니 나를 가만히 쳐다봤다. 그리고 크리스틴을 쳐다보며 말했다.

"그 이야기를 나한테 해 주는 이유가 뭐지?"

이유가 뭐냐니, 방금 들었잖아. 너 당황할 것 같아서 알려 주러 왔다니까?

그렇게 생각하는데 백작이 나를 돌아보며 말을 이었다.

"아, 다시 묻지. 그걸로 당신이 얻는 건 뭐지? 그리고 그 말이 진짜라는 증거는?"

똑똑한 사람이네. 나는 크리스틴을 쳐다봤다. 아직도 긴장해 있는 건 아니겠지? 다행히 그녀는 캐서린의 태도가 우리의 예상과 비슷하다는 사실에 안도한 표정이었다.

"크리스틴이 빨간 리본 사장한테 당한 게 이번이 처음이 아니거든요."

나는 소파에 몸을 기대며 말했다. 소파 좋네. 나도 가게에 이런 소파 하나 뒀으면 좋겠다.

"복수로군."

캐서린은 빙그레 웃으며 가볍게 말했다. 바로 그거다. 우리가 원하는 건 피의 복수였다. 아니, 아니다.

나는 다시 바짝 긴장한 크리스틴을 보고 머릿속으로 정정했다.

우리는 허바드 백작을 도우려는 거다. 그리고 크리스틴에게 정의를 찾아 주려는 거다. 나는 복수가 아니라 착한 일을 하려는 거라고 속으로 중얼거리며 자세를 바로 했다.

"증거는?"

다시 허바드 백작이 말했다. 우리의 이야기가 진짜라는 증거. 제일 좋은 건 크리스틴이 만든 아네트의 드레스를 가져와서 보여 주는 거겠지만 그건 아직도 빨간 리본이 가지고 있다.

나는 팔꿈치로 크리스틴의 옆구리를 쿡 찔렀다. 이건 그녀가 해야 한다.

"아야!"

크리스틴은 깜짝 놀라서 소리치더니 재빨리 자신의 입을 막았다. 어휴. 나는 캐서린을 향해 미소를 지으며 말했다.

"빠, 빨간 리본에서 만들겠다고 한 드레스 디자인을 지금 여기서 똑같이 그릴 수 있어요."

원래 크리스틴의 디자인이었으니 당연하다. 게다가 그 디자인으로 옷도 한 번 만들었다. 크리스틴은 내 말에 재빨리 고개를 끄덕였고 허바드 백작은 나를 물끄러미 쳐다보더니 사람을 불러서 종이와 펜을 가져오라고 지시했다.

"원래 이런 디자인이지만요."

크리스틴은 방금 전까지 긴장했다는 게 거짓말처럼 종이와 펜을 쥐자 능숙하게 드레스를 그리기 시작했다. 그리고 완성한 그림을 캐서린이 보기 편하도록 돌리더니 드레스의 허리선에 펜 끝을 갖다 대고 덧그리며 말했다.

"백작님이 입으실 거라 허리는 이렇게 처리했을 거예요."

처음으로 허바드 백작의 얼굴에 놀랍다는 표정이 떠올랐다. 이게 아네트가 입은 그 드레스가 맞던가? 나는 아네트가 가봉을 위해 입었던 것을 떠올리고 고개를 갸웃했다.

약간 다른 거 같은데.

"웨스트 공작 영애에게는 아, 제가 먼저 만들어 드린 분이 아네트 웨스트 양이에요."

이어진 크리스틴의 설명에 캐서린의 표정이 살짝 일그러지더니 곧 알겠다는 듯 손짓했다. 크리스틴은 이번에는 드레스 디자인의 치맛단에 펜을 가져다 대더니 덧그리며 설명했다.

"이 부분을 잘라 냈어요. 그리고 상의도 이 부분은 이렇게 수정했고요."

확실히 아네트가 캐서린보다 키가 작다. 같은 디자인이어도 입는 사람의 체형에 따라 다르게 수정했다는 말이다. 내가 크리스틴이 덧그린 디자인에 러플이 추가되면 아네트가 입은 것과 똑같다고 생각한 순간 그녀가 디자인에 러플을 그리며 말했다.

"이 부분에 러플도 추가했고요."

"어, 맞아. 똑같아."

나도 모르게 감탄사가 터져 나왔다. 크리스틴은 아네트가 입은 드레스를 완벽하게 똑같이 그리고 있었다. 캐서린은 그것을 물끄러미 보다가 나를 향해 물었다.

"내가 주문을 취소하길 바라는 건가?"

"원한다면요."

나는 그렇게 말하고 크리스틴을 쳐다봤다. 크리스틴은 일이 커지지 않기를 바랐다. 상대는 가장 인기 있는 의상실이니까.

하지만 아네트가 입고 간 드레스에 차를 흘려 일부러 더럽혔다는 이야기에 어마어마하게 화를 냈다. 그녀는 그 이야기를 듣자마자 벌떡 일어나더니 그 자식을 가만두지 말았어야 했다고 고함을 질렀었다.

우리의 원래 계획은 허바드 백작이 빨간 리본의 의뢰를 취소하고 크리스틴에게 다시 만들게 하는 거였다. 그녀가 그렇게 해 준다면 크리스틴은 무료로 만들겠다는 각오까지 했었다.

나는 크리스틴을 쳐다보다가 나를 바라보는 캐서린의 시선을 느끼고 고개를 돌렸다.

설마 날 아나? 아니, 에버딘을 아나?

그녀는 처음 나를 본 순간부터 계속 저렇게 이상한 표정으로 나를 쳐다보고 있었다. 나를 안다면 내가 들어오자마자 아는 척을 했을 거다.

그렇다면 내 이름은 들었지만 개인적으로 아는 사이는 아니라는 거겠지.

"저는 백작님께서 폴이 만든 옷이 아니라 제가 만든 옷을 입어 주셨으면 좋겠어요."

그때 크리스틴이 입을 열었다. 그녀는 자신이 덧그리던 디자인을 집어 들더니 펜으로 다시 그 위에 장식 몇 개를 그려 넣으며 말했다.

"폴은 고작 이 정도로만 수정했을 거예요. 하지만 저라면 이렇게 수정해 드리고 싶어요. 이쪽이 훨씬 더 백작님을 돋보이게 할 수 있거든요."

애 뭐 하는 거야? 나는 멍하니 캐서린 앞에서 디자인을 수정하는 크리스틴을 구경했다. 그녀는 수정된 디자인을 뒷장에 다시 그리더니 캐서린에게 내밀며 말했다.

"제가 더 잘 만들어 드릴 수 있어요. 저한테 맡겨 주세요."

캐서린의 얼굴은 아까보다 훨씬 밝아져 있었다. 게다가 자신만만한 태도에 사람이 당당해 보였다. 나는 허바드 백작의 얼굴에 희미하게 미소가 떠오르는 것을 발견했다.

"당신도 그렇게 생각해? 어서, 씨."

이 사람 확실히 에버딘에 대한 이야기를 들었다. 나는 캐서린이 나를 부를 때 호칭에서 아주 잠깐 망설이는 것을 보고 깨달았다.

"계획은 그거였는데요."

나는 이유는 모르지만 내게 호의적인 백작의 반응에 대뜸 말했다. 더 재미있는 계획이 떠올랐다. 이건 허바드 백작의 적극적인 도움이 필요한 계획이었다.

그리고 크리스틴의 도움도.

나는 크리스틴에게 고개를 돌려 그녀의 얼굴에서 긴장이 많이 사라진 것을 확인했다. 괜찮았으면 좋겠는데.

"다른 재미있는 계획이 생각났어요."

내 말에 캐서린과 크리스틴이 무슨 계획이냐는 표정으로 나를 쳐다봤다. 나는 캐서린을 먼저 쳐다보고 크리스틴에게 고개를 돌려 말했다.

"그 전에 미리 말할게, 크리스틴. 내가 귀족이거든. 에버딘 어서 경이라고."

캐서린의 얼굴에 그럴 줄 알았다는 표정이 떠올랐다. 하지만 크리스틴은 아무 말도 하지 않았다. 설마 화났나?

"일부러 속인 건 아니고……."

나는 크리스틴에게 사과를 하기 위해 고개를 돌렸다가 그녀가 완전히 얼어붙어 있는 것을 발견했다.

설마.

"저기, 크리스틴."

나는 허바드 백작을 한번 쳐다보고 크리스틴에게 손을 뻗었다. 내 손이 그녀의 어깨에 닿는 순간 크리스틴의 몸이 흔들리더니 그녀가 그대로 쿵하고 쓰러졌다.

그 모습에 우리를 흥미롭다는 듯 쳐다보던 허바드 백작이 눈을 동그랗게 뜨며 작게 신음을 내뱉었다.

"어머."

06

"그럼 나 다녀올게요."

나는 저녁 장사를 끝내자마자 크리스틴의 도움을 받아 옷을 갈아입고 내려와서 소리쳤다. 가게를 정리하고 있던 도리스가 앞치마에 손을 닦으며 말했다.

"가게는 걱정 말고 갔다 와요. 문단속해 놓고 퇴근할게요."

"부탁해요."

내가 문단속을 하고 가고 싶지만 아직 가게 정리도 안 끝났고 삼십 분 뒤에 빵을 찾으러 오겠다는 손님도 있어서 어쩔 수가 없다.

그래도 직원이 있어서 다행이다. 나는 급하게 구한 것치곤 경력이 훌륭한 도리스에게 인사를 하고 가게 밖으로 나왔다. 직원이 있으니 가게를 아침부터 밤까지 늘 열어 둘 수 있어서 좋다.

이틀 전까지만 해도 할 일이 많아서 가게를 오전에 몇 시간, 오후에 몇 시간 정해 두고 열어 놨었다. 할 일은 많고 오는 손님은 얼마 없으니 어쩔 수 없는 선택이었다.

빵 반죽을 만들어 놓고 시장에 나가서 장을 본 다음 에버딘의 본가를 찾아가서 사람이 있는지 확인하고, 곧장 크리스틴의 가게에 가서 내 드레스 가봉을 했다. 다시 돌아와서 발효된 빵을 오븐에 집어넣은 다음 가게를 청소하고 오후에 가게를 열 준비를 하는 거다.

진짜 도리스를 고용하기 전까지 눈이 팽팽 돌 정도로 바빴다. 얼마나 바빴냐면 가게 문을 닫자마자 저녁 식사도 못 하고 잠에 들어 버릴 정도였다. 덕분에 크리스틴이 여기서 더 살이 빠지면 자는 동안 내 입 안에 버터를 녹여서 흘려 넣겠다고 협박했다.

"잠깐만요."

고맙게도 시간 맞춰 우리 집에 와서 내가 옷을 갈아입는 걸 도와준 크리스틴은 가게 밖으로 나오자마자 나를 멈춰 세웠다.

그리고 풍성한 치마와 가슴의 장식까지 꼼꼼하게 확인하더니 뿌듯하다는 표정으로 고개를 끄덕이며 말했다.

"완벽해요."

언제까지 이러려는 걸까. 나는 일주일 전부터 갑자기 내게 존댓말을 하기 시작하는 크리스틴을 못마땅하게 쳐다봤다. 그러자 내 머리 장식을 확인하던 그녀가 황급히 고개를 숙였다.

그렇게 해도 내가 크리스틴보다 키가 작아서 그녀의 얼굴이 다 보인다.

나는 허리에 손을 얹으며 물었다.

"계속 그럴 거야?"

무슨 말이라도 했으면 좋겠는데 크리스틴은 입을 다물고 물러났다. 아, 진짜.

나는 그녀에게 뭐라고 더 말하려다가 다가오는 마차를 발견하고 입을 다물었다.

달라진 건 하나도 없다. 나는 처음부터 에버딘 어셔 경이었고 그걸 크리스틴에게 일주일 전에 말했을 뿐이다.

그런데 크리스틴은 일주일 전부터 내가 엄청난 존재가 된 것처럼 굴고 있었다. 내 얼굴을 똑바로 쳐다보지도 않았고 내게 먼저 말을 걸지도 않았다. 그녀가 예전과 똑같았던 건 가봉을 할 때뿐이었다.

괜히 나섰다는 생각이 들었다. 크리스틴을 도우려고 나선 건 아니었지만 이걸로 크리스틴과 친해질 거라고 생각했지, 이렇게 서먹해질 거라고는 생각도 못 했다.

"저기, 어셔, 아가씨."

가지가지 한다. 크리스틴은 마차로 다가가는 나를 부르더니 입술을 깨물었다. 나는 마차 계단을 올라가려다 말고 그녀를 돌아보았다.

"도와주셔서 감사합니다. 번거로우실 텐데……."

울컥하고 뭔가가 튀어나왔다. 고맙다는 말을 듣고 싶긴 했지만 이런 건 아니었다. 나는 크리스틴을 노려보다가 욕이 나올 것 같아서 몸을 휙 돌렸다.

그사이 마부가 내려와서 마차 문을 열어 주었다.

"갔다 와서 이야기해."

나는 그렇게 말하고 마차 안으로 들어갔다. 기분이 별로 안 좋다. 내가 그렇게 말하면 크리스틴이 더 안절부절못할 거라는 걸 알아서 더 그랬다.

하지만 크리스틴보다 더 내 기분을 나쁘게 만들 사람이 마차 안에서 기다리고 있었다.

"늦었군."

션은 잘 차려입고 다리를 꼰 채 나를 기다리고 있었다. 다리가 길어서 위로 꼰 다리의 발이 맞은편 시트에 닿았다. 나는 앉으려다 말고 그를 쳐다봤다.

그는 나를 물끄러미 쳐다보다가 내가 자신을 쳐다보자 그제야 다리를 치우며 말했다.

"실례."

실례는 내가 실례다. 안 치우면 걷어차려고 했다. 나는 치맛자락을 정리하며 앉았다. 평소 입던 것보다 훨씬 풍성해서 앉고 일어나기가 영 불편했다.

어휴. 정신이 하나도 없네. 한참을 옷매무시를 정돈하고 고개를 들어 보니 션이 다시 나를 쳐다보고 있었다.

"왜?"

"아니, 그냥."

그는 그렇게 말하더니 창밖으로 고개를 돌렸다. 그러더니 불쑥 말했다.

"그게 그 드레스로군."

아주 잠깐 무슨 소린가 했던 나는 곧 씩 웃었다. 맞다. 이게 바로 그 드레스다. 이 드레스를 만드는데 주어진 시간은 고작 일주일이었고 나는 크리스틴에게 원하는 것보다 더 많은 돈을 부르라고 말했다.

당연하지. 드레스를 만드는데 들어가는 모든 비용은 웨스트 공작가에서 내준다고 했잖아? 그리고 웨스트 공작가는 내가 본 이곳의 사람 중 가장 부자였다.

"사 준 보람이 있어?"

나는 웃으며 물었다. 드레스가 마음에 드냐는 의미였는데 선은 뜻밖의 대답을 내놨다.

"네 마음에 든다면."

마음에 든다거나 안 든다거나 둘 중 하나로 대답할 줄 알았는데. 나는 생각하지 못한 답변에 멍하니 선을 쳐다봤다. 그는 창밖을 쳐다보다가 나를 돌아보더니 한쪽 눈썹을 들어 올리며 물었다.

"왜?"

"아, 아니."

나는 재빨리 표정을 가다듬었다. 그리고 그의 옷차림을 훑어보며 말했다.

"잘생겨서."

처음 봤을 때부터 지금까지 늘, 항상, 언제나 선은 잘생겼지만 오늘은 또 다른 잘생김이 있었다. 나는 평소에 보던 차림은 오늘에 비하면 수수한 차림이라는 것을 깨달았다.

그는 몸에 딱 맞는 수트를 입고 한 손에는 모자를 들고 있었다.

뒤로 깔끔하게 넘긴 머리카락 덕분에 반듯한 이마가 잘 보였다. 그 밑으로 자주색으로 빛나는 눈동자는 나를 향하고 있었다.

"입바른 소리 할 필요 없어."

선은 말도 안 된다는 듯 피식 웃으며 내 칭찬을 넘겨 버렸다. 응? 나는 그의 반응에 놀라서 눈을 깜빡였다.

잠깐, 이 남자. 설마 자기가 잘생긴 걸 모르나?

머릿속이 혼란스러워졌다. 이 정도로 잘생긴 사람이 자기가 잘생긴 걸 모를 수가 있나? 말도 안 된다. 거울만 봐도 알 수 있는 거 아냐?

나는 미간을 찡그리며 다시 말했다.

"아니, 진짜로 잘생겨서 하는 말인데."

그러자 선의 미간에도 주름이 생겼다. 그는 세상에서 가장 말도 안 되는 소리를 들었다는 듯 나를 쳐다보더니 불쾌하다는 표정으로 말했다.

"사람을 놀리려면 번지수를 잘못 찾았어."

허? 진짠가 본데?

선이 진짜로 불쾌하다는 듯 고개를 돌려 버렸다. 나는 무슨 말을 해야 할지 몰라 그를 멍하니 쳐다보기 시작했다.

주변 사람들을 봐도 자기 얼굴이 얼마나 잘생겼는지 알 수 있지 않나? 자기가 미인인 걸 모르는 미인은 박물관에 보존돼야 할 희귀 생명체다. 그런 존재가 내 눈앞에 있다는 게 믿을 수 없어서 물끄러미 쳐다보는데 그는 내가 쳐다보는 게 불쾌하다는 듯 들고 있던 모자를 써 버렸다.

덕분에 그의 눈이 살짝 가려졌다. 그리고 잘생긴 이마도.

"그런데 오늘은 왜 아네트를 안 데려가고 나랑 같이 가자고 한 거야?"

나는 무겁게 가라앉은 분위기를 바꾸기 위해 질문을 던졌다. 아네트가 그랬다. 동반자가 필요한 모임이 있으면 그녀를 데려간다고.

덕분에 지금 선과 함께 무도회에 가는 건 빨간 리본 사장에게 엿을 먹인다는 이유가 없었다면 꽤 민망한 상황이 됐을 것이다. 아네트가 날 가만두지 않았을 테니까.

모자를 쓴 채 창문 밖으로 시선을 돌린 선은 그대로 나를 쳐다보지 않은 채 입을 열었다.

"아네트는 아직 열여섯이야."

"그런데?"

그제야 선의 얼굴이 나를 향했다. 그는 잠깐 내가 답답하다는 듯한 표정을 짓더니 곧 내가 기억 상실이라는 것을 떠올린 모양이었다.

"무도회는 밤새도록 열리거든. 미성년자를 데리고 갈 수는 없어."

의외의 부분에서 이 나라는 상식을 갖추고 있는 모양이었다. 아니면 선이 의외로 상식인이거나.

"그럼 아네트를 못 데려가는 장소는 어떻게 했어?"

설마 파트너가 없다고 아예 불참하지는 않았을 거 아냐? 내 의문에 선이 가볍게 대답했다.

"안 가."

와.

나는 어이가 없어서 입을 딱 벌렸다. 이 남자는 상식이 있는 건지 없는 건지 모르겠다. 나는 어이가 없어서 물었다.

"안 가도 돼?"

어쩌면 귀족의 사교계라는 건 내 생각보다 훨씬 더 여유 있는 곳인지도 모른다는 생각이 들었다. 에버딘도 내가 된 뒤로는 한 번도 귀족 모임에 참석한 적이 없잖아?

그렇게 생각하자 마음이 좀 가벼워졌다. 그때 선이 고개를 삐딱하게 기울이며 말했다.

"장소에 따라 다르지."

하나도 도움이 안 된다. 나는 그를 따라 삐딱한 표정으로 물었다.

"그럼 오늘 이건? 꼭 가야 하는 거야?"

"꼭 가야 할 장소는 아니지만 우리의 목표를 이루기엔 가장 적당한 곳이지."

우리의 목표. 에버딘이 살아 있다는 것과 웨스트 가문과 어셔 가문이 틀어지지 않았다는 것을 알리는 거다. 마차가 멈추자 마부가 내려서 문을 열어 주었다.

"브룩 백작은 어떤 사람인데?"

나는 먼저 내린 선의 손을 무시하고 마차에서 내리며 물었다. 풍성한 치마 때문에 거추장스럽긴 하지만 혼자서 계단 정도는 내려갈 수 있다.

선은 고집 세게도 내 팔꿈치를 잡으며 말했다.

"큰 해운 산업을 가지고 있지. 네 부모님도 제럴딘 해운의 배를 탔을 거야."

에버딘의 부모님. 심장이 뛰기 시작했다. 나는 저도 모르게 선을 올려다봤다. 그는 내 팔꿈치를 놓더니 자기 팔 안쪽에 내 손을 얹었다.

"백작님이 내 부모님을 알까?"

알겠지? 같은 귀족이니까? 어쩌면 에버딘의 부모님과 연락할 방법을 알고 있을지도 모른다. 나는 크게 숨을 들이쉬고 저택 안으로 들어섰다.

기대한 만큼 안은 엄청나게 밝지는 않았다. 하지만 수많은 램프와 장식들로 화려했고 사람들로 북적이고 있었다.

"어서 오게, 웨스트 공작."

제일 먼저 우리에게 인사를 건넨 것은 키가 훤칠하게 큰 중년의 남자였다. 그는 선을 보자마자 활짝 웃으며 인사를 하더니 나를 보고 누군지 궁금하다는 표정을 지었다.

"초대해 주셔서 감사합니다, 브룩 백작님."

이 사람이 브룩 백작이구나. 나는 선의 인사를 듣고 반사적으로 허리를 숙였다. 하지만 곧바로 선이 팔을 잡아당겨 내 행동을 저지했다.

응? 고개를 들자 그는 이상하다는 표정으로 나를 쳐다보고 있었다.

실수했다. 선은 에버딘의 얼굴에 떠오른 표정을 읽을 수 있었다. 그녀는 정확하게 그렇게 생각하고 있었다.

평소라면 신경 쓰지 않았을 것이다. 어쩌면 재미있다고 생각했을 수도 있다. 하지만 다음 순간 그는 저도 모르게 입을 열고 있었다.

"브룩 백작님, 이쪽은 에버딘 어서 경입니다. 어서 경, 이쪽은 우리를 초대해 주신 브룩 백작님."

에버딘 어서라는 말에 브룩 백작의 얼굴에 놀랍다는 표정이 떠올랐다. 덕분에 방금 전 에버딘의 이상한 행동은 그의 기억 가장 밑바닥으로 가라앉아 버렸다.

"살, 만나서 반갑네, 어서 경."

당황한 나머지 브룩 백작은 에버딘을 향해 손을 내밀며 말실수를 했다. 명백하게 살아 있는 줄 몰랐다고 말하려다 말을 바꾼 게 티 나는 인사에 에버딘의 눈이 동그래졌다.

하지만 그게 그녀의 긴장을 해소해 준 모양이었다. 에버딘의 모습은 금세 선이 알던 뻔뻔한 태도로 돌아갔다.

"초대해 주신 건 웨스트 공작님뿐이죠. 제가 따라와서 기분이 상하지 않으셨나 모르겠네요."

여유 넘치면서 동시에 유머러스하기까지 한 인사에 선은 저도 모르게 피식 웃었다. 하지만 브룩 백작은 아니었다. 그는 에버딘의 손을 잡으며 허둥지둥 말했다.

"살아 있는 줄 알았다면 초대했을 걸세."

저런. 선은 시선을 피했고 에버딘은 눈을 동그랗게 뜨고 백작을 쳐다봤다. 자신의 실수를 깨달은 백작은 허둥지둥 다른 사람과 인사를 해야겠다며 물러났다.

"큰 해운 사업을 운영한다고?"

다시 둘만 남자 에버딘이 그의 팔에 몸을 기대며 물었다. 목소리를 낮추기 위한 행동이었지만 친밀한 행동에 선의 시선이 저도 모르게 그녀를 향했다.

"정확하게는 사업가 집안인 브룩 백작 부인이 지참금으로 가져온 사업이지."

귀족의 방계인 브룩 백작 부인의 친정은 사업가 집안으로 백작 부인도 어릴 때부터 사업에 재능을 나타냈다. 지금 브룩 백작가에서 운영하는 제랄딘 해운도 브룩 백작 부인이 가져올 때는 작은 무역 사업이었던 것을 그녀가 이만큼 키운 것이다.

"실제로 운영하는 사람은 백작이 아니라고 말해 줘."

에버딘의 요청에 선은 재미있다는 듯 그녀를 쳐다봤다. 분명 방금 브룩 백작이 덜떨어지게 행동하긴 했다.

하지만 그에게 이런 식으로 냉소적인 요청을 하는 사람은 처음이었다. 선은 재미있다는 듯 말했다.

"사업은 본인 능력도 능력이지만 아랫사람을 잘 부리는 것도 중요하거든."

저렇게 덜떨어져 보이지만 아랫사람은 잘 부린다는 말에 에버딘은 코웃음을 치며 말했다.

"아랫사람은 말실수를 말실수로 안 본대?"

방금 에버딘에게 말실수하는 걸로 봐서 아랫사람에게도 말실수를 할 게 분명했다. 그게 용서가 될 만큼 아주 관대한 상사라면 또 모르지만.

선은 브룩 백작이 관대한 주인이고 상사인지는 모르기 때문에 솔직하게 말했다.

"실제 운영자는 브룩 백작 부인이야."

브룩 백작 부인이 브룩 백작가로 시집오면서 가져온 지참금인 만큼 제랄딘 해운의 사장은 브룩 백작으로 등록이 되어 있다. 하지만 처음 가져올 때 작은 무역 회사였던 사업을 지금의 해운 사업으로 키운 것도 백작 부인이고 여전히 운영하는 것도 백작 부인이었다.

에버딘은 선의 설명에 그럴 줄 알았다는 듯 브룩 백작을 돌아보았다. 키는 훤칠하니 미중년이라고 말해 줄 만한 사람이었지만 행동은 영 믿음직하지 않았다.

"아이고, 죄송합니다."

에버딘의 눈에 악수를 하려다 손님의 바짓가랑이를 쳐 버린 백작이 사과를 하는 게 보였다. 그녀는 고개를 절레절레 흔들며 선과 함께 안쪽으로 들어갔다.

"악단이 있네."

사람들로 가득 찬 큰 홀의 안쪽에 악단이 자리를 잡고 있는 게 에버딘의 눈에 보였다. 그녀가 신기하다는 듯 말하자 선은 당연하다는 표정으로 대꾸했다.

"무도회니까."

춤을 추려면 음악이 필요하다. 당연히 음악을 연주할 악단도 고용해야 한다.

악단을 몇 명이나 고용했느냐로 무도회의 규모를 짐작할 수 있을 정도였다. 큰 해운 사업을 가진 브룩 백작가의 무도회니만큼 악단의 수도 상당했다. 선은 얼굴을 아는 사람들과 인사를 나누며 에버딘을 소개했다.

"에버딘 어서 경이라고요?"

대부분의 사람들은 브룩 백작보다 덜할 뿐 비슷한 반응을 보였다. 그 정도로 사교계에 에버딘이 죽었다는 소문이 팽배했다는 뜻이다.

선은 자신이 살아 있다는 소식에 당황하는 사람들의 반응을 꽤 즐겁다는 듯 받아들이는 에버딘을 신기하다는 듯 쳐다보고 있었다. 몇몇 사람들은 약간 무례하다 싶을 정도로 에버딘을 뚫어져라 쳐다봤는데도 그녀는 기분 나빠하지 않았다.

오히려 생글생글 웃으며 되물었다.

"절 아세요?"

"아, 아닙니다."

에버딘의 질문에 그녀를 뚫어져라 쳐다보던 남자가 고개를 저으며 선을 쳐다봤다. 그리고 흠칫 놀라며 물러났다. 그 모습에 에버딘이 무슨 일인가 하고 선을 돌아보았다.

"왜?"

선은 언제 남자를 노려봤냐는 듯 무표정한 얼굴로 에버딘을 쳐다보며 물었다. 그러자 그녀가 이상하다는 듯 그의 얼굴을 쳐다보다가 고개를 돌렸다.

"아니, 그냥."

그녀를 무례하게 쳐다본 사람들은 모두 그녀의 뒤를 보자마자 흠칫 놀라면서 떠나갔다. 혹시 선이 무슨 짓이라도 한 걸까 싶어서 돌아보는데 그때마다 그는 무표정한 얼굴로 서 있을 뿐이었다.

당연히 그가 무례한 사람들을 노려본다는 것을 모르는 에버딘은 선이 존재가 사람들에게 공포를 불러일으키는 게 아닌지 고민하기 시작했다. 선이 그녀에게 무례한 사람들을 협박할 이유가 없으니 당연했다. 정작 선조차도 자신이 왜 그랬는지 이해를 못 하고 있었다.

"이제 그만 돌아가도 될 것 같은데."

이십 분쯤 지나자 얼추 인사를 끝낸 선이 말했다. 여기 온 사람들의 삼분의 일만 에버딘이 살아 있다는 것과 선이 그녀를 데려왔다는 것을 보여 줘도 충분하다.

분명 내일쯤이면 사교계에 소문이 파다하게 날 것이다.

하지만 에버딘에게는 또 다른 목표가 있었다. 그녀는 선의 팔뚝에 얹은 손가락에 힘을 주다가 말했다.

"잠깐, 나 아직 할 일이 있어."

그녀가 손가락으로 자기 팔뚝을 꾹꾹 찌르고 있는 것을 모른 척하던 선은 에버딘의 말에 고개를 돌렸다. 빨리 가자는 신호인 줄 알았는데.

"누굴 만나서 이야기를 해야 하거든."

단단하네. 에버딘은 마지막으로 한 번 더 선의 팔뚝을 꾹 누르며 말했다. 그다지 힘을 주고 있지 않은 것 같은데도 선의 팔근육은 바위처럼 단단했다. 그녀는 고개를 들고 자신이 찾는 사람이 어디 있는지 주변을 두리번거렸다.

"누굴 만나는데?"

호기심에 선에 물었다. 그녀가 상대를 찾는 것보다 상대가 에버딘을 찾는 게 더 빠를지도 모른다. 브룩 백작의 무도회에 참석한 사람들 중에서 선의 키가 가장 큰 탓에 그의 머리만 삐죽 올라와 있기 때문이다.

"어, 허바드 백작?"

"누구?"

선의 몸이 멈췄다. 동시에 그의 팔뚝에도 힘이 들어가는 게 느껴져서 주변을 두리번거리던 에버딘의 고개가 선을 향했다.

"허바드 백작님. 알아?"

안다. 하지만 친분이 있는 건 아니었다. 선은 인상을 쓴 채 에버딘이 왜 허바드 백작을 만나려 하는지 생각했다. 그러자 그 모습을 본 사람들이 수군거리기 시작했다.

"저것 봐요, 웨스트 공작이 같이 온 여자에게 인상을 쓰고 있어요."

"세상에, 웨스트 공작이 여자와 함께 왔다고요? 누구죠?"

"어서 경이요. 그……."

마틴 웨스트 경과 결혼하기 싫어서 자살했다는 소문이 파다한 여자라는 말은 어느 누구의 입에도 나오지 않았지만 다들 그것만으로 알아들었다.

사람들의 관심이 선과 에버딘을 향했다. 다들 두 사람이 무슨 관계이기에 같이 온 건지 궁금해하기 시작했다.

"죽었다는 소문은 거짓이었군요."

"동생의 결혼 상대가 아니라 자기 결혼 상대였던 걸까요?"

"그런 것치고는 분위기가 별로 안 좋은데요."

사람들이 보는 대로 에버딘과 션의 분위기는 좋지 않았다.

"허바드 백작은 왜?"

퉁명스러운 질문이었지만 에버딘은 늘 션이 퉁명스럽다고 느꼈기 때문에 딱히 이상한 점을 깨닫지 못하고 대꾸했다.

"우리가 뭘 좀 하기로 했거든."

"뭘 해?"

설명해 줄 시간이 없다. 바로 저 앞에 캐서린이 나타났기 때문이다. 에버딘은 션의 팔에 손을 얹고 그녀를 향해 가려 했다. 하지만 앞으로 향하던 그녀의 몸이 션이 꼼짝도 하지 않은 바람에 그대로 튕겨서 뒤로 돌아갔다.

"아야."

에버딘은 뒤통수를 션의 가슴과 부딪치고 인상을 쓰며 그를 돌아봤다. 아프지는 않았지만 놀랐다. 고개를 들어 보니 션은 무서운 표정으로 그녀를 내려다보고 있었다.

"왜 그래?"

약간 떨어진 곳에서 캐서린도 에버딘을 발견했지만 얼굴이 살짝 굳는 게 보였다. 에버딘의 머릿속에 반짝하고 어떤 생각 하나가 떠올랐다. 그녀는 놀란 표정으로 속삭였다.

"둘이 무슨 사이야?"

"아니야."

대답은 빠르게 흘러나왔다. 선은 무뚝뚝하게 자신의 팔에서 에 버딘의 손을 떼어 냈다. 그리고 몸을 돌리며 말했다.

"마차에서 기다리지."

무슨 사이가 아닌데도 이런다고? 혼자 남겨진 에버딘은 혼자 저 택을 나가는 선을 어리둥절한 표정으로 돌아봤다. 왜 저러는 거지? 이해가 안 된다.

하지만 지금 선이 왜 저러는지 궁금해할 때가 아니었다. 에버딘 은 재빨리 고개를 돌려 캐서린이 어디 있는지 확인했다. 그리고 그 녀를 향해 걸어가며 투덜거렸다.

"좀 괜찮다고 생각한 순간 이러네. 하여간 재수 없는 남자야."

캐서린 허바드 백작은 제랄딘 브룩 경과 이야기를 나누고 있었 다. 훤칠한 키의 브룩 경은 오늘 무도회를 위해 새로 만든 캐서린의 드레스를 칭찬하고 있었다.

"아주 아름답네요."

"괜찮죠? 어때요, 브룩 경? 경도 한번 입어 보지 않겠어요?"

캐서린의 제안에 브룩 경이 재미있다는 듯 웃었다. 그리고 허리 에 손을 얹으며 말했다.

"언젠가 기회가 되면요."

에버딘이 캐서린의 시야에 들어온 것은 그즈음이었다. 그녀도 웨스트 공작이 자신을 발견하고 나가 버리는 것을 봤다. 그건 놀랍 지 않았지만 에버딘이 선과 함께 온 건 놀라운 일이었다.

"그런데 혼자 오셨습니까?"

에버딘을 힐끔 쳐다본 캐서린은 브룩 경의 질문에 재빨리 시선을 돌리며 대답했다.

"원래 로안 경과 함께 오려고 했는데 승마 중에 다리를 다쳐서 올 수가 없다고 하지 뭐예요."

그래서 참석을 취소해야 하나 고민하던 차였는데 에버딘이 크리스틴과 함께 찾아온 것이다. 그녀는 에버딘의 귀족이라는 말에 그대로 기절한 젊은 디자이너를 떠올리고 속으로 웃었다.

그 디자이너는 정신을 차리고도 한동안 어찌할 바를 몰라 했었다. 하지만 드레스를 만드는 실력만은 훌륭했고 그녀가 만들어 준다던 자신의 드레스도 기대가 됐다.

"저런, 그런데도 참석해 주시다니 정말 영광입니다."

브룩 경의 말에 캐서린은 빙그레 웃었다. 그때 주변 사람들이 웅성거리기 시작했다.

"저기 봐요, 어서 경과 허바드 백작이에요."

사람들의 시선이 에버딘과 캐서린을 향했다. 사람들의 속삭임을 들은 브룩 경도 에버딘을 발견하고 고개를 돌렸다.

"드레스, 빨간 리본에서 주문했나요?"

캐서린이 그렇게 물었을 때에야 사람들은 에버딘이 입은 드레스와 그녀가 입은 드레스가 같은 디자인이라는 것을 깨달았다. 에버딘 어서와 캐서린 허바드가 어떤 대화를 할지 궁금해하느라 두 사람이 어떤 드레스를 입었는지는 눈치채지 못했던 것이다.

그제야 제랄딘도 에버딘과 캐서린의 드레스를 발견하고 놀란 표정을 지었다. 색과 장식만 약간 다를 뿐 두 사람은 같은 드레스를 입고 있었다.

"아니요. 전 개인적으로 아는 곳에서 주문했어요."

에버딘은 굳은 표정으로 그렇게 말했다. 딱딱하게 굳어 있는 에버딘과 캐서린의 표정은 현재 상황이 매우 당황스러운 것처럼 보였다.

"다른 곳에서 주문했는데 디자인이 같은 게 왔다고요?"

"하필이면 저 두 사람이 같은 드레스를 입다니……."

에버딘의 대답에 구경하던 사람들도 수군거리기 시작했다. 누가 봐도 두 사람이 드레스는 같은 디자인이었다. 그때 캐서린이 날카롭게 말했다.

"그쪽 디자이너가 빨간 리본 디자인을 베낀 모양이네요."

"그건 아닐 것 같은데요."

캐서린과 에버딘의 사이에 팽팽한 기가 느껴졌다. 곤란한데. 제럴딘은 당황해서 두 사람을 말리려 했지만 에버딘이 당당하게 말했다.

"제 드레스는 얼마 전에 웨스트 양이 입은 드레스와 같은 디자인이거든요."

아네트가 먼저 입은 디자인이라는 말이다. 이쯤 해서 캐서린은 입을 다물었다. 그래야 사람들이 알아서 이야기를 하고 소문을 내준다.

그녀와 에버딘의 계획대로 두 사람을 지켜보던 사람들은 이번 무도회에서 벌어진 재미있는 사건에 대해 이야기를 하기 시작했다.

"그러면 아네트 양이 먼저 입은 드레스를 빨간 리본에서 베꼈다는 말인가요?"

"아네트 양이 빨간 리본에서 주문한 거 아닐까요?"

"그걸 허바드 백작에게 다시 만들어 줬다고요? 폴이 미치지 않고서야……."

누군가의 말에 사람들이 입을 다물었다. 허바드 백작가와 웨스트 공작가의 관계가 미묘하다는 것은 사교계에서 이미 다 아는 소문이다.

심지어 캐서린이 낳은 아이가 마틴 웨스트의 아이라는 소문도 있었다. 이 소문은 캐서린은 결혼을 원했지만 마틴이 도망쳤다는 소문으로 이어졌다.

거기에 마틴 웨스트와의 결혼을 거부하다 못해 자살했다는 에버딘이 끼어들자 사람들의 호기심은 하늘 높은 줄 모르고 치솟았다.

"뭔가 오해가 있는 모양인데."

정신을 차린 제랄딘은 에버딘과 캐서린 사이에 끼어들며 입을 열었다. 자기 집에서 열린 무도회다. 모든 사람이 기대하고 있겠지만 두 사람이 싸우기라도 하면 큰일이다.

"과연 오해일까요?"

캐서린은 제랄딘에게 들으라는 듯 그렇게 말하고 몸을 돌렸다. 누가 봐도 기분이 상했다는 그녀의 태도에 제랄딘이 당황해서 따라갔지만 캐서린은 몸이 안 좋아서 돌아가겠다는 말로 제랄딘을 떼어 놓았다.

"저, 어서 경?"

결국 제랄딘은 돌아와서 에버딘에게 따라붙었다. 허바드 백작과 부딪쳤겠다, 목표를 이룬 에버딘은 사람들의 시선을 무시하고 홀을 가로질러 걸어가고 있었다.

"제랄딘 브룩입니다."

"아, 안녕하세요. 에버딘 어서예요."

에버딘은 캐서린을 따라가는 듯싶었던 제랄딘이 어느새 자신의 곁에 다가오자 깜짝 놀라서 인사했다. 새까만 머리카락을 하나로 묶은 키가 훤칠한 여자였다. 재미있는 건 수놓은 바지를 입고 있었다는 점이다.

"멋진 바지네요."

에버딘의 칭찬에 괜찮냐고 물어보려던 제랄딘의 말이 막혔다. 그녀는 방금 전 사람들 앞에서 누군가와 다툰 것치고는 밝은 에버딘을 보고 물었다.

"일부러 그런 겁니까?"

"뭘요?"

시치미를 떼는 에버딘을 보고 제랄딘은 그녀가 일부러 캐서린에게 접근했다는 것을 눈치챘다. 이상한 사람이네. 제랄딘은 에버딘과 나란히 걸으며 말했다.

"일부러 허바드 백작과 같은 드레스를 입은 건가요? 그녀가 입는 드레스는 어떻게 알고?"

"말했잖아요? 원래 웨스트 양이 입은 드레스라고요."

"아네트를 말씀하시는 거죠?"

아네트를 아나 보네. 밖으로 향하던 에버딘의 걸음이 멈췄다. 그녀는 제랄딘을 살펴보고 그녀가 예쁘게 생긴 남자가 아니라 여자라는 것을 확인했다. 그리고 정중하게 물었다.

"브룩 백작님과 무슨 관계인가요?"

"제 아버지 되십니다."

그렇다면 브룩 경이라는 말이다. 자기 집에서 연 무도회에서 싸움이 났으니 신경 쓰이는 게 당연했다. 에버딘은 솔직하게 사과했다.

"그렇군요. 시끄럽게 만들어서 미안해요."

"아니, 아닙니다. 저는 그냥……."

에버딘의 사과에 손을 들어 흔들던 제랄딘은 사람들을 살피고 목소리를 낮춰서 물었다.

"왜 일부러 같은 드레스를 입고 오신 건지 궁금해서요."

"아까 말한 그대로예요. 아네트가 입은 드레스를 빨간 리본에서 베껴서 허바드 백작에게 팔았거든요."

그런데? 제랄딘은 이해가 되지 않아서 에버딘을 쳐다봤다. 일부러 허바드 백작과 싸우러 왔다는 말밖에 되지 않는다. 그 표정에 에버딘이 빙그레 웃으며 말했다.

"디자이너가 내 친구예요. 폴이 그 친구의 디자인을 훔친 게 이번에 처음이 아니라서 내가 나섰죠."

친구를 위해 나섰다는 말이다. 용감한 행동에 제랄딘은 저도 모르게 입을 딱 벌렸다. 그녀는 눈앞의 여자를 새삼 다시 바라봤다.

아담한 키에 빨간 머리카락과 초록색의 눈동자. 그녀도 에버딘 어셔에 대해 이야기를 들었다. 물론 마틴 웨스트와 혼담이 엮여 자살했다는 소문으로 들은 이야기였다.

조용하고 얌전한 아가씨라고 했다. 하지만 지금 제랄딘의 눈앞에 있는 여자는 전혀 조용하지도 얌전하지도 않았다. 오히려 당차고 불의에 먼저 나서는 사람처럼 보였다.

"하지만 이번 일로 허바드 백작님과 사이가 안 좋아질 텐데요."

걱정스러운 제랄딘의 말에 에버딘은 잠시 망설이다가 입을 열었다.

"음, 백작님도 동의하신 일이에요."

뭐라고? 제랄딘의 입이 딱 벌어졌다. 그녀는 멍하니 장난스러운 표정을 짓는 에버딘을 쳐다보다가 다시 걷기 시작한 그녀를 따라잡으며 물었다.

"짠 겁니까? 두 분이?"

"난 친구를 위해 폴이 디자인을 훔쳤다는 소문을 낼 필요가 있었거든요."

그래서 이 무도회에 일부러 같은 드레스를 입고 참석했다는 말이다. 상상도 못 할 행동에 제랄딘은 어이가 없어서 에버딘을 빤히 쳐다보다가 물었다.

"사람들이 경과 백작님이 싸웠다고 소문을 낼 텐데요."

"그리고 그 이유는 폴이 남의 디자인을 훔쳐서 팔았기 때문으로 날 테고요."

"그 정도로 사람들이 빨간 리본을 불매하진 않을 겁니다."

그건 당연하다. 여전히 빨간 리본은 사교계에서 가장 인기 있는 의상실 중 하나고 이번 일로 갑자기 망하지는 않을 것이다.

에버딘 역시 그런 걸 기대하고 이런 짓을 벌일 정도로 순진하지 않았다. 그녀는 문 앞에 서서 제랄딘을 향해 몸을 돌렸다. 그리고 자신의 치맛자락을 잡고 들어 올리며 말했다.

"하지만 빨간 리본의 사장이 훔칠 정도로 탐냈고, 웨스트 양이 입었으며 같은 드레스를 주문할 정도로 인기 있는 드레스를 만든 내 친구의 이름도 알려지겠죠."

애초에 크리스틴의 문제는 그녀가 빨간 리본보다 유명하지 않다는 점에 있었다. 그녀가 귀족에게 옷을 팔고 싶어도 그녀에게 주문을 하는 귀족이 없었다.

하지만 이번 일로 사람들은 크리스틴이 만든 드레스에 관심을 가질 것이다. 몇 명은 호기심에 그녀에게 드레스를 주문하기도 할 테고.

"더 이상 빨간 리본의 사장도 친구분의 디자인을 훔치지 못하겠군요."

제랄딘은 고개를 끄덕이며 에버딘의 말을 받았다. 물론 에버딘은 바로 폴이 크리스틴의 디자인에 손을 뗄 거라고는 생각하지 않았다.

하지만 적어도 앞으로 크리스틴의 디자인에 손을 대기 전에 고민을 한 번 정도는 하겠지.

"이런 소동을 일으킨 것치고는 얻는 게 좀 적지 않나요?"

제랄딘은 에버딘을 위해 문을 열어 주며 물었다. 문을 열어 주기 위해 대기하고 있던 하인들이 두 사람을 보고 고개를 숙였다. 에버딘은 브룩 저택 앞에 웨스트 공작가의 마차가 서 있는 것을 확인하고 말했다.

"어떤 사람들은 아주 당연한 권리를 얻기 위해 더 큰 피해도 감수해야 하는 법이죠."

게다가 어차피 에버딘과 션의 목표는 그녀가 살아 있음을 알리는 거였다. 에버딘이 션과 함께 브룩 백작의 무도회에 참석했다는 소문보다 같은 드레스를 입는 바람에 허바드 백작과 부딪쳤다는 소문이 더 빨리 퍼질 것이다.

"소동을 일으켜서 미안해요."

에버딘은 그렇게 말하고 션이 기다리는 마차로 다가갔다. 션은 못마땅하다는 표정으로 마차 안에서 그녀를 기다리고 있었다.

"됐나?"

션이 물었다. 목표는 이뤘다. 에버딘이 고개를 끄덕이자 션이 마차 천장을 두드렸다. 곧 마차가 움직이기 시작했다.

*　　　*　　　*

같은 디자인의 드레스를 두고 나와 허바드 백작이 부딪쳤다는 소문은 사교계에 아주 빠르게 퍼졌다. 어느 정도였다면 무도회가 열린 이튿날부터 사람들이 크리스틴 가게에 찾아왔다. 물론 그중에서 실제로 드레스를 주문하고 간 사람은 반 정도밖에 되지 않았다고 한다.

하지만 주문까지는 기대하지도 않았던 크리스틴은 예상치 못한 주문에 크게 감사를 표했다.

"감사합니다."

어제 있었던 일을 이야기해 주기 위해 찾아가자 크리스틴 역시 오늘 있었던 일을 이야기 한뒤 고개를 깊이 숙이며 인사를 했다. 그게 내 기분을 참 이상하게 만들었다.

내가 아는 크리스틴은 자존심이 강하고 자신감이 넘치는 사람이었다. 그런 사람이 내가 귀족이라는 것을 알자마자 태도가 이렇게 변한 거다.

조금은 친해졌다고 생각했는데 내 생각이었을 뿐이었나 보다. 나는 물끄러미 그녀를 쳐다보다가 몸을 돌렸다. 여기서 내가 화를 내봤자 아무 소용이 없다.

크리스틴은 이미 나를 자기 위라고 생각하고 있다. 내가 무슨 소리를 해도 그건 결국 갑질이 되겠지. 씁쓸한 기분으로 가게로 돌아가는데 크리스틴이 나를 불렀다.

"저기, 어서 경."

에버딘도 아니고 어서도 아니고 어서 경이다. 이 나라의 호칭은 상대방과의 거리를 확실하게 알려 주는 지표라는 게 느껴졌다. 나는 고개만 돌려 크리스틴을 쳐다봤다.

"덕분에 주문이 많이 들어왔어요. 감사의 표시로 선물을 드리고 싶은데요."

"됐어."

나는 고민도 없이 대답했다. 선물이라면 얼마든지 받겠지만 지금의 크리스틴에게는 받고 싶지 않았다. 그러자 크리스틴이 멈칫하더니 다시 입을 열었다.

"하지만 저 때문에 귀찮은 일을 하신 거잖아요."

맞다. 그렇게 말하면 그렇게 말할 수 있을 것이다. 나는 완전히 크리스틴에게 몸을 돌렸다. 그리고 허리에 손을 얹으며 말했다.

"난 너 때문에 귀찮은 짓을 한 거 아냐."

난 그렇게 착한 사람이 아니다. 내게 아무 이득도 없이 온전히 남을 위해서만 행동하는 그런 사람이 아니다.

나는 그냥 친구랑 재미있는 짓을 좀 한 것뿐이다. 그게 빨간 리본의 짜증 나는 사장에게 약간의 복수도 하고 크리스틴을 홍보해 주려는 목적도 포함되었던 것뿐이었다.

내 말에 크리스틴은 곤란하다는 표정으로 말했다.

"하지만 제가 마음이 편치 않아서……."

그 말에 나는 크리스틴이 왜 내게 감사의 선물을 주겠다고 하는지 이해했다. 얘는 지금 나한테 신세를 졌다고 생각하는 거다. 그리고 뭔가를 선물해서 그 신세를 없애 버리려는 거지.

입맛이 썼다. 나는 그냥 친구와 논건데, 그 친구는 나를 친구라고 생각한 게 아니라 신세 지면 안 되는 상대로 생각했다는 게.

"그럼 불편하게 살아."

나는 짜증을 내고 돌아섰다. 이것 봐. 착하게 살아 봤자 좋을 게 하나도 없다. 기껏 나오는 게 친구가 될 뻔한 애가 날 부담스럽게 여기게 되는 것뿐이다.

"일찍 왔네요?"

가게로 돌아오자 도리스가 앞치마에 손을 닦으며 주방에서 나와서 나를 맞이했다. 크리스틴과 이야기를 좀 하고 올 테니 오븐을 봐 달라고 했는데 크리스틴과 이야기한 시간이 워낙 적어서 빵은 여전히 구워지고 있었다.

나는 주방으로 들어가 오븐을 확인한 뒤 가게로 나와서 진열대가 얼마나 비었는지 확인했다. 줄을 서서 사 가던 밤 식빵은 한풀 꺾였는지 아직 한두 개 남아 있었다.

"손님 왔어요?"

"두세 명이요. 그중에 굉장히 잘생긴 남자도 있었어요."

"잘생긴 남자요?"

자리를 비운 건 고작 십여 분이라 손님이 없었을 줄 알았는데 있었던 모양이다. 나는 잘생긴 남자가 왔다는 말에 제일 먼저 선을 생각했다.

왜 왔지? 궁금해하는 내게 도리스가 설명했다.

"사장님을 찾던걸요? 아는 사이예요?"

"검은 머리에 보라색 눈이에요?"

"어, 잠깐만요."

검은 머리에 보라색 눈이 흔한가? 내 질문에 도리스는 인상을 쓰며 생각하는 듯하더니 말했다.

"검은 머리긴 했는데 눈 색은 기억이 안 나네요. 엄청 잘생겼던데. 아는 사람이에요?"

잘생긴 검은 머리의 남자라면 선밖에 없다. 나는 심드렁하게 물었다.

"키 크고요?"

"네. 컸어요."

"아, 그럼 아는 사이예요."

"어머, 어떤 사이예요? 혹시……."

도리스의 표정이 부드러워졌다. 연인이나 썸 타는 관계냐는 듯한 질문에 나는 대놓고 왝하는 표정을 지었다.

생긴 것만 보면 정말 완벽하다. 선을 입간판으로 만들어서 우리 가게 앞에 세워 두면 손님들이 홀린 듯이 들어올 게 분명했다. 그러면 내가 그에게 진 빚도 금방 갚겠지.

하지만 그것 외에는 다 별로였다. 동생들은 하나같이 망나니들이고 그중에서도 만난 적 없는 남동생은 최악이다. 말하는 거나 태도도 재수 없었고.

나는 어깨를 으쓱하며 말했다.

"내가 그 사람한테 빚을 좀 졌거든요."

"빚이요?"

도리스의 얼굴에 놀랍다는 표정이 떠올랐다. 나는 다시 주방으로 가서 오븐 상태를 확인한 뒤 테이블에 기대고 섰다. 도리스가 궁금하다는 듯 나를 따라왔다.

나는 주방을 둘러보며 말했다.

"이 가게 팔아도 빚 못 갚아요."

"무슨, 아니, 어쩌다 빚을 졌는데요?"

그러게나 말이다. 나는 피식 웃었다. 생각해 보니 내가 지금 크리스틴을 도와주고 있을 때가 아니긴 했다. 뭐, 적어도 어제 일로 그녀에게 주문이 밀려들었으니 이 거리의 매출이 오르는 데 도움이 되긴 했겠다.

"정신 차려 보니 부모님이 빚을 졌더라고요."

나는 적당히 그렇게 둘러댔다. 틀린 말은 아니다. 그게 내 부모가 아니라서 그렇지.

슬슬 빵을 꺼내야 할 것 같아서 오븐으로 돌아서는데 도리스의 표정이 엄청났다. 그녀는 경악과 안됐다는 표정으로 나를 쳐다보고 있었다.

"괜찮아요."

나는 어깨를 으쓱하며 아무렇지 않게 말했다. 여차하면 그냥 결혼하지, 뭐. 그리고 마틴을 죽여 버리고 그 재산을 차지하는 거다.

말도 안 되는 상상이라도 하고 나니 좀 개운해졌다. 나는 장갑을 끼고 오븐에서 다 익은 빵을 꺼냈다. 위가 갈색으로 익은 밤 식빵은 구수한 빵 냄새가 기가 막히게 났다. 빵을 식힘망에 얹어 놓다가 쳐다보니 도리스가 이상한 표정으로 뭔가를 생각하고 있는 게 보였다.

"왜 그래요?"

나는 묘한 표정의 도리스에게 물었다. 그녀의 표정은 언뜻 보면 죄책감 같기도 했고 언뜻 보면 곤란해하는 것 같기도 했다. 내 질문에 깜짝 놀란 도리스가 고개를 젓고 내게 다가왔다.

"아무것도 아니에요."

그러더니 능숙하게 빵틀에서 빵을 꺼내 식힘망에 내려놓기 시작했다. 급하게 구한 사람인데 상당히 일을 잘한다. 경력도 좋아서 오년 동안 개인 빵집을 열었다고 했다.

나는 그녀가 척척 일을 하는 것을 보다가 물었다.

"그런데 왜 가게를 접었어요?"

이 정도 실력이면 그냥 가게를 계속하는 게 낫지 않았을까. 내 질문에 도리스가 잠깐 당황하더니 별거 아니라는 듯 말했다.

"장사가 안돼서요."

앗, 괜히 물어봤다. 나는 뭐라고 해야 할지 몰라서 입을 다물었다. 그러자 도리스가 피식 웃으며 말했다.

"내 잘못이니까 괜찮아요. 용감하게 유명한 빵집 근처에 열었으니 될 리가 있나요."

그렇군. 나는 마지막 빵을 꺼내 식힘망에 얹어 놓고 그녀를 쳐다봤다. 그리고 장갑을 벗으며 물었다.

"그래도 손해는 적었나 봐요?"

보통 장사가 망하면 손해를 본다. 임대료나 재료비 같은 게 그대로 빚으로 남으니까. 하지만 도리스는 그 손해는 없었나 보다.

어쩌면 나 같은 경우인지도 모른다. 나는 건물이 내 거라 임대료가 들지 않았으니까. 생각보다 이게 엄청난 도움이 되고 있었다. 덕분에 나는 선에게 갚아야 할 돈을 조금씩 모을 수 있다.

"손해가 있긴 했는데, 운이 좋았어요."

"그래요?"

딸랑하고 누군가 가게로 들어오는 소리가 났기 때문에 우리는 주방을 나와 가게로 향하며 이야기를 나눴다. 도리스는 잠시 망설이더니 입을 열었다.

"다른 사람 밑에서 일을 하게 돼서, 빚은 갚았거든요."

그거 다행이네. 나는 고개를 끄덕이고 손님을 향해 인사를 건넸다. 이번에도 손님은 밤 식빵을 두 개 사 가지고 갔다. 마지막 밤 식빵을 집어 드는 손님의 표정이 싱글벙글했다.

슬슬 다른 빵을 팔아야 하지 않을까. 나는 도리스가 포장한 밤 식빵을 계산하며 생각했다. 우리 집에서 파는 빵은 그냥 식빵과 밤 식빵이 전부인데 대부분의 매출은 밤 식빵이 책임지고 있었다.

그 밤 식빵의 판매가 떨어질 조짐이 보인다. 오늘도 제일 많이 팔리던 날의 반의반 정도밖에 안 팔렸다. 아직 낮이니까 저녁때까지 팔리는 걸 감안하면 가장 잘 팔린 날의 반 정도만 팔린다는 말이다.

슬슬 유행이 지나고 있다는 거겠지. 나는 손님을 보내고 좁은 가게 안을 돌며 남은 식빵을 둘러보았다. 밤 식빵은 꽤 팔리는 데 비해 그냥 식빵은 거의 안 팔린다. 그래도 며칠 전까지만 해도 밤 식빵을 사러 온 손님이 밤 식빵이 없으니 그냥 식빵을 사 가기도 했는데 지금은 밤 식빵이 많으니 그냥 식빵은 하루에 대여섯 개 팔리는 수준이었다.

"왜 그래요?"

도리스가 진열대를 정리하고 내게 다가와서 물었다. 나는 샌드위치라도 만들어 볼까 하는 생각에 식빵을 집어 들며 말했다.

"다른 빵을 만들어서 팔아야 할까 해서요."

"어머, 그래요?"

그러자 도리스의 눈이 반짝였다. 다른 빵이라는 말에 기분이 좋아진 모양이다. 나는 피식 웃으며 물었다.

"식빵이 좀 질렸죠?"

다른 데는 롤빵 같은 것도 팔던데 롤빵을 팔아 볼까. 고민하는데 도리스가 나를 위로하려는 것처럼 말했다.

"아니에요. 샌드위치도 만들어 먹을 수 있고 얼마나 좋은데요."

그렇지 않아도 샌드위치를 만들려고 하던 차다. 나는 주방으로 들어가 식빵을 빵 칼로 썰기 시작했다. 내가 살던 곳은 빵을 잘라 주는 기계도 있었는데 여긴 아직도 손으로 일일이 잘라 줘야 한다.

도리스를 고용한 건 그런 이유도 있었다. 손님이 밀려드는데 빵을 잘라 달라고 하면 도저히 감당이 되지 않았기 때문이다.

"샌드위치를 팔아 볼까요?"

나는 자른 빵 단면에 버터를 바르며 물었다.

"괜찮은 생각이긴 한데……."

도리스가 회의적인 표정으로 입을 열었다. 왜? 별로인가? 다른 거리를 돌아다니다 보면 샌드위치를 파는 곳이 꽤 있었다.

빵은 많으니까 햄이나 치즈만 사다가 넣어서 팔면 되지 않을까?

"재료를 관리하기 힘들 거예요."

그러려나? 나는 얇게 자른 햄을 올리고 또 넣을 만한 게 없는지 찾았다. 양파도 넣어 볼까? 그리고 상추도. 계란 프라이를 해서 얹어도 좋을 것 같다. 그러고 보니 출근하면서 길거리 토스트를 많이 사 먹었었다.

맛있었는데. 갑자기 길거리 토스트가 먹고 싶어졌다. 계란을 찾는 내게 도리스가 말을 이었다.

"샌드위치를 만드는 직원도 따로 필요할 테고요."

"아침에 밤 식빵을 굽는 동안 식빵으로 미리 만들어 두면 어떨까 했는데요."

아니면 전날 팔고 남은 거로 만들어도 될 테고. 재고 처리도 되지 않을까.

나는 계란을 꺼내 볼 안에 깨서 넣었다. 그리고 휘휘 저으며 소금과 후추를 뿌린 뒤 양파를 썰어 넣었다.

당근도 있으면 좋을 텐데. 내가 먹은 건 당근이 들어갔다.

"미리 만들어 둔다고요? 샌드위치를요?"

그때 도리스가 말도 안 된다는 듯 소리쳤다. 내가 뭐 잘못 말했나? 나는 놀라서 고개를 돌렸다가 해괴망측하다는 표정을 짓고 있는 도리스를 발견했다.

"어, 미리 만들어 두면 안 돼요?"

"생각도 안 해 봤어요. 샌드위치는 손님이 주문하면 항상 그 자리에서 만들어 주거든요."

그러고 보니 내가 본 샌드위치 가게도 재료를 늘어놓고 주문하면 만들어 줬던 것 같다. 분명 만드는 걸 보는 재미는 있겠지만 오래 걸리지 않나?

나는 프라이팬을 꺼내 계란물을 부었다. 치익하는 소리와 함께 계란이 익기 시작했다.

"미리 만들어 둔 걸 사 가고 싶어 하는 사람도 있지 않을까요?"

"내용물이 뭔지도 모르는데요?"

"앞에 써 붙이면 되지 않을까요? 햄치즈 샌드위치라거나 치킨 샌드위치, 뭐 이런 식으로요."

뭐가 들어갔는지 적어 두면 될 것 같은데. 내 제안에 도리스의 미간에 주름이 잡혔다. 그녀는 잘 모르겠다는 표정으로 입을 열었다.

"글쎄요. 그렇게 파는 건 한 번도 못 봤어요. 생각도 안 해 봤고요."

그렇게 이상한가. 나는 또 다른 프라이팬을 꺼내 자른 식빵의 표면을 가볍게 구웠다. 그리고 주걱으로 반쯤 익은 계란의 모양을 잡기 시작했다.

"뭘 하는 거예요?"

어느샌가 도리스가 내 등 뒤로 다가와서 뭘 하는지 지켜보고 있었다. 이걸 뭐라고 해야 하지? 길거리 토스트?

내가 뭐라고 말해야 할지 망설이는데 그녀가 눈치 빠르게도 계란과 빵을 보더니 말했다.

"설마 오믈렛이에요?"

그 설마라는 단어에 함축된 게 무슨 말인지 알 것 같아서 나는 쓰게 웃었다. 오믈렛치고는 너무 못생긴 거 아니냐는 거겠지.

하지만 확실히 재료나 만드는 방법은 오믈렛이긴 하다. 나는 구운 빵을 위에 익은 계란을 얹고 설탕을 뿌린 뒤 남은 식빵 한쪽을 덮었다.

"먹어 볼래요?"

남은 빵까지 덮고 고개를 들어 보니 도리스는 망설이는 표정을 짓고 있었다. 케첩이 있었다면 좋았을 테지만 여기는 케첩이 없다.

케첩을 만드는 건 무리지만 토마토소스라면 만들 수 있지 않을까. 그러고 보니 여기서 토마토를 식재료로 파는 걸 본 적이 없다는 게 생각났다.

여긴 토마토를 안 먹나? 하지만 장식으로는 많이 심어 놨던데?

거리를 구경하다 보면 정원을 꾸밀 정도로 좋은 집은 이런저런 꽃과 나무를 심어 놨다. 그중에는 토마토도 있었다.

나는 토스트를 반을 잘라 한입 물었다. 확실히 케첩이 없어서 내 입맛에는 약간 밍밍하다 싶지만 이건 이것대로 괜찮았다. 다음번에는 버터가 아니라 잼을 발라 볼까?

내가 별 무리 없이 토스트 반쪽을 먹어 치우자 호기심이 일었나 보다. 도리스는 조심스럽게 남은 토스트를 집어 들더니 작게 베어 물었다.

에헤이, 다 먹는 거로 만든 건데 뭘 저렇게 걱정하는 건지 모르겠네. 만드는 것도 다 봐 놓고.

"마, 맛있네요."

내가 프라이팬을 정리하는 사이 토스트 반쪽을 순식간에 먹어 치운 도리스가 눈을 크게 뜨며 말도 안 된다는 듯 말했다.

"괜찮죠?"

이것보다 양배추가 들어간 토스트가 더 맛있는데. 내가 그것 보라는 듯 웃자 도리스는 눈을 깜빡이며 말했다.

"다 아는 맛인데 맛있네요?"

"조합이 중요한 거거든요."

그리고 살짝 뿌리는 설탕. 그게 의외로 아주 중요하다. 이걸 팔 수 있지 않을까. 그렇게 생각하는데 도리스가 물어왔다.

"이것도 팔 거예요?"

"글쎄요."

고민된다. 그냥 빵을 구워 파는 것보다 손이 한 번 더 가기 때문이다. 망설이는 내게 도리스가 각오한 표정으로 말했다.

"해 봐요."

"네?"

"이것도 팔아 보자고요. 잘 팔릴 거예요, 분명."

그럴까. 장사를 가볍게 생각하면 안 된다는 걸 알면서도 나는 도리스의 권유에 마음이 기울었다.

이걸 팔려면 준비가 더 필요하다. 솜씨 좋게 계란 모양을 만들 수 있어야 하고 당근이나 양파도 더 사야 한다.

"생각 좀 해 볼게요."

나는 그렇게 말하고 손을 닦았다. 한동안 밤 식빵이 잘 팔려서 새로운 재료를 살 돈은 있다. 문제는 이걸 사용해서 토스트를 팔기 시작할 건지, 아니면 계속 모아서 빚을 갚는 데 사용할지였다.

"맛있어!"

"희한하게 맛있네?"

이틀 뒤, 나는 아이린 아주머니와 수잔에게도 토스트를 만들어 주었다. 이걸 팔아 볼까 한다는 말에 만드는 것을 보고 회의적이었던 두 사람의 표정은 토스트를 먹자마자 놀랍다는 듯 변했다.

"괜찮아요?"

내 입맛에는 역시 케첩이 없어서 그런가, 약간 자극적인 맛이 부족하게 느껴진다. 하지만 두 사람에게는 아니었나 보다. 아이린 아주머니는 베어 문 토스트의 단면을 뚫어져라 쳐다보며 물었다.

"이 톡 터지는 건 뭐야?"

"아, 그거 옥수수예요."

옥수수를 삶아서 낱알만 계란물에 넣은 거다. 내 설명에 아이린 아주머니와 수잔의 얼굴에 다시 한 번 깜짝 놀란 표정이 떠올랐다.

"어떻게 이런 걸 생각해 냈어?"

계란물에 옥수수를 몇 알 넣은 것뿐이다. 내가 먹은 건 그런 거였으니까. 하지만 두 사람은 그게 신기했나 보다. 나는 어깨를 으쓱하며 말했다.

"식감 때문에요."

원래는 당근을 넣으려 했는데 도리스가 그건 사람들이 별로 안 좋아할 거라고 조언했다. 계란에 양파만 넣으면 씹히는 식감이 부족하기 때문에 내가 먹었던 토스트를 떠올리고 옥수수를 넣었던 거다.

두 사람의 시선이 부딪쳤다. 그러더니 한쪽 주방에 있는 냄비를 보고 아이린 아주머니가 궁금하다는 듯 말했다.

"저 빨간 소스는 뭐야?"

그건 토마토소스다. 케첩이 없어서 만들었다. 나는 만들어 두기만 하고 바르지 않은 토마토소스를 냄비째 가져왔다. 마요네즈와 함께 바르려고 했는데 여기서는 토마토소스를 먹는 걸 본 적이 없어서 안 발랐다.

"토마토로 만든 거예요."

"토마토?"

그러자 아이린 아주머니와 수잔의 얼굴이 동시에 일그러졌다. 왜 저러는 거지? 내가 모르겠다는 표정을 짓자 수잔이 조심스럽게 물었다.

"토마토는 독이 있지 않아?"

"독?"

토마토에 독이 있다는 소리는 처음 들었다. 나는 어이가 없어서 아이린 아주머니를 쳐다봤다.

내가 원래 살던 곳은 여름과 가을이면 잘 익은 토마토를 생으로 먹었었다. 설마 이 세계의 토마토는 독이 있나?

"빨간 건 독이 약하다는 말은 들었는데……."

아이린 아주머니는 그렇게 말하며 냄비를 들여다보았다. 아, 무슨 소린지 알겠다. 나는 고개를 끄덕이며 말했다.

"덜 익으면 독성이 있긴 해요."

할머니가 그랬다. 덜 익은 토마토는 독성이 있다고. 그래서 꼭 빨갛게 잘 익은 토마토만 먹으라고 했지. 나는 수저로 토마토소스를 떠서 입에 집어넣었다.

이거 만드느라 힘들었다. 케첩을 만들어 보겠다고 시작한 건데 결과물은 토마토소스가 되어 버렸다.

"원래는 빵에 소스로 바르려고 했어요."

마요네즈랑 케첩. 이 두 가지면 어떤 토스트도 끝이다. 하지만 여기선 케첩이나 토마토소스를 먹는 걸 못 봐서 혹시 싫어할까 봐 마요네즈만 발랐다.

내 말에 아이린 아주머니는 신기하다는 표정을 지었고 수잔은 대놓고 싫다는 표정을 지었다.

"장식으로 키우기는 하는데 먹는다는 이야기는 한 번도 못 들어 봤어."

꽃집을 하는 수잔은 빨갛게 익은 토마토를 정원에 심어 놓고 구경하는 경우도 있다고 설명했다. 하지만 먹어 볼 생각은 없다고 딱 잘라 선을 그었고 아이린 아주머니만 먹어 보겠다고 나섰다.

"아이린, 괜찮겠어요?"

"에버딘도 먹었잖아."

방금 내가 수저로 떠먹은 게 아이린 아주머니에게 신뢰를 준 모양이다. 나는 빵에 토마토소스를 살짝 발랐다. 그리고 햄을 얇게 썰어 끼운 뒤 내밀었다.

"어때요?"

천천히 맛을 음미하는 아이린 아주머니의 얼굴에 잠시 후 놀랍다는 표정이 떠올랐다. 토마토소스는 맛있을 거다. 토마토에 감칠맛이 엄청나게 많이 함유돼 있다고 알고 있거든.

"신기한 맛이네."

"맛있어요?"

"목이 부어오르거나 배가 아프진 않아요?"

나와 수잔은 전혀 다른 지점을 걱정하며 물었다. 다행히 수잔이 걱정한 건 걱정할 필요가 없었던 모양이다. 아이린 아주머니는 가만히 앉아서 자신의 상태를 살피더니 그녀를 향해 말했다.

"응. 괜찮은데? 그리고 맛있어."

뒷말은 나를 향한 거다. 그렇죠? 나는 뿌듯한 표정을 지었다. 왜 여기 사람들이 이렇게 맛있는 토마토소스나 케첩을 안 먹었는지 이제야 알겠다. 토마토에 독이 있다고 알려졌던 모양이다.

틀린 말은 아니다. 덜 익은 토마토는 독이 있을 수도 있다. 감자도 마찬가지다. 그냥 감자는 괜찮지만 싹이 난 감자는 독이 있다.

"이걸 발라서 팔려고?"

아이린 아주머니가 멀쩡하자 수잔이 걱정스러운 표정으로 물었다. 원래 계획은 토마토소스랑 마요네즈를 둘 다 발라서 파는 거였는데 수잔의 반응을 보니 좀 걱정되기는 한다.

"그러려고 했는데 거부감을 느끼는 사람들이 있을 테니까 마요네즈만 발라서 파는 게 나을 거 같기도 하고."

남은 토마토소스는 어째야 하나. 나는 한 냄비 가득 만든 토마토소스를 들여다보며 고민했다. 스파게티를 해 먹으려고 해도 나 혼자 이걸 다 먹으려면 일주일 내내 스파게티만 먹어야 할 거다.

"난 괜찮을 것 같은데."

그때 아이린 아주머니가 말했다. 그녀는 새 수저를 가져다가 냄비에 있는 토마토소스를 떠서 맛을 보며 말을 이었다.

"이거 다른 요리에 써도 괜찮겠는데?"

"볶은 국수에 소스로 써도 맛있어요."

"맞아, 그렇겠다!"

마치 새로운 발견을 한 것처럼 아이린 아주머니의 얼굴에 환희가 떠올랐다. 여기 국수 요리는 대부분 오일에 볶거나 국수 자체를 튀겨서 소금 후추를 뿌려 먹는 거였다. 그러니 토마토소스에 볶아 먹는다는 걸 생각해 보지 못한 모양이다.

애초에 토마토소스가 없었으니 당연한 결과기도 했다.

"그런데, 밤 식빵도 팔면서 이것도 팔려고?"

아이린 아주머니가 아예 그릇에 토마토소스를 덜어 놓고 맛을 보기 시작하자 수잔도 호기심이 일었는지 토마토소스를 힐끔힐끔 쳐다보며 물었다.

나는 어깨를 으쓱하며 대꾸했다.

"밤 식빵은 슬슬 인기가 사그라질 때가 됐잖아. 식빵은 많으니까 그걸 처리할 방법도 생각한 거지."

물론 여전히 밤 식빵을 찾는 사람은 꾸준히 있다. 하지만 경험상 나는 유행이라는 게 그렇게 오래가지 않는다는 것을 알고 있었다.

내가 살던 곳에선 어떤 음식이 유행하면 길어도 반년이 가지 않았다. 심한 건 이 주면 색다른 음식으로 대체되기도 했었지.

"부지런하네."

아이린 아주머니와 수잔이 감탄하는 표정을 지었다. 그런가? 나는 부지런하다는 말에 좀 쑥스러워서 입을 다물었다.

부지런하다는 말은 할머니한테나 어울리는 말이었다. 할머니에 비하면 난 좀 게으른 편이었지.

할머니는 새벽이면 일어나서 쌀을 씻어서 밥을 안쳤고 국을 끓였다. 그건 내가 고등학교를 졸업할 때까지 단 하루로 빠지지 않고 이어졌다.

매일 아침 나는 도마 위로 통통통 소리 내어 뭔가를 써는 할머니의 칼질 소리를 들으며 일어났을 정도니까.

"하긴, 밤 식빵은 요즘……."

수잔이 무슨 말을 하려 한 순간 아이린 아주머니가 그녀의 옆구리를 툭 치는 게 보였다. 문득 떠오른 할머니 생각에 울적해 있던 나는 무슨 일인가 하고 고개를 들었다.

"그래서, 언제부터 팔 건데?"

그러자 아이린 아주머니가 재빨리 질문을 해 왔다. 언제부터라고 해도 방금 시식을 해 본 거다. 반응이 좋아서 이대로 팔아도 될 것 같긴 한데…….

나는 테이블을 정리하며 말했다.

"바로 팔까요? 재료는 다 있으니까요."

빵과 계란은 잔뜩 있다. 토마토소스도 만들었고. 마요네즈가 좀 아슬아슬할 거 같긴 한데 그건 달려가서 사 오면 된다.

"그럼 내가 하나 주문할게."

내 결정에 수잔이 재빨리 말했다. 고맙긴 한데 그럴 필요는 없다. 나는 피식 웃으며 말했다.

"됐어. 우리끼리 뭘 돈을 받아. 그냥 하나 만들어 줄게."

다른 사람도 아니고 이 거리의 상인들에게 토스트 하나 정도는 그냥 줄 수 있다. 내 말에 수잔의 얼굴에 미소가 떠올랐다.

심지어 수잔과 아이린 아주머니는 내게 많은 도움을 준 사람들이다. 나는 가게 앞에 놓아둔 화분을 수잔이 돈도 받지 않고 선뜻 내줬던 것을 떠올리며 아이린 아주머니에게 물었다.

"아이린도 하나 가져갈래요?"

"주면 고맙지."

재료도 있으니 어렵지 않다. 내가 웃으면서 다시 볼에 계란을 깨 넣기 시작했을 때였다. 누군가 뒷문을 두드리는 소리가 들렸다.

"내가 나가 볼게."

고맙게도 수잔이 자리에서 일어나며 말했다. 나는 소리가 난 곳이 가게 쪽이 아니라 후문인 것을 확인하고 고개를 끄덕였다.

가게는 지금 도리스가 보고 있으니 괜찮을 것이다.

"옥수수는 삶아서 넣어?"

"네. 낱알을 떼어 내야 해요."

"손이 많이 가네."

"그게 맛있잖아요."

별거 아닌 대화였는데 이이린 아주머니는 진지한 표정으로 고개를 끄덕였다. 내가 재료를 섞은 계란물을 프라이팬에 부었을 때 수잔이 돌아왔다.

"에버딘, 잠깐 나와 봐야겠어."

수잔의 표정이 심상치 않았다. 무슨 일이지? 나는 아이린 아주머니에게 프라이팬을 봐 달라고 부탁하고 수잔을 따라 후문으로 나왔다.

건물 측면에 난 후문은 가게 쪽에서는 보이지 않는다. 수잔이 문을 열자 낯익은 소녀가 문 앞에 서 있는 게 보였다.

"아, 안녕."

얘 이름이 뭐더라? 나는 더럽고 꼬질꼬질한 마른 소녀를 보고 잠시 그녀의 이름을 떠올렸다. 제일 처음 우리 거리를 홍보하기 위해 크리스틴의 드레스를 입은 여자아이였다.

"엘리스."

맞지? 내가 확인차 그녀의 이름을 부르자 엘리스는 어쩐지 안심한 표정을 지었다.

여전히 그녀는 뼈쩍 말랐지만 처음 봤을 때보다는 좀 나았다. 그 때는 뭉쳐서 한 덩어리가 된 머리카락에 손끝까지 까맣게 때가 껴 있었는데 지금은 그 정도는 아니었다.

애가 마지막으로 일을 했던 게 언제더라? 나는 수잔을 돌아보고 다시 엘리스에게 고개를 돌렸다.

초반에 일을 하겠다는 여자아이가 적어서 엘리스가 삼 일 만에 한 번 더 했던 건 기억이 난다. 그 뒤로 하고 싶다는 애들이 엄청나게 몰려들었었지.

"무슨 일이니?"

일을 하고 싶다고 하는 거면 좀 곤란하다. 순서가 있기 때문이다. 크리스틴의 드레스는 인기가 좋아서 입어 보고 싶다는 아이들이 많았다.

아, 크리스틴 생각하니까 또 짜증 나네.

"저기……."

엘리스는 머뭇거리더니 내게 불쑥 주먹 쥔 손을 내밀었다. 응? 나는 어쩌라는 건지 몰라서 그녀를 물끄러미 쳐다봤다. 그러자 옆에서 수잔이 속삭였다.

"부탁하고 싶은 게 있나 봐."

"부탁?"

내가 다시 엘리스를 쳐다보자 그녀의 얼굴이 달아오른 게 보였다. 드레스를 한 번 더 입어 보고 싶다는 건 아니겠지?

그건 곤란하다. 그걸 하려면 크리스틴에게 부탁해야 하는데 난 개랑 말 섞고 싶지 않거든.

"모, 목욕⋯⋯."

엘리스가 기어들어 가는 목소리로 말했다. 하지만 마지막엔 너무 작아져서 들리지가 않았다. 목욕이 뭐? 나는 고개를 숙여 그녀의 목소리에 귀를 기울이려 애쓰며 물었다.

"뭐라고?"

"목욕, 하고 싶어서⋯⋯."

목욕? 나는 어이가 없어서 수잔을 쳐다봤다. 목욕하고 싶으면 하면 되잖아?

"너, 누구네 집에 사니?"

목욕탕에 가라고 말하려는 순간, 수잔이 엘리스에게 물었다. 누구네 집에 사냐고? 나는 그제야 엘리스가 고아라는 것을 떠올렸다.

기관이 아니라 개인도 고아들만 모아서 돌봐 준다고 들었던 것 같다. 대신 아이 한 명당 약간의 돈을 받는다고.

엘리스뿐만이 아니었다. 초기에 홍보 일을 시키겠다며 아이린 아주머니가 데려온 아이들은 다 그런 아이들이었다. 하나같이 옷을 갈아입기 전에 목욕을 먼저 시켜야 했던 게 생각났다.

"우드⋯⋯."

이번에도 엘리스는 말을 흐렸다. 우드라는 사람의 집에서 사는 모양이다. 돌보는 아이들에게 목욕을 시켜 주지 않나 보다.

나는 엘리스 앞에 쪼그리고 앉았다. 그리고 조심스럽게 물었다.

"거기선 목욕을 못 하는 이유가 있어?"

아이들이 너무 많아서 화장실이 부족하다거나, 프라이버시가 보장이 안 된다거나. 여러 가지 이유가 내 머릿속을 스쳐 지나갔다.

하지만 어느 것도 엘리스가 나를 찾아온 이유는 아니었다.

"우드 부인이 안 된다고……."

응? 나는 엘리스의 대답에 이해가 안 돼서 수잔을 쳐다봤다. 왜 안 된다고 해? 목욕은 해야 할 거 아냐? 머릿속에 별의별 생각이 다 떠올랐다.

병이 있다거나, 물이 안 좋다거나.

하지만 그 어느 쪽도 아니었다. 수잔은 나를 잡아당기더니 작은 목소리로 속삭였다.

"아마 귀찮아서일 거야."

"귀찮아? 뭐가?"

"물을 끓여야 하잖아. 모든 아이들이 다 목욕을 하려면 엄청난 물을 끓여야 하거든."

내가 지금 무슨 말을 들은 거지? 나는 믿을 수 없는 이야기에 눈을 크게 떴다. 그렇다고 목욕을 하지 말라고 해? 물 끓이는 게 귀찮아서?

아, 그래. 물 끓이는 게 귀찮긴 하다. 솔직히 말하면 내가 가장 그리운 것 중 하나가 바로 그거였다. 수도꼭지만 돌리면 뜨거운 물이 콸콸콸 나오던 거.

하지만 귀찮다고 목욕을 안 할 수는 없잖아. 그때, 처음 봤던 엘리스가 엄청나게 더러웠던 게 생각났다. 그리고 도저히 열다섯 살로 보이지 않을 정도로 말랐다는 것도.

"들어와."

생각하는 것보다 먼저 말이 흘러나왔다. 나는 엘리스를 안으로 들이고 문을 닫았다. 그리고 안으로 들어가며 말했다.

"물 끓이려면 시간이 좀 걸리니까 기다려."

"저, 저기⋯⋯."

그때 엘리스가 내 뒤로 종종종 따라와서 손에 쥔 것을 내밀었다. 왜? 내가 고개를 돌리자 그녀가 손바닥을 펼쳐서 안에 든 것을 보였다.

돈이었다. 뭘 그렇게 소중히 쥐고 있나 했다. 내가 어쩌라는 거냐는 표정을 짓자 엘리스가 머뭇거리며 말했다.

"부족한 건 저기, 나중에 가져올 테니까⋯⋯."

뭐가 부족하다는 거지? 물끄러미 엘리스를 쳐다보던 나는 반 박자 늦게 그녀가 하는 말을 이해했다. 그러니까 얘는 목욕비를 내겠다는 거다.

젠장.

별로 기분이 좋지 않았다.

나는 눈치 빠른 아이가 싫다. 그건 세상을 살면서 타인의 호의를 기대할 수 없었던 아이들에게나 보이는 현상이다.

아이들은 눈치가 빠르면 안 된다. 나는 뭐라고 말해야 할지 몰라 엘리스를 쳐다보고 있었다. 그러자 그녀의 얼굴이 달아오르더니 작은 목소리로 물었다.

"아, 안 돼?"

"아니, 그게 아니라."

나는 엘리스가 어쩔 줄 몰라 하는 것을 보고 허둥지둥 고개를 저었다. 내가 아주 나쁜 사람이 된 것 같이 느껴진다.

난 착한 사람은 아니지만 그렇다고 아주 나쁜 사람도 아니다. 이런 기분을 느끼게 한 엘리스가 아주 잠깐 싫어졌다가 나는 그 분노를 신에게 돌렸다.

날 여기로 보내지 않았다면 이런 기분을 느끼지 않았을 텐데. 다음에 만나면 진짜 목을 졸라 버릴 거야.

"돈을 받아도 될지 고민 중이었어."

결국 나는 솔직하게 말했다. 확실히 물을 끓이는데 연료가 드니까 돈이 들기는 한다. 물값도 좀 나오겠지. 하지만 그걸 엘리스에게 받는 게 옳지 않게 느껴졌다.

"돈을 받을지 말지 고민 중, 이라고?"

엘리스는 그게 퍽 신기했던 모양인지 눈을 동그랗게 뜨고 나를 쳐다봤다. 그걸 보자 확신이 들었다. 이 애를 돌봐 준다는 우드라는 사람은 모든 일에 돈, 돈, 돈을 외쳤겠지.

"에버딘, 계란 다 됐는데."

그때 아이린 아주머니가 주방에서 나오며 물었다. 아, 맞다. 토스트를 만들고 있었지. 나는 그제야 아이린 아주머니에게 맡겼던 토스트를 떠올리고 엘리스를 데리고 주방으로 들어갔다.

"어머, 엘리스. 무슨 일이니?"

아이린 아주머니는 갑자기 찾아온 엘리스를 이상하다는 듯, 의아해하며 맞이했다. 그사이 나는 이미 표면을 살짝 구운 식빵 사이에 익은 오믈렛을 토마토소스와 설탕을 발라 끼웠다. 그리고 종이로 감싸서 엘리스에게 내밀며 말했다.

"물 끓이는 동안 손 닦고 이거 먹고 있어."

"응? 물을 끓여?"

어리둥절한 아이린 아주머니에게 수잔이 속삭이기 시작했다. 엘리스가 목욕하고 싶다고 찾아왔다는 것을 알려 주는 거겠지.

나는 그동안 물을 끓였다. 나도 목욕을 좀 일찍 할까. 그렇게 생각하는데 어느새 아이린 아주머니가 내게 다가와서 속삭였다.

"너무 받아 주지 마."

"네? 뭘요?"

"엘리스 말이야. 불쌍한 건 아는데, 쟤 하나 받아 주면 다른 애들도 다 받아 줘야 해."

우리의 시선이 테이블 앞에 앉아서 토스트를 먹는 엘리스에게로 향했다. 그녀는 샌드위치 하나를 혼자서 다 먹어 본 적이 없는지 수잔에게 이걸 다 먹어도 되냐고 묻고 있었다.

그게 더 내 기분을 이상하게 만들었다.

나도 안다. 뭔가를 도울 때는 가벼운 마음으로 도우면 안 된다는 걸. 어릴 때 할머니에게 개나 고양이를 기르고 싶다고 조른 적이 있다.

그때 할머니는 단호하게 거절하며 말했다. 동물은 최소 십 년을 산다고. 동물이 죽을 때까지 책임질 각오 없이는 시작도 하지 말라고 했었다.

엘리스는 그것보다 훨씬 더 오래 살겠지.

하지만 지금 나는 저 애를 기르겠다는 게 아니라 그냥 목욕을 하게 해 주겠다는 것뿐이다. 나는 어깨를 으쓱하며 말했다.

"그냥 목욕인데요, 뭐."

"소문나면 이 근방 애들 다 목욕하고 싶다고 찾아올지도 몰라."

과연 그럴까. 나는 우울한 표정으로 엘리스를 쳐다봤다. 수잔이 그새 우유도 한 잔 줬나 보다. 엘리스는 일주일은 굶은 것처럼 토스트와 우유를 먹고 있었다.

"애들은 목욕을 별로 안 좋아하잖아요."

"그것도 자주 하는 애들이나 그렇지."

그럴지도 모르겠다. 그렇다고 여기서 엘리스를 내보낼 수는 없었다. 내 경험상 저런 아이가 남에게 뭔가를 부탁하러 찾아올 때는 정말 엄청난 각오를 하고 온 거다.

엘리스가 불쌍한 아이가 아니라고 해도, 난 엄청난 각오로 찾아온 사람을 내치는 건 도저히 못 하겠다.

"엘리스, 돈은 여기에 넣어."

나는 이가 빠진 그릇을 하나 찾아서 엘리스에게 내밀며 말했다. 돈을 받을 생각은 없었지만 아이린 아주머니의 말을 듣고 나니 받아야겠다는 생각이 들었다.

그래야 적어도 공짜로 목욕할 수 있다는 소문은 안 퍼질 테니까.

엘리스는 고개를 끄덕이고 손에 꼭 쥐고 있던 동전을 그릇에 넣었다. 토스트를 먹는 도중에도 돈을 손에 쥐고 있었던 모양이다.

그러더니 나를 쳐다보며 말했다.

"샌드위치값은 없는데……."

나와 아이린 아주머니의 시선이 부딪쳤다. 그리고 수잔의 시선도.

"됐어. 그건 파는 게 아니거든."

"그래도……."

우드라는 사람은 대체 애를 어떻게 돌본 걸까. 어쩔 줄 몰라 하는 엘리스를 보자 화가 났다. 다 먹고살자고 하는 짓인데 엘리스는 누군가에게 공짜로 먹은 것을 받아 본 적이 없는 것처럼 행동하고 있었다.

"괜찮아, 엘리스. 팔기 전에 테스트를 하는 거거든."

그때 수잔이 나섰다. 그녀는 붙임성 좋게도 엘리스의 맞은편에 앉아서 나를 한 번 쳐다보더니 말을 이었다.

"이걸 팔면 잘 팔릴지 보려고 여기 모여서 먹어 보고 있었던 거야. 그러니까 너도 먹어 보고 잘 팔릴지 알려 주면 돼."

"자, 잘 팔릴 것 같아."

엘리스가 고개를 끄덕이며 말했다. 그거면 됐다. 나는 토스트를 다 먹은 엘리스를 데리고 욕실로 향했다. 그리고 그녀가 목욕하는 사이 젖을까 봐 엘리스의 옷을 가지고 욕실에서 나왔다.

"돈 받은 건 잘했어."

어느새 아이린 아주머니가 다가와서 말했다. 안 받고 싶었는데. 내가 아무 말도 하지 않자 그녀가 덧붙였다.

"그게 저 애를 위해서 더 나아."

진짜로? 나는 처음 보는 아이린 아주머니의 모습에 당황해서 인상을 썼다. 어쩌면 엘리스가 내게 준 돈은 그 애가 지금까지 모아둔 전 재산인지도 모른다. 그걸 받았다는 생각에 기분이 좋지 않다

차라리 뭐가 갖고 싶다거나 뭘 배우고 싶다는 거라면 좀 나았을 것이다. 하지만 엘리스가 원한 건 고작 목욕이었다.

"잘 모르겠네요."

이미 돈을 받았지만 아직도 나는 내가 잘한 건지 모르겠다. 단순히 공짜로 목욕을 하게 해 준다는 소문을 걱정한 거라면 다른 방법이 있지 않았을까.

하지만 아이린 아주머니는 굳건했다. 그녀는 마치 뭔가를 떠올리는 표정으로 말했다.

"내 말을 믿어. 저런 애들은 세상을 강하게 살아야 할 필요가 있어."

엘리스는 목욕도, 먹을 것도 제대로 받지 못하고 있었다. 여기서 더 얼마나 강하게 살아야 하는 거지?

가혹하기까지 한 아이린 아주머니의 말에 충격적으로 다가왔다. 그녀가 그렇게 말할 줄은 몰랐는데.

"그건 이미 충분히 알고 있지 않을까요?"

화가 난 나머지 목소리가 뾰족하게 흘러나왔다. 아이린 아주머니는 내가 왜 화가 났는지 안다는 표정으로 말했다.

"쟤한테 세상은 훨씬 더 가혹할 거야. 지금 괜히 희망을 줄 필요는 없잖아."

과연 그럴까? 나는 뭐라고 말해야 할지 몰라서 입을 다물었다. 하지만 화가 나고 동시에 아이린 아주머니가 무슨 말을 하는지 알 것 같아서 우울해졌다.

어차피 사는 게 힘든 애니까 조금의 희망도 주면 안 된다고? 진짜?

나도 사는 게 힘들었다. 어릴 때 내가 살던 집은 겨울마다 툭하

06. 245

면 보일러가 터져서 물이 나오지 않았다. 학교에 가져가야 하는 준비물을 살 돈을 달라고 하는 게 미안해서 빈손으로 간 적도 있었다.

그래도 나는 할머니가 있었다. 얼음같이 찬 방에서 나를 끌어안고 얼른 자라고 다독여 주던 할머니가 있었다.

목욕해야 한다고 주전자로 물을 끓여서 찬물에 섞어 주던 할머니가 있었다. 사는 게 힘들 때마다 나를 지탱해 주던 건 그런 기억이었다.

하지만 아이린 아주머니의 말도 이해가 안 되는 건 아니라 나는 고개를 숙이고 엘리스의 낡고 더러운 옷을 쳐다봤다.

할머니는 돌아가실 때까지 나와 함께 있어 줬고 내 가족이었지만 나는 엘리스와 아무 관계도 아니다. 그 애의 가족도 아니고 길게 책임질 생각도 없는 내가 섣불리 손을 대서는 안 된다는 거겠지.

"고작해야 목욕이에요."

나는 낡고 더러운 엘리스의 옷을 차곡차곡 개며 말을 이었다.

"세상을 강하게 산다는 말까지 나올 이야기는 아니죠."

거짓말이다. 한겨울에 보일러가 터져서 물을 끓여서 씻어야 할 때마다 나는 어른이 되면 절대 보일러가 동파되지 않는 곳으로 이사 가겠다고 다짐했다. 냉동 창고처럼 추운 한겨울의 화장실에서 덜덜 떨면서 씻을 때도 나는 같은 다짐을 했다.

고작해야 목욕이 아니었다.

"바늘하고 실 있어?"

그때 나를 물끄러미 바라보던 아이린 아주머니가 분위기를 바꾸려는 듯 물었다.

"네? 바늘하고 실이요?"

없는데. 내가 대답하기도 전에 그녀는 손을 쑥 뻗더니 엘리스의 옷을 집어 들며 말했다.

"여기, 찢어졌네. 이거 꿰매야겠다."

그녀의 말대로 엘리스의 옷은 군데군데 찢어져 있었다. 팔꿈치나 허리 부분 같은 데가.

나는 멍하니 낡고 해진 엘리스의 옷을 바라보다가 깊은 한숨을 내쉬었다. 뭔가가 울컥하고 목구멍으로 튀어나왔다가 간신히 기어 내려갔다.

"어, 없어요."

그러고 보니 이 집엔 바늘과 실도 없다. 간단한 요리 도구도 없어서 아이린 아주머니에게 빌리거나 싸게 사와야 했던 것을 생각하면 전반적으로 생활 도구가 거의 없었다.

"크리스틴한테 빌려 와. 빌리는 김에 덧대는 천도 좀 얻어 오고."

사정을 모르는 아이린 아주머니의 말에 저도 모르게 내 얼굴이 확 굳었다. 크리스틴한테 빌리라고? 절대 싫다.

내 표정에 이상한 점을 깨달았는지 아이린 아주머니는 허리에 손을 얹으며 물었다.

"왜 그래? 둘이 싸웠어?"

"싸웠다기보다는……."

크리스틴이 일방적으로 나한테 이상하게 굴고 있는 거다. 내가 고개를 젓자 그녀는 한숨을 내쉬더니 말했다.

"내가 빌려 올게."

"그냥 아이린 걸 빌려주면 안 돼요?"

"실하고 바늘은 있는데 여기에 덧댈 천은 크리스틴이 더 많을 거야."

아이린 아주머니는 해어지다 못해 주변이 닳아서 얇아진 옷의 팔꿈치를 가리키며 말했다. 확실히 이건 꿰매는 걸로는 해결이 안 될 것처럼 보인다.

"걱정하지 마. 크리스틴은 그런 애들한테 잘해 주는 편이거든."

후문으로 나가며 하는 아이린 아주머니의 말에 나는 피식 웃으며 물었다.

"저한테는 너무 잘해 주지 말라면서요?"

"너는 익숙하지 않은 것 같거든."

"뭐가요?"

아이린 아주머니는 문을 열며 나를 돌아보았다. 그러더니 어쩐지 안됐다는 듯한 표정으로 말했다.

"그런 애들을 적당히 끊어 내는 법을 말이야."

"크리스틴은 할 줄 알고요?"

말도 안 된다는 내 목소리에 아이린 아주머니의 얼굴에 장난스러운 미소가 떠올랐다. 그녀는 웃음을 참지 못하겠다는 듯한 표정을 지으며 물었다.

"이 거리의 다른 사람들을 도와 달라고 웨스트 공작을 찾아간 게 누구지?"

나다. 하지만 그건 해 볼 만한 말이었기 때문에 한 것뿐이다. 그래야 내가 장사를 하는데 이 거리의 사람들이 방해물이 되지 않기 때문이기도 했고.

하지만 아이린 아주머니는 전혀 다르게 생각하는 모양이었다. 그녀는 말도 안 된다는 표정을 짓는 나를 보고 내 어깨를 토닥이더니 크리스틴의 가게를 향해 떠나 버렸다.

"아이린은 네가 걱정돼서 그러는 거야."

그때 수잔이 끼어들었다. 몸을 돌려 보니 그녀는 주방 앞에 서서 나를 쳐다보고 있었다. 내가 엘리스를 욕실로 안내하고 아이린 아주머니와 이야기를 하는 동안 그녀는 대신 주방을 정리해 준 모양이었다.

아이고, 고마워라. 수잔에게 고맙다고 말하며 슬쩍 가게를 확인해 보니 도리스가 빵을 자르는 게 보였다. 손님이 잘라 달라고 한 모양이다.

"뭐가?"

"넌 좀 앞뒤 안 가리는 경향이 있거든."

몰랐냐는 듯한 표정으로 수잔이 말했다. 내가? 앞뒤 안 가린다고? 나만큼 몸을 사리는 사람이 또 어디 있다고?

내 놀란 표정에 그녀가 재빨리 덧붙였다.

"좋은 말이야. 착하다고. 전에 그 용병을 혼내 줄 때도 그랬잖아. 아이린 말대로 웨스트 공작을 찾아간 것도 그렇고."

그건 전부 날 위해서였다. 그게 다른 사람들에게 착하게 보일 줄은 몰랐는데.

예상하지 못한 칭찬에 잠깐 생각이 멈췄다. 수잔에게 무슨 말을 해야 할지 몰라 멍하니 서 있는데 후문으로 아이린 아주머니가 뛰어 들어오며 나를 불렀다.

"에버딘!"

깜짝이야. 수잔과 이야기 하던 나는 후문을 벌컥 열고 들어온 아이린 아주머니의 목소리에 놀라서 펄쩍 뛰어올랐다. 얼마나 요란했던지 가게에 있던 도리스도 내다봤을 정도였다.

"어서 경!"

아이린의 뒤로 익숙한 얼굴도 뛰어 들어왔다. 크리스틴의 가게에서 만난 적 있는 조디였다. 그녀는 내게 달려들더니 애원하듯 말했다.

"크리스틴 좀 도와주세요!"

넌 또 왜 이래? 갑작스러운 그녀의 태도에 수잔은 물론 도리스까지 무슨 일이냐는 듯 나와 조디를 쳐다봤다. 나는 내가 크리스틴을 어떻게 돕냐고 묻고 싶었지만 절실한 조디의 표정을 보고 한숨을 내쉬고 수잔에게 말했다.

"수잔, 엘리스한테 수건 좀 챙겨 줘."

나는 수잔에게 엘리스를, 도리스에게 가게를 부탁하고 조디를 따라 크리스틴의 가게로 달려갔다. 머릿속에 걔는 나를 친구로 생각하지도 않는데 도와줄 이유가 있냐는 생각이 들었지만 어디선가 할머니가 그런 나를 호되게 혼내는 소리가 들려왔다.

"어휴."

할머니가 있었다면 분명 서로 돕고 살라고 혼내셨을 거다. 생각해 보면 크리스틴은 일주일 만에 내 드레스를 만들어 줬다. 그리고 날 어려워하면서도 드레스에 어울리는 구두와 장식을 구해다 줬지.

나는 조디와 함께 크리스틴의 가게에 있는 후문으로 들어섰다. 그녀의 가게도 나와 마찬가지로 일 층은 가게, 이 층은 집으로 쓰고 있어서 정문은 손님용이었다.

"내가 거짓말을 한다는 거야?"

가게 쪽에서 여자의 목소리가 들려왔다. 나는 조디를 한번 돌아보고 소리 없이 가게 쪽으로 다가갔다. 살짝 열린 문틈으로 어쩔 줄 몰라 하는 크리스틴과 그 앞에서 화를 내는 여자가 보였다.

"그게, 그게 아니라……."

크리스틴이 뭐라고 변명하려고 했지만 그녀는 손님과 눈이 마주치자 다시 얼어붙었다. 또 저러네. 나는 입을 닫아 버리는 크리스틴을 보고 고개를 돌렸다. 그러자 조디가 다가와서 설명했다.

"빨간 리본에서 드레스를 못 만들어 준다고 했대요."

"그걸 왜 여기 와서 따져?"

빨간 리본에 가서 따져야 하는 거 아냐? 이해하지 못하는 내게 조디가 빠르게 설명했다.

"잉센 부인 말은 빨간 리본에 주문한 드레스를 크리스틴이 자기 디자인이니 팔지 말라고 협박했다는 거예요. 그래서 폴이 잉센 부인에게 드레스를 내줄 수 없다고 했대요."

무슨 소린지 알겠다. 나는 눈살을 찌푸리며 물었다.

"그랬어?"

조디는 고개를 저으며 억울하다는 듯 대답했다.

"그럴 리가요."

하긴, 크리스틴이 그럴 수 있는 사람이었다면 자기 디자인을 몇 번이나 도둑맞지 않았겠지. 나는 잉센 부인과 크리스틴을 돌아보고 조디에게 다시 물었다.

"그럼 그런 적 없다고 하면 되잖아?"

"그런 적 없다고 하면 크리스틴의 디자인을 빨간 리본에서 팔아도 된다는 허락이 되잖아요."

"그럼 잉센 부인의 드레스 하나만 허락하면?"

"그게 문제가 아니에요. 잉센 부인은 크리스틴에게 네가 뭔데 자기에게 드레스를 파는 걸 허락하느냐 마느냐 하냐는 거죠."

허, 복잡하기도 하다. 내가 어이없다는 듯 조디를 쳐다보자 그녀는 나처럼 미간을 찡그리며 말했다.

"그리고 크리스틴은 귀족 앞에 가면 얼어붙는 경향이 있거든요."

그건…….

나는 조디의 말에 입을 벌렸다가 다물었다. 그건 나도 안다. 나한테도 그랬으니까.

디자인을 설명할 때는 괜찮았다. 허바드 백작에게 잘 설명했으니까. 하지만 그 외의 일이 되면 크리스틴은 귀족에게 한정으로 얼어붙곤 했다.

"나보고 어쩌라고?"

나는 다시 잉센 부인과 크리스틴을 돌아보며 물었다. 귀족 앞에서 얼어붙는 건 크리스틴의 단점이다. 그리고 그건 그녀가 해결해야 할 문제고.

하지만 조디가 원한 건 그런 게 아닌 모양이었다. 그녀는 내 앞에 두 손을 맞잡고 절실한 표정으로 속삭였다.

"크리스틴을 도와주세요. 귀족이시라면서요? 잉센 부인도 귀족이라면 말을 들을 거예요."

아마도 조디가 몇 번 끼어들려 했지만 잉센 부인이 허락하지 않았던 모양이다. 나는 조디를 한 번 쳐다보고 잉센 부인과 크리스틴을 돌아보았다.

그리고 다시 조디에게 시선을 돌리며 물었다.

"귀족 말은 듣는다고?"

"잉센 부인은 아버지까지 귀족이었거든요."

아버지까지 귀족이었다는 게 무슨 소린지 모르겠네. 나는 인상을 쓰며 조디를 쳐다봤다. 그러다가 크리스틴을 돌아보고 한숨을 내쉬며 말했다.

"가서 내가 입을 드레스 한 벌 가져다줘."

"드레스는 왜요?"

"이 꼴로 귀족이라고 나서 봤자 잉센 부인이 믿을 리가 없잖아."

나는 수수한 셔츠와 스커트, 그리고 토마토소스 얼룩과 기름이 묻은 앞치마를 입고 있었다. 이 꼴로 나가서 이야기해 봤자 잉센 부인은 쳐다도 보지 않을 거다.

할머니가 말했다. 사람을 옷차림만으로 판단하는 건 어리석은 짓이지만 반대로 말하면 그런 말이 나올 정도로 사람들은 상대를 옷차림으로 판단한다는 뜻이라고.

꼭 화려하고 명품으로 차려입으라는 말이 아니라 깔끔하게 입으라는 말이라고 말하곤 했다. 지금처럼 얼룩이 튄 스커트나 목 늘어난 티, 무릎이 하얗게 바랜 바지 같은 건 집에서 혼자 입을 땐 상관없지만 누군가와 진지한 이야기를 할 때는 예의가 아니라고 말했다.

"이리 와요."

내 설명에 조디는 나를 끌고 위층으로 올라갔다. 그리고는 크리스틴이 만들어 둔 드레스 중에 하나를 재빨리 입혀 주었다.

"크리스틴, 어머. 무슨 일 있어?"

조디의 도움으로 그럴듯한 드레스를 입은 나는 다시 일 층으로 내려와 후문으로 빠져나간 뒤 이번에는 정문으로 들어가며 크리스틴을 불렀다.

그녀를 다그치고 있던 잉센 부인이 나를 보더니 재빨리 내 옷차림을 훑어보고 한 꺼풀 사그라드는 게 느껴졌다.

"어, 어서 경. 여긴 어떻게……."

크리스틴이 그렇게 말하는 순간 잉센 부인의 눈이 커졌다가 재빨리 원래대로 들어오는 게 보였다. 나는 모르는 척 두 사람 사이로 끼어들어서 말했다.

"지나가다 들렀어. 내가 주문한 옷은 어떻게 됐는지 궁금해서. 안녕하세요, 에버딘 어서예요."

마지막 말은 잉센 부인을 향한 거였다. 그녀는 내 인사에 잠깐 당황하더니 떨떠름한 표정으로 말했다.

"마릴라 잉센이에요."

"크리스틴에게 드레스를 주문하셨나 봐요? 어떤 걸 주문하셨어요?"

"앗, 아니……."

내 연기에 크리스틴도 속아 넘어갔는지 그녀가 그게 아니라고 말하려 했다. 하지만 잉센 부인의 목소리가 더 컸다.

그녀는 순식간에 얼굴을 붉히며 내게 말했다.

"아니요! 전 빨간 리본에 주문했어요! 그런데 이 계집애……."

"어머."

잉센 부인의 입에서 계집애라는 말이 나오는 순간 나는 일부러 과도하게 놀란 표정을 지어 보였다. 어떻게 그런 말을 할 수 있냐는 내 표정에 그녀도 움찔하더니 말을 고쳤다.

"아니, 여기 이 사장이 제 드레스를 팔지 말라고 폴을 협박했다지 뭐예요?"

"아니, 아니에요."

크리스틴이 부인했지만 목소리가 그리 크지 않았다. 그런 건 크게 외쳐야지. 나는 못마땅한 표정으로 크리스틴을 돌아보고 곧바로 잉센 부인에게 고개를 돌렸다.

그리고 이상하다는 표정을 지으며 물었다.

"폴이 협박을 당했다고요? 크리스틴에게요?"

"그래요! 폴에게 이 당돌한 여자가 감히 내 드레스를 주지 말라고 협박을 했다지 뭐예요!"

"어머, 폴이요? 그러니까, 크리스틴보다 나이가 한참은 많고 빨간 리본이라는 유명 의상실을 운영하며 많은 귀족들과 알고 지내는 그 폴 말이죠?"

내가 수식어를 덧붙일 때마다 잉센 부인의 화난 얼굴이 점점 펴지기 시작했다. 그녀는 내가 그 폴 말이죠? 라고 말할 때는 이상한 냄새를 맡은 표정을 짓고 있었다.

"그런, 그렇죠."

"어머나, 세상에. 그러니까 이런, 사람이 적은 거리에서 이렇게 쪼그마한 의상실을 혼자 간신히 운영하는 이 젊은 아가씨가 폴을 협박했다는 말이죠?"

작은 가게를 강조하느라 나는 쪼그마한 이라고 말할 때 손을 펼쳐서 크리스틴의 가게를 가리켰다. 덕분에 잉센 부인은 정신이 든 모양이었다.

그녀는 내 행동을 따라 가게를 돌아보고 여기가 빨간 리본에 비해 얼마나 작은지 깨달은 표정을 지었다.

"하지만, 하지만 폴이 분명……."

"드레스가 완성된 걸 보셨나요?"

나는 혼란스러워하는 잉센 부인에게 몸을 내밀며 작은 목소리로 물었다.

드레스가 완성됐을까? 크리스틴은 폴에게 그런 짓을 한 적이 없다. 그렇다면 폴은 왜 그런 거짓말을 잉센 부인에게 했을까.

"이런 이유로 쫓아온 사람이 또 있었어?"

나는 재빨리 크리스틴에게 물었다. 그녀는 나와 잉센 부인을 멍하니 쳐다보다가 내 질문에 무슨 소린지 모르겠다는 표정을 지어 보였다.

정신 차려, 이것아.

지금 그렇게 멍하게 있을 때가 아니다. 나는 크리스틴의 손을 잡고 힘을 꽉 쥐며 다시 물었다.

"네가 폴을 협박해서 드레스를 못 받는다고 찾아온 손님이 있었냐고."

"아야!"

손을 쥐어 짜인 덕에 정신이 돌아온 모양이다. 크리스틴은 고개를 절레절레 흔들었다.

단순히 크리스틴에게 복수를 하려 했다면 잉센 부인 한 명에게만 거짓말을 하지 않았을 것이다. 그 무도회 이후 거의 일주일이 흘렀다. 그동안 이런 이유로 크리스틴을 찾아온 건 잉센 부인뿐이었다.

"아시겠지만 얼마 전에 폴이 크리스틴의 드레스를 도용해서 난리가 났었거든요."

"그건, 알아요."

잉센 부인은 혼란스러운 표정으로 고개를 끄덕였다. 하긴, 그 소문을 못 들은 사람이 없을 거다. 심지어 나도 들었다.

물론 내게 재미있는 이야기라고 이야기해 준 수잔은 그게 나인 줄 모르는 것 같았지만.

"부인이 이용당한 게 아닌지 걱정이네요."

"이용이라고요?"

내 말에 잉센 부인이 정신이 번쩍 든 것처럼 고개를 세우며 물었다. 이용당한 게 아닌지가 아니라 그냥 이용당한 거다. 나는 하필이면 잉센 부인을 골라 이용한 폴에게 이를 갈며 말했다.

"생각해 보세요. 그 사건 이후로 일주일쯤 됐잖아요? 크리스틴이 협박을 할 수 있는 상대도 아니지만 협박을 했다면 드레스를 못 받은 사람이 한둘이 아닐 거 아니에요?"

여기에는 폴이 크리스틴의 디자인을 도용한 게 한두 개가 아니라는 근거가 있어야 한다. 하지만 지금 잉센 부인은 혼란스러워서 거기까지는 생각하지 못하는 모양이었다.

그녀는 내 말이 진짜냐는 표정으로 크리스틴을 쳐다봤고 크리스틴은 심호흡을 하더니 떨리는 목소리로 말했다.

"부, 부인이 처음이세요."

"그리고 만약 폴의 말이 진짜라면 지금쯤 사교계에 소문이 나지 않았을까요?"

그 큰 의상실의 사장이 작은 의상실 사장에게 협박을 받아서 드레스를 못 판다고? 대번에 사교계에 소문이 났을 거다.

내가 살던 곳은 대기업 사장이 쓰러졌네, 마네 하는 소문도 났다. 여기라고 다를 리가 없지. 나는 잉센 부인의 손을 잡으며 일부러 더 격한 어조로 말했다.

"아주 괘씸한 사람이네요! 부인이 주문한 드레스를 뒤로 미룬 걸로 모자라서 그 핑계를 자기보다 더 작은 의상실 탓으로 돌리다니!"

"하지만 폴이 그럴 리가……."

아직도 잉센 부인은 심적으로 폴의 편을 드는 모양이었다. 그건 그렇겠지. 오늘 처음 본 나와 크리스틴보다 오래 알고 지낸 사람 편을 드는 건 당연한 일이다.

나는 몸을 바로 세우고 침착한 목소리로 말했다.

"그럼 지금 바로 저희랑 같이 빨간 리본에 가 보시겠어요? 폴이 드레스를 완성했는지 보여 달라고 하는 거죠. 완성됐다면 그 자리에서 제가 어서 남작가의 이름을 걸고 부인께서 드레스를 가져가시는 데 아무 문제 없도록 하겠어요."

여기서 어서 가의 이름을 팔아도 되는지 모르겠다. 하지만 잉센 부인은 귀족에게 약하다니 먹히지 않을까 싶었다. 나는 잉센 부인의 얼굴이 부드러워지는 것을 보고 말을 이었다.

"하지만 만약 드레스가 완성되어 있지 않다면."

다시 잉센 부인의 얼굴이 굳었다. 나는 단호하게 말을 맺었다.

"폴이 거짓말을 한 거죠. 부인께."

어떻게 할래? 나랑 같이 가서 폴이 네게 거짓말했는지 확인해 볼래? 라는 의미가 담긴 제안에 잉센 부인은 굳은 표정으로 크리스틴을 돌아보았다.

만약 내 말대로 했다가 진짜로 폴이 거짓말한 게 밝혀지면 잉센 부인만 바보가 된다. 그리고 그게 나와 크리스틴 앞에 적나라하게 드러나 창피를 당하고 싶진 않을 거다.

"일단 나 혼자 가서 확인해 보죠."

"그러시겠어요?"

나는 그녀가 혼자 확인해 본다는 말에 재빨리 그녀에게서 떨어졌다. 잉센 부인은 옷매무시를 가다듬더니 크리스틴을 돌아보며 말했다.

"내가 너무 흥분해서 과하게 행동했어. 자네를 당황하게 해서 미안하군."

의외로 잉센 부인은 크리스틴에게 사과까지 하고 물러났다. 사과까지 할 줄은 몰랐는데. 그녀가 가게를 나가자마자 크리스틴이 그대로 바닥에 주저앉았다.

"크리스틴, 괜찮아?"

이어서 안쪽 문 뒤에 숨어 있던 조디와 수잔도 뛰어 들어왔다. 어휴, 답답해서 혼났다.

나는 불편한 드레스를 벗기 위해 손을 등 뒤로 뻗었다. 여긴 지퍼도 없어서 모든 옷을 단추와 끈으로 묶는다. 간신히 끈을 찾아내서 잡아당기는데 크리스틴이 비틀비틀 일어나며 투덜거렸다.

"뭐 저렇게 사람을 계급으로만 보는 사람이 다 있어?"

그게 네가 할 말이야? 나는 어이가 없어서 크리스틴을 휙 쳐다봤다. 그리고 끈을 잡아당기며 말했다.

"너도 똑같아."

끈을 잡아당기자 내 몸을 꽉 조이고 있던 옷이 느슨해지는 게 느껴졌다. 나는 옷을 벗으며 크리스틴을 비난했다.

"너도 사람을 계급으로만 보잖아. 적어도 저 사람은 마지막까지 친분이 있는 폴을 믿기라도 했지."

크리스틴은 아니었다. 내가 귀족이라는 것을 알자마자 바로 태도를 바꿨다. 나는 아무 말도 못 하는 그녀를 한번 쳐다본 뒤, 내 옷으로 갈아입고 내 가게로 돌아왔다.

07

"이게 무슨 냄새야?"

"맛있는 냄새가 나는데?"

이튿날, 수잔과 아이린 아주머니의 응원으로 나는 길거리 토스트를 팔기 시작했다. 일부러 거리 쪽으로 향한 주방의 창문도 열어놓고 토마토소스를 만들었더니 지나가던 사람들이 냄새를 맡고 들어와서 물었다.

"계란 토스트예요. 빵 사이에 계란을 넣은 거죠."

"이 냄새가 계란 냄새는 아닌데?"

"아, 이건 토마토소스예요. 원하면 발라 드려요."

"토마토?"

사람들은 당연하게도 토마토라는 말에 멈칫했다. 그러더니 다시 물어왔다.

"그거 빼곤 안 돼?"

"당연히 돼죠."

"그럼 토마토소스 빼고 하나 만들어 줘."

"나도."

음, 역시 토마토소스는 인기가 없네. 수잔의 반응을 보고 이럴 거라는 예상은 했지만 실제로 겪으니 놀라웠다. 어떻게 토마토소스를 꺼림칙해 할 수가 있지?

내가 만든 거지만 맛있었다. 어제 크리스틴에게 그렇게 쏘아붙이고 돌아와서 국수를 넣어 토마토 스파게티를 해 먹었는데 아주 끝내줬다.

이런 맛있는 걸 거부하다니, 너네가 불쌍하다. 그런 생각을 하고 있을 때였다. 제일 먼저 냄새를 맡고 들어온 손님이 내게 물었다.

"그런데 어서, 여기에 테이블을 둘 생각은 없어?"

"테이블을요? 여기에? 에이, 누가 빵을 먹고 가요."

내가 살던 곳이라면 모르지만 여기는 가게에서 빵을 먹고 가는 사람은 없다. 빵이 주식이라 집에 가져가서 먹기 때문이다. 하지만 손님의 생각은 다른 모양이었다.

"하지만 샌드위치를 만들어서 판다며? 앉아서 먹고 갈 사람도 있지 않을까?"

그럼 음료도 팔아야 하는데? 난 거기까지는 손대고 싶지 않다. 자리도 부족하고. 거절하려는데 어느새 가게 안으로 들어온 아이린 아주머니가 물었다.

"에버딘, 뭐 도와줄 거 있어?"

요즘 자주 오시네. 원래도 이런저런 이야기를 하러 오긴 했지만 그건 대부분 내가 가게 문을 닫아 두고 빵을 반죽할 때였다.

지금은 장사가 잘되기도 하고 도리스도 있어서 가게를 항상 열어둔다고는 해도 평소보다 찾아오는 빈도수가 늘었다는 생각이 들었다.

설마 아이린 아주머니의 술집이 잘 안 되나? 낮에는 그녀의 술집에 손님이 거의 없긴 했다. 하지만 그건 낮이라 그런 거 아니었나?

생각해 보면 밤이면 나는 피곤해서 자느라 바빴다. 아, 잠깐. 방금 가슴 쪽이 따끔했어.

나는 깜짝 놀라서 아래를 쳐다보고 거기 떨어진 내 양심을 발견했다. 세상에, 나한테 양심이 있었네? 태어날 때 엄마 뱃속에서 떼어 놓고 온 줄 알았는데.

"괜찮으시면 도리스가 다 끝났는지 봐주실래요?"

나는 오늘 저녁때 아이린 아주머니와 이야기를 해 봐야겠다고 생각하며 부탁했다. 장사가 안되는 건 내가 어떻게 할 수 있는 문제가 아니지만 이야기 정도는 할 수 있지 않을까.

때마침 토마토소스의 냄새를 맡은 손님이 들어온 덕분에 토스트 주문이 늘었다.

"도리스, 토스트 하나 더!"

그렇게 외치며 아이린 아주머니가 주방으로 들어가는 것과 동시에 또 다른 손님이 들어왔다.

"어서 오세요."

딸랑하는 소리와 함께 반사적으로 인사를 하며 고개를 든 나는 예상하지 못한 손님의 존재에 놀라 미간을 찡그렸다.

"매번 그런 표정으로 손님을 맞나?"

선이었다. 얜 또 왜 여기서 나와. 아니, 아니지. 여긴 내 가게고 저 문은 손님용이니까 손님이라면 얼마든지 맞이할 수 있다.

나는 다른 손님들의 시선을 의식해서 공손하게 말했다.

"특별 서비스라고 생각해."

"그건 영광인데요."

응? 선의 뒤에 가려져서 그에게 일행이 있는 줄 몰랐다. 나는 선의 뒤에서 얼굴을 내미는 여자를 발견하고 저도 모르게 외쳤다.

"브룩 경?"

"절 기억하고 계시다니, 영광입니다."

제랄딘은 사람 좋은 미소를 지으며 내 손을 잡더니 손등에 입을 맞췄다. 세상에!

이런 인사는 내가 살던 곳은 물론 여기서도 처음 받아 본다. 내가 입을 딱 벌리자 제랄딘이 왜 그러냐는 표정을 지어 보였다.

"어, 두 분이 여긴 무슨 일이시죠?"

나는 다른 손님들을 의식하며 물었다. 사람들은 제랄딘과 선을 보고 서로에게 눈짓하고 있었다. 이 두 사람, 혹시 유명한가?

그럴 수 있다. 수잔은 귀족 사교계 가십을 이야기하는 것을 즐겼었다. 그런 것만 나오는 신문인가 잡지인가도 있다고 들었다.

"어서, 이분들하고 알아?"

가까이에 서 있던 손님이 내게 놀랍다는 듯 물었다. 나는 뭐라고 말해야 할지 몰라서 눈알을 굴리며 얼버무렸다.

"어, 네. 어떻게 하다 보니, 가족이 알아서⋯⋯."

거짓말은 아니다. 에버딘의 아버지와 선이 마틴과 날 결혼시키려 한 거잖아?

"와 너도 가족 중에 귀족이 있구나?"

웅? 사람들의 반응은 전혀 다르게 나타났다. 나는 가족 중에 귀족이 있다는 말에 깜짝 놀라서 손님들을 쳐다봤다. 가게에 꽤 자주 오는 손님이다.

한 명은 매일 밤 식빵을 하나씩 사 가는 손님이고 한 명은 매일 식빵과 밤 식빵을 하나씩 사 가던 손님이었다.

이름이 뭐였지? 앨렌이었나? 앨렌은 재미있다는 표정으로 다른 손님을 쳐다보며 속삭였지만, 생각보다 목소리가 커서 다 들렸다.

"저쪽 거리에 있는 잡화점 말이야. 거기도 자기 친척이 귀족이라고 그렇게 자랑하던데 물어보니까 당숙이 귀족이더라고."

"에이, 당숙이 귀족이면 가깝네. 나 아는 사람은 사촌의 사돈이 귀족이라고 자랑하던데?"

허허. 나는 어이가 없어서 웃다가 선과 제랄딘을 쳐다봤다. 두 사람은 관심이 없는 표정이었다. 이 두 사람 앞에서 귀족과 친척이라는 이유로 자랑하는 사람들 이야기를 듣고 있자니 내가 괜히 부끄럽다.

하지만 이걸로 좋은 걸 알았다. 의외로 먼 친척 중에 귀족이 있는 사람이 많다는 것과 그걸 자랑으로 삼는다는 거. 나는 손님의 이야기가 더 깊어지기 전에 제랄딘과 선의 손을 잡고 안쪽 문을 통해 복도로 나왔다.

"무슨 일이에요?"

그것도 둘이 같이. 설마 브룩 백작가에서 열린 무도회에서 내가 허바드 백작과 다툰 거로 항의하러 온 건 아니겠지. 살짝 긴장하는데 제랄딘의 시선이 아래를 향했다.

"아, 미안해요."

여전히 내 손이 제랄딘의 손을 잡고 있었다. 그리고 션의 손도. 내가 재빨리 손을 떼면서 제랄딘이 끼고 있던 장갑이 실짝 빗겨졌다.

멍들었나? 나는 장갑 안쪽에서 힐끔 보이는 자주색 피부를 보고 아팠냐고 물어보려고 고개를 들었다. 하지만 제랄딘이 먼저 장갑을 잡아당기며 아무렇지 않은 척 말했다.

"괜찮습니다. 우리 집에서 열린 무도회에서 불쾌한 경험을 하신 것 같아서 사과를 하러 왔습니다."

"불쾌한 경험이요?"

내가? 브룩 백작가의 무도회에서? 설마 허바드 백작과 다툰 걸 말하는 건가? 하지만 그건 허바드 백작과 미리 입을 맞춘 거고 제랄딘에게도 그 뉘앙스를 풍겼다고 생각했는데.

어리둥절해 하는 내게 제랄딘이 설명했다.

"그건 핑계고, 사실은 티파티에 초대하려고요."

"아하. 사과의 표시로 티파티에 초대하는 거군요?"

"그렇죠."

제랄딘이 정답이라는 듯 손뼉을 치며 고개를 끄덕였다. 재미있겠다. 귀족들의 티파티라니. 분명 맛있는 게 잔뜩 나오겠지?

가고 싶다는 생각이 제일 먼저 들었지만 갈 수 있는지 모르겠다. 일단 옷도 문제지만 가게를 비울 수가 없거든. 티파티가 무도회처럼 저녁 식사 후에 열리지는 않을 거 아냐.

"아, 그런데 미안해요. 못 가겠네요."

"혹시 저 때문에 기분이 상해서 그런 거라면……."

"아뇨, 아니에요."

내가 왜 본인 때문에 기분이 상했다고 생각하는지 모르겠네. 나는 두 손을 들어 흔들었다. 누구 때문이 아니다.

"가게 때문에요. 한두 시간 정도면 몰라도 그렇게 오래 비워 둘 수는 없거든요."

"하지만 무도회는……."

"그건 저녁 식사 후였잖아요."

가게는 늦어도 여덟 시면 문을 닫는다. 그 이후라면 어떻게 될지 몰라도 그전에는 오래 자리를 비울 수가 없다. 내 설명에 제랄딘이 안타깝다는 표정으로 선을 쳐다봤다.

그는 어쩐지 기분 좋아 보였다. 내가 제랄딘의 티파티를 거절했는데 왜 얘가 좋아하는지 모르겠네. 나는 벽에 삐딱하게 기대어 선선을 보고 물었다.

"당신은 왜 왔어?"

고작 티파티 초대라면 제랄딘 혼자 와도 됐을 거다. 아니, 브룩 백작가의 하인을 보냈어도 됐을 거다. 내 질문에 제랄딘이 대꾸했다.

"사실은 어서 저택에 편지를 보냈는데 사람이 없어서요."

맞다. 어서 남작의 저택은 지금 텅 비어 있다. 일하는 사람들은 휴가를 갔다고 들었다. 에버딘의 부모님이 여행을 떠나면서 일하는 사람들에게도 장기 휴가를 줬다고.

내 연락처를 알 수 없으니 선에게 연락한 모양이다. 나를 무도회에 데려간 게 그니까 당연한 일이었다.

"네. 지금은 여기 살아요."

나는 두 사람에게서 약간 떨어지며 대꾸했다. 그렇지 않아도 큰 선 때문에 복도가 꽉 찬 것처럼 느껴지는데 거기에 제랄딘까지 합세하자 숨이 막히는 것 같다.

내가 물러나자 두 사람 역시 서로에게서 떨어졌다. 자기들끼리도 좁은 복도에 복닥복닥하게 붙어 있는 게 불편했던 모양이다.

"아네트도 오는데요."

제랄딘이 불쑥 말했다. 그런데? 티파티에 아네트도 오니까 오라는 말인가 보다. 근데 그게 나랑 무슨 상관이야? 나는 가슴 앞으로 팔짱을 낀 채 어깨를 으쓱하며 물었다.

"아네트는 가게를 안 하니까 참석이 가능한가 보죠."

나는 장사를 하니까 못 가는 거고. 그때 주방에서 아이린 아주머니가 도리스가 만든 계란 토스트를 포장해서 가지고 나왔다. 아차. 나는 그녀가 지나갈 수 있도록 자리를 옮겨 줬었고 아이린 아주머니는 선과 제랄딘을 보더니 눈을 휘둥그레 뜨고 나를 쳐다봤다.

"에버딘, 뭐 도와줄 거 있어?"

아까 가게로 들어올 때도 그 이야기를 하시더니. 나는 피식 웃으며 말했다.

"괜찮아요. 잠깐 이야기하는 거뿐이에요."

그러고 보니 손님들에게 아무것도 안 내줬다. 나는 하는 수 없이 다시 걸음을 옮겨 안쪽 방으로 들어갔다.

"이쪽으로 오세요."

여기는 뭐로 썼던 곳인지 모르겠다. 이런저런 잡다한 게 어질러져 있었다. 커다란 식탁도 하나 있고 소파도 있다. 나는 두 사람에게 아무 곳에나 앉으라고 하고 주방으로 달려갔다.

"뭐 찾아요?"

느긋하게 불 앞에서 프라이팬을 보고 있던 도리스가 물었다. 아까 아이린 아주머니가 토스트 가지고 나가던데? 주문은 다 나간 거 아니었나?

나는 찬장을 뒤져 찻잔을 꺼내며 물었다.

"손님이 와서요. 왜 아직도 불 앞에 있어요?"

"추가 주문이 들어왔거든요."

그 정도로 인기가 있었어? 나는 열린 창문으로 밖을 내다보려고 애썼다. 하지만 조리대 때문에 보이지가 않는다. 아오, 키가 조금만 더 컸다면 좋았을 텐데.

이 순간만큼은 선이 부러웠다. 아니, 잠깐. 생각해 보면 이 순간이 아니라 늘 부럽네. 돈 많고, 공작이고…… 또 잘생겼잖아.

나는 냄새를 풍기기 위해 창문 쪽으로 토마토소스 위로 부채질을 하며 물었다.

"추가 주문이 많이 들어왔어요?"

"아까 주문한 손님이 이번에는 토마토소스를 발라 달래요. 그리고 다른 손님들이 주문해서 토마토소스 바른 거 두 개, 안 바른 거 한 개예요."

어어, 토마토소스까지? 이미 도리스는 찬장의 남은 프라이팬까지 꺼내서 토스트를 만들고 있었다. 차를 우릴 때가 아니네.

나는 토마토소스가 담긴 냄비를 들어 구운 빵 위에 발랐다. 그리고 도리스가 오믈렛을 완성하자마자 옮겨 담고 그 위에 마요네즈를 바른 뒤 다시 구운 빵 한 쪽을 덮어 완성했다.

두 사람이 합세하자 일은 금세 끝났다. 포장용 종이까지 꺼내 착착 포장까지 했을 때 아이린 아주머니가 도와주러 주방으로 들어왔다가 받아 가며 말했다.

"토마토 바른 거 하나 더 있어."

아이고, 세상에. 내가 황당하다는 표정을 짓자 도리스가 웃음을 터트렸다. 그녀는 금세 프라이팬에 계란물을 부어 익히며 말했다.

"잘 팔리니까 놀랐어요?"

"다들 토마토는 거부했잖아요."

토마토라는 말에 표정을 구기던 수잔의 얼굴이 떠올랐다. 그런데 이렇게 태도를 바꿀 줄이야. 내가 구운 빵 위에 다시 토마토소스를 바르려 하자 도리스가 웃으며 말했다.

"익힌 토마토는 괜찮을 거 같거든요."

그러고 보니 할머니도 쉴 것 같은 국이나 찌개가 있으면 팔팔 끓이면 된다고 하셨었지. 나는 피식 웃으며 빵에 토마토소스를 바르고 다른 쪽에는 마요네즈를 발랐다.

다시 오믈렛을 하나 완성한 도리스가 빵 위에 오믈렛을 얹으며
물었다.

"그런데, 찻잔은 왜 꺼내 놨어요?"

"아차!"

손님이 있었지. 나는 재빨리 찻주전자에 찻잎을 넣고 따듯한 물
을 부었다. 그것을 본 도리스가 눈을 동그랗게 뜨고 물었다.

"손님이 왔어요?"

"어, 네. 내 개인 손님이에요."

"가족이요?"

"가족 친구에 가깝죠. 먼저 갈게요."

"이 층에 있어요?"

왜 이렇게 꼬치꼬치 캐묻지? 이상했지만 그럴 때가 아니었다. 나
는 바로 옆에 있다는 말과 함께 쟁반에 찻주전자와 찻잔을 쌓아 올
렸다.

선과 제랄딘은 아무 데도 앉지 않고 서로 멀찌감치 떨어져 있었
다. 뭐야, 안 친한가? 같이 왔는데? 머릿속에 의문이 들었지만 나는
모른 척하고 차를 내려놓으며 말했다.

"미안해요. 차를 내오는 게 늦었네요."

"괜찮은데."

그렇게 말하면서도 제랄딘은 내가 내미는 찻잔을 받아 들었다.
선은 약간 떨떠름한 표정이었다. 왜 저래? 나는 그에게도 찻잔을 건
네며 물었다.

"왜?"

"아니. 아무것도."

별거 아니라는 듯 입을 뗀 그는 나를 물끄러미 쳐다보더니 아주 잠깐 못마땅하다는 표정으로 제랄딘을 쳐다봤다. 그리고 찻잔을 들어 올렸다.

"콜록, 콜록, 콜록!"

그 순간, 제랄딘이 기침을 내뱉었다. 나는 깜짝 놀라서 그녀를 쳐다봤다.

"괜찮아요?"

"아니, 네, 괜찮……."

사레라도 들렸나? 걱정스러운 마음에 손수건을 건네려는데 이번에는 선이 기침을 내뱉었다.

"콜록, 콜록……."

오늘 단체로 왜 이래? 나는 깜짝 놀라서 이미 손수건을 꺼낸 제랄딘 대신 선에게 내 손수건을 내밀었다. 그는 반사적으로 내 손수건을 받아 들고 입을 가리더니 나를 힐끔 쳐다보았다. 그리고 짜증난다는 표정으로 제랄딘을 쳐다보더니 다시 받은기침을 내뱉었다.

"괜찮아?"

별로 예쁜 놈은 아니지만 갑자기 기침을 하니까 걱정되긴 한다. 이 방도 한 번 청소를 하긴 했는데. 설마 먼지가 있나?

제 발이 저려서 식탁을 손바닥으로 쓸어 봤지만 다행히 먼지 같은 건 묻어 나오지 않았다.

사람을 따로 안 써도 청소는 꼭 하고 있었다. 주방에서 빵을 구워서 가게로 쓰는 홀 쪽으로 가져가는데 혹시라도 이 방에서 나온 먼지가 묻으면 안 되기 때문이다.

"차를, 좀 진하게 내리시는군요."

그때 제랄딘이 손수건을 품에 넣으며 말했다. 그런가? 나는 찻잔을 들어 올리며 고개를 갸웃했다. 원래 홍차는 풀 맛이 나는 거 아닌가? 좀 떫고.

"실례합니다."

그때 도리스가 쟁반을 들고 나타났다. 어라? 내가 놀라서 자리에서 벌떡 일어나자 그녀가 괜찮다는 듯 웃으며 말했다.

"따듯한 샌드위치를 가져왔어요. 드셔 보세요."

따듯한 샌드위치가 우리 가게에 있었어? 어리둥절한 내 앞에 도리스가 내놓은 것은 접시에 얹은 길거리 토스트였다.

따듯한 샌드위치라니, 확실히 틀린 말은 아니다. 빵 사이에 이것저것 넣은 거니까.

"따듯한 샌드위치?"

선과 제랄딘은 따듯한 샌드위치라는 말에 흥미를 나타내고 있었다. 두 사람은 도리스가 가져온 냅킨에 손을 닦더니 사 등분으로 자른 토스트를 한 조각 집어 들었다.

"이쪽은 토마토소스를 바른 거예요."

친절하게 설명하지 한 도리스는 맛있게 드시라는 인사와 함께 물러났다. 내가 손님과 어디서 이야기하는지 꼬치꼬치 캐물은 이유가 이거였던 모양이다. 토스트를 가져다주려고.

"토마토?"

토마토소스를 바르지 않은 토스트를 입에 넣던 제랄딘이 놀랍다

는 표정으로 물었다. 대놓고 싫어하는 건 예의가 아니지만 거부감
은 느껴진다는 그 표정에 나는 웃으며 설명해 주었다.

"잘 익은 토마토는 독성이 없어요. 맛있기도 하고요."

걱정된다면 내가 먼저 먹어 볼 수도 있다. 나는 두 사람 앞에서
사 등분 된 토스트의 한 조각을 집어 안에 토마토소스를 바른 것을
확인시켜 주었다. 그리고 입 안에 넣고 꼭꼭 씹어 먹기 시작했다.

"맛있네."

마요네즈만 바른 토스트를 먹은 제랄딘은 그렇게 말하며 토마토
소스를 바른 토스트를 쳐다봤다. 먹어 볼지 말지 갈등하는 그녀의
옆에서 의외로 션이 먼저 손을 내밀었다.

"괜찮죠? 오늘부터 팔기 시작했어요."

나는 두 사람의 반응을 살피며 그렇게 말했다. 둘 다 반응이 나
쁘지 않았다. 제랄딘은 토마토소스를 바른 토스트 한 조각을 집어
들었고 션은 어느새 자기 앞에 놓인 접시를 깨끗이 비우고 있었다.

"파는 거라고요?"

"네. 식빵을 팔고 있으니까 같이 샌드위치를 만들어서 팔면 어떨
까 싶었거든요."

내 설명에 션이 관심을 보이는 게 보였다. 왜 저러지? 그는 마지
막 남은 토마토소스를 바른 토스트를 집어 들며 말했다.

"조만간 연회를 열건데."

연회? 무슨 연회? 어리둥절해 하는 내게 그가 계속해서 말을 이
었다.

"이걸 주문하고 싶어."

"어, 계란 토스트를?"

이걸?

나는 어이가 없어서 도리스가 내 몫으로 가져온 토스트를 쳐다봤다. 이거 이름이 뭔지 알아? 길거리 토스트다. 그걸 연회에 내놓겠다고?

하지만 다음 순간, 나는 선이 자기 몫의 토스트와 토마토소스를 바른 토스트를 전부 먹어 치운 것을 깨달았다. 제랄딘 역시 마찬가지였다. 그녀도 자기 몫의 토스트는 다 먹은 뒤였다.

안 될 거 뭐 있어? 머릿속의 나쁜 내가 속삭였다. 동시에 착한 내가 그래도 이건 길거리 토스트라고 외치고 있었지만 나는 늘 그렇듯 나쁜 내 목소리에 귀를 기울이기로 결심했다.

"좋아."

정 양심에 걸리면 햄 한 조각씩 끼워 넣으면 되지 않을까. 그리고 치즈도.

"필요한 경비는 청구해."

선은 어딘지 모르게 만족스러운 표정으로 말했다. 경비라. 안 그래도 고민이긴 했다. 계란을 구울 때 모양을 고정할 수 있도록 네모난 틀을 만들까 말까 하고.

경비를 전부 웨스트 공작이 지불해 준다면 그것도 주문할 수 있을 거다.

"토마토소스 바른 거로 준비할까, 안 바른 거로 준비할까?"

감사합니다. 고객님. 나는 두 손을 모으며 물었다. 원하는 건 뭐든 해 줄 수 있다. 토스트 안에 토마토소스가 아니라 케첩을 발라 달라고 해도 케첩을 만들어 낼 생각이었다.

"둘 다."

선은 씩 웃으며 시원하게 말한 순간 제랄딘이 우리 사이에 훅 끼어들며 외쳤다.

"나랑도 계약해요."

"뭐, 뭐요?"

뭘 어쩌자고? 느닷없는 제안에 나는 깜짝 놀라서 몸을 뒤로 뺐다. 그러자 제랄딘이 고개를 저으며 다시 말했다.

"그러니까, 티파티에 이걸 내놓고 싶어요. 주문할게요."

"어⋯⋯."

진짜? 나는 다시 한 번 텅 빈 두 사람의 접시를 쳐다봤다. 이게 그렇게 맛있었나?

그러다가 나는 선과 제랄딘 둘 다 한 조각 먹은 내 접시를 쳐다보고 있다는 것을 깨달았다.

에라, 모르겠다.

"이것도 먹을래요?"

토스트를 나눠 주며 나는 어이가 없어서 피식 웃었다. 얘네가 내가 살던 곳에 가면 아주 기절하겠는데?

*　　　*　　　*

"대량 주문?"

"귀족가에서?"

어서 사장을 찾아온 귀족처럼 보이는 두 손님이 떠나자 도리스
와 아이린은 손님이 없는 틈을 타서 무슨 일이냐고 에버딘을 채근
했다. 그러자 에버딘의 입에서 나온 이야기는 반가운 이야기였다.

"웨스트 공작가의 연회와 브룩 백작가의 티파티예요."

시간상으로는 브룩 백작가의 티파티가 더 빠르다. 앞으로 삼 일
뒤기 때문이다. 거기에 달걀 토스트를 대량으로 납품하기로 했다
는 설명에 아이린과 도리스의 시선이 부딪쳤다.

"잘됐어요!"

"세상에!"

"들어가는 비용까지 전부 지불해 준다니까 도구도 만들까 해요."

점점 더 반가운 소리가 에버딘의 입에서 흘러나왔다. 도구까지?
그렇지 않아도 도리스는 프라이팬이 부족하다고 생각하던 참이었
다.

이 가게는 식당이 아니라 빵집이다. 빵틀은 있지만 프라이팬은
에버딘이 식사용으로 사용하는 것밖에 없었다.

물론 에버딘이 생각하는 건 그냥 프라이팬이 아니었다. 그녀는
한꺼번에 여러 장의 계란과 빵을 구울 수 있는 긴 요리용 철판을 떠
올리고 있었다. 그런 걸 만들면 토스트를 만드는 게 더 편하지 않을
까.

그리고 계란을 고정하기 위한 틀도 필요하다. 에버딘은 도리스
의 손을 잡은 채 아이린을 쳐다보며 물었다.

"지금 데이브 아저씨 가게가 문을 열었을까요?"

어차피 요리 도구를 만들어야 한다면 이 거리의 대장간에 주문

하고 싶다는 게 에버딘의 생각이었다. 딱히 거리를 위해서라기보다는 거리의 매출을 올리라는 웨스트 공작의 거래 때문이기도 했다.

하지만 아이린은 에버딘이 데이브를 위해 그에게 주문을 넣는다고 생각했다. 착하기도 하지. 그녀는 나는 듯한 걸음으로 가게 밖으로 뛰어나가며 소리쳤다.

"안 열었던데. 내가 한번 들여다보고 올게!"

대체 가게를 언제 여는 걸까. 에버딘은 밖으로 나가는 아이린을 쳐다보며 의문을 품었다. 대장간을 한다고 하던데 그녀는 데이브의 대장간에 가 본 적이 한 번도 없었다.

그건 생각보다 훨씬 놀라운 일이다. 에버딘은 이 거리에 살고 있고 대장간 역시 이 거리에 있기 때문이다.

매일 아침에 가게 앞에 나와서 청소를 하다 보면 이 거리에 있는 모든 가게를 보게 된다. 항상 같은 시간에 문을 여는 아이린의 술집과 수잔의 꽃집, 에버딘의 빵집과 크리스틴의 의상실을 제외하면 이 거리에서 제대로 문을 여는 가게는 단 한 곳도 없었다.

그중에서도 데이브의 대장간은 에버딘이 빵집을 시작하고 여는 걸 본 게 손가락을 꼽을 정도였다.

가끔 그가 술에 취해서 거리를 휘적휘적 걸어가는 걸 보면 이 거리에 살기는 하는 모양인데. 거기까지 생각한 에버딘은 머리를 흔들어 데이브 생각을 털어 냈다.

만약 데이브가 못한다면 다른 대장간에 맡기면 된다. 브룩 백작가의 티파티는 앞으로 삼 일 뒤. 이틀 안에 틀을 완성해야 하기 때문에 데이브가 할 수 있는지 빨리 확인해야 한다. 그래야 데이브가 못한다면 다른 가게에 맡길 수 있으니까.

"어떻게 하는 게 좋을까요? 여기서 만들어서 가져가는 게 나을까요, 재료만 준비해서 거기서 만드는 게 좋을까요?"

에버딘은 다시 도리스를 돌아보며 질문을 던졌다. 여기서 만들어서 가져가면 이 가게의 주방을 사용해야 하니까 마음이 편하기는 할 거다.

하지만 만든 걸 티파티가 시작하기 전까지 브룩 백작의 저택으로 가져가야 하는 게 번거롭다.

반대로 브룩 백작의 저택에서 만들면 남의 주방에서 일을 해야 하니 주방 구조가 몸에 익지 않고 마음이 불편할 거다. 대신 백작가의 사용인들이 있으니 그들의 도움을 받을 수 있겠지.

"여기서 만들어서 가져가는 게 좋아요."

"어, 그래요?"

도리스의 생각보다 단호한 대답에 에버딘의 움직임이 멈칫했다. 그녀는 이렇게 확고하고 단호한 도리스를 처음 봤다.

처음 사람을 구한다는 말에 여기서 일하고 싶다고 찾아온 도리스는 어딘지 모르게 불안정해 보였고 겁에 질려 있었다. 그런데도 에버딘이 그녀를 고용한 것은 다른 사람들보다 경력이 많았고 괜찮은 추천서를 가지고 왔기 때문이었다.

"거기서 만들면 재료부터 도구까지 전부 드러내는 거잖아요."

"그런데요?"

도통 이유를 모르겠다는 에버딘의 반응에 도리스는 답답해서 가슴을 쳤다. 그녀보다 고작 몇 살 어린 이 젊은 사장님은 듣던 것보다 훨씬 대단한 사람이었다.

경력은 작은 빵집에서 짧게 일을 해 본 게 다였고 자기 가게를 차린 건 이번이 처음이라고 했다. 심지어 이제 고작 두 달째라고.

그런데 그녀의 예상보다 훨씬 부지런하고 성실했다. 에버딘은 매일 아침 다섯 시 반이면 일어나서 미리 만들어 둔 반죽을 확인했다. 그리고 반죽을 성형해서 오븐에 넣은 뒤 점심때 팔 빵을 반죽하고 가게 안팎을 청소했다.

새로 직원을 구하면 직원에게 귀찮은 일을 넘길 만도 한데 에버딘은 그러지 않았다. 도리스가 출근해 보면 이미 아침에 팔 빵은 다 구워서 한 김 식는 중이었고, 에버딘은 그제야 아침 식사를 하고 있었다.

그것뿐만이 아니다. 에버딘이 만들어 내는 요리는 도리스가 보기엔 늘 놀라운 것들이었다. 밤 식빵이나 이번에 고안한, 그녀가 계란 토스트라고 하는 따듯한 샌드위치뿐만이 아니다.

토마토를 뭉근하게 끓여서 소스를 만들어 낸 것도 놀라웠다. 어젯밤에는 에버딘 말대로 그걸 국수와 볶아 먹었는데 굉장히 맛있었다.

그런 사람이 이렇게 순진하다니. 도리스는 답답해서 한마디 하고 싶었지만 하필이면 그때 손님이 들어오는 바람에 할 수가 없었다.

"밤 식빵 하나요."

"네."

에버딘이 재빠르게 나서서 손님이 요구한 밤 식빵을 포장하기 시작했다. 그녀는 포장 종이로 빵을 감싸고 끈으로 솜씨 좋게 묶은 뒤 그것을 손님에게 내밀었다.

그리고 손님이 나가자마자 도리스에게 돌아서서 말했다.

"레시피를 베낄까 봐서요?"

알고 있었어? 도리스는 자기를 놀린 거냐는 표정을 지었다. 하지만 에버딘은 놀린 것도, 모른 척한 것도 아니었다.

그녀는 그 부분에 관해서는 할 말이 없기 때문이다.

밤 식빵도, 계란 토스트도, 토마토소스도 그녀가 만들어 낸 게 아니다. 에버딘이 살던 곳에 원래 있던 음식이었다. 그게 이 나라에는 아직 없었을 뿐이다.

뭐라고 말해야 할지 망설이던 에버딘은 문득 떠오른 생각에 도리스에게 질문을 던졌다.

"혹시 그래서 내 손님들에게 토스트를 내온 거예요?"

다른 것도 아니고 오늘 팔기 시작한 걸 에버딘의 손님에게 내온 게 단순한 친절이나 예의는 아니었던 거다. 물론 그걸로 대량 주문이 두 건이나 들어올 줄은 몰랐지만 도리스는 에버딘이 만든 토스트를 최대한 빨리, 그리고 넓게 사람들에게 알려지길 바랐다.

"대량 주문까지 기대한 건 아니지만요."

"그럼요?"

"그 사람들, 귀족이죠?"

도리스는 선과 제랄딘을 보자마자 바로 귀족인 걸 알아차렸다. 사실, 그걸 알아차리지 못하는 게 더 어려울 정도다.

웨스트 공작과 브룩 경은 척 보기에도 귀족이었다. 깔끔하게 정리된 피부와 머리카락, 그리고 천부터 고급스러운 옷까지.

그녀가 선 웨스트와 제럴딘 브룩에 대해 알지 못한다고 해도 두 사람이 입은 옷은 하나같이 부유한 티가 났다. 제럴딘의 자수가 빽빽하게 들어간 장갑은 티 하나 없이 깨끗했고 선의 수트는 마치 오늘 처음 맞춘 것처럼 그의 몸에 완벽하게 맞아떨어졌다.

그 무서운 눈만 아니라면.

붉은 눈은 모를 수가 없다. 저런 붉은 눈을 가진 건 이 나라에 많아 봐야 딱 세 명뿐이다. 선대 웨스트 공작과 현 웨스트 공작, 그리고 그 후계자.

그 눈은 피를 부른다는 말이 있다. 그리고 실제로 그들은 하나같이 인간이 아닌 것 같은 이야기를 남겼다. 지금은 사망한 선대 웨스트 공작 역시 키가 삼 층 높이였으며 일 미터짜리 검을 휘둘렀다는 말이 있다. 웨스트햄튼에 가득한 몬스터를 혼자서 전부 도륙했는데 그 기간 동안 공작의 몸에 밴 피 냄새가 죽을 때까지 가시지 않았다는 소문이 있다.

지금 웨스트 공작인 선 웨스트 공작 역시 약간 덜할 뿐이지 무서운 이야기를 가지고 있었다. 예를 들면 작년에 세느랄로 여행을 떠난 그를 산적이 공격했는데 일행을 정신을 차리고 보니 공작의 주변에 스무 구가 넘는 시체가 굴러다니고 있었다고 한다.

그런 이야기가 웨스트 공작에게만 이어지는 붉은 눈과 맞물려 있었다.

도리스가 선의 붉은 눈을 떠올리고 몸을 부르르 떠는 사이 에버딘은 전혀 다르게 그를 떠올리며 대답했다.

"그렇죠."

에버딘의 눈에 션은 평소에도 늘 잘생겼지만 오늘은 특히 더 잘생겨 보였다. 물론 대량 주문 덕분이다. 그가 먼저 연회에 주문하고 싶다고 한 덕에 제랄딘도 질세라 주문한 거 아니겠는가.

"귀족과 아는 사이가 되면 좀 편해지거든요."

도리스는 마치 비밀을 이야기하듯 주변을 살핀 뒤 목소리를 낮춰 말했다.

몇몇 특수한 사례를 제외하면 유행은 위에서 아래로 흐른다. 귀족 사교계에서 유행한 드레스가 서민들에게도 유행하는 것처럼 음식도 그랬다.

귀족들이 티파티나 연회에서 먹었다는 음식이 소문을 타면 서민들도 너도나도 먹어 보려 애를 썼다. 제빵 길드의 마스터인 마이크가 몇 년째 길드 마스터 자리를 쥐고 있는 것도 그런 이유였다.

그는 많은 귀족을 알고 있었고 그들을 단골로 오랫동안 거래하고 있었기 때문이다.

"혹시 도리스도 귀족이 싫어요?"

에버딘은 귀족과 알고 지내야 한다고 열심히 설명하는 도리스의 모습에서 크리스틴을 겹쳐 보고 물었다. 그녀도 그랬었다. 귀족과 거래를 터야 한다고.

그래놓고 정작 귀족을 어려워하는 줄은 몰랐지만.

"네? 아뇨. 저도 귀족과 아는 사이였으면 좋았을 거예요."

"어, 그게. 제가 사실은 귀족이거든요."

이번에는 도리스의 눈이 커졌다. 제발 크리스틴처럼 이상하게 굴지만 말아 주라. 에버딘이 속으로 애원하는 순간 도리스가 한숨을 내쉬더니 물었다.

"그런데 왜 여기서 빵집을 하고 있어요?"

"뭐, 여러 가지 사정이 있죠."

에버딘은 간단하게 자신의 상황 일부를 설명했다. 부모에게 빚이 있고 그녀가 그걸 갚아야 한다는 것을. 그 빚은 웨스트 공작에게 진 것이라는 것도.

그 이야기에 도리스의 얼굴에 안됐다는 표정이 떠올랐다. 웨스트 공작이면 아까 본 그 무서운 남자 아닌가. 세상에.

그녀는 다시 에버딘의 손을 잡으며 말했다.

"힘내요, 사장님."

"에버딘이라고 불러요."

"하지만 귀족이라면서요?"

"하지만 여기서 장사를 하고 있죠."

귀족이 별거야? 에버딘의 말에 도리스가 웃음을 터트렸다. 그때, 아이린이 가게 안으로 들어오며 말했다.

"에버딘, 손님이야."

"어서 오세요!"

손님이라는 말에 에버딘과 도리스가 반사적으로 인사를 건넸다. 하지만 그 손님이 아니었다. 에버딘은 아이린 뒤에서 어쩔 줄 몰라 하며 고개를 내민 크리스틴을 보고 눈을 동그랗게 떴고 그것을 본 아이린이 말했다.

"밖에서 얼쩡거리길래 데려왔지."

크리스틴은 에버딘과 이야기를 하고 싶어서 찾아왔지만 용기가 나지 않아서 들어오지 못하고 있었다. 그녀의 눈이 에버딘의 눈과 마주치자 다시 얼굴이 어두워졌다.

"데이브는 조금 있다 오겠대."

아이린은 그렇게 말하며 크리스틴을 에버딘 쪽으로 밀었다. 과연 조금이 조금일지는 그녀도 모르겠다. 데이브는 아이린이 대장간을 한참을 두드리니까 그제야 문을 열어 줬는데 술독에 빠졌다가 나온 것 같은 냄새를 풍기고 있었기 때문이다.

"이야기해 봐."

그렇게 말하며 크리스틴과 에버딘을 복도로 내보내 버린 아이린은 도리스를 쳐다보며 미소를 지었다. 꼭 화해할 필요는 없지만 에버딘과 크리스틴은 이야기를 해야 할 필요가 있다.

"왜 왔어?"

복도에 크리스틴과 단둘이 남자 에버딘은 가슴 앞으로 팔짱을 끼며 싸늘하게 물었다. 그 앞에서 크리스틴은 뭐라고 말해야 할지 몰라 들고 온 꾸러미를 꽉 끌어안았다.

창피해서 죽을 것 같다. 귀족 앞에서 귀족인 줄도 몰라보고 귀족과 거래를 하고 싶다고 이야기한 것부터, 그렇게 도움을 받았는데 귀족이라는 이유만으로 겁을 먹었던 것까지 전부 다.

어제, 잉센 부인이 떠나고 나서 에버딘이 한 말이 크리스틴의 귓가에 맴돌았다. 그녀도 똑같다고 했다. 사람을 계급으로 본다는 점에서.

적어도 잉센 부인은 폴을 믿었다. 하지만 크리스틴은 에버딘을 믿지 않았다.

"미안해."

한참을 머뭇거리던 크리스틴은 가까스로 사과의 말을 뱉어 냈다. 그러자 마치 봇물처럼 하고 싶은 이야기가 흘러나왔다.

"널 안 믿은 건 아니야. 아니, 그게 아니라, 난 귀족이 무서워. 우습지? 귀족과 거래를 하고 싶다고 노래를 불렀는데. 그런데, 너한테 내가 너무 창피한 짓을 해서……."

허둥지둥 터져 나오는 크리스틴의 사과에 냉담하던 에버딘의 표정이 풀어졌다. 어휴, 진짜. 그녀는 한숨을 내쉬고 한 손으로 자신의 이마를 감쌌다.

그녀도 크리스틴이 싫거나 미운 건 아니었다. 그래. 물론 좀 짜증이 나긴 했다. 귀족이라는 이유만으로 꺼리는 태도에 부아가 치밀어 올랐다.

하지만 이런 식으로 어쩔 줄 몰라 하며 횡설수설 사과하길 바란 건 아니었다.

"그만해."

에버딘은 여전히 뭔가를 떠들어 대는 크리스틴의 말을 멈추기 위해 손을 내밀며 말했다. 그러자 사과를 받을 생각이 없다는 태도로 오해한 크리스틴의 얼굴이 일그러졌다.

하지만 그게 아니다. 에버딘은 크리스틴을 안심시키기 위해 재빨리 말했다.

"네가 귀족을 어려워하는 건 알겠어. 커트 씨에게 들었거든."

조디에게 들었다는 말에 크리스틴의 눈이 동그래졌다.

"어, 얼마나?"

"그냥 네가 귀족을 어려워한다고. 그것뿐이야."

정확하게는 무서워 한다가 아니라 얼어붙는 경향이 있다고 했다. 상당히 완곡하게 돌린 표현이었지만 에버딘은 그게 그냥 귀족을 무서워하는 거라고 이해했다.

"나는……."

크리스틴은 망설이다가 입을 열었다.

"고아원에서 자랐거든."

문득 에버딘의 머릿속에 아이린의 이야기가 떠올랐다. 크리스틴은 엘리스 같은 아이들에게 잘해 주는 편이라고 했다. 그리고 불쌍한 애들을 너무 동정하지 않는 법도 잘 안다고 했었다.

그건 크리스틴이 같은 입장이었기 때문에 그랬던 걸까. 에버딘은 새삼스러운 눈길로 크리스틴을 쳐다봤다.

크리스틴은 호리호리한 체형에 갈색 머리를 가진 세련된 미인이다. 잘 관리한 머리카락과 손톱, 피부는 그녀가 과거에 엘리스 같았다고 생각할 수는 없었다.

"고아원에서 좀 내려가면 의상실이 즐비한 거리가 있었어. 지금은 대부분 다른 가게로 바뀌었지만."

어린 크리스틴은 그 거리를 걷는 걸 좋아했다. 가게 안쪽으로 보이는 옷을 구경하는 게 좋았다. 사람들이 철이 없다고, 벌써부터 허세가 들었다고 해도 상관하지 않았다. 때때로 고아원 밖 사람들 외에도 같은 고아원 아이들에게도 고아 주제에 주제도 모른다는 소리를 들었다. 그건 좀 상처받았지만 괜찮았다.

그녀는 좋은 옷을 입고 싶었고 좋은 옷을 만들고 싶었으니까. 의상실로 즐비한 거리를 걸어 다니며, 사람들이 입은 옷을 보면서 어딜 어떻게 수선하면 더 잘 어울릴지 상상하는 것도 좋았다.

크리스틴이 처음으로 일을 한 곳도 의상실이었다. 물론 옷을 만드는 일은 아니었다. 고아원 출신의 보증도, 실력도 없는 소녀에게 옷을 만들게 할 사람은 아무도 없다.

"좋은 분이었어."

고아인 소녀를 청소부로 고용해 준 사장님은 그녀에게 치수를 재고 재단을 하고 가봉하는 것을 차근차근 가르쳐 주었다. 몇 년 뒤, 의상실에서 사람을 쓰는 게 어려워지자 크리스틴이 다른 곳으로 이직할 수 있도록 추천서를 써 준 것도 그녀였다.

"그다음에 빨간 리본으로 갔는데."

거기까지 말한 크리스틴은 크게 심호흡을 했다. 별로 좋은 기억은 아니었다. 물론 배운 게 아무것도 없다면 그건 거짓말일 것이다.

큰 곳에서 일하는 건 거기가 어디라 해도 배울 만한 게 있기 마련이다. 크리스틴은 빨간 리본에서 잃은 것도 많았지만 얻은 것도 많았다.

최신 유행, 세련된 디자인, 귀족들이 뭘 좋아하는지. 그리고 조디를 비롯한 몇몇 친구들까지.

하지만 반대로 귀족들이 무서워졌다. 처음 시작은 그녀의 디자인을 촌스럽다고 지적받았을 때였다. 지금 생각해 보면 그것도 폴의 계략이었는지도 모른다.

"어떤 귀족 부인이 내 디자인이 촌스럽다고 비웃었다더라고."

"네 면전에서?"

"아니, 폴이 이야기해 줬어."

허. 에버딘은 어이가 없어서 물었다.

"넌 그걸 믿었어?"

"그땐."

당연하다. 그때의 크리스틴은 갓 스무 살이 된, 처음으로 큰 의상실에 들어가 모든 게 다 새로운 신입이었다. 그런 그녀에게 유명한 디자이너이자 가장 잘나가는 의상실 사장인 폴의 말은 절대적이었다.

하지만 빨간 리본에 익숙해지고 다들 그녀의 디자인을 칭찬하기 시작할 때쯤 또 다른 사건이 터졌다.

"원래 노란색 드레스였는데 초록색으로 바꿔 달라는 주문이 들어와서 그렇게 바꿔서 만들었거든."

초록색 천을 구하느라 힘들었던 기억이 난다. 크리스틴은 노란색이 더 잘 어울릴 거라 생각했지만 주문한 사람이 초록색을 요구했다는 말에 초록색 드레스를 만들었다.

그리고 손님이 드레스를 확인하러 온 날, 난리가 났다. 그녀는 초록색으로 바꿔 달라고 한 적이 없다는 것이다. 초록색으로 바꿔 달라고 해서 바꿨다는 크리스틴에게 삿대질까지 하면 펄펄 뛰었다.

당장 입어야 하는 드레스인데 크리스틴 때문에 못 입게 되었다는 것이다. 노발대발하는 손님 앞에서 크리스틴은 완전히 얼어붙었다.

"어떻게 됐어?"

에버딘은 저도 모르게 미간을 찡그리며 물었다. 당장 입어야 하는 드레스가 이상하게 만들어졌으니 화가 난 것도 이해는 된다.

"폴이 나서서 수습했어."

새 드레스를 세 벌 만들어 주는 거로 수습했다. 당연히 드레스 세 벌 값은 크리스틴의 급여에서 차감됐다. 그리고 그녀의 급여가 정상화될 때쯤 또 다른 사건이 벌어졌다.

"단골인 손님이 있었거든."

뭐가 이렇게 사건이 많아? 에버딘의 얼굴이 일그러졌다. 하지만 큰 곳일수록 손님도 직원도 많으니 다양한 사건은 쉴 새 없이 터지는 법이다. 이번 사건은 피해자가 크리스틴이 아니었지만 그녀가 바로 곁에서 지켜봤다.

"내 동료를 마음에 들어 해서 쫓아다녔는데……."

"잠깐, 손님이 남자였어?"

크고 유명한 의상실은 나이와 성별을 가리지 않고 손님이 찾아온다. 크리스틴은 고개를 끄덕이고 덧붙였다.

"결혼도 한 사람이었지."

허. 에버딘은 가슴 앞으로 팔짱을 끼고 계속 이야기를 하라고 고개를 끄덕였다. 크리스틴은 한숨을 내쉬며 벽에 기댔다. 그리고 그리 좋지 않은 기억을 끄집어냈다.

"동료는 끝까지 거절했는데, 하루는 퇴근하고 나오는 길에 용병들이 접근했어."

그리고 크리스틴의 동료를 납치하려 했다. 그녀를 쫓아다니던 남자가 시킨 일이었다. 늦은 밤이었고 날붙이가 크리스틴의 몸에 닿았었다. 그 감각이 다시 떠올라서 크리스틴은 두 손을 꼭 잡았다.

그녀가 비명을 지르며 도움을 요청하지 않았다면 그녀의 동료는 분명 납치됐을 것이다.

에버딘은 꾸러미를 끌어안은 크리스틴의 손이 가볍게 떨리는 것을 발견했다. 그녀도 충격적이었을 것이다.

"그런데 이건 내가 너를 믿지 않은 거랑은 다른 이야기지."

그렇게 말하며 크리스틴은 쓰게 웃었다. 지금 에버딘에게 이야기한 것 외에도 자잘한 사건은 많았다. 대부분 자신이 귀족과 얼마나 친분이 있는지 떠들어 대는 사람들이 벌인 사건이었고 그때마다 폴과 빨간 리본 직원들은 어쩔 줄 몰라 했다.

그게 크리스틴의 귀족에 대한 두려움을 키웠다. 만약 귀족 앞에서 그녀가 잘못된 행동을 한다면 어쩌지? 귀족이 그녀를 싫어한다면? 반대로 마음에 들어 한다면?

그녀는 귀족 앞에 서는 것만으로 얼어붙었고 아무 말도 할 수가 없었다.

"그즈음에 폴이 내 디자인을 베낀다는 걸 깨달았어."

처음엔 그래도 폴도 이런저런 변화를 줬다. 하지만 어느 귀족의 승마복은 그녀가 만든 디자인을 그대로 만들었었다.

크리스틴이 어떻게 된 거냐고 묻자 폴은 어차피 귀족 앞에서 이야기도 못 하는 그녀 대신 디자인을 사용해 준 거라고 대꾸했다.

"미친놈이네."

이야기를 들은 에버딘이 어이가 없다는 듯 말했다. 어차피 사용하지 못할 테니 자신이 사용해 주겠다니, 폴의 심장도 어차피 사용하지 않을 테니 에버딘이 뽑아다가 성벽에 걸어 두면 어떨까.

"그래서 여기로 돌아왔어."

거기까지 말한 크리스틴은 한숨을 내쉬었다. 이 거리는 처음 그녀가 옷을 만드는 걸 배운 거리였다. 그녀가 처음 일한 의상실 사장이 문을 닫는다기에 그녀가 인수했다.

그래서였군. 에버딘은 쇠퇴해가는 이 거리에 크리스틴이 의상실을 연 이유를 듣고 고개를 끄덕였다. 그렇지 않아도 이상하게 생각했었다.

이 거리의 가게 중 크리스틴의 의상실만 가장 장사가 잘됐다. 다른 사람들은 몰라도 크리스틴은 당장 가게를 접고 다른데 열어도 충분히 잘 될 것이다.

그런데 굳이 이 거리에 장사를 시작한 게, 그리고 아직까지 남아 있는 게 이상했었다.

"난 이 거리가 좋아."

크리스틴은 그렇게 말하며 희미하게 웃었다. 고아원을 나오고 빨간 리본에 들어가기 전까지 그녀가 살던 곳이다. 그녀가 현실의 벽에 부딪히거나 트라우마를 얻기 전까지 가장 희망찼던 곳이기도 했다.

그래서 거리를 살리겠다는 에버딘의 계획에 동참했다.

그렇군.

물끄러미 크리스틴을 쳐다보던 에버딘을 한숨을 내쉬며 자세를 바로 했다. 그리고 머리를 쓸어 넘기며 말했다.

"마음에 안 들어."

뭐가? 에버딘의 말에 크리스틴은 그게 무슨 소리냐는 표정을 지었다. 에버딘은 눈살을 찌푸리며 말했다.

"빨간 리본 사장 말이야. 역시 마음에 안 들어."

크리스틴의 디자인을 훔친다고 했을 때도 마음에 안 들었지만 그녀의 이야기를 듣자 더 마음에 안 들었다. 크리스틴이 귀족을 무서워하게 된 게 그의 음모 때문일 수도 있다는 생각이 들었다.

"나도 그래."

크리스틴은 에버딘의 말에 웃으며 대꾸했다. 그녀도 폴이 싫다. 하지만 그렇다고 뭘 어쩔 수 있는 게 아니다.

오늘처럼 폴의 흉계에 속아 넘어간 손님을 돌려보내는 것조차 크리스틴은 버거웠다.

"삼 일 뒤에 브룩 백작가에서 티파티를 한대."

에버딘은 그렇게 말하며 빙그레 웃었다. 못 간다고 거절했지만 무리를 해서라도 가는 게 낫겠다는 생각이 들었다.

"네가 만든 드레스를 입고 갈래. 괜찮은 드레스 빌려줘."

그녀는 그렇게 말하며 허리에 손을 얹었다. 사람들의 시선을 잡을 만큼 훌륭한 드레스여야 한다. 어제 잉센 부인 앞에 나섰을 때처럼 적당한 드레스를 하나 빌려 입으면 되지 않을까.

물론 드레스 대여비는 줄 생각이었다.

"뭐?"

에버딘의 말에 멍하니 그녀를 쳐다보던 크리스틴은 그제야 자신의 손에 들린 꾸러미를 떠올렸다. 아, 맞다.

그녀는 부랴부랴 꾸러미를 에버딘에게 내밀며 말했다.

"저기, 이건 사과의 표시로……."

이게 뭔데? 에버딘은 크리스틴이 내민 꾸러미를 받아 들고 끈을 풀었다.

"어?"

드레스였다. 부드러운 천이 손가락에 감겼다가 스르륵 흘러내렸다. 에버딘은 드레스를 펼쳐서 확인했다.

이거 전에 봤는데? 에버딘은 어제 조디의 도움을 받아 드레스를 갈아입으러 올라갔다가 봤던 드레스라는 것을 깨달았다.

그녀가 크리스틴을 쳐다보자 크리스틴이 부끄러워하며 말했다.

"신작이야. 너한테 주려고 만들었어."

어제 에버딘이 한소리 하지 않았어도 주려고 만들고 있었다. 무도회에 입고 간 건 에버딘에게 어울리도록 고치긴 했지만 온전히 에버딘을 위해 만든 드레스는 아니었다.

하지만 이건 에버딘을 생각하며 디자인한 거다.

"미안해, 에버딘."

크리스틴은 에버딘에게 다가오며 다시 사과했다. 모든 귀족이 다 이기적이고 무서운 건 아니라는 걸 에버딘 덕분에 알았다. 여전히 귀족들이 무섭지만 에버딘은 아니었다.

"좋아."

에버딘은 크리스틴의 손을 잡으며 웃었다. 사과받을게. 그녀의 말에 크리스틴의 얼굴에도 드디어 미소가 떠올랐다.

*　　*　　*

제랄딘에게 티파티에 참석하고 싶다고 편지를 보낸 지 삼 일이 지났다. 물론 제랄딘은 내가 편지를 보낸 당일에 바로 언제든지 환영이라는 답장을 보내왔고.

　"고마워. 가게는 조디가 보고 있어?"

　나는 크리스틴의 도움을 받아 드레스를 입으며 물었다. 한 시간쯤 전에 그녀가 와서 지금부터 준비하지 않으면 늦는다고 재촉하지 않았다면 아직도 나는 일 층 주방에 있었을 거다.

　"응. 다음 직장 구하기 전까지 나랑 같이 일하기로 했어."

　조디를 직원으로 고용했다는 말이다. 나쁘지 않지. 대체 어떻게 알았는지 크리스틴의 의상실은 주문이 계속 들어오고 있다.

　어제도 크리스틴의 가게 이 층은 밤늦도록 불이 켜져 있었다.

　"잘됐네."

　나는 진심으로 잘됐다고 생각하며 거울을 돌아봤다. 나한테는 좀 나아졌지만 여전히 크리스틴은 귀족을 어려워한다. 그러니 그녀가 귀족을 상대하는 걸 도와줄 사람이 있어야 할 거다.

　"어때?"

　거울 속 내 모습 뒤로 크리스틴이 다가오며 물었다. 나는 내 모습을 들여다보며 고개를 끄덕였다.

　크리스틴의 드레스는 나한테 기가 막히게 어울렸다. 그러니까 에버딘에게.

　빨간 머리카락과 초록색의 눈동자. 약간 창백한 듯한 에버딘의 안색이 크리스틴이 만들어 준 연두색 드레스 덕분에 확 살아난 것처럼 보였다.

애 진짜 실력 좋네. 왜 그렇게 빨간 리본의 폴이 크리스틴에게 집착했는지 알 것 같다. 나는 그녀가 리본과 핀으로 우아하게 틀어 올린 머리카락을 살짝 만지며 물었다.

"머리카락에서 계란 냄새 안 나겠지?"

방금 전까지 제랄딘이 주문한 달걀 토스트 마흔 명분을 만드느라 주방에 있었더니 손과 얼굴을 닦았음에도 머리카락에서 음식 냄새가 날 것 같아서 걱정이다.

"안 나, 안 나."

크리스틴은 손을 저으며 괜한 걱정 말라는 표정으로 말하더니 금세 아차 하고 놀란 표정을 지었다. 왜 저래? 거울을 통해 그녀를 물끄러미 쳐다보자니 아무래도 귀족에게 이렇게 격의 없이 굴어도 되는지 놀란 모양이다.

곧 나아지겠지. 나는 슬쩍 내 눈치를 살피는 크리스틴을 모르는 척했다. 그녀는 몇 년을 귀족을 무서워하며 살았다. 그게 고작 며칠 만에 뿅하고 괜찮아질 리가 없다.

"이제 가야겠다."

나는 그렇게 말하며 서랍 안에서 작은 주머니를 꺼냈다. 그리고 그게 뭔지 궁금하다는 표정을 짓는 크리스틴에게 말했다.

"아이린에게 주려고."

평소에도 아이린 아주머니는 내 가게를 도와주러 오곤 했다. 그래서 오늘은 아예 수고비를 드리려고 일을 도와 달라고 부탁했다.

아마 지금쯤 마지막 달걀 토스트를 만들고 있지 않을까. 제랄딘이 무려 마흔 명분을 주문한 덕분에 오늘 점심시간 내내 도리스와 아이린 아주머니의 도움을 받아야 했다.

그리고 엘리스도.

"아."

아이린 아주머니에게 수고비를 드리려고 한다는 말에 크리스틴이 고개를 끄덕였다. 그리고 일 층으로 내려가는 내 뒤를 따라오며 속삭였다.

"맞아. 안 그래도 아이린의 가게, 장사가 잘 안 되겠더라."

"요즘 손님이 없지?"

어제 토스트를 만들 밑 준비를 하면서 아이린 아주머니의 술집을 살폈는데 손님이 거의 없었다. 그래도 몇 주 전까지만 해도 그럭저럭 손님이 있었던 것 같은데.

그때 크리스틴이 생각도 못 한 이유를 말했다.

"너랑 수잔이 이 거리에서 건달이랑 용병을 쫓아냈잖아."

"그런데?"

그 덕분에 우리 거리는 훨씬 깨끗하고 조용해졌다. 그도 그럴 것이 그전까지만 해도 밤이면 술 취한 용병들이 시끄럽게 굴었단 말이다. 심지어 어떨 땐 구석에 취해서 노상방뇨를 하거나 토한 흔적도 남아 있었다.

그걸 아이린 아주머니가 전부 깨끗하게 치웠으니 그나마 말이 적게 나왔던 것뿐이다.

게다가 덕분에 수잔의 꽃가게나 내 빵 가게에 손님이 늘었다. 건들거리는 남자들이 사라졌으니 당연한 일이었다.

"아이린의 손님은 대부분 그쪽이었거든."

"어?"

나는 아이린 아주머니의 장사가 안되는, 생각도 못 한 이유에 입을 딱 벌렸다. 생각해 보면 최근 아이린 아주머니는 내 가게의 일을 전보다 훨씬 더 많이 도와줬다. 계란 샌드위치뿐만이 아니다. 신제품을 상의해 주기도 했었다.

단순히 사람이 좋아서라고 생각했는데 그게 아니었던 거다. 술집 손님은 대부분 용병이나 건달들이었고 그들을 나와 수잔이 쫓아냈기 때문에 아이린의 장사가 더 어려워졌다는 거다.

"몰랐구나."

크리스틴이 한숨을 내쉬며 말했다. 전혀 몰랐다. 술집에 손님이 그런 놈들밖에 없었단 말이야? 나는 계단 중간에 멈춰 서서 그녀에게 물었다.

"다른 곳도 그래? 술집 손님은 다 그런 사람들이야?"

"다 그런 건 아닌데, 거의 그렇지."

좀 고급스러운 술집이라면 모르지만 아이린 아주머니의 술집은 아주머니 혼자 하는 저렴한 술집이다. 자연히 손님들도 싸게 취하려는 사람들뿐이라는 설명에 나는 그대로 굳었다.

생각해 보면 내가 이 거리에서 처음 눈을 떴을 때 이 거리는 지금보다 훨씬 더 쇠퇴해 있었다. 내 빵집이 잘 안됐던 것과 같은 이유로 여기까지 술을 마시러 올 사람이 있을 리가 없다.

"세상에. 어떡하지?"

나는 당황해서 크리스틴에게 물었다. 그저 수잔과 내 복수를 하려던 것뿐이었다. 그리고 거리를 좀 안전하게 만들고 싶었던 것뿐이다.

그런데 그게 누군가에게 피해로 돌아가다니.

죄책감에 머릿속이 멍해졌다. 나 때문에 장사를 못 하고 있는데 나를 도와주러 오다니. 아이린 아주머니의 심정이 예상도 되지 않았다.

"어떡하긴 뭘 어떡해."

크리스틴은 어깨를 으쓱하더니 나를 계속 내려가라고 밀며 말했다.

"아이린이 알아서 하겠지. 우리가 할 수 있는 건 없잖아."

그녀의 말이 맞다. 나는 주머니 안을 들여다보고 인상을 썼다. 좀 더 넣을걸. 약간 넉넉하게 넣긴 했다. 그래도 이건 나 때문에 아이린 아주머니의 장사가 잘 안된다는 걸 듣기 전에 넣은 돈이다.

"에버딘, 혹시라도 죄책감에 돈을 더 드릴 생각은 하지 마."

그때 크리스틴이 내게 경고했다. 나도 안다. 나는 한숨을 내쉬며 주머니를 오므렸다. 동정심이 돈을 주는 건 상대방의 자존심을 상하게 하기 딱 좋다. 나도 겪어 봐서 안다.

"엘리스, 어때? 잘 돼가?"

나는 주방으로 들어가며 식탁 앞에 앉아 삶은 옥수수의 알만 빼내는 엘리스에게 물었다. 사십 인분의 달걀 토스트를 만들어야 해서 오늘은 아이린 아주머니 외에도 한 명 더 사람을 쓰기로 했었다.

평소에도 빵집은 나와 도리스 두 명이 일을 한다. 손님을 맞이하는 중간중간 오븐에 넣은 빵을 확인해야 하기 때문이다.

하지만 오늘은 내가 빠지니까 내 몫의 일을 할 아이린 아주머니 외에 자잘한 심부름을 할 사람이 필요했다. 그래서 부른 게 엘리스였다.

그녀는 처음 만났을 때와는 달리 꽤 깨끗해져 있었다. 머리카락과 얼굴은 물론이고 드디어 우드 부부가 옷을 새로 사 줬는지 낡고 해진 옷이 아니라 깨끗한 새 옷을 입고 있었다.

"응, 아니, 네."

게다가 우드 부부가 존댓말도 가르치고 있는지 엘리스는 서툴지만 존댓말도 사용하기 시작했다. 이제야 가르치는 건 좀 늦은 것 같지만 안 가르치는 것보다 낫지.

나는 빙그레 웃으며 엘리스가 포크로 빼낸 옥수수 알을 보다가 깜짝 놀라서 물었다.

"이걸 다 한 거야?"

분명 오늘과 내일 팔 분량의 옥수수만 엘리스 앞에 놓아줬는데 그녀가 골라낸 옥수수 알은 그것보다 훨씬 많았다. 손이 빠르기도 하다.

당황한 내 표정에 엘리스의 얼굴이 확 굳었다. 뭔가 잘못했다고 느낀 모양이다. 그녀는 포크를 재빨리 내려놓더니 고개를 숙였다.

"왜 그래?"

나와 엘리스를 돌아본 아이린 아주머니도 곧 큰 볼에 가득 담긴 옥수수 알을 발견했다. 그녀는 깜짝 놀라더니 우리에게 다가와서 물었다.

"세상에, 이걸 다 했어?"

아이고. 덕분에 엘리스의 고개를 식탁에 닿을 정도로 수그러들었다. 나는 애써 밝은 목소리로 입을 열었다.

"잘했어. 이걸 언제 다 하나 했는데…… 진짜 잘했어."

식탁에 닿을 것처럼 숙였던 엘리스의 고개가 살짝 올라왔다. 여차하면 볶아서 옥수수 차로 마시지 뭐. 그렇게 생각하는데 아이린 아주머니가 인상을 쓰며 물었다.

"이걸 다 언제 쓰려고?"

이런. 가까스로 좀 올라왔다 싶은 엘리스의 고개가 다시 내려갔다. 나는 그녀를 위로하기 위해 식탁에 손을 짚고 쪼그려 앉았다. 그러자 주방 밖에서 크리스틴의 비명이 울려 퍼졌다.

"에버딘!"

지금 드레스 따위가 중요한 게 아니다. 나는 치마에 떨어진 옥수수 껍질이 묻건 말건 신경 쓰지 않고 엘리스에게 말했다.

"괜찮아, 엘리스. 잘했어. 안 그래도 언제 이 많은 걸 다듬을까 걱정했거든. 너 손 진짜 빠르구나. 도움이 됐어."

"하, 하지만……."

몸을 낮춘 덕분에 엘리스의 새빨개진 얼굴이 보였다. 그녀는 어쩔 줄 몰라 하더니 아이린 아주머니의 눈치를 살피며 말했다.

"미, 미안해, 요. 다 하라길래……."

확실히 내가 옷을 갈아입으러 가면서 엘리스의 앞에 오늘내일 사용할 분량의 옥수수를 놓고 다 하라고 시키긴 했다. 나는 상자 안에 쌓인 엄청난 양의 옥수숫대를 보고 아이린을 쳐다봤다.

"둘 곳이 없어서……."

걸리적거리니까 아이린 아주머니가 식탁 위에 남은 옥수수를 전부 올려 둔 모양이다. 그걸 엘리스가 다 하라는 줄 알고 다듬은 거고.

이건 전부 나와 아이린 아주머니의 잘못이다. 일을 시킬 땐 정확하게 시켜야 하는 법이니까. 나는 엘리스의 어깨를 쓸며 말했다.

"뭐가 미안해. 진짜 잘했어. 안 그래도 이거 다 필요했다니까?"

"저, 정말……?"

엘리스의 고개가 아까보다 좀 더 올라갔다. 아이고, 허리야. 나는 덕분에 허리를 펴며 말했다.

"새로운 요리를 만들려고 하고 있었거든. 거기엔 이 옥수수 알이 아주 많이 필요해."

"새로운 요리?"

이번에는 엘리스가 아니라 아이린 아주머니가 흥미를 나타냈다. 아니, 여기서 이러시면 곤란한데요. 나는 엘리스의 기대에 찬 눈동자를 보고 재빨리 머릿속을 더듬어 옥수수 알을 많이 사용하는 레시피를 찾았다.

뭐가 있더라? 옥수수 차?

그때 엄청나게 좋은 생각이 떠올랐다. 아주 가끔 내가 해 먹던 음식이다. 나는 그릇을 가져와서 옥수수 알을 가득 담았다. 그리고 냄비에 차를 마시기 위해 끓여 둔 물을 부으며 말했다.

"지금 보여 줄게."

대충 필요한 재료를 생각해 보니 여기에도 거의 다 있다. 나는 팔팔 끓는 물에 옥수수 알을 우르르 쏟아 넣고 설탕도 두 스푼 집어넣었다. 그리고 옥수수 알을 삶는 사이 양파를 꺼내 다지기 시작했다.

"으아아, 에버딘. 하다못해 앞치마라도 입어!"

양파를 다듬는 사이 견디다 못한 크리스틴이 앞치마를 가지고 달려왔다. 나는 그녀가 내게 앞치마를 걸어 주는 동안 프라이팬에 버터를 한 스푼 넣고 다진 양파를 볶았다.

"여기에 옥수수가 들어가?"

보다 못한 아이린 아주머니가 나 대신 프라이팬을 잡으며 물었다. 약한 불로 볶아야 한다. 나는 고개를 끄덕이는 대신 팔팔 끓은 옥수수 알을 체로 건져 냈다. 그리고 찬장을 뒤져 마요네즈를 꺼냈다.

이건 근처 식료품점에서 사 온 거다. 내가 살던 곳처럼 공장에서 대량으로 만들어져 나오는 건 거의 없고 각 식료품점에서 솜씨 좋은 주인이 직접 만들어서 판다.

그래서 잘 확인하고 사야 한다. 식료품점마다 레시피가 달라서 어디는 이상한 향신료를 넣기도 하거든.

"잠깐만요."

나는 체로 건진 옥수수 알의 물기를 탁탁 턴 뒤 그대로 양파를 볶던 프라이팬에 넣었다. 이미 맛있는 냄새를 내고 있던 프라이팬은 물기를 머금은 재료가 들어가자 치익하는 소리가 울려 퍼졌다.

그 뒤에는 마요네즈다. 나는 옥수수 알이 살짝 노릇해질 때까지 기다렸다가 마요네즈를 듬뿍 집어넣었다.

"이렇게 많이?"

아이린 아주머니는 깜짝 놀라서 그렇게 외치면서도 부지런하게 손을 움직였다. 그녀의 손 아래에서 옥수수와 양파가 마요네즈와 섞여 들어갔다.

"그리고……."

여기에 치즈를 넣어야 한다. 나는 빵에 끼워 먹는 덩어리 치즈를 집어 들었다. 그리고 강판을 올려 그대로 프라이팬 위에 치즈를 갈아 냈다.

"뭐해요?"

요란한 소리가 가게 쪽까지 들렸는지 도리스가 주방 문으로 고개를 내밀었다. 딱 그쯤에 치즈도 녹아서 마요네즈와 섞여 들어간 뒤였다.

"먹어 봐요."

간이 맞나 모르겠네. 나는 요리를 프라이팬째로 식탁 위에 올리며 말했다. 이건 수저로 퍼먹어야 한다. 처음엔 포크로 찍어 먹으려던 네 사람은 내가 수저를 내밀자 머뭇거리며 음식을 입에 가져갔다.

"어?"

"맛있네?"

아이린 아주머니와 도리스의 얼굴 위로 놀랍다는 표정이 떠올랐다. 어때? 나는 내 수저를 꺼내 프라이팬에 덤벼들었다. 치즈가 늘어나는 거였다면 좋았을 텐데. 그게 좀 아쉽다.

"마, 맛있어."

엘리스 역시 눈을 동그랗게 뜨고 감탄하자 나는 빙그레 웃었다. 맛있지? 다행히 맛이 비슷하게 나왔다. 하기야 재료가 비슷하니 당연한 일이겠지만.

"이게 왜 맛있지?"

아이린 아주머니는 놀랍다는 반응이었다. 옥수수 알에 버터, 양
파와 마요네즈. 그리고 치즈까지. 맛이 없을 수가 없는 조합이지만
그녀에게는 너무 간단해서 놀라웠던 모양이다.

"그런데 이걸 어떻게 팔려고?"

그때 크리스틴이 물었다. 여긴 빵집이고 이건 솔직히 말하면 술
안주다. 난 이걸 내가 살던 곳에서 할머니와 맥주 한 캔을 나눠 마
실 때 만들어 먹곤 했다.

할머니가 이런 걸 매일 먹으면 혈관이 막혀서 죽을 거라고 투덜
거리셨지. 나는 그러면 맥주를 끊어야 한다고 받아치곤 했다.

"생각해 봐야지."

나는 애써 할머니 생각을 떨쳐 내며 말했다. 이대로 계속 할머니
생각을 하면 분명 눈물이 나올 테니까.

"빵에 얹어서 팔아도 되고."

고등학생 때 그런 빵을 매점에서 팔았던 기억이 난다. 아니면 소
시지를 넣어서 소시지 빵을 만들어도 괜찮을 거다. 거기까지 생각
한 나는 수저를 내려놓고 아이린 아주머니에게 말했다.

"아, 그리고 아이린, 잠깐 이야기 좀 해요."

"응?"

빵에 얹어서 판다는 말에 식빵을 잘라 위에 콘치즈를 얹고 있던
아이린 아주머니가 나를 돌아보았다. 나는 앞치마를 벗어 의자에
걸어 놓고 복도로 나왔다.

그리고 나를 따라 나온 아이린 아주머니에게 품에서 주머니를 꺼내 내밀었다.

"오늘 도와주셔서 얼마 안 되지만 수고비를 준비했어요."

아이린 아주머니의 얼굴에 깜짝 놀란 표정이 떠올랐다. 그녀는 진짜로 내게 이런 걸 기대하지 않았던 모양이다. 나는 주머니를 받지 않는 그녀를 향해 주머니를 내밀며 말했다.

"죄송해요. 그동안 몇 번이나 도와주셨는데. 생각을 못 했어요."

"아니, 난⋯⋯."

착한 사람이란 아이린 아주머니 같은 사람을 말하는 게 아닐까. 나는 그렇게 생각하며 주머니를 그녀의 손에 억지로 쥐어 주었다.

그러자 아이린 아주머니가 다시 주머니를 내 손에 내밀며 속삭였다.

"사실은 부탁하고 싶은 게 있었어."

"뭔데요?"

아이린 아주머니라면 뭐든 들어줄 수 있다. 그러니까 그녀의 숨겨진 마흔 살 아들과 결혼해 달라는 것만 아니라면 말이다.

"사실은⋯⋯."

거기까지 말한 그녀는 사람들의 눈치를 살피는 것처럼 주방을 쳐다봤다. 크리스틴이 걱정스러운 표정으로 우리를 쳐다보다가 아이린 아주머니의 행동에 재빨리 고개를 돌리는 게 보였다.

"내가 점심 장사를 해 볼까 해."

"술집을요?"

술집이 점심때도 되나? 내가 살던 곳의 술집은 보통 오후 다섯 시쯤 되어야 문을 열었다. 하지만 아이린 아주머니가 생각한 점심 장사는 그런 게 아니었던 모양이다.

"아니, 식당 말이야."

"아, 식당."

그거라면 말이 된다. 그리고 내가 살던 곳에도 그런 가게는 꽤 있었다. 점심은 식당을 하고 저녁은 술을 파는 거다.

어, 생각보다 괜찮은 생각인데? 내가 그렇게 생각한 순간 아이린 아주머니가 다시 목소리를 낮춰서 부탁해 왔다.

"그래서 말인데. 네 달걀 토스트, 나도 팔아도 될까?"

"점심 식사로요?"

"응. 네 가게는 앉아서 먹을 곳이 없으니까……."

앉아서 먹고 가고 싶은 사람이 있다면 그녀의 술집에서 팔고 싶다는 말이다. 괜찮은데? 나는 멍하니 아이린 아주머니를 쳐다봤다.

나는 식탁을 놓을 생각이 없다. 뭐, 언젠가 놓을지도 모르지만 내가 여기서 얼마나 장사를 할지도 모르기 때문에 아직은 놓을 생각이 없었다.

"싫으면……."

내가 한동안 아무 말도 하지 않자 아이린 아주머니는 내가 싫어한다고 생각한 모양이었다. 나는 그녀의 말이 끝나기 전에 재빨리 끼어들었다.

"아뇨, 그게 아니라."

괜찮은 생각이다. 그렇지 않아도 방금 만든 콘치즈는 술안주니까 아이린 아주머니가 필요하다면 사용하라고 할 생각이었다.

"아이린, 저랑 동업하실래요?"

나는 다시 주머니를 아이린 아주머니의 손에 쥐여 주며 말했다.

"방금 만든 요리도 같이 팔면 어때요? 저녁때 술안주로요."

아니면 빵에 얹어서 점심때 토스트와 함께 팔아도 되고. 혹은 둘 다 해도 된다.

아이린 아주머니의 얼굴에 믿을 수 없다는 표정이 떠올랐다. 그녀는 내 손을 잡으며 물었다.

"그래도 돼?"

"그럼요."

어차피 내 가게에서는 저대로는 못 판다. 술안주라면 술집에서 팔아야지. 문득 주방 안에서 크리스틴이 시계를 꺼내 흔드는 게 보였다. 티파티에 갈 시간이라는 뜻이다.

나는 아이린 아주머니의 손을 놓고 한걸음 물러났다. 그리고 크리스틴에게 토스트를 담은 바구니를 받으며 말했다.

"다녀와서 자세히 이야기해요. 어쨌든 저거랑 토스트는 가게에서 파셔도 돼요."

"저 요리 이름이 뭔데?"

그때 가게를 살피러 갔던 도리스가 고개를 내밀고 말했다.

"에버딘, 마차 왔어요."

제랄딘이 마차를 보내 주겠다고 했는데 온 모양이다. 나는 도리스에게 알겠다고 하고 아이린 아주머니에게 말했다.

"글쎄요. 콘치즈라고 할까요?"

너무 단순한 이름이지만 내가 살던 곳에서는 그렇게 불렀다. 나는 엘리스와 크리스틴에게 잘 다녀오겠다고 말하고 가게 밖으로 나왔다. 그러자 도리스가 나를 따라 나와서 말을 걸었다.

"에버딘."

응? 그녀는 마부가 바구니를 마차에 싣는 것을 확인하더니 내게 가까이 와서 속삭였다.

"다녀오면 할 말이 있어요."

"길어요?"

나는 자리로 돌아가는 마부를 보고 물었다. 이 자리에서 하기 힘들 정도로 긴 이야기니까 다녀오면 하겠다고 한 거겠지?

내 생각대로 도리스는 고개를 끄덕이며 말했다.

"네. 그리고 안 좋은 이야기예요."

그렇게 말하는 그녀의 표정은 어딘지 모르게 결의에 찬 것처럼 보였다. 흠. 나는 도리스를 물끄러미 쳐다보다가 고개를 끄덕이고 마차에 올랐다.

무슨 이야기길래 안 좋은 이야기라고 하는 걸까.

머릿속에 안 좋은 상황이 떠올랐다. 에버딘과 예전에 아는 사이였던 건 아니겠지. 그때 에버딘과 원한 관계였다거나.

아니지. 그랬다면 저렇게 성실하고 믿음직스럽게 일을 할 리가 없다. 없나?

생각은 다른 쪽으로 뻗어 나갔다. 최근 납품받는 재료가 좀 비싸졌던데 그거랑 연관이 있는 건 아니겠지. 밤 식빵에 사용할 밤이 비싸졌다. 하지만 그건 이미 예상하고 있던 거다.

밤 식빵이 인기를 얻었으니 다른 가게에서도 따라 할 거라고 생각했다. 자연히 통밤 가격이 올라갈 테고. 거기까지 생각한 나는 한숨을 내쉬며 창틀에 머리를 기대다가 흠칫 놀라서 자세를 바로 했다.

크리스틴이 솜씨를 부려 준 머리인데 브룩 백작가에 도착하기도 전에 망가지면 곤란하다.

"도착했습니다."

도리스가 하겠다는 이야기가 뭔지 이리저리 궁리하다 보니 어느새 마차는 브룩 저택 앞에 도착해 있었다. 전에는 선과 함께 밤에 왔는데 이번엔 낮에 혼자 들어가려니 기분이 좀 이상했다.

"어서 와요, 어서 경."

제랄딘은 잘 차려입고 손님들을 맞이하고 있었다. 오늘도 바지를 입었네. 나는 마부가 토스트가 담긴 바구니를 하인에게 건네는 것을 확인한 뒤 제랄딘에게 다가갔다. 그리고 그녀가 드레스가 아니라 바지를 입은 것을 보고 농담처럼 물었다.

"바지는 어디서 사요?"

제랄딘의 표정이 멈칫했다. 그녀는 자신의 바지를 내려다보더니 곧 나를 쳐다보고 씩 웃으며 말했다.

"원래는 빨간 리본이었는데 바꾸려고요. 추천할 곳 있어요?"

설마 나 때문인가? 나는 아무렇지 않은 척 웃으며 말했다.

"왜 바꾸려고 해요? 유명한 곳인데."

"요새 소문이 안 좋더라고요."

어라. 설마 크리스틴이 당한 일이 소문이 퍼졌나? 그렇게 생각한 순간 제랄딘이 내 뒤를 바라보며 인사를 건넸다.

"어서 와, 아네트. 그리고 웨스트 공작."

아네트? 그리고 보니 제랄딘이 아네트도 온다고 했던 게 생각난다. 걔 외출 금지는 이제 끝났나? 고개를 돌려 보니 선과 함께 계단을 올라오는 아네트가 보였다.

"어서 경."

잘 차려입은 아네트가 내게 점잖게 인사를 건넸다. 이렇게 점잖게 인사할 수도 있는 애였군. 나는 그녀와 똑같이 두 사람에게 인사를 건넸다.

"웨스트 공작님, 그리고 웨스트 양."

선은 내가 이 자리에 있다는 게 좀 놀랍다는 눈치였다. 그는 나를 물끄러미 쳐다보더니 물었다.

"참석하지 않는다고 하지 않았나?"

그랬다. 나는 어깨를 으쓱하며 말했다.

"마음이 바뀌었어."

그러자 그의 눈이 가늘어졌다. 왜? 마음에 안 들어? 사람이 살다 보면 마음이 바뀔 수도 있고 성격이 바뀔 수도 있는 거지.

다행히 선은 더 이상 아무 말도 하지 않았다. 대신 제랄딘이 물었다.

"그런데 웨스트 공작은 여기 무슨 일이야? 내가 초대한 건 아네트뿐인데."

선은 웨스트 공작이고 아네트는 아네트다. 얘네 관계는 대체 뭐지? 나는 제랄딘과 선을 번갈아 쳐다보다가 관심 없다는 표정으로 심드렁한 아네트를 발견했다.

"브룩 경하고 친해?"

내 질문에 아네트가 어깨를 으쓱하며 말했다.

"응. 데뷔탕트 때 나랑 춤춰 주기로 했어."

그게 무슨 말인지 모르겠네. 내가 가만히 있자 아네트는 나를 물 끄러미 보더니 마치 '아 참, 이 여자 기억을 잃었지.'라는 표정으로 한숨을 내쉬었다. 그리고 작은 목소리로 설명했다.

"열일곱 살이 되면 사교계에 들어갈 수 있거든. 열일곱 살 된 귀 족을 소개하는 게 데뷔탕트야."

"거기서 춤을 춰?"

"응. 약혼자랑 추는 게 보통인데 약혼자가 없으면 오라버니나 아 버지와 추거든."

하지만 아네트는 선이라는 오빠가 있잖아? 내가 선을 쳐다보자 아네트가 내 손을 잡으며 말했다.

"작년에 내가 화나서 제랄딘한테 부탁했어."

"왜?"

왜 화났는데? 내 질문에 아네트는 선의 눈치를 보더니 툭 내뱉었 다.

"그건 말 안 할래."

무슨 일인지 알겠다. 뭔가 또 네가 잘못해서 선이 벌을 줬겠지. 나는 한숨을 내쉬고 물었다.

"웨스트 공작과 브룩 경은 친해?"

"오라버니와 제랄딘이? 아닐걸?"

그럼 왜 브룩 백작의 무도회에 참석한 거지? 그리고 선은 왜 제랄딘을 내 가게에 데려온 거고? 어리둥절해 하는데 아네트가 덧붙였다.

"아, 오라버니의 어머니랑 브룩 백작님이랑 아는 사이였대."

그러니까 부모님끼리 아는 사이였다는 말이었다. 그리고 제랄딘과 아네트도 친하게 지내는 모양이고.

그렇다면 선과 제랄딘도 친할 만한데 두 사람은 전혀 친하지 않은 것 같았다. 나는 뻣뻣하게 서서 아네트를 언제쯤 데리러 오면 될지 물어보는 선을 쳐다봤다.

그런데 내가 왜 둘이 친한지 이렇게 궁금해하고 있지? 뒤늦게 정신이 들었다. 한 사람은 공작이고 한 사람은 백작 영애니까 친할 수도 있지.

너무 잘생겨서 그래. 나는 선의 얼굴을 한 번 쳐다보고 논리적인 생각에 고개를 끄덕였다. 저렇게 잘생긴 남자라면 호기심이 생기는 건 당연한 거다.

"그만 들어갈까요?"

티파티가 끝날 때쯤에 하인을 보내 주기로 했는지 제랄딘이 선에게 사람을 보내겠다고 말하고 우리를 향해 돌아서며 말했다. 나는 아네트에게 얌전하게 있으라고 말하는 선을 보고 제랄딘에게 물었다.

"티파티는 여자만 참석할 수 있나 봐요?"

"오, 그건 아니에요."

"그럼 왜 웨스트 양만 초대한 거예요?"

선과 안 친해서? 아니면 초대했는데 선이 거절했나? 이런저런 생각을 하는데 제랄딘이 장난스러운 미소를 지으며 말했다.

"그에게 친절을 베푼 거죠."

"티파티에 초대를 안 한 게요?"

이게 무슨 소린지 모르겠네. 나는 뒤 돌아서서 마차를 향해 걸어가는 션을 돌아보았다. 혹시 티파티 같은 걸 별로 안 좋아하나?

그리고 보니 전에 그에게 들은 이야기가 생각났다. 파트너가 필요한 데 아네트가 함께 갈 수 없는 곳이라면 그냥 안 간다고 했었다.

나는 한동안 걸어가는 션의 끝내주게 멋진 등을 쳐다보다가 그가 마차에 올라타고 나서야 몸을 돌렸다. 그런 나를 제랄딘이 신기하다는 듯 쳐다보고 있다가 안으로 안내해 주었다.

"여러분, 에버딘 어서 경이에요."

그녀가 안내한 안쪽 정원에는 하얀 식탁보를 씌운 타원형의 식탁이 준비돼 있었다. 그 앞에 앉은 다양한 사람들이 나를 환영하는 것처럼 박수를 보내 주었다.

당연하지만 제랄딘과 아네트를 빼면 전부 모르는 얼굴이다.

"어서 경은 여기 앉으면 돼요."

다행히 제랄딘은 나를 아네트 옆자리에 배치해 주었다. 사람들의 시선이 나를 신기하다는 듯 쳐다보는 게 느껴졌지만 나는 무시하고 식탁 위의 디저트로 고개를 돌렸다.

티파티에 초대한 사람은 모두 스무 명. 그렇지만 마흔 명분의 토스트를 주문한 건 저택에서 부리는 사람들에게도 주기 위해서라고 했다.

그 말은 브룩 백작가는 먹을 거에 쪼잔하게 구는 사람들은 아니라는 뜻이다. 기대한 대로 식탁 위에는 갖가지 음식들로 가득 채워져 있었다.

"맛있겠다."

뭔가 엄청 많았다. 대부분 내가 아는 거였지만 처음 보는 것들도 있었다. 나는 투명한 컵 안에 든 생크림처럼 생긴 것을 보고 아네트에게 목소리를 낮춰 물었다.

"이게 뭐야?"

"실러버브."

아네트는 어떻게 그것도 모르냐는 표정이었다. 그게 뭔데? 묻고 싶지만, 그때 제랄딘이 마지막으로 빈자리에 한 여자를 안내하며 말했다.

"레베카 공주님이십니다."

공주라고?

나는 사람들의 시선을 무시하기 위해 식탁 위로 고개를 고정하고 있던 것도 잊고 깜짝 놀라서 제랄딘이 소개한 여자를 쳐다봤다.

레베카 공주는 갈색 머리카락에 갈색 눈동자를 가진 조용하고 얌전해 보이는 인상이었다. 하지만 그런 인상과 달리 사람들의 시선과 관심을 받는데 익숙한 모양이었다.

그녀의 얼굴 위로 자연스러운 미소가 떠올랐다. 다들 깜짝 놀라서 자리에서 일어나자 레베카 공주가 약간은 느리게 말했다.

"앉게."

느린 말투에 어울리는, 약간은 낮은 목소리였다. 그녀의 시선이 식탁 앞에 앉은 사람들을 둘러보다가 나에게까지 향했다.

이 사람이 션과 결혼 이야기가 오간다는 레베카 공주님이군.

나는 좀 신기한 기분으로 공주를 물끄러미 쳐다보고 있었다. 공주님이라. 내가 살던 곳에도 공주는 있었다. 물론 내가 살던 나라에는 없었다.

하지만 다른 나라에는 있었다. 사진으로밖에 보지 못했지만 공주라는 애들은 그냥 좀 잘사는 집 아가씨로 보였다.

그리고 눈앞의 레베카 공주님도 비슷했다. 머리 위에 왕관이나 등 뒤의 빨간 망토 같은 것도 없었고 옷차림도 유독 튀지도 않았다.

그냥 길에서 만나면 평범한 귀족 영애로 보일 것 같은 인상이었다.

"자네가 어서 경이군."

그때 공주가 내게 아는 척을 했다. 어? 나 말이야? 나는 당황해서 주위를 둘러보다가 그녀를 빤히 쳐다보고 있던 게 나뿐이라는 것을 깨달았다.

아차. 무례하다고 한소리 하려나 보다. 내가 고개를 숙이자 레베카 공주는 여전히 느릿하게 말했다.

"자네가 잘 지냈는지 궁금했다네. 얼굴이 괜찮아 보여서 다행이군."

나를? 공주님이? 나는 깜짝 놀라서 고개를 들었다가 미소를 짓고 있는 레베카 공주와 시선을 맞닥트렸다. 그녀는 정말로 내가 무사해서 다행이라는 표정을 짓고 있었다.

어라. 혹시 에버딘이 공주랑 아는 사이였나?

기억이 없다고 말해야 할지 아니면 어설프게나마 아는 척해야 할지 망설이는데 공주가 다시 입을 열었다.

"전부터 한번 만나 보고 싶었는데 여기 브룩 경 덕분에 드디어 만나게 되었군. 고맙네."

마지막 고맙네, 라는 말은 내가 아닌 제럴딘에게 하는 말이었다. 아, 그럼 에버딘과 공주는 만난 적이 없다는 거구나. 약간 안도가 됐다.

사실 제럴딘의 티파티를 거절한 이유는 물론 장사에 지장이 있다는 것도 있었지만 에버딘과 아는 사람을 만날까 봐서도 있었다. 에버딘은 스무 해가 넘도록 이 나라에서 귀족으로 살았고 당연히 아는 사람이 있을 거다.

그중에는 친하게 지낸 사람들도 있겠지.

내가 식탁에 시선을 고정한 건 그런 이유였다. 혹시라도 에버딘과 친하게 지낸 사람이 말을 걸어오면 할 말이 없다. 기억 상실이라고 거짓말을 하는 건 개인적으로 만났을 때나 할 말이지 이런 자리에서 공개적으로 할 만한 이야기가 아니다.

"메틀러 경도 잘 지냈는가?"

레베카 공주는 곧 상대를 바꿔 인사를 건넸다. 당황했던 나와 달리 메틀러 경이라 불린 여자는 공주가 자신에게 인사를 건넸다는 사실에 감동한 표정이었다.

그 사이 브룩 백작가의 하인들이 바퀴가 달린 트롤리를 가지고 들어왔다. 이런 건 큰 식당 같은 데서나 쓰는 줄 알았는데.

하지만 생각해 보면 이 저택은 어지간한 식당보다 더 클 테니 많은 음식을 옮기려면 써야 할 거다. 나는 하인이 찻잔에 차를 따라 손님들 앞에 내려놓는 것을 구경했다.

"드레스가 예쁘네요."

그사이 멀지 않은 곳에 앉은 여자가 내게 말을 걸었다. 좋아, 기회다. 나는 신이 나서 크리스틴이 만든 드레스를 자랑했다.

"실력이 좋아요. 아직 경험이 적긴 하지만요. 얼마나 실력이 좋으면 빨간 리본에서 탐을 냈을 정도라니까요."

"빨간 리본이요?"

내 자랑에 칭찬을 건넨 여자가 흥미를 나타냈다. 그리고 그녀의 주변과 내 주변에 있던 여자들도.

나는 어깨를 으쓱하며 말했다.

"얼마 전에 크리스틴이 여기 웨스트 양이 입은 드레스를 만들었는데 빨간 리본의 폴이 그걸 똑같이 베껴서 팔았지 뭐예요. 모르고 산 분만 피해를 입었죠."

그러자 사람들의 시선이 부딪쳤다. 다들 허바드 백작과 내 사이의 사건을 아는 모양이다. 잠시 조용하던 여자가 아네트에게 물었다.

"웨스트 양이 먼저 주문한 거예요?"

"네. 그걸 입고 빨간 리본에 잠깐 들렀는데 그사이에 그 디자인을 베낀 모양이에요."

아네트의 연기력도 훌륭했다. 그녀는 천연덕스럽게 그렇게 말하더니 한숨을 내쉬며 덧붙였다.

"새로 입은 드레스에 차를 엎질렀을 때부터 이상하다고 생각했어야 했는데."

"어머, 폴이요?"

"빨간 리본의 직원이요. 제가 그 직원을 자르지 말라고 편지를 보냈는데 얼마나 빠른지, 제가 떠나자마자 해고했다더군요."

그리고 그 직원은 크리스틴의 가게로 왔지. 나는 속으로 웃음을 참으며 아네트의 연기에 감탄했다. 사람들의 시선이 부딪치면서 빨간 리본에 대한 평가가 수직 하강하는 게 느껴졌다.

"그러고 보니……."

그때 내게 말을 건 여자의 옆에 있던 남자가 끼어들었다. 그는 목소리를 가다듬더니 사람들에게 말했다.

"폴이 크리스틴이라는 여자 때문에 주문받은 옷을 줄 수 없다고 했다더군요."

이것도 아는 이야기다. 하지만 나는 아무 말도 하지 않았다. 그러자 다른 사람이 깜짝 놀라서 끼어들었다.

"어머, 내 친구도 비슷한 일을 당했는데."

"그래요?"

"그래서 내가 친구랑 같이 가서 이야기해 줬거든요. 모든 책임은 내가 질 테니 옷을 달라고요. 그런데 알고 보니 완성도 안 했더라고요."

그것 봐. 나는 내 추측이 맞았음을 깨닫고 고개를 끄덕였다. 인기가 많으니 주문이 밀렸을 테고 그중에 완성 못 한 옷도 있었을 거다.

"친구가 조용한 타입이라 싫은 말을 잘 못 하길래 같이 가 준 건데, 얼마나 황당하던지."

이어진 여자의 말에 나는 아네트와 시선을 부딪쳤다. 그러고 보니 우리가 본 피해자인 잉센 부인은 귀족에게 약한 사람이었다. 그리고 지금 이야기가 나온 친구는 조용한 타입이라 싫은 말을 잘 못하는 타입이고.

폴은 딱 만만한 사람의 옷만 미완성으로 두고 핑계를 뒀던 게 아닐까. 억측일지 모르지만 그런 생각이 들었다.

"어서 경."

그때, 내 맞은편에 있던 남자가 테이블로 몸을 내밀며 나를 불렀다. 누구더라. 내가 슬쩍 눈치를 보자 아네트가 한숨을 내쉬더니 자신이 왜 이런 거까지 해야 하는지 모르겠다는 표정으로 속삭였다.

"빈센트 러스 경."

"러스 경."

나는 아네트가 속삭이자마자 재빨리 남자의 이름을 아는 척 내뱉었다. 그는 그럭저럭 괜찮게 생긴 남자였다. 물론 션에 비하면 평범하게 생긴 거지만.

"패트리샤에게 들었는데 웨스트 공작이 사들인 거리를 관리하고 계시다던데요."

어느 부분을 지적해야 할지 모르겠다. 패트리샤는 누군데? 그리고 션이 사들인 거리를 관리하고 있다고? 누가? 내가?

나는 어리둥절한 표정으로 이 의문 중 하나라도 답을 알 수 있길 바라며 아네트를 쳐다봤다. 그러자 옆 사람과 심드렁한 표정으로 이야기를 하던 그녀가 고마워하라는 표정을 짓더니 러스 경에게 말했다.

"어서 경이 오라버니께 제안한 거로 알아요. 그렇죠?"

아니, '그렇죠?'라고 내게 확인을 구해도 나는 그게 무슨 상황인지 모르는데? 나는 애써 평온한 척 아무 대답도 하지 않았다.

하지만 아네트의 당당한 태도가 러스 경에게는 대답이 됐나 보다. 그는 내게 목소리를 낮춰 물었다.

"그렇다면 혼담은……."

이 남자, 혹시 사교계의 수다쟁이인가? 어디나 이런 사람이 있다. 입이 싸고 남의 이야기를 여기저기 퍼트리기 좋아하는 사람.

나는 최대한 감정을 보이지 않고 말했다.

"이야기만 오갔을 뿐 아무것도 결정된 건 없어요."

아무래도 나와 마틴 웨스트 사이에 혼담이 오갔다는 소문은 역시나 사교계에 다 퍼진 모양이다. 그리고 내가 마틴과의 결혼을 거부하느라 자살했다는 소문까지.

덕분에 내가 에버딘이 되었지. 아무래도 웨스트 공작가는 평민들뿐 아니라 사교계에서도 집중하는 모양이었다. 이런 미남미녀 남매들이니 관심이 생기긴 하겠다만.

나와 러스 경의 대화를 모른 척 듣던 사람들이 내 대답에 믿을 수 없다는 표정을 지었다. 저기요. 다 보이거든요?

나는 귀족들도 별수 없이 가십에 귀를 기울인다는 사실에 헛웃음을 지었다. 어떤 사람은 심지어 못마땅하다는 표정까지 지었다. 그렇다면 결혼하기 싫어서 자살했다는 소문은 대체 뭐냐고 따지고 싶은 모양이다.

"하지만……."

러스 경 역시 비슷한 생각을 했는지 믿을 수 없다는 듯이 입을 열었다가 멈칫했다. 저거 분명 '당신 자살 시도했다던데?'라고 물어보려던 표정이다.

하지만 여기는 브룩 백작가에서 열린 티파티고 심지어 저쪽에 공주님도 앉아 있다. 그리고 여기가 아니더라도 '너 자살 시도했다며?'라는 질문은 어디서나 무례한 질문이다.

러스 경은 입을 다물더니 원래 다른 질문을 하려 했다는 듯 물었다.

"그럼 그 거리에서 사시는 겁니까? 이상한 뜻은 아니고, 경의 저택이 비어 있다는 말을 들었거든요."

별 걸 다 아네. 나는 그가 에버딘의 본가가 비어 있다는 것까지 안다는 사실에 놀란 표정을 지었다. 역시 그는 수다쟁이인 모양이다.

새삼 선이 그렇게 나쁘지 않았다는 생각이 들었다. 그는 궁금한 게 있으면 직설적으로 물었고 이렇게 불쾌할 정도로 꼬치꼬치 캐묻지는 않았다.

나는 이 남자한테도 선에게 하는 것처럼 한마디 쏘아붙일까 하다가 멀지 않은 곳에 앉은 레베카 공주님을 생각하고 최대한 완곡하게 말했다.

"경께서는 생각보다 제게 관심이 많으시군요."

너 진짜 할 일 없나 보다, 라는 뜻이었는데 빈센트는 다르게 받아들인 모양이었다. 그는 멈칫하더니 억지로 미소를 쥐어짜며 말했다.

"그냥, 소문을 들어서 말입니다."

재미있게도 그는 내게 관심 있다는 오해를 사고 싶지 않았던 모양이다. 저기요. 나도 마찬가지거든요?

나는 러스 경의 헛소리에 콧방귀를 뀌고 아네트가 실러버브라고 알려 준 디저트를 집어 들었다. 하얀 생크림 중간중간에 과일잼 같은 게 들어가 있었다. 진짜 생크림인가? 호기심에 수저로 떠먹어 봤는데 생크림이 맞았다.

와, 이거 맛있네. 생크림에서 사과향도 좀 났다. 살짝 녹긴 했지만 여전히 차가운 게 냉동실에 뒀었나 보다. 과연 브룩 백작가의 냉동실은 마법을 사용한 곳일까, 얼음을 사용한 곳일까.

마법이 존재하는 세계답게 이곳은 기술이 필요한 자리에 마법이 자리 잡고 있었는데 냉장실과 냉동실도 그중 하나였다. 작게는 찬장 하나, 크게는 큰 창고 하나에 마법을 걸어 냉장고나 냉동고처럼 사용한다고 들었다.

하지만 마법은 비싸고 나 같은 서민이 그렇게 쉽게 이용할 수 있는 게 아니다. 그래서 아이린 아주머니는 얼음을 사서 작은 창고에 넣어 놓고 냉장실로 사용한다고 했다.

브룩 백작가니까 마법을 걸지 않았을까. 딱히 중요한 건 아니지만 소소하게 의문이 들 무렵 사람들과 대화를 나누던 제랄딘이 하인이 웨건을 끌고 들어오는 보고 자리에서 일어났다.

"이건 며칠 전에 먹어 본 건데요, 너무 맛있어서 어렵게 부탁해서 가져왔답니다."

제랄딘의 소개에 둘씩 셋씩 모여 저들끼리 이야기를 나누던 귀족들이 무슨 일인가 하고 대화를 멈추고 그녀를 쳐다보았다. 저게 뭐지? 나는 하인이 웨건에서 꺼내는 것을 보고 입을 딱 벌렸다.

토스트였다. 내가 만든 길거리 토스트가 예쁜 접시에 그럴듯하게 장식해서 놓여 있었다.

와, 저렇게 장식하니까 꽤 괜찮은데?

접시에 잎이 넓은 야채를 깔고 그 위에 토스트를 얹은 뒤 토스트 위에 또 뭘를 뿌려 놨다. 나는 내 앞에도 토스트가 한 접시 놓인 다음에야 그것을 제대로 관찰할 수가 있었다.

과일 콤포드를 살짝 뿌리고 그 위에 연두빛의 작은 잎사귀도 얹어 놨다. 누가 이걸 길거리 토스트라고 생각하겠어? 내가 어떻게 먹어야 할지 몰라 망설이는 사이 사람들은 포크와 나이프로 능숙하게 토스트를 잘라 먹기 시작했다.

"음, 계란 샌드위치네요."

"따듯하군요."

나는 어찌할 바를 몰라 하면서 토스트를 나이프와 포크로 잘라 먹는 사람들을 지켜보고 있었다. 이건 내가 살던 곳에서도 야식으로 대충 해 먹던 거다. 아니면 출근하면서 아침으로 간단하게 사 먹거나.

그걸 이렇게 잘 차려입은 사람들에게 대단한 요리인 것처럼 내놓으니 기분이 좀 이상했다.

물론 죄책감은 아니고. 재료비가 저렴해서 그렇지 품은 엄청 든다. 틀 값도 두 배나 나갔지, 젠장.

"어때요?"

제랄딘이 기대에 찬 얼굴로 사람들에게 물었다. 그렇게 물어보면 누구라도 면전에 대놓고 별로라고는 말 못 할 것 같은데.

그렇게 생각한 순간 레베카 공주가 고개를 끄덕이며 말했다.

"맛있네. 이 안에 톡톡 터지는 게 뭐지?"

"옥수수입니다."

나도 모르게 대답이 흘러나왔다. 나는 레베카 공주의 질문에 불쑥 대답해 놓고 나를 쳐다보는 사람들의 시선에 당황해서 입을 다물었다. 그러자 레베카 공주가 재미있다는 듯 말했다.

"어서 경은 이미 먹어 본 모양이군."

"사실 제게 이 따듯한 계란 샌드위치를 맛보여 준 사람이 바로 어서 경이었습니다."

제랄딘의 설명에 레베카 공주뿐 아니라 테이블 주변의 모든 사람들이 놀랍다는 표정을 지었다. 아, 이건 좀 부끄럽다.

나는 민망하다는 표정으로 웃어 보였다. 그리고 레베카 공주를 향해 말했다.

"사실은 토마토소스를 발라야 더 맛있는데, 그건 아무래도 거부감을 느끼는 분들이 계실 것 같아서 뺐습니다."

"토마토소스?"

레베카 공주가 눈을 동그랗게 뜨는 것과 동시에 사람들이 수군거리기 시작했다. 그래, 너네 토마토 싫어하는 거 이미 충분히 안다.

나는 사람들의 수군거림을 무시하고 레베카 공주에게 설명했다.

"완전히 익은 토마토는 괜찮거든요. 그리고 가열해서 더 안전하고요."

"자네도 먹어 봤나, 브룩 경?"

공주의 질문이 제랄딘을 향했다. 그녀는 나와 레베카 공주의 대화를 어딘지 모르게 흐뭇한 표정으로 쳐다보다가 재빨리 표정을 관리하고 대답했다.

"네. 아주 맛있더군요."

"과연 브룩 경."

"용감하네요."

고작 토마토소스를 맛본 것만으로 사람들이 제랄딘을 칭찬하기 시작했다. 거참, 누가 보면 토마토소스가 아니라 복어라도 먹은 줄 알겠다.

하지만 나는 아무 말도 하지 않았다. 너네가 토마토소스와 케첩 맛을 알아?

"다음엔 나도 토마토소스를 바른 걸 맛보고 싶군."

공주는 그렇게 말하며 나를 돌아보았다. 아, 이거 나보고 내놓으라는 건가? 나는 고개를 숙이며 가까스로 대답했다.

"그런 기회가 꼭 왔으면 좋겠습니다, 공주님."

부디 내 대답이 레베카 공주의 마음에 들었으면 좋겠다. 다행히 괜찮았던 모양이다. 그녀는 고개를 돌리며 누구에게랄 것도 없이 말했다.

"그러고 보니 감자도 현왕께서 젊으실 때 저주받았다는 소문 때문에 사람들이 꺼렸다고 들었지."

나도 비슷한 이야기를 들은 적이 있다. 어떤 나라에서는 감자를 전파 시키기 위해 왕비가 감자 꽃을 머리에 장식하고 다녔다고 했다.

감자가 얼마나 맛있는데 왜 안 먹었나 몰라. 쪄 먹어도 맛있고 구워 먹어도 맛있다. 감자전도 맛있고.

아, 감자전 먹고 싶네.

"감자로도 토마토소스 같은 걸 만들 수 있다면 좋겠군."

의식의 흐름에 맡긴 채 멍하니 앉아 있는데 레베카 공주가 나를 돌아보며 말했다. 뭘 어쩌라고? 내가 놀란 표정으로 돌아보자 그녀가 빙그레 웃으며 말했다.

"부담 갖지 말게. 꼭 자네에게만 하는 말이 아니니까. 가난한 사람들은 감자가 주식이라 들었거든. 빵도 매일 같은 빵을 먹으면 질리지 않은가."

무슨 말인지 알겠다. 나는 레베카 공주의 의외의 모습에 아무 말도 못 하고 그녀를 멍하니 쳐다봤다.

늘 감자만 먹을 테니 좀 다양하게 요리해서 먹어 봤으면 하나 보다. 그러니 다양한 감자 레시피를 여기 있는 사람들보고 생각해 보라는 거고.

좋은 공주님인지 아닌지 모르겠네. 나는 차를 홀짝이며 다른 사람들과 이야기를 나누는 레베카 공주를 쳐다봤다. 우리 같은 귀족들에게는 귀찮은 공주지만 서민들에게는 좋은 공주일지도 모른다는 생각이 들었다.

"밤은 어떨까요?"

그때 맞은편에 있던 러스 경이 입을 열었다. 감자를 쪄 먹고 구워 먹는 것 외에 또 무슨 방법이 있을지 이야기하던 레베카 공주의 시선이 그를 향했다.

"얼마 전에 밤을 넣은 빵을 먹어 봤습니다. 아주 맛있더군요."

그거 혹시 내가 만든 빵을 말하는 건가? 내가 러스 경을 쳐다보는 순간 조금 멀리 떨어진 곳에 있던 남자가 잘난 척하며 끼어들었다.

"밤 가루로 밀가루 양을 늘리는 건 이미 알고 있지 않습니까."

"그런 걸 말하는 게 아닙니다. 제가 먹은 빵은 통밤을 그대로 넣어서 달콤하더군요."

어어, 진짜 내 밤 식빵을 먹어 본 모양인데? 내가 놀란 사이, 러스 경에게서 그리 떨어지지 않은 곳에 앉은 여자가 끼어들었다.

"밤 식빵을 말하는 거죠? 저도 먹어 봤어요. 밤이 그렇게 단 줄 처음 알았어요."

얘네 밤을 삶아서 티스푼으로 파먹는 것도 안 해 봤나? 그럴지도 모른다. 토스트도 포크와 나이프로 잘라 먹는 귀족들이니까.

"나도 이야기는 들어 봤네."

먹어 보진 않았지만 레베카 공주도 이야기는 들어 본 모양이다. 밤 식빵이 그렇게 유명할 줄은 몰랐는데. 좀 머쓱해지려는 순간 러스 경이 웃으며 말했다.

"역시 마스터 마이크는 천재인 게 분명합니다."

"밤을 넣은 식빵도 그가 만들어 낸 건가?"

"네. '세상의 모든 빵들'에서 처음 팔기 시작했다더군요."

뭐라고? 나는 깜짝 놀라서 아네트를 쳐다봤다. 아네트 역시 나와 같은 표정으로 나를 쳐다보고 있었다.

순식간에 대화는 '세상의 모든 빵들'의 사장이자 제빵 길드의 마스터인 마이크라는 자가 얼마나 맛있는 빵을 만드는지로 흘러갔다.

그가 만든 버터 빵은 최고라는 말에 제랄딘이 여기 있는 버터 빵이 '세상의 모든 빵들'에서 사 온 거라고 말했다. 그러자 손님들이 모두 버터 빵을 하나씩 집어 들었다.

"어서 경도 하나 드릴까요?"

내 옆에 앉아 있던 여자가 접시를 내밀며 물었다. 이게 버터 빵이군. 나는 네모난 빵을 하나 집어 들며 인사했다.

"고마워요, 로빈슨 남작 부인."

버터 빵이란 결국 네모난 모양의 크라상이었다. 버터 빵은 버터 빵이지. 내가 손으로 찢자 잘 구워진 겉이 바삭하게 부서졌다. 그러면서 버터를 듬뿍 넣어 층을 살린 안쪽 빵 결이 쫄깃하게 찢어지는 게 보였다.

"맛있네."

버터 빵은 진짜로 맛있었다. 남의 밤 식빵을 자기 거라고 말했다는 점에서 치솟았던 분노가 사그라졌다. 마이크가 만든 밤 식빵도 맛있을 것 같은데?

"그런 말을 할 때가 아니지."

그때 아네트가 내게 몸을 기대며 꾸짖듯 말했다. 응? 왜? 나 왜 혼난 거야? 내가 고개를 돌리자 그녀가 화가 난 표정으로 속삭였다.

"저쪽 사장이 네가 만든 걸 자기가 만들었다고 했다는데? 가만히 있을 거야?"

"가만히 안 있으면?"

여기서 '그거 사실 내가 만든 건데요!' 하고 외치기라도 하리? 게다가 진짜로 그 남자도 밤 식빵을 생각해 냈을 수도 있다. 사람의 생각은 의외로 비슷하거든.

하지만 아네트의 생각은 다른 모양이었다. 그녀는 못마땅하다는 표정으로 나를 쳐다보더니 뾰족한 말투로 물었다.

"당신 친구 드레스 때는 나서더니, 자기 일은 안 나서는 거야?"

그렇게 보였나? 나는 뭐라고 말해야 할지 몰라 입을 다물었다. 드레스와 레시피는 다르지 않나? 아닌가. 생각해 보면 내가 살던 곳도 유명한 빵 레시피를 대형 브랜드에서 따라 해서 문제가 된 적이 있었다.

하지만 그게 빵이 아니라 음식이 되면 유명 음식점의 음식을 대형 브랜드에서 따라 해서 논란이 된 적은 없었던 것 같다. 이 차이점은 대체 뭐지?

"안 나서는 게 아니라 나설 방법이 없잖아. 억울하다고 전단을 돌릴 수 있는 것도 아니고."

"돌리면 되지."

뭐, 그렇긴 한데. 나는 커스터드 크림을 넣은 슈를 집어 들며 말했다.

"돌려서 뭘 할 건데? 저쪽에는 팔지 말라고 해?"

그런다고 안 팔까? 회의적인 내게 아네트가 답답하다는 듯 말했다.

"적어도 그걸 자기가 만들었다는 거짓말은 하지 말라고 해야지."

"아니, 그게 거짓말일 거라는 보장은 어디에도 없잖아."

슈 안에 어떻게 크림을 넣은 걸까. 여긴 짤주머니도, 깍지도 없던데. 나는 좀 신기해서 슈를 뒤집어 밑을 쳐다봤다. 확실히 구멍이 나 있긴 하다.

대체 뭐로 커스터드 크림을 넣은 거지?

"착한 척하기는."

그때, 아네트가 그렇게 내뱉고 고개를 돌렸다. 뭐? 나? 나 말이야?

나는 믿을 수 없는 말에 깜짝 놀라 그녀를 쳐다봤다. 내가 착한 척을 한다고? 세상에. 살다 살다 별소릴 다 들어 보네.

아무래도 그녀는 빨간 리본의 사장에게는 한 방 먹였으면서 '세상의 모든 빵들' 사장에게 아무 항의도 하지 않는 걸 친구를 위해서만 나선 거라고 생각한 모양이다.

하지만 진짜로 딱히 할 수 있는 게 없잖아. 기회만 된다면 나는 마이크인가 마이트인가 하는 놈의 코를 세게 때리고 튀고 싶었다.

"그러고 보니 얼마 전에 외국의 콩을 수입했는데 사람들이 잘 안 먹는 모양이에요."

"맛이 없어서 그럴까요?"

"익숙하지 않은 모양인데, 어떻게 해야 할지 고민이네요."

다시 이야기는 무역이나 사업 쪽으로 돌아갔다. 나는 한쪽에서는 외국 농산물 수입에 대한 이야기를, 또 다른 한쪽에서는 광물 수출에 대한 이야기를 하는 것을 들으며 샌드위치를 집어 들었다.

티파티 용이라 그런지 샌드위치의 내용물은 그리 대단하지 않았다. 하지만 재료가 좋은 느낌이긴 했다. 빵은 하얗고 부드러웠고 안에 든 햄은 너무 짜지 않았다.

역시 여긴 샌드위치를 바로바로 만드는 모양이구나. 나는 자른 지 얼마 안 돼 빵의 표면이 마르지 않은 샌드위치를 먹으며 고개를 끄덕였다.

"토마토소스라는 걸 언제 먹어 볼 수 있을까."

티파티가 끝나고 다들 자리에서 일어나서 인사를 나누는 데 레베카 공주가 내게 다가와서 물었다. 그거 진심이었어? 나는 당황해서 러스 경에게 인사하던 것도 잊고 대꾸했다.

"언제든지요, 전하."

다른 사람들이 하는 거 보니까 나처럼 공주님이라고 부르지 않고 전하라고 부르더라. 그래서 따라 해 봤는데 레베카 공주는 자신을 어떻게 부르는지 전혀 신경 쓰지 않는 태도로 말했다.

"내 조만간 연락하지."

아까부터 느낀 거지만 이 공주는 나이는 나랑 비슷할 것 같은데 말투가 굉장히 나이가 들어 보인다. 게다가 좀 느리기까지 해서 더 그랬다.

내가 알겠다고 하자 그녀는 고개를 끄덕이더니 수행원과 함께 떠나 버렸다.

"큰 영광이군요."

멍하니 수행원과 함께 떠나는 공주를 지켜보는데 러스 경이 끼어들었다. 아, 맞다. 이 남자랑 대화 중이었지.

그는 부럽다는 표정을 감출 생각도 없이 계속해서 말을 이었다.

"공주님께 식사를 대접하게 되다니, 정말 부럽네요."

"그런가요?"

잘 모르겠다. 내가 살던 곳은 신분제도, 계급제도 없어서 그런지 나는 공주와 대화를 나눴다는 것만으로 감격스러워하는 걸 이해하지 못하고 있었다.

솔직히 말하면 좀 귀찮았다. 토마토소스만 보내면 될 줄 알았는데 러스 경의 이야기를 들어 보니 아예 토마토소스를 바른 음식을 대접해야 할 모양이다.

와, 생각해 보니 엄청 귀찮네. 나는 과연 토마토소스를 바른 토스트나 토마토소스 스파게티를 공주에게 대접해도 될지 고민했다. 그러자 러스 경이 무슨 생각을 했는지 싱글벙글 웃으며 말했다.

"혹시 압니까? 이걸로 왕자 전하와 만날 수 있을지 말입니다."

"응?"

여기 왕자도 있어? 아, 물론 공주가 있으니 왕자도 있겠지. 하지만 왕에게 아들과 딸 둘 다 있을 줄은 몰랐다. 수잔은 사교계 가십을 꿰고 있었지만 그녀가 하는 이야기 중에 왕자에 대한 이야기는 없었다.

내가 어리둥절한 표정을 짓자 러스 경이 다 안다는 표정을 지으며 말했다.

"그렇게 모른 척하실 필요는 없습니다. 사실 공주님도 좋은 분이지만 향후 왕이 되실 분과의 친분에 비할 수는 없죠."

아하. 그러니까 왕자가 왕위 계승자고 공주는 아닌 모양이다. 하지만 예전에 만난 허바드 백작은 여자였지. 그렇다면 왕자가 첫째고 공주는 둘째인 모양이군.

그 이야기는 이 나라는 남녀 상관없이 첫째가 작위를 물려받는다는 말이 된다.

어라? 그때 한 가지 의문이 머릿속에 떠올랐다. 에버딘은 그럼 둘째인가? 그렇게 생각한 순간 러스 경이 내게 다시 말을 걸었다.

"공주님께서 드시는 걸 저도 맛볼 수 있을까요?"

"아, 물론이죠. 댁으로 한 병 보내 드릴게요."

내 대꾸에 러스 경의 얼굴에 당황한 표정이 스쳐 지나갔다. 그는 곧 표정을 관리하더니 내게 다시 물었다.

"가능하면 공주님과 함께 맛보는 영광을 얻고 싶습니다만."

아하, 그러니까 공주를 초대할 때 자기도 초대해 달라는 말이다. 너 방금 레베카 공주를 왕자와 친해지는 징검다리로 사용한다고 말하지 않았니?

그런 사람을 초대해서 같은 급으로 엮이고 싶지 않은데.

"글쎄요. 모르겠네요."

나는 최대한 중립적인 태도로 말을 이었다.

"아시다시피 제가 지금 지내는 곳은 공주님을 초대할 수 있을 만한 곳은 아니라서요."

"그럼 공주님께 식사를 대접할 이 좋은 기회를 버리는 겁니까?"

러스 경이 믿을 수 없다는 표정으로 물었다. 뭐 그게 그렇게 엄청나게 좋은 기회라고 이러는지 모르겠네. 나는 심드렁한 표정으로 말했다.

"만들어서 보내 드리면 되죠."

내 대답이 꽤 놀라웠던 모양이다. 나는 입을 딱 벌린 러스 경에게 인사를 하고 그대로 제럴딘에게 그만 돌아가 보겠다는 말을 전했다.

"즐거우셨길 바랍니다."

"재미있었어요."

진짜로 티파티는 재미있었다. 처음 맛봤지만 익숙한 실러버브 외에도 애플파이나 젤리 같은 디저트도 있었다. 그리고 약간 묵직한 파운드 케이크 같은 것도 맛있었지.

하지만 음식보다도 이야기가 더 재미있었다. 티파티라고 하길래 드레스나 유행 같은 걸 이야기할 줄 알았는데 사람들은 무역이나 사업에 대한 이야기를 나누었다.

그 덕분에 이 나라에 파는 콩이 두 종류고 외국에서 수입한 콩이 한 종류 더 있다는 것까지 알게 됐지. 외국에서 수입한 콩이 잘 안 팔려서 골치라는 정보는 덤이다.

그리고 밤의 가격이 오른 이유도.

'세상의 모든 빵들'에서 밤 식빵을 만들어 팔기 시작했기 때문이다. 그렇지 않아도 밤껍질을 까는 게 힘들어서 간 밤을 사고 있었는데, 그 때문에 가격이 확 올라 버렸다.

그럼 내가 할 수 있는 일은 밤껍질을 직접 까는 것과 밤 식빵을 안 파는 것 중 하나다.

"안 팔 수는 없지."

아직도 이렇게 잘 팔리는데. 게다가 아네트의 말대로 마이크가 자기가 만들어 냈다고 떠들고 다닌다는데 내가 안 팔아 버리면 진짜 그의 말대로 될 거다.

"오라버니."

저택 밖으로 나오자 아네트가 기다리고 있던 마차로 빠르게 다가갔다.

그러자 문이 열리고 안에서 선이 나타났다. 나는 그 순간 저택에서 나오던 사람들의 분위기가 확 바뀌는 것을 느꼈다.

신기하게도 사람들은 선을 무서워하고 있었다. 여자들뿐 아니라 남자들도 잠시 주춤하더니 애써 선을 신경 쓰지 않는 것처럼 행동하는 게 느껴졌다.

그도 사람들이 자신을 무서워하는 걸 아는 모양이었다. 선은 제랄딘에게만 가볍게 고개를 끄덕여 인사를 하더니 나를 쳐다보며 물었다.

"타고 가. 데려다주지."

오, 방금 사람들 반응 끝내줬어. 분위기만으로 다들 '헉!' 하고 신음을 내뱉는 게 느껴졌다. 나는 어떻게 할까 하다가 선이 권하는 대로 그의 마차에 올라탔다.

"티파티는 어땠어?"

선은 마차가 출발하자마자 등받이에 몸을 기대며 물었다. 아까 아네트를 데려다줄 때와 같은 옷을 입고 있는 탓에 그는 배부른 표범처럼 보였다.

나는 나른한 표범 같은 태도에 홀리지 않으려 애쓰며 말했다.

"재미있었어. 좋은 정보도 들었고."

"좋은 정보?"

그게 뭐냐고 묻는 선의 얼굴에 흥미롭다는 표정이 나타나 있었다. 이걸 이야기할까 말까. 고민하던 나는 최대한 뭉뚱그려서 이야기했다.

"밤 식빵이 슬슬 안 팔릴 거 같았거든. 그래서 밤 대신 빵에 넣을 걸 생각해 봤지."

콩 빵. 식빵에 콩을 넣을 거다. 밤보다 훨씬 싸니까 더 많이 넣을 수 있지 않을까. 여기 있는 콩과 외국에서 들여왔다는 콩까지 세 종류를 모두 빵에 넣어 구워 보면 어떨까.

"또 뺏기려고?"

그때 아네트가 못마땅하다는 어조로 끼어들었다. 뺏긴다는 말은 좀 어폐가 있다. '세상의 모든 빵들'은 뺏는 게 아니다. 그냥 따라 하는 거지.

하지만 그래, 아네트가 뭘 걱정하는지도 안다.

나는 어깨를 으쓱하며 물었다.

"그럼 어떻게 해? '세상의 모든 빵들'에 쳐들어가서 깽판이라도 쳐?"

그럴 수는 없잖아. 안 그래? 내 말에 아네트가 입을 다물었다. 날 걱정해 주는 건 고맙지만 나도 아네트도 할 수 있는 게 없다.

그때 선이 나를 물끄러미 쳐다보고 있는 게 느껴졌다.

"왜?"

내가 약간 시비 걸듯 묻자 그는 창틀에 팔꿈치를 대고 턱을 괴더니 조금 나른한 표정으로 말했다.

"생각보다 쉽게 포기해서."

그렇게 보일 수도 있겠지. 나는 선과 똑같이 창틀에 팔꿈치를 대고 턱을 괬다. 하지만 키가 작은 탓에 그처럼 다리가 쭉 뻗어 나가지는 않았다.

"전부 다 가진 당신이 할 말은 아니지 않을까?"

돈도, 지위도 있는 사람은 그 돈과 지위로 '세상의 모든 빵들'에게 압력을 가할 수 있겠지. 하지만 나는 그럴 힘이 없다. 내가 할 수 있는 건 버티는 것뿐이고 사실 그게 가장 훌륭한 방법이기도 하다.

만약 여기서 내가 버틴다면 가장 잘나가는 빵집 '세상의 모든 빵들'과 싸워서 버텨 낸 가게가 되는 거거든.

거기까지 생각하고 고개를 들자 선이 이상한 표정으로 나를 쳐다보고 있었다. 왜 저래? 대체 무슨 생각을 하는지 궁금할 정도로 복잡한 표정이었다.

"왜 그래?"

"아니."

그렇게 말한 선은 뭔가를 생각하는 것처럼 시선을 내렸다. 덕분에 그의 긴 속눈썹이 그의 자주색 눈동자를 가렸다. 와, 얘는 속눈썹도 예쁘네. 나는 선의 미모를 홀린 듯이 구경하다가 그가 나를 쳐다보자 재빨리 안 본 척했다.

"어서 경, 당신을 내 연회에 초대하려면 어떻게 해야 하지?"

아니 뭐야. 이 남자 왜 깜빡이도 안 켜고 훅 들어와? 나는 그의 요청에 깜짝 놀라서 입을 딱 벌렸다. 어떻게 해야 하냐고? 머릿속에 망측한 생각이 떠올랐다.

내 앞에서 무릎 꿇고 제발 와 달라고 하면 얼마든지 갈 수 있다.

하지만 그런 걸 시킬 수는 없지. 선이 들어줄 리도 없다. 나는 그를 멍하니 쳐다보다가 물었다.

"그럼 빚 탕감해 줘."

"그건 안 되지."

대답은 바로 돌아왔다. 아, 얄밉네. 내가 짜증 난다는 표정으로 쳐다보자 그가 씩 웃으며 말했다.

"다른 거."

"그럼 무릎 꿇고 부탁해 봐."

반쯤은 열 받아서 한 말이었고 또 다른 반쯤은 이번에도 안 된다고 할 줄 알고 한 말이었다. 하지만 선은 곧바로 마차 바닥에 무릎을 꿇으려 했다.

"잠깐, 잠깐!"

말도 안 돼. 나는 깜짝 놀라서 그의 팔을 잡아 말렸다. 돈은 안 되는데 이건 하겠다니, 너 은근히 돈을 더 중시하는구나? 시선을 돌리자 선의 옆에 앉아 있던 아네트가 거의 기겁한 표정으로 자기 오빠를 쳐다보고 있는 게 보였다.

"하라며?"

도통 알 수가 없는 남자다. 나는 그를 억지로 밀어 의자에 앉히려 했다. 하지만 꿈쩍도 하지 않는 통에 할 수 없이 말했다.

"알았어. 갈게."

에라, 모르겠다.

검술 시합이 다가오자 거리에 사람들이 늘어났다. 그건 내가 있는 거리도 마찬가지였다. 그런 의미에서 점심 장사를 해 보겠다는 아이린 아주머니의 판단은 훌륭했다.

나는 점심 장사를 어떻게 할지 아이린 아주머니와 의논을 하기 위해 그녀의 술집으로 향했다. 빵집 맞은편에 있는 아이린 아주머니의 주점은 오랜만에 아침부터 문을 열어 놓고 있었다.

점심 장사를 하려면 메뉴 외에도 정리할 게 많았다. 테이블 상태나 의자 상태도 살펴야 하고 청소도 해야 한다.

솔직히 말하면 아이린 아주머니의 술집은 대학교 근처에 있는 낡고 오래된 술집보다 더 나빴다. 테이블과 의자는 취한 손님들이 대체 어떻게 한 건지 긁힌 자국이 가득했고 바닥은 떨어트린 술이

나 안주 때문에 약간 끈적했다.

　긁힌 자국이 가득한 테이블은 테이블보라도 씌우고 짝이 맞지 않는 의자는 최대한 비슷한 것끼리 한 테이블에 두거나 칠을 해야 할 것이다.

　그리고 나면 멀쩡한 손님을 맞이할 수 있겠지. 이번엔 시시껄렁한 용병들 따위가 아니다! 낮부터 술이나 마시던 하는 일 없는 놈들도 아니다! 엄연히……

　"여기, 맥주 한 잔!"

　"여기도 맥주 하나 줘요! 그리고 스튜도."

　용병이네.

　나는 주점 앞에 서서 낡은 테이블에 앉아 맥주를 주문하는 험상궂은 남자들을 쳐다봤다. 모두 다섯. 점심 식사 시간도 전인데 남자들은 테이블 앞에 앉아서 술과 안주를 주문하고 있었다. 너네 아침부터 술 마시는 거니?

　"잠깐, 잠깐만요!"

　두 팀이 갑자기 들이닥친 탓에 당황했는지 아이린 아주머니는 허둥지둥하고 있었다.

　나는 스튜를 끓여야 할지 맥주를 따라야 할지 망설이는 아이린 아주머니를 대신해서 컵을 꺼내 맥주를 따랐다. 그리고 손님들 앞에 내려놓으며 말했다.

　"맥주는 여기요. 스튜는 좀 기다려야 해요."

　"출출한데, 먹을 거 없어?"

　뭐가 있을까? 아이린 아주머니를 쳐다보자 그녀는 커다란 냄비

안에 뭔가를 썰어 넣다 말고 나와서 고개를 저었다. 진짜 아무것도 없다는 뜻이 아니라 뭐든 준비하려면 시간이 걸린다는 뜻일 거다.

하기야, 어느 누가 점심 식사도 안 했는데 술부터 마시러 올 거라고 생각하겠어.

나는 허리에 손을 얹으며 말했다.

"따듯한 샌드위치가 있어요. 맞은편 빵집에서 주문해서 갖다 줄 수 있는데."

"따듯한 샌드위치?"

내 제안에 험상궂게 생긴 남자는 이상하다는 표정을 짓더니 할 수 없다는 듯 말했다.

"그럼 그거 하나."

"나도."

길거리 토스트 두 개 주문이다. 나는 그대로 다시 빵집으로 달려 갔다. 그리고 가게를 살피던 도리스에게 외쳤다.

"도리스! 저 잠깐 아이린 가게 좀 도와주고 올게요."

"점심 장사 이야기하러 간 거 아니었어요?"

그랬다. 점심 메뉴나 정하고 청소를 할 줄 알았지 영업을 할 줄 은 몰랐다. 나는 주방으로 뛰어 들어가며 외쳤다.

"생각보다 오래 걸릴 것 같아요."

손님에게 음식도 팔고 점심 장사로 전환하는 걸 본격적으로 이 야기하려면 더 오래 걸릴 것 같다. 나는 재빨리 프라이팬을 불 위에 올리고 계란을 그릇에 깨서 휘저었다. 그리고 찬장에서 계란 틀을 찾으며 도리스에게 소리쳤다.

"맞다, 도리스! 이야기할 게 있댔죠? 그거 내일쯤으로 미뤄도 될까요?"

어제 티파티에 갈 때 도리스가 그랬었다. 꼭 해야 할 이야기가 있다고. 원래는 오늘 점심을 먹으며 들을 생각이었는데 아이린 아주머니의 가게 상태로 보아 점심시간은커녕 저녁에도 시간이 안 날 것 같다.

"상관은 없는데, 저도 도울까요?"

"괜찮아요."

나보다 키가 큰 도리스가 올려놨는지 계란 틀은 내 손끝이 간신히 닿는 곳에 있었다. 내가 손끝에 닿는 틀을 하나 잡아당기자 얽혀 있었는지 내 머리 위로 와르르 쏟아져 내렸다.

"아야!"

쇠로 된 거라 맞으니까 아프다. 아오, 진짜. 나는 재빨리 하나만 집어 들어 가볍게 물에 헹구고 프라이팬 위에 얹어 놓았다. 그리고 그 안에 계란물을 부은 뒤 허리를 숙여 쏟아진 계란 틀을 줍기 시작했다.

하나, 둘, 셋, 모두 아홉 개. 계란 틀은 프라이팬에 있는 것까지 모두 열 개였다. 나는 수를 확인한 뒤 그중 사용하지 않은 다섯 개만 골라 뺐다.

"만나면 진짜 한마디 할 거야."

여기에는 아주 환장할 사연이 있다. 며칠 전 데이브에게 다섯 개를 만들어 달라고 주문을 넣었는데 그가 티파티 전날까지 나타나질 않았던 거다.

술에 취해 자는 거 아니냐고 다 함께 가게 앞에 몰려가서 문을 두드리고 난리를 쳤는데도 그는 코빼기도 보이지 않았다.

그 인간한테 맡기지 말았어야 했다고 투덜거리는 크리스틴과 자기가 괜히 데이브에게 일을 맡기자고 했다고 사과하는 아이린 아주머니 사이에서 나는 간신히 다른 사람을 구해 주문을 넣었다.

그리고 티파티 당일 새벽에 웃돈까지 얹어서 주고 간신히 완성된 틀을 받아서 토스트를 만들었는데 내가 떠나고 나자 데이브 아저씨가 찾아왔다고 한다.

주문한 계란 틀을 가지고.

"혹시 오늘 데이브 아저씨 봤어요?"

내 질문에 같이 계란 틀을 주워 준 도리스가 고개를 저었다. 또 어디서 술에 취해 있겠지. 내가 준 선금으로 술에 진탕 빠져 있었으니 어제 받아 간 돈으로도 술독에 빠져 있을 거다.

술독에 빠져서 조상님 얼굴 보고 돌아오길.

그래도 데이브 아저씨가 만들어 온 틀이 아예 쓸모가 없는 건 아니라서 나는 강을 건너는 게 아니라 조상님 얼굴만 보고 돌아오라고 빌어 주었다.

그가 만든 틀은 아이린 아주머니에게 줄 생각이었다. 그녀도 토스트를 팔고 싶다고 했으니까.

"가게 부탁해요!"

나는 빠르게 토스트 세 개를 만들어 포장한 뒤 바구니에 넣어 나오며 도리스에게 소리쳤다. 다시 아이린 아주머니의 주점에 도착해 보니 손님은 그사이에 일곱 명으로 늘어 있었다.

남자 다섯이 사고 쳐서 둘을 낳은 게 아니라면 손님이겠지.

"따듯한 계란 샌드위치요. 혹시 또 주문하실 분?"

나는 샌드위치를 주문한 남자 둘 앞에 접시에 토스트를 담아 내려놓으며 소리쳤다. 그러자 주변을 두리번거리던 남자 둘이 동시에 외쳤다.

"맥주 하나. 그리고 스튜도."

지금은 스튜가 되나? 슬쩍 고개를 빼서 주방을 살펴봤지만 여전히 스튜는 끓지 않은 모양이었다. 나는 고개를 젓는 아이린 아주머니를 보고 손님들에게 말했다.

"스튜 대신 오늘의 스페셜 요리가 있는데 어떠세요?"

"스페셜 요리?"

"따듯한 계란 샌드위치예요. 바로 만들어 드려요."

늦게 들어온 남자 둘의 시선이 부딪쳤다. 두 사람은 어깨를 으쓱하더니 외쳤다.

"그럼 그걸로."

네. 감사합니다, 고객님. 나는 가져온 바구니를 들고 주방으로 향했다. 계란 틀과 빵을 가져왔으니 여기서도 만들 수 있다.

"고마워, 에버딘."

주방 안에서 아이린 아주머니는 어쩔 줄 몰라 하고 있었다. 그래도 스튜 안에 당근과 감자는 썰어 넣은 모양인지 당근과 감자 껍질이 주방 바닥에 떨어져 있는 게 보였다.

나는 냄비가 언제 끓는지 확인하기 위해 뚜껑을 열어 보며 말했다.

"괜찮아요. 저도 한가할 때인데요, 뭐. 게다가 아이린도 항상 절 도와줬잖아요."

냄비 안은 이미 스튜로 보이는 게 들어 있었다. 어? 이미 완성된 거 아닌가? 나는 그릇에 계란을 깨서 젓기 시작하는 아이린 아주머니에게 물었다.

"스튜는 여기서 뭘 더 해야 하는 거예요?"

"건더기가 하나도 없어서 다시 끓여야 해."

건더기가 하나도 없다는 게 무슨 소리지? 국자로 떠보자 갈색의 국물 속에 방금 썰어 넣은 감자와 당근이 보였다. 그리고 오래 끓였는지 푹 익어서 형태를 알 수 없는 뭔가도.

"이거 무슨 스튜예요?"

소고기 스튜? 닭고기 스튜? 아니면 채소 스튜? 어리둥절해 하는 내게 아이린 아주머니는 능숙하게 토스트를 만들며 말했다.

"그런 거 없어. 그냥 스튜야."

"그냥 스튜가 뭔데요?"

"그냥, 그냥 스튜."

그게 무슨 소린지 모르겠다. 내가 이상한 표정으로 쳐다보자 그녀는 부끄러워하며 설명했다.

"스튜는 오래 끓여야 맛이 나거든. 그래서 있는 거 뭐든 다 넣으면서 계속 끓이는 거야."

내가 제대로 들은 게 맞나? 나는 아이린 아주머니의 설명에 귀를 의심하며 국자를 재빨리 내려놓았다.

그러니까 이 집 스튜는 한 번 끓인 스튜를 버리고 다시 끓이는 게 아니라 끓인 스튜에 물이 부족하면 물을 넣고 건더기가 부족하면 건더기를 넣어가며 계속 끓여 왔다는 거다.

건더기는 그때그때 싸게 파는 걸 사서 넣었기 때문에 어떨 때는 순 콩뿐일 때도 있었고 어떨 때는 베이컨이 가득할 때도 있었다고 한다.

"세상에."

나는 어이가 없어서 냄비로부터 재빨리 멀어졌다. 그런 내 모습을 본 아이린 아주머니는 얼굴을 붉히며 말했다.

"다 그래. 그래서 맛있는 거야."

생각해 보면 그렇긴 할 거다. 그동안 넣었던 재료들의 맛이 응집돼서 맛있겠지. 하지만 내가 살던 곳 기준으로 이 요리는 위생 상태 빵점으로 주점의 문을 닫아야 할 수준이다.

"이건 뭐예요?"

그렇다고 이곳에 내가 살던 곳의 기준을 둘 수는 없기 때문에 나는 주제를 바꿨다. 조리대 위에 손님이 오자 바빴던 아이린 아주머니의 흔적이 남아 있었다. 양파 껍질이며 당근 껍질, 그리고 열었다가 남겨 둔 주머니까지.

"뭐? 아, 그거⋯⋯."

그간 나를 도와주느라 토스트를 많이 만들어 본 덕에 몸에 익었는지 아이린 아주머니는 허둥지둥하던 아까와 달리 능숙하게 계란을 뒤집으며 말을 이었다.

"콩인데, 어떨지 몰라서 못 쓰겠어."

콩이 어떨지 모르다니 무슨 소리야? 나는 주머니를 펼쳐 안에 든 콩을 확인했다. 어라? 잠깐.

"오늘 아침에 가져왔더라고. 싸게 줄 테니까 가져가라고 사정을 하길래 샀는데……."

매일 아침 우리 집과 아이린 아주머니의 가게에는 음식 재료가 배달된다. 배달원이 콩을 가져와서 사 달라고 부탁했던 모양이다.

문득 머릿속에 어제 제럴딘의 티파티에서 들었던 이야기 하나가 생각났다. 외국에서 콩을 수입해 왔는데 사람들이 잘 안 먹어서 골머리를 썩고 있다던가.

"안 쓸 거예요?"

나는 콩을 한 줌 쥐어 손에 펼치며 물었다. 요리 보고 조리 봐도 익숙한 콩이었다.

"글쎄. 스튜에 넣을까 했는데 불리려면 시간이 걸릴 거 같더라고. 왜? 관심 있어?"

"어, 네. 제가 아는 콩 같아요."

"그럼 가져가."

아이린 아주머니는 선뜻 그렇게 말하며 접시 위에 완성된 토스트를 담았다. 어, 진짜? 내가 믿을 수 없다는 표정을 짓자 그녀가 빙그레 웃으며 말했다.

"도와주는 데 그거라도 줘야지."

날 항상 도와주는 건 아이린 아주머니다. 나는 고마운 마음에 재빨리 말했다.

"그럼 저 계란 틀은 아이린이 가져가요."

"하지만 돈을 줘야……."

"콩값으로 해요."

아이린 아주머니의 얼굴에 말도 안 된다는 표정이 떠올랐다. 나도 안다. 콩값이 틀 값에 비하면 한참 부족하다는 걸.

하지만 나는 항상 그녀에게 도움을 받아왔다. 그러니 이 정도는 해야 하지 않을까.

"게다가 아이린은 앞으로 돈 나갈 일이 많거든요."

곧 길아옆을 거리인데 테이블과 의자를 살 수는 없다. 그러니 테이블에는 테이블보를 깔고 의자는 수리를 해야 한다. 그것도 새로 사는 것만큼은 아니지만 돈이 든다.

거기까지 생각하는데 문득 지금 손님이 늘어났으니 아이린 아주머니가 점심에는 식사를 팔고 싶은 생각이 사라졌을지도 모른다는 생각이 들었다. 나는 그녀를 위해 스튜 밑이 눌어붙지 않도록 국자로 냄비 안을 휘저으며 말했다.

"그러니까, 점심때 여전히 식사를 팔고 싶다면요."

"당연하지. 저 사람들은 대회가 끝나면 사라질 손님들이야."

그건 그럴 것 같다. 나는 사투리인지 다른 나라 언어인지 알아듣기 힘든 말로 시끄럽게 떠들어대는 남자들을 내다보고 고개를 저었다. 용병을 하나 쫓아내니까 새로운 용병이 왔다.

"저랑 약속 하나만 해요."

그 뒤로 또 손님이 몰려왔기 때문에 정신없이 일을 한 우리는 한숨 돌린 뒤 이야기를 나눌 수 있었다. 정신없이 일을 했다는 건 주문받은 맥주를 내가고 스튜가 넘치지 않는지 확인한 뒤 강낭콩을 삶아 소금을 살짝 뿌려 내갔다는 뜻이다.

아, 중간에 양조장에서 가져온 맥주도 받았지.

아이린 아주머니는 손님이 다섯 팀 이상이 되자 전혀 감당을 하지 못했다. 대체 어떻게 주점을 운영했는지 모르겠다. 어쩌면 그동안 이 주점에 한 번에 다섯 팀 이상 온 적이 없는지도 모르겠다.

엄청나게 끔찍한 생각을 하며 나는 아까 내가 확인한 스튜를 괜스레 한번 젓는 아이린 아주머니 앞에 서 있었다. 말이야 바로 하자면 주문을 받고 서빙을 하고 계산을 하는 것까지 전부 내가 했다.

아, 스튜 상태를 확인하고 찬장을 뒤져 강낭콩을 껍질째 삶아서 소금을 뿌려 안주로 내가기도 했지.

그동안 아이린 아주머니가 한 건 내가 주문받은 토스트를 만드는 거였다. 뭐, 계란물을 만들어서 프라이팬에 익히고 빵을 살짝 구워 샌드위치를 만드는 것도 쉬운 일은 아니지만, 주문이 밀려들어오면 얼어붙는다는 건 좀 위험한 거 아닐까.

"무, 무슨 약속?"

아이린 아주머니는 막간의 틈이 생기자 다시 뭘 해야 할지 모르겠다는 표정으로 나를 돌아보았다. 나는 그녀가 하릴없이 젓고 있는 냄비를 쳐다보고 말했다.

"오늘 이후로 저 스튜는 버리는 거예요."

"뭐?"

"음식은 항상 같은 맛과 같은 양이 나가야 돼요. 저건 팔면 안 돼요."

내가 살던 곳에서 그건 기본이었다. 매일 맛과 양이 달라지는 음식을 누가 먹으러 온단 말인가. 하지만 아이린 아주머니는 이해를 못 하는 표정이었다. 나는 갈색의 스튜를 쳐다보고 다시 단호하게 말했다.

"매일 다시 만들어서 팔아야 돼요."

"매일? 스튜는 오래 끓여야 재료가 푹 익는데?"

"그럼 영업 마감하고 스튜를 끓이고 자면 돼죠."

아이린 아주머니의 얼굴에 말도 안 된다는 표정이 떠올랐다. 하지만 그래야 한다. 원래 장사는 어려운 거다. 나는 매일 가게 문을 닫고 밤 식빵에 넣을 밤을 깐다. 그리고 아침에 팔 빵 반죽을 하고 차가운 지하 창고에 저온 발효되도록 넣어 놓고 잔다.

최근엔 토스트에 넣을 옥수수 알을 빼는 일까지 하고 있다.

"알았어."

놀랍게도 아이린 아주머니는 고개를 끄덕이며 동의했다. 어, 정말로? 설득하려면 시간이 걸릴 줄 알았는데?

내가 놀란 표정으로 쳐다보자 그녀가 새로운 냄비를 꺼내 물을 담으며 말했다.

"전에 네가 식감이 좋다는 이유로 옥수수 알을 넣었잖아. 그때 좀 반성했거든."

단순히 식감 때문에 번거로운 일을 자청했다는 점에서 그녀는 감동을 받은 모양이었다. 하지만 요리는 원래 끈기와 성실함이다. 빨리 해치우고 싶다는 이유로 센 불에 전을 부쳐서 겉은 태우고 속은 덜 익힐 때마다 할머니가 말했다.

약간의 의논 끝에 아이린 아주머니는 스튜에 당근과 감자, 양파를 같은 양으로 넣기로 했다. 그리고 언제나 구할 수 있는 짠 소시지도.

"사람 없어?"

아이린 아주머니가 새 냄비에 기름을 녹여 양파를 볶는 동안 홀에서 누군가 소리쳤다. 양파를 먼저 볶는 건 내가 제안했다. 양파는 오래 볶으면 풍미가 좋거든.

"네."

나는 양파를 볶는 아이린 아주머니 대신해 홀로 나가며 대답했다. 이미 일곱 팀의 손님이 앉아 있었는데 추가로 다섯 명의 손님이 또 들어와서 앉아 있었다.

오늘 무슨 일 있나? 나는 갑자기 늘어난 손님에 오늘 수도에 대회 기간이라는 것 외에 또 무슨 일이 있는지 궁금해하며 다가갔다.

이번 손님도 당연하게도 맥주를 주문했다. 그리고 사람들이 먹고 있는 스튜도.

"스튜는 다 떨어져서 새로 만드는 데 시간이 걸려요."

나는 맥주잔을 꺼내러 가며 말했다. 방금 설거지를 해 놔서 다행이다. 아까 아이린 아주머니가 점심 식사 시간 전에 컵을 다 써서 설거지를 한 게 처음이라고 했었다. 아니, 그 이전에 컵을 열 개 이상 쓴 것 자체가 처음이랬다.

그 정도면 이 가게의 장사가 어땠는지 굳이 조사하지 않아도 알 수 있다.

"스튜가 다 떨어졌다고?"

새로 온 손님이 이상하다는 듯 물었다. 그럴 수도 있지, 왜 그러지? 내가 맥주잔에 맥주를 채워 가져오자 수군거리던 남자들이 물었다.

"저 사람들이 먹는 건 뭐야?"

"따듯한 계란 샌드위치요. 이 거리 명물이죠."

방금 내가 만든 명물이다. 내 자신만만한 태도에 신뢰가 생겼는지 남자들은 샌드위치를 하나씩 주문했다. 그리고 삶은 강낭콩도.

"토스트 다섯 개요!"

나는 주방에 그렇게 외치고 방금 나간 손님에게 돈을 받았다. 선불로 돈을 받는 게 좋지 않을까. 손님이 적을 때는 후불도 괜찮은데 갑자기 손님이 많아지니 아이린 아주머니가 감당할 수 있을지 걱정이 됐다.

이야기나 한번 해 볼까. 선불과 후불 중 어느 쪽을 택할지는 아이린 아주머니가 알아서 하시겠지. 그렇게 생각하며 서랍에서 거스름돈을 꺼내 나가는 손님에게 건네줄 때였다.

"뭐라고, 이 자식아?"

그렇지 않아도 손님이 많아서 소란스러웠는데 가장자리에 앉아 있던 남자가 벌떡 일어나며 소리쳤다. 덕분에 그가 앉아 있던 의자가 밀리면서 우당탕하고 요란한 소리를 내며 쓰러졌다.

"아, 거 조용히 좀 하쇼!"

반대편에 있던 다른 손님이 소리쳤지만 일어난 남자는 듣지 않았다. 그는 자신과 가까이 있던 테이블로 다가가며 소리쳤다.

"다시 말해 보시지!"

"어차피 소용없을 텐데 뭐 하러 왔냐고 했다, 왜!"

이건 또 뭐야. 나는 느닷없이 벌어진 싸움에 눈을 동그랗게 뜨고 서 있었다. 제일 늦게 온 남자들이 가까이에 앉아 있던 남자들에게 시비를 거는 것처럼 보인다.

"뭐 하러 왔냐고? 어디, 누가 이기나 한번 해볼까? 엉?"

아닌가? 다섯 명이 우르르 몰려가서 소란을 부리기 시작하자 테이블에 앉아 있던 남자 셋이 눈치를 살피는 게 보였다. 뭔지 몰라도 저 셋이 늦게 들어온 남자들 비위를 긁은 모양이다.

그래놓고 쪽수가 딸리니까 기가 죽은 모양이지. 그럴 거면 건드리지 말던가. 남자 셋이 아무 말도 못 하자 일어난 다섯 명 팀의 기세가 가라앉았다.

이대로라면 별걱정 없이 끝나겠는데. 내가 그렇게 생각하며 주방 밖으로 고개를 내민 아이린 아주머니에게 들어가셔도 된다고 손짓했을 때였다.

"아, 시끄럽다고!"

쾅! 하는 소리와 함께 안쪽에 앉아 있던 남자 둘이 벌떡 일어났다. 다른 사람들과 비교했을 때 이쪽 남자 둘의 모습이 평균적으로 더 험상궂었다.

"너넨 뭐야?"

이번에도 쪽수로 이길 거라 생각했는지 다섯 명 팀이 두 명 팀에게 몸을 돌리며 소리쳤다. 아, 진짜. 이거 어째야 하지? 나는 확 나빠진 분위기에 어째야 할지 몰라 서 있었다.

치안관을 불러와야 하나? 그렇게 생각한 순간 주방에서 양파를 볶던 아이린 아주머니가 주걱을 들고나와 흔들며 소리쳤다.

"시끄러워!"

엄마야! 손님들뿐 아니라 나도 깜짝 놀랐다. 나는 주걱을 들고 휘두르는 아이린 아주머니의 행동에 깜짝 놀라서 카운터에 매달렸고 싸우려던 손님들은 그대로 멈춰 섰다.

"싸울 거면 나가서 싸워! 왜 남의 영업장에서 행패야, 행패가!"

확실히 혼자서 술집을 운영한 가락이 있었다. 아이린 아주머니는 험상궂은 남자들이 대치하고 서 있는 걸 보고도 눈 하나 까딱하지 않았다. 그녀의 기세등등한 모습에 오히려 손님들이 슬금슬금 자리에 앉기 시작했다.

"또 시끄럽게 굴면 치안관 불러 버려."

아이린 아주머니는 내게 그렇게 말하더니 다시 주걱을 들고 주방으로 들어갔다. 평소에는 사람 좋게만 보이던 아주머니가 다시 보였다.

나는 멍한 표정으로 앉아 있던 손님들에게 빙그레 웃으며 말했다.

"샌드위치는 곧 나와요. 조금만 기다려 주세요."

그 후로는 별다른 일이 일어나지 않았다. 손님이 끊임없이 몰리긴 했지만 아이린 아주머니도 저녁 식사 시간쯤 되자 익숙해졌는지 능숙하게 움직였다.

물론 그때는 스튜도 완성이 돼서 바로바로 퍼서 내갈 수 있는 수준이 되기도 했고.

"몰랐어? 오늘이 신청 날이었잖아?"

그날 저녁, 가게를 정리하고 내일 점심부터 할 식사 장사를 위해 부른 수잔이 어떻게 모를 수 있냐는 표정으로 말했다. 신청? 내가 어리둥절한 표정을 짓자 수잔의 옆에서 크리스틴이 한숨을 내쉬며 설명해 주었다.

"시합 말이야. 요. 그러니까, 출전할 사람들은 오늘부터 신청을 하거든……."

마지막에 요를 붙이고 싶은데 참는 기색이 역력하다. 잘하고 있네. 나는 내 앞에 앉아서도 얼어붙지 않고 말을 하는 크리스틴에게 잘한다는 표정을 지어 주었다.

그리고 수잔에게 물었다.

"오늘부터 신청한다고?"

"응. 오늘부터 삼 일간 신청하고 순서대로 번호를 부여받거든. 그래서 첫날이 제일 몰려."

"마지막 날이 아니라?"

"지난번 우승자들 번호는 자동으로 가장 끝 번호로 부여되니까 다들 피하고 싶어 해."

그러니까 부여받은 번호에 따라서 싸우는 상대가 정해지는 모양이다. 상대가 강하면 첫 싸움에서 바로 떨어질 수도 있으니 최대한 마지막은 피하고 싶은 거겠지.

상금은 우승자에게만 주어지기 때문에 오래 버틴다고 딱히 받는 건 없다고 한다. 하지만 오래 버틸수록 이름이 불리는 일이 많아지니 이름값을 올릴 수 있는 기회라고 했다.

그래서 오늘 아이린 아주머니의 주점에 갑자기 손님이 몰렸군.

오늘 있었던 해프닝이 이해가 됐다.

"그래서 오늘 치안관들도 바빴을 거야."

수잔이 툭 내뱉었다. 치안관은 왜? 내가 고개를 들자 그녀가 어깨를 으쓱하며 말했다.

"전 대륙에서 실력 좀 있다 하는 애들이 몰려드는 거잖아. 어디든 싸움이 일어나기 쉽지."

안 그래도 여기도 싸움이 일어날 뻔했다. 나는 그런 남자들을 상대로 주걱을 흔들며 고함을 친 아이린 아주머니를 대단하다는 눈빛으로 쳐다봤다.

그러자 그녀가 별거 아니라는 듯 말했다.

"걔들은 강약약강이거든."

"아이린, 그 남자들보다 세요?"

"그건 아니고."

내 물음에 아이린 아주머니는 고개를 젓더니 내일 점심부터 팔기 위해 미리 만들어 둔 샌드위치 한 조각을 집었다. 그리고 한심하다는 말투로 말을 이었다.

"겉보기에 세 보이면 덤비질 못하더라고. 전에 서쪽 하늘 용병단 애들이 죽치고 있었잖아. 좀 시끄러워진다 싶으면 걔들이 고함질렀거든."

그럼 귀신같이 조용해졌다는 말이다. 그렇게 생각하니 좀 한심하게 느껴졌다. 하지만 다행이라는 생각도 들었다.

"하지만 언제나 아이린이 나와서 고함칠 수는 없는 노릇이잖아."

그때 크리스틴이 말했다. 그건 그렇다. 나는 그렇지 않아도 거리에서도 싸움이 일어날 뻔했다는 이야기에 곰곰이 생각에 잠겼다.

지금 수도 어디에나 그런 사람들이 잔뜩이다. 다음번에는 아이린 아주머니의 고함이 안 통할 수도 있다. 그리고 거리에서 싸움이 일어날 수도 있지.

치안관이 여기 상주하는 것도 아니고 우리끼리의 힘으로는 용병들의 싸움을 말리는 데도 한계가 있다.

"서쪽 하늘 용병대를 다시 불러 볼까?"

내 제안에 수잔과 아이린 아주머니가 눈살을 찌푸리며 물었다.

"왜?"

"걔들이 있으면 다른 애들이 조용해진다며. 그리고 우린 서쪽 하늘 용병대에게 거리에 아무 해도 끼치지 않기로 약속을 받았잖아?"

그들만큼 무해한 용병이 없을 것이다. 하지만 크리스틴이 고개를 저으며 말했다.

"그 사람들이 오려고 할까?"

그게 제일 큰 문제였다. 나가라 할 땐 언제고 이제는 왜 오라고 하냐고 뭐라고 할 수도 있고. 하지만 생각해 보면 우리는 해를 끼치지 말라고 했지 나가라고 한 적은 없단 말이지.

*   *   *

"어서 경께서 오셨습니다."

서재에서 이야기를 하던 션은 집사의 말에 한쪽 눈썹을 들어 올렸다. 에버딘이 왔다고? 그는 최근 마틴과 아네트 중에 누가 사고를 쳤는지 생각하고 그게 에버딘과 아무 상관이 없다는 것을 떠올린 뒤 오늘이 무슨 날인지 생각했다.

하지만 에버딘이 찾아올 아무 이유도 없었다. 그리고 마지막으로 그녀의 행동을 생각해 보건대 그가 보고 싶어서 오는 건 아닐 거다. 아니, 그건 정정하도록 하자.

에버딘은 그를 좋아했다. 정확히 말하면 그의 얼굴만.

가끔 멍하니 션의 얼굴을 쳐다보는 걸 그도 알 정도였다. 그럼에도 불구하고 그녀는 그를 잘 만든 조각상 대하듯 행동했다. 그 점이 션에게는 신선하게 다가왔다.

잘 만든 조각상 대하듯 행동하는 것뿐 아니라 그를 겁내지 않는 것도.

많은 사람들이 션을 제대로 보지 못한다. 그의 눈동자 때문이다. 어떤 사람들은 저도 모르게 뒷걸음질 쳤고 어떤 사람은 하얗게 질린 채 얼어붙기도 했다.

하지만 에버딘은 아니었다. 그녀는 잠깐 멈칫하긴 했지만 신기하다는 반응뿐이었다. 그리고 그를 아주 잘생긴 남자 대하듯 대하거나 혹은 잘 만든 조각상처럼 대했다.

그게 션에게 신선함을 넘어서서 신기하게 느껴졌다.

"어서 경?"

션의 맞은편에 앉아서 술을 마시고 있던 베르트의 눈이 반짝였다. 귀도 좋지. 션은 헛웃음을 지었다. 그러자 베르트가 그 틈을 놓치지 않고 물었다.

"그 여잡니까? 내 부하를 납치 감금해서 공작님과 합의했다는 여자."

납치 감금이라니 말이 심하다. 하지만 그것 외에는 표현할 방법이 없어서 선은 말없이 고개를 끄덕였다. 그 앞에서 집사가 어떻게 할 건지 조용히 기다리고 있었다.

"만나 보고 싶은데요. 불러 주시면 안 됩니까?"

베르트의 부탁에 선은 잠시 생각하다가 고개를 끄덕였다. 말은 그렇게 했지만 베르트는 단순하다. 딱히 에버딘에게 불만을 품고 있는 건 아닐 것이다.

단순히 자기 부하를 납치 감금한 여자가 어떤지 사람인지 궁금한 거다.

선의 허락에 집사는 금세 에버딘을 데려왔다. 그리고 에버딘이 마실 차도.

손님이 있는 줄 몰랐던 그녀는 선의 맞은편에 앉아 있는 남자를 발견하고 눈을 동그랗게 떴다.

얘도 잘생겼네. 아무래도 웨스트햄튼에는 좋은 기가 흐르는 모양이다. 선의 손님은 금발의 잘생긴 미남이었다. 체형도 좋았다. 그녀의 시선이 금발 미남을 한번 훑었다.

그러자 묘하게 선의 기분이 나빠졌다. 그는 에버딘의 시선을 가로채기 위해 불쑥 입을 열었다.

"이쪽은 에버딘 어서 경. 그리고 여기는 베르트 만."

이름이 켄이 아니라 베르트였군. 에버딘은 냉정하게 생각하며 손을 내밀었다. 베르트는 전형적인 금발 미남이었다. 그러니까 약간 가벼워 보이고 살짝 멍청해 보인다는 점에서.

"소문은 익히 들어 알고 있었습니다."

유쾌하게 에버딘의 손을 잡는 베르트의 인사에 그녀는 곧 그가 누군지 기억해 냈다. 서쪽 하늘 용병대의 대장. 이런 남자가 용병대 대장이라니. 용병대 대장 하기엔 너무 잘생긴 거 같은데.

거기까지 생각한 에버딘은 곧 선을 쳐다보고 생각을 고쳐먹었다. 저렇게 생긴 남자가 공작인 나라다. 이렇게 생긴 남자가 용병대 대장 할 수도 있지.

"좋은 소문은 아니겠죠?"

에버딘의 질문에 베르트는 뭐라 말해야 할지 몰라 그저 웃었다. 확실히 그리 좋은 소문은 아니었다.

그녀 역시 이해했기 때문에 더 이상은 묻지 않았다. 자기 부하를 납치 감금해서 거래를 한 사람이다. 좋은 기분일 리가 없다.

하지만 잘됐다. 에버딘은 여기 온 이유를 떠올리며 선의 맞은편, 베르트에게서 약간 떨어진 의자에 앉았다.

"그렇지 않아도 사과를 하고 싶었어요."

"무슨 사과 말입니까?"

생각하지 못한 단어에 베르트의 눈이 동그래졌다. 그 모습을 선이 못마땅한 표정으로 지켜보고 있었다.

왜 이 녀석한테는 존댓말을 쓰는 거야? 마음 같아서는 그렇게 묻고 싶지만 그가 생각해도 그건 너무 유치한 것 같았다.

"전에 대장님의 부하를 어, 그러니까, 가둬 둔 거요."

차마 에버딘도 자기 입으로는 납치 감금이라고 말하기는 어려웠던 모양이다. 못마땅한 표정으로 팔걸이에 팔꿈치를 세워 턱을 괴고 있던 선은 저도 모르게 피식 웃었다.

"아, 괜찮습니다. 존이 행실이 나빴던 탓이니까요. 그 녀석은 벌을 받아도 싸죠."

대장이 그렇게 말하니까 마음이 편하다. 하지만 그렇다고 그대로 물러날 수는 없었다. 에버딘은 선을 한번 쳐다보고 그가 어쩐지 기분이 상한 것 같다고 생각했다.

하지만 그럴 리가 없지. 에버딘은 본능적으로 선의 외모에 감탄을 하고 베르트에게 말했다.

"하지만 사과의 표시를 하고 싶은데요."

사과의 표시라고? 이쯤에서는 선도 이게 무슨 소린가 하고 자세를 고쳤다. 어떻게 사과의 표시를 하겠다는 거지?

"괜찮습니다. 어차피 존은 혼났어야 하니까요."

"이렇게 하면 어떨까요?"

베르트의 거부에 에버딘이 미소를 지으며 제안을 해 왔다. 선은 소파에 몸을 깊게 묻은 채 그녀가 베르트에게 말하는 것을 지켜보고 있었다.

"제가 사는 거리에 주점이 있어요. 서쪽 하늘 용병대 분이라면 맥주 한 잔을 무료로 드릴게요."

"맥주요?"

"목이 타거나 간단하게 맥주 한잔 마시고 싶을 때 언제든지 오라고 전해 주세요."

이 정도가 아이린이 감당할 수 있는 수준이었다. 에버딘은 그녀의 가게에서도 제공할 수 있는 것을 재빨리 덧붙였다.

"그리고 제 가게에서도 새로 나온 따듯한 샌드위치를 하나씩 드릴게요."

"뭐?"

"그게 뭡니까?"

선과 베르트에게서 동시에 다른 반응이 튀어나왔다. 에버딘은 깜짝 놀란 선을 쳐다보고 베르트에게 말했다.

"쉽게 말하면 계란을 익혀서 넣은 거예요. 맛있어요. 우리 거리의 명물이랍니다."

"맛있겠는데요. 그거 제가 가도 주시는 겁니까?"

베르트의 질문에 에버딘의 눈이 가늘어졌다. '넌 용병대 대장이잖아. 돈도 많을 텐데 그냥 사 먹어라.'라는 말이 그녀의 목구멍까지 기어 나왔지만 에버딘은 상대가 용병대 대장이라는 것을 떠올리고 웃으며 말했다.

"그럼요."

서쪽 하늘 용병대 대장이 그녀가 사는 거리에 어슬렁거린다는 소문이 퍼지면 시답잖은 놈들은 사라질 거다. 용병을 고용하는 비용은 아주 비싸다. 그게 맥주 한 잔과 토스트 하나로 해결된다면 거의 공짜나 다름이 없다.

"꼭 가 봐야겠군요."

선은 그렇게 말하며 싱글벙글대는 베르트는 한심하다는 듯 쳐다봤다. 그는 방금 자신도 공짜냐는 베르트의 질문에 에버딘의 얼굴에 순식간에 스쳐 지나간 짜증을 읽었다. 그건 에버딘은 공짜로 주기 싫다는 뜻이다.

그럼에도 서쪽 하늘 용병대에게 사과의 표시랍시고 맥주와 샌드위치를 공짜로 주겠다는 건 이유가 있는 거다.

"저는 이만 가 봐야겠습니다."

자신도 무료로 받을 수 있다는 말에 기분이 좋아진 베르트가 자리에서 일어나며 말했다. 슬슬 본부로 돌아가야 한다. 그는 에버딘에게 다시 손을 내밀며 말했다.

"제가 여기 공작님의 연회에 초대받았는데 한 명 더 데려와도 좋다고 하시는군요. 혹시 초대받지 않으셨다면……."

"이미 초대했네."

연회에 에버딘과 함께 오고 싶다는 베르트의 제안이 끝나기도 전에 선이 불쑥 말했다. 에버딘은 그가 초대했다. 그러니 베르트는 다른 사람을 찾아야 할 것이다.

공작의 날카로운 태도에 베르트는 뒷머리를 쓸었다. 그리고 선과 에버딘을 번갈아 쳐다보더니 한숨을 내쉬며 말했다.

"아, 그럼 카렌과 와야겠네요."

카렌이라면 에버딘도 안다. 하지만 그녀가 카렌을 안다고 말하기도 전에 베르트는 에버딘과 선에게 꾸벅 인사를 하고 나가 버렸다.

유쾌한 사람이네. 에버딘은 소파에 앉은 채 베르트가 나가는 것을 보고 있었다. 그리고 그녀가 느낀 첫인상 그대로였다.

전형적인 금발 미남.

"서쪽 하늘 용병대에게 맥주와 샌드위치를 제공하겠다고?"

그때 선이 불쑥 말했다. 에버딘은 찻잔을 들어 올리며 여유 있게 말했다.

"당신도 원하면 공짜로 줄게."

"됐어."

선은 그렇게 말하며 에버딘을 따라 찻잔을 들어 올렸다. 그리고 찻잔을 입술에 대며 덧붙였다.

"넌 돈 내고 먹는 사람을 더 좋아하잖아."

그건 당연하다. 에버딘은 그게 뭐 어떻냐는 표정을 지었다. 그녀는 땅 파서 장사하는 게 아니다. 그녀가 파는 것을 정당한 돈을 주고 사 가는 사람이 더 좋을 수밖에 없다.

하지만 선은 그걸 말하는 게 아니었다. 그는 찻잔을 테이블에 내려놓으며 물었다.

"무슨 꿍꿍이야? 이번에도 홍보인가?"

"홍보도 괜찮고."

생각해 보면 용병들이 고작 맥주 한 잔만 마실 리가 없다. 한 잔은 두 잔을 부르고 두 잔은 세 잔을 부르는 법이다. 결국 그건 아이린의 매출에 기여할 것이다.

토스트도 마찬가지다. 계란만 들어간 샌드위치 하나에 용병들의 배가 부를 리가 없는 것이다.

하지만 에버딘의 목표는 다른 곳에 있었다. 그녀는 말을 할까 말까 고민하는 표정으로 선을 바라보았다.

약간 창백하다 싶을 정도로 하얀 에버딘의 얼굴 위로 망설이는 표정이 떠오르는 것을 선은 물끄러미 쳐다보고 있었다. 그녀의 초록색 눈동자가 그의 붉은 색 눈동자를 마주했지만 그녀는 피하지 않았다.

에버딘이 선의 날렵한 콧등이나 생각보다 긴 속눈썹을 구경하며 망설이는 사이 그는 그녀의 붉은 머리카락이 구불거리면서 에버딘의 하얀 얼굴을 감싸고 내려오는 것을, 초록색 눈동자가 흔들리는 것을 지켜보고 있었다.

"베르트에게는 말 안 하도록 하지."

기다리다 못한 선이 재촉했다. 에버딘은 피식 웃으며 말했다.

"상관없어."

베르트나 서쪽 하늘 용병대 사람들이 알아도 별로 상관은 없다. 그녀는 제안을 했고 오고 말고는 그들의 마음이니까.

"요즘 축제 때문에 거리가 시끄럽거든."

그 이야기는 선도 들었다. 에버딘은 오늘 그녀의 거리에서 일어난 일은 간단하게 설명했다. 선 역시 거리 여기저기에서 싸움이 일어났고 그중 서쪽 하늘 용병대가 가담한 싸움도 있다는 이야기를 들었다.

방금 전까지 베르트가 이야기한 게 그거였다. 혹시라도 선에게 항의가 들어가기 전에 자진신고 하러 온 거다.

"그런데 거리에 강한 용병대가 있으면 그보다 약한 용병대 사람들은 얌전해진다더라고."

이유는 모르겠지만 에버딘은 서열 같은 거라고 생각하고 있었다. 실제로 서쪽 하늘 용병대는 상당히 이름을 날리고 있기도 했다.

그래서 용병대를 거리로 불러들이기 위해 무료 맥주와 샌드위치를 제안했다는 말에 선은 저도 모르게 어이없다는 듯 웃었다. 그리고 불쑥 물었다.

"용병들이 거리에 있는 게 싫다고 쫓아낸 거 아니었어?"

"이 자리에서 확실히 말하지만, 난 쫓아낸 적 없어."

에버딘은 손을 들어 올리며 그렇게 말했다. 그녀는 그녀와 거리에 위해를 가하지 말라고 했지 나가라고 한 적은 없다. 애초에 거리를 두고 누구는 머물고 누구는 나가라고 할 권리가 그녀에게는 없다.

예전 일은 혼이 난 용병대에서 거리에 발걸음을 끊어 버린 것뿐이다.

그녀의 설명에 선은 턱을 쓸며 고개를 끄덕였다. 그 말이 맞다. 사실 에버딘에게 말은 안 했지만 그가 용병대를 혼내면서 그 거리에는 가지 말라고 말하기도 했던 것이다.

"게다가 서쪽 하늘 용병대는 나랑 약속했잖아?"

약속? 에버딘의 말에 선은 곧 용병대가 거리에 해를 끼치지 못하게 하겠다는 약속을 떠올렸다. 그렇군. 그는 피식 웃었다.

서쪽 하늘 용병대는 거리에 해를 끼치지 않기로 약속했다. 그러니 다른 용병대에 비하면 훨씬 안전한 용병대고 어차피 용병대가 거리에 어슬렁거린다면 해를 끼치지 않기로 약속한 용병대가 어슬렁대는 게 낫다는 뜻이리라.

그는 새삼스러운 눈으로 에버딘을 쳐다봤다. 이런 사람이었군. 숫기 없고 착하다고만 들었던 에버딘에 대한 평가가 그를 찾아와서 대적할 때부터 조금씩 바뀌었다. 그러더니 오늘 일로 선의 안에서 확실히 바뀌어 버렸다.

"영리하군."

선의 칭찬 따위는 필요 없지만 그가 데려오는 손님들은 필요하다. 웨스트 공작의 저택을 찾아간 이튿날, 에버딘의 빵집과 아이린의 주점은 용병들로 바글바글해졌다.

에버딘의 계획을 듣고도 정말 용병들이 올지 미심쩍어하던 아이린과 크리스틴은 확 늘어난 손님의 수에 입을 다물지 못했다. 맥주와 토스트 손님이 크리스틴에게까지 영향을 주기는 어려울 것 같지만 가능했다. 의상실이 있는 것을 본 용병 몇 명이 셔츠를 주문했기 때문이다.

귀족들이 이용하지만 그리 비싸지 않다는 에버딘의 소개에 크리스틴의 의상실을 찾아간 용병들은 합리적인 가격에 셔츠를 주문하고 나왔다. 당연하게도 크리스틴은 귀족이 아닌 용병들을 상대하는 데는 어려움이 없었다.

"용병들은 갑옷만 입을 줄 알았는데."

자신이 소개하고도 실제로 주문하는 사람이 있을 줄은 몰랐던 에버딘이 놀란 표정으로 말했다. 그러자 여러 벌의 셔츠 주문을 받아 기분이 좋아진 크리스틴이 깔깔대며 말했다.

"알몸에 갑옷만 입을 수는 없잖아."

그렇긴 하다. 물론 용병들이 주문한 건 비번 때 입는 약간 품질 좋은 셔츠긴 하지만.

"에버딘, 손님이 왔어요."

에버딘이 자신의 가게로 돌아오자 도리스가 재빨리 다가와서 속삭였다. 그렇게 말하지 않아도 알겠다. 에버딘은 가게 안에 들어가자마자 느껴지는 위화감에 선이 왔다는 것을 깨달았었다.

가게 안의 모든 손님들이 선의 눈치를 살피고 있는 게 느껴졌다. 그리고 그 옆의 베르트도.

"무슨 일이야?"

에버딘은 분위기를 밝게 만들기 위해 재빨리 그에게 다가가서 물었다. 우리 어제 만나지 않았니? 이렇게 자주 볼 사이는 아닐 텐데. 명백한 그 태도에 베르트가 활짝 웃으며 말했다.

"샌드위치 먹으러 왔습니다."

너무나 밝은 말에 에버딘의 말이 막혔다. 그녀는 두 사람 때문에 어두웠던 분위기를 돌아보고 한숨을 내쉬었다. 그리고 도리스에게 말했다.

"미안한데 달걀 샌드위치 하나만 갖다줄래요? 아, 이쪽은 서쪽 하늘 용병대 대장님이에요."

서쪽 하늘 용병대라는 것만으로 사람들에게 인상을 주기 충분한데 심지어 대장이라는 말에 도리스는 물론 가게 안에서 빵을 고르며 힐끔거리던 손님들이 입을 딱 벌렸다. 그 유명한 서쪽 하늘의 용병대 대장이란다.

그렇다면 그 옆은······.

사람들의 시선이 선을 향했다. 모자를 쓴 탓에 눈이 잘 보이지 않지만 웨스트 공작일 것이다. 그들은 두 명씩, 세 명씩 모여 속닥이기 시작했다.

"빨간 눈에 악마처럼 생겼다던데."

"생각보다 키가 엄청나게 크잖아요? 전 요만한 줄 알았는데."

"에이, 전 오히려 키가 천장에 닿을 정도로 크다고 들었어요."

"다리가 세 개라고 들었는데."

이야기만 들어 보면 흡사 몬스터다. 에버딘은 사람들의 말을 못 들은 척하며 선과 베르트를 가게 밖으로 밀어냈다. 때마침 도리스가 포장한 토스트를 가지고 나왔다. 오늘 아침부터 용병들이 밀어닥친 탓에 미리 달걀부침을 잔뜩 만들어 쌓아 둔 덕분에 금방 나왔다.

"난 아직 주문 못 했는데."

도리스가 베르트에게 토스트를 건네자 선이 말했다. 에버딘은 그의 등을 밀며 속삭였다.

"주점에서 사 줄게. 거기도 팔아."

그녀의 힘으로 밀어 봤자 기별도 안 가지만 선은 예의상 밀려 주며 말했다.

"여기도 자리는 있잖아. 그리고 네가 만든 걸 주문하고 싶었는데."

뭐라는 거야. 에버딘의 얼굴에 그런 표정이 스쳐 지나갔다. 그녀는 다시 선을 밀며 말했다.

"자리 없어. 그리고 여기도 내가 안 만들거든?"

계란만 에버딘이 했다. 그녀가 빵을 굽고 계란을 부치는 동안 도리스가 미리 구워 둔 식빵을 일정한 두께로 자르고 가게에 구운 빵을 진열한 것이다.

그걸 손님이 주문하면 도리스가 식빵을 굽고 계란을 데워서 조립해서 파는 거다.

게다가 아이린이 식당에서 쓰는 빵도 에버딘에게 주문한 덕분에 그녀는 평소보다 훨씬 많은 빵을 굽느라 바빴다. 그 와중에도 에버딘은 간식 빵을 팔 궁리를 하고 있었다.

사실 그 전부터 간식 빵을 팔고 싶기는 했다. 그녀가 살던 곳은 쌀이 주식이고 빵은 간식에 가까웠다. 하지만 이곳은 빵이 주식이라 간식 빵이나 단 빵이라는 개념이 희박했기 때문에 잘 팔리지 않을 거라 판단했던 거다.

그 판단이 바뀐 것은 어제 아이린의 가게에 이국의 언어로 띠드는 용병들을 봤을 때였다. 노헤임 사람들과 달리 다른 나라 사람들이라면 간식 빵을 먹을지도 모른다.

게다가 다른 나라니까 구경 다니며 간단하게 간식을 먹고 싶어 할 테니 팔 거라면 지금이 적기였다.

"엘리스, 계란 샌드위치 하나 갖다 줘."

아이린의 주점으로 두 사람을 데려간 에버딘은 음식을 나르는 엘리스에게 주문을 하고 빈자리를 찾았다. 어제부터 늘어난 손님과 오늘부터 밀려든 서쪽 하늘 용병대 덕분에 아이린의 주점은 앉을 자리가 없이 빽빽했다.

"아가씨, 자리 찾아?"

그때 에버딘의 근처에 앉아 있던 남자가 자리에서 일어나며 물었다. 에버딘은 남자가 떠날 테니 자기 자리에 앉으라고 말할 줄 알고 그에게 고개를 돌렸다.

하지만 남자의 행동은 그녀의 기대와 달랐다. 그는 에버딘의 어깨를 감싸 안으려는 듯 어깨에 손을 올리며 말했다.

"내 무릎에 앉, 아악!"

그의 말이 끝나기도 전에 누군가 남자의 손을 잡아당겼다. 에버딘이 눈치채기도 전에 일어난 일이었다.

그녀는 남자가 비명을 지르자 그제야 무슨 일이 벌어졌는지 알아차렸다. 어느새 에버딘의 뒤에 선 선이 남자의 손을 잡고 꺾고 있었다.

"악! 아아악! 부러져! 부러진다고!"

남자가 고함을 쳤지만 선은 눈 하나 까딱하지 않았다. 그는 그대로 남자의 손을 비틀었다. 그러자 우두둑 하는 소리와 함께 남자의 손이 정상적이지 않은 방향으로 꺾였다.

"이봐!"

남자가 비명을 지르는 것과 동시에 그의 동료들이 자리에서 벌떡 일어났지만 선이 힐끔 쳐다보자 움찔하고 멈췄다. 그러자 그다음 순간 주점에 앉아 있던 서쪽 하늘 용병대가 우르르 일어나서 남자와 그의 동료를 노려보기 시작했다.

"시합이 삼 일 뒤였던가."

선은 움켜잡은 남자의 손을 팽개치며 입을 열었다. 그의 뒤에서 베르트가 믿을 수 없다는 표정으로 그와 에버딘을 쳐다보고 있었다.

"부상으로 기권하고 싶으면 말해."

서늘한 말에 남자와 동료들의 기세가 꺾였다. 그들은 주변을 돌아보고 부랴부랴 도망쳤다.

"괜찮나?"

이어서 션이 에버딘에게 물었다. 괜찮냐고? 에버딘은 얼떨떨한 표정으로 그를 쳐다본 뒤 주변을 둘러보았다. 무슨 일이 일어난 건지도 모르겠다.

그녀는 얼떨떨한 표정으로 션을 올려다보며 말했다.

"어, 어어. 고마워."

실수했다. 에버딘의 표정에 션은 자신이 실수를 했다는 것을 깨달았다. 너무 폭력적인 행동에 거부감을 느끼는 거겠지.

적당히 했어야 했다. 후회하는 션 뒤에서 베르트의 얼굴에 설마 하는 호기심이 떠올랐다가 사라졌다.

"그런데 무슨 일로 왔어?"

남자들이 도망간 덕에 자리가 생겼다. 에버딘은 빈자리에 앉아서 주문받은 샌드위치를 가져온 직원에게 맥주 세 잔을 다시 시키며 말했다.

바빠진 덕에 아이린도 임시로 직원을 한 명 고용했다. 물론 엘리스는 아니다. 엘리스는 에버딘의 가게와 아이린의 가게에서 간단한 심부름을 하고 있었다.

"샌드위치 먹으러 왔는데."

션의 대꾸에 에버딘이 어깨를 으쓱했다. 그러시겠지. 딱 그런 태도에 베르트는 웃음이 터져 나왔다. 그는 직원이 가져다준 맥주를 홀짝이며 끼어들었다.

"공작님은 일 때문에 나왔고 저는 샌드위치와 맥주 마시러 왔습니다."

그럼 그렇지. 에버딘은 피식 웃으며 물었다.

"맛이 어때요?"

훌륭하다. 베르트는 두 입 만에 샌드위치를 먹어 치우고 맥주로 입가심을 한 뒤 말했다.

"맛있는데요. 이걸 정말 우리 용병대에 줘도 되는 겁니까?"

각각 하나씩 하면 얼마 안 되는 거 같지만 서쪽 하늘 용병대는 그 수가 꽤 많다. 지금 주점에 앉은 손님 반 정도가 서쪽 하늘 용병대 사람들인데 이들은 용병대의 십분의 일 정도일 뿐이었다.

걱정하는 베르트와 달리 에버딘은 여유로웠다. 그녀는 맥주잔을 잡기만 한 채 말했다.

"괜찮아요. 그 덕에 추가 주문이 늘어났거든요."

그와 동시에 옆 테이블에서 용병이 주문하는 소리가 들렸다.

"여기 스튜 두 개랑 샌드위치 두 개. 그리고 맥주도!"

용병들이라 많이 먹는다. 에버딘은 그것 보라는 듯 고갯짓을 했고 베르트는 유쾌하게 웃었다.

"그런데 네 가게에 자리가 없다는 건 무슨 말이야?"

그때 선이 불쑥 끼어들었다. 그는 지난번 방문 때 에버딘의 건물 안쪽에 있는 방에서 이야기를 나눴다. 그 자리가 없다는 게 무슨 소리지?

그뿐만이 아니다. 그의 시선은 한 모금도 마시지 않은 에버딘의 맥주잔을 향해 있었다. 주문해 놓고 손잡이를 잡고만 있을 뿐 마시지는 않고 있었다.

술을 안 좋아하거나, 고작 맥주 한 잔에 취할 정도로 술이 약한 게 아닐까. 선은 그렇게 생각하며 그럼에도 군이 주점으로 온 이유가 궁금했다.

"어, 그게……."

건물에 빈방이 있다는 걸 그가 기억할 줄은 몰랐는데. 에버딘은 말하는 것을 망설이자 선이 다시 물었다.

"식당이라도 만들려고?"

거기 식탁과 의자가 있었던 걸 기억하고 묻는 거다. 하지만 에버딘은 그럴 생각이 전혀 없었다. 그녀는 이 거리를 선이 재개발할 때까지만 빵집을 운영할 생각이고 그걸 하겠다고 식탁과 의자를 새로 살 수는 없었다.

"그건 아니고. 거기서 할 게 있어서."

"할 거?"

그런 게 있다. 에버딘은 그렇게 얼버무리려다가 흥미롭다는 선의 표정에 입을 열었다.

"새로 팔 빵을 만들어 보고 있거든. 크리스틴에게 부탁해서……."

거기까지 말한 에버딘은 정신을 차리고 입을 다물었다. 선을 의심하는 건 아니지만 그녀가 만드는 걸 완성도 안 됐는데 떠들고 다니는 건 별로 좋은 생각이 아니다.

그녀는 크리스틴과 함께 짤 주머니를 만들고 있다는 이야기를 하려다 재빨리 말을 바꿨다.

"콩으로 먹을 만한 걸 연구 중이야."

"콩?"

"이거요?"

베르트가 안주로 나온 강낭콩을 집으며 물었다. 껍질 채로 삶은 강낭콩은 소금을 뿌려 짭짤했다. 소금에 절인 청어처럼 흔한 안주다. 짜야 맥주를 많이 마실 테니까.

"그거 말고 최근에 수입한 거요. 그걸로 이것저것 만들어 보려고요."

그걸로? 콩은 그냥 콩 아닌가? 베르트는 껍질 채 삶은 콩을 쳐다보다가 에버딘에게 말했다.

"뭘 만들 겁니까?"

과연 팔 수 있을까. 에버딘은 피식 웃으며 말했다.

"아직 고민 중이에요. 아무래도 더 사서 이것저것 해 봐야 할 것 같은데 수중에 있는 게 얼마 없거든요."

지금 에버딘의 수중에 있는 콩은 어제 아이린이 준 주머니 하나 분량이 전부다. 물론 그걸로 뭘 할지 고민한다는 말은 거짓말이 아니었다.

가장 하고 싶은 건 메주를 띄우는 거였지만 메주를 띄우는 건 시간도 걸리고 결정적으로 양이 부족하다. 딱히 메주를 띄우고 싶어서 그러는 게 아니다. 콩으로 할 수 있는 가장 어려운 게 메주를 띄우는 거라 그러는 것뿐이다.

그래서 에버딘은 콩을 더 사 와서 메주를 띄워 볼지 아니면 가지고 있는 양만으로 할 수 있는 음식을 해 볼지 고민 중이었다.

물론 확인도 필요하다. 생긴 것만 똑같은 콩일 수도 있으니까. 여긴 다른 세계다.

그녀는 선과 베르트에게 맛있게 먹고 가라는 말을 남기고 자리에서 일어났다. 혼자 일하고 있을 도리스를 도와주러 가야 한다.

그런 에버딘을 션의 붉은 눈이 가게 밖으로 나갈 때까지 따라갔다.

"뭡니까?"

에버딘이 가게 밖으로 나가자마자 베르트가 션을 향해 몸을 내밀며 물었다. 그가 아는 웨스트 공작은 남을 쉽게 도와주는 사람이아니다. 특히나 아까 그가 남자를 처리하는 건 흥미로울 정도였다.

션은 남자의 손이 에버딘의 어깨에 닿자마자 움켜잡았다. 어찌나 빨랐던지 에버딘은 션의 손이 움직이는 것도 보지 못했을 것이다.

그리고 필요 이상으로 과격하게 남자를 혼을 내줬지. 불쌍한 놈. 베르트는 부러진 손을 잡고 어기적어기적 도망치던 남자를 떠올리며 유쾌하게 웃었다. 그 손으로는 시합에 나오지 못할 것이다.

"뭐가?"

션은 심드렁하게 반문했다. 하지만 그의 눈동자가 붉게 빛나고 있었기 때문에 베르트는 잠시 멈칫했다가 물었다.

"듣기로는 마틴과 결혼하라니까 자살했다던데요."

그래서? 션은 말없이 에버딘이 주문만 하고 마시지 않은 맥주잔을 잡아당겼다. 설마 저걸 마시려고? 베르트가 설마 하는 마음으로 쳐다보는 사이 그는 에버딘의 컵을 들어 올리더니 입술에 대며 말했다.

"네 눈에는 그녀가 죽은 사람으로 보였나?"

그럴 리가. 베르트는 씩 웃고 자신의 잔을 들어 올렸다. 그리고 션과 똑같이 입술에 대며 말했다.

"그래서 마음에 든 겁니까?"

무슨 소리 하는 거야, 이 녀석? 싸늘해진 선의 눈빛에도 베르트는 기죽지 않고 덧붙였다.

"마틴을 죽을 만큼 싫어해서요."

탁 하고 선이 맥주잔을 내려놓자 어느새 잔은 바닥을 드러내고 있었다. 그는 인상을 쓰며 자리에서 일어났다. 그리고 먼저 간다는 신호로 고개를 까닥하며 말했다.

"쓸데없는 소리."

* * *

이튿날, 출근한 도리스는 주방에서 빵을 굽는 에버딘에게 인사를 한 뒤 가게를 진열하고 있었다. 진열 끝나면 유리창을 닦아야겠는데. 그녀가 그렇게 생각하고 있을 때였다.

딸랑하고 종이 울리면서 누군가 들어왔다.

"아직 안 열었어요."

도리스는 그렇게 말하며 고개를 들었다. 아무것도 들어 있지 않은 식빵은 살 수 있지만 아직 밤 식빵이나 계란 토스트는 안 나왔다.

하지만 찾아온 사람은 뭔가를 사러 온 게 아니었다. 그의 용건에 도리스의 눈이 커졌다.

"에버딘! 에버딘, 나와 봐요!"

막 두 판째 빵을 오븐에서 빼던 에버딘은 주방 입구까지 쫓아온 도리스의 부름에 고개를 들었다. 그녀의 옆에는 큰 볼에 잔뜩 푼 달걀이 들어 있었다. 그리고 삶아서 식힌 옥수수 알도.

"빨리요."

도리스가 급하다고 하는 통에 에버딘은 허둥지둥 앞치마에 손을 닦으며 가게로 나갔다. 하지만 도리스가 그녀를 부른 용건은 가게가 아니라 가게 밖에 있었다.

"이걸 어디에 두면 될까요?"

남자 둘이 커다란 바구니 두 개가 실린 짐마차 앞에 서 있었다. 저게 뭐야? 에버딘의 눈이 커졌다. 둘 중 한 명은 하인복을 입고 있었다.

웨스트 공작 저택에서 본 하인 같은데. 그녀가 그렇게 생각한 순간 하인이 말했다.

"웨스트 공작님께서 보내셨습니다."

"선이?"

이게 무슨 소리야. 에버딘은 짐마차에 실린 바구니를 살폈다. 그녀의 몸집만 한 바구니 안에는 콩이 잔뜩 들어 있었다.

두 번째 바구니도 똑같은 콩이었다.

어이없어하는 에버딘에게 하인이 다시 말했다.

"필요하면 더 보내겠다고 하셨습니다."

콩 먹다가 배 터질 일 있나. 그제야 에버딘은 어제 선이 베르트를 데리고 왔을 때 그녀가 콩으로 뭘 할지 고민 중이라고 말했던 것을 떠올렸다. 그리고 가지고 있는 게 얼마 없다고 말했던 것도.

"무슨 생각이지?"

에버딘은 남자들에게 콩 바구니를 안쪽으로 옮겨 달라고 부탁하며 투덜거렸다. 콩으로 새로운 빵을 만들어서 팔라는 건가. 그래서 자기 빚을 빨리 갚으라는 거 아닐까.

이걸로 빵을 만들려는 건 아니었는데. 주방으로 돌아가던 그녀의 눈에 식탁과 소파와 티테이블이 혼재하는 빈방의 문이 들어왔다. 어제도 밤늦게까지 하품을 참으며 크리스틴과 회의했다.

최대한 촘촘한 천을 고깔 모양으로 박음질해서 짤주머니로 쓰겠다는 에버딘의 생각은 쓸 만했다. 문제는 아주 촘촘하지 않으면 틈 사이로 생크림이 스며 나온다는 점이다.

"앙금은 괜찮지 않을까?"

대량의 콩을 보고 나자 에버딘의 머릿속에 문득 그런 생각이 들었다. 물론 앙금은 메주콩이 아니라 강낭콩으로 만들어야 하지만.

"도리스, 오는 길에 대장간 문 열었는지 보였어요?"

에버딘의 질문에 가게의 유리를 닦던 도리스가 외쳤다.

"아니요."

대체 무슨 장사를 하는지 모르겠다. 에버딘은 혀를 차고 주방으로 돌아왔다. 역시 짤주머니용 깍지는 다른 대장간에 주문해야겠다.

"빵에 콩을 넣었다고요?"

그날 점심, 에버딘이 강낭콩을 넣은 빵을 팔기 시작하자 밤 식빵과 계란 토스트를 사러 온 손님들이 어리둥절해서 물었다. 도리스는 침착하게 설명했다.

"맛있어요. 씹히는 맛이 있거든요. 그리고 강낭콩에는 단맛이 있어서 밤 식빵과 비슷해요."

강낭콩에 단맛이 있긴 하다. 사람들은 손바닥만 한 강낭콩 빵을 의심스럽다는 표정으로 쳐다봤다. 하지만 다들 밤 식빵과 계란 토스트로 에버딘이 만드는 빵은 특이하긴 해도 맛있다는 믿음을 가지고 있었다.

"하나 줘요."

"나도."

이윽고 손님들이 하나둘 강낭콩을 넣은 빵을 사기 시작했다. 주방에서 주문받은 계란 토스트를 포장해 온 에버딘은 그 장면을 보고 이번엔 강낭콩 앙금을 만들어 앙금 빵을 팔아 볼지 고민하기 시작했다.

그때, 가장 문에 가까운 곳에 서 있던 남자가 사람들을 헤치고 도리스에게 다가와서 물었다.

"콩이 많이 들어 있나?"

용병과 비슷한 느낌이지만 조금 다르다. 이상한 느낌에 도리스는 저도 모르게 에버딘을 돌아보았다.

"콩이 많이 들어 있냐니까?"

"먹어 보면 알지."

당황한 도리스 앞으로 에버딘이 나서서 말했다. 어디서 반말이야? 그녀의 날카로운 태도에 남자가 멈칫하더니 우물쭈물하며 말했다.

"많으면 사려고 하는데."

별사람 다 보겠네. 에버딘은 주방에 가서 칼을 가지고 돌아왔다. 그리고 진열한 빵을 하나 집어 반으로 자른 뒤 남자에게 보이며 말했다.

"됐어?"

꽤 많다. 남자는 굳은 표정으로 고개를 끄덕였다. 그러더니 강낭콩 빵이 진열된 쟁반 자체를 들어 올리더니 도리스에게 말했다.

"이거 전부 살게."

"뭐?"

깜짝 놀란 에버딘과 도리스 앞에서 남자는 굳건하게 다시 말했다.

"전부 다 줘."

시험작으로 팔기 시작한 거라 열 몇 개 정도지만 그걸 다 산다니 놀랄 수밖에 없다. 남자가 에버딘이 속을 보여 주기 위해 자른 것까지 사가겠다고 하자 서 있던 손님들이 한마디씩 하기 시작했다.

"아, 무슨 소리야? 나도 하나 산다고 했는데!"

"우리도 살 거야!"

그전까지 빵에 콩이 들어간다니 무슨 소리냐는 반응이던 손님들까지 끼어들었다. 이건 또 무슨 일이야. 에버딘은 어이가 없어서 쟁반째로 집어 든 채 놓지 않는 남자와 다른 손님들을 돌아보았다.

"그거 다 사가야 해?"

에버딘의 질문에 남자가 고개를 끄덕였다. 무슨 일이지? 그녀의 머릿속에 안 좋은 생각이 제일 먼저 떠올랐다. 어디 다른 빵집에서 보낸 스파이 아냐?

'세상의 모든 빵들'에서 밤 식빵을 자기가 만들었다고 떠들고 다닌다. 그 뒤로 다른 빵도 훔쳐 가려는 게 아닐까.

물론 에버딘이 만든 빵을 따라서 만드는 것 자체는 상관없다. 하지만 그녀가 만든 빵을 자신이 만들었다고 떠들고 다니는 건 솔직히 짜증 난다.

"당신 간첩이야?"

에버딘의 질문에 주변 사람들의 시선이 남자에게 집중됐다. 그녀는 간첩이라는 말에 깜짝 놀라서 허둥대는 남자에게 다시 말했다.

"이리 와."

이야기를 해 봐야겠다. 간첩이라는 그녀의 질문에 위축됐는지 남자는 에버딘이 시키는 대로 쟁반을 내려놓고 그녀의 뒤를 따랐다.

주방은 안 된다. 주방으로 향하려던 에버딘은 복도에 멈춰 섰다. 만약 스파이라면 그녀가 어떻게 빵을 만드는지 다 보여 주게 된다. 방에는 크리스틴과 실험하던 짤주머니가 있으니 더더욱 들여보낼 수 없었다.

"콩이 필요한 거면 콩만 팔 수 있는데."

빵에 콩이 많이 있냐고 물어봤으니 콩이 필요했던 게 아닐까. 다행히 콩은 많다. 하지만 에버딘의 제안에 남자가 고개를 저으며 말했다.

"아냐, 삶은 콩은 지겨워."

삶은 콩이 지겹다고? 에버딘은 그게 무슨 소린지 고민하기 시작했다.

그럴 거면 굳이 왜 콩이 가득 들어간 빵을 전부 사겠다고 하는 거지? 콩을 사랑하는 데 색다른 콩 요리라도 먹고 싶은 걸까.

에버딘이 살던 곳과 마찬가지로 이곳에서도 콩은 고기를 자주 먹기 힘든 서민들에게 가장 훌륭한 단백질 공급원이었다. 그렇기 때문에 가난한 사람들은 삶은 콩이나 콩 수프 같은 걸 흔하게 먹었다.

식당에 파는 콩은 콩을 메인으로 하지 않고 다른 요리에 곁들임으로 들어갔다. 맞은편 아이린의 주점에서처럼 스튜에 넣거나 술안주로 껍질 채 삶아서 소금을 뿌리는 게 대부분이었다.

"맞은편 주점에서 파는 스튜에 콩이 들어가긴 하는데."

에버딘은 가슴 앞으로 팔짱을 끼며 말했다. 하지만 남자는 고개를 저으며 말했다.

"거긴 고기가 들어가서 안 돼."

이건 또 무슨 소리야. 에버딘의 미간에 주름이 생겼다. 고기가 적게 들어가면 안 된다는 말은 들었지만 고기가 들어가서 안 된다는 말은 처음 들었다.

남자는 이해 못 하는 에버딘의 얼굴을 보고 한숨을 내쉬었다. 그러더니 뒷머리를 긁으며 말을 이었다.

"나랑 동료들은 사냥을 하거든."

그렇지 않아도 에버딘도 도리스처럼 느낌이 용병과 비슷하면서 좀 다르다고 생각하던 차였다. 복장이 비슷했는데 행동거지가 좀 달랐다. 용병들은 움직이면서도 한 손이 무기를 찾는 것처럼 허리

춤으로 가 있는다. 마치 거기 무기가 있는 걸 확인해야 마음이 놓이는 것처럼.

하지만 이 남자는 그런 행동은 없었다.

"사냥을 하려면 안식 기간을 가져야 해. 그래서 고기를 먹을 수가 없어."

이게 무슨 소리야. 남자를 멍하니 쳐다보던 에버딘의 얼굴이 일그러졌다. 아무래도 말주변이 별로 없는 모양이다. 그녀는 벽에 기대서 질문을 던지기 시작했다.

남자의 이름은 톰. 사냥꾼이다. 그리고 사냥꾼들은 직업 특성상 자신들이 죽인 생명을 위해 일 년에 몇 개월 사냥을 쉬고 추모하는 기간을 갖는다.

그 기간에는 그들은 고기를 전혀 먹지 않는다.

"어, 치킨도?"

에버딘의 질문에 남자가 이상하다는 듯 그녀를 쳐다보며 대꾸했다.

"닭고기를 말하는 거야? 그것도 고기잖아."

"아니, 고기 맞지."

에버딘은 민망한 표정으로 물러났다. 그녀가 이곳에 오기 전까지 살던 곳은 치킨의 나라 한국. 온 국민이 치킨을 사랑했다. 그래서 고기를 안 먹는다는 말에 저도 모르게 질문이 나왔다.

"그럼 계란도?"

"계란도."

심각할 정도로 단호한 표정으로 톰이 대답했다. 그거 문제겠네.

그렇게 생각한 에버딘은 곧 그가 왜 콩을 찾았는지 이해했다.

고기를 먹지 않으면 단백질이 부족하다. 단백질을 섭취하기 위해서 콩을 먹었던 거다. 물론 톰을 비롯한 이곳의 사람들이 단백질의 존재도 몰랐지만 고기 대신 콩을 먹으면 힘이 난다는 오랜 사냥꾼 선배들의 지식 덕분이었다.

"질릴 정도로 콩만 먹을 필요가 있어? 그냥 다른 걸 먹으면 안 돼? 빵 같은 거."

안식 기간에 콩만 먹어야 할 이유가 있는 것도 없을 텐데. 타당한 에버딘의 질문에 톰이 어떻게 말해야 할지 고민하는 표정으로 입을 열었다.

"시합 때문에. 그래서 수도에 왔거든. 그런데 빵만 먹으면 힘이 안 나잖아."

무슨 소린지 알겠다. 사냥꾼들도 이번 시합에 참여하겠다고 수도에 올라온 모양이다. 하지만 안식 기간과 시합이 겹쳐 버린 거고.

"우리는 삶은 콩이 지겨워."

수도로 올라오는 동안, 그리고 올라와서 내내 삶은 콩만 먹었으면 에버딘도 지겨워서 미쳐 버렸을 것이다. 그녀는 우리라는 톰의 말에 눈을 반짝이며 물었다.

"당신과 동료들 모두 몇 명인데?"

"우리? 어……."

손가락을 꼽던 톰이 대답했다. 여섯 명. 그래서 쟁반째로 가져가려 했던 거다. 여섯 명이나 되니 그 정도는 먹어야 배가 찬다. 에버딘은 잠시 망설이면서 지하에 놓아둔 콩 바구니를 떠올렸다.

그렇지 않아도 그걸로 뭘 만들지 고민하던 차였다. 여섯 명이나 되는 삶은 콩에 질렸지만 콩을 먹어야 하는 사냥꾼들이라.

그녀가 만든 콩 요리를 돈을 받고 팔 수 있는 기회였다. 에버딘은 잠시 생각하다가 말했다.

"이렇게 하면 어때?"

에버딘은 눈을 빛내며 톰에게 다가갔다. 돈을 향한 그녀의 의욕에 톰이 저도 모르게 물러나다가 벽에 등이 부딪쳤다.

"내가 콩 요리를 해 줄게."

강낭콩 빵뿐만이 아니다. 콩으로 할 수 있는 많은 요리가 있었다. 이 나라에서는 삶거나 수프로만 먹는 모양이지만 에버딘이 살던 곳에서는 콩으로 하는 요리가 꽤 많았다.

"저녁때 와. 동료들을 데리고."

그리고 먹어 본 뒤 돈을 내고 가면 된다. 그녀의 제안에 톰은 잠시 생각하더니 일단 저녁때 동료들을 데리고 오겠다며 떠났다. 물론 남은 강낭콩 빵을 전부 사 가지고.

"뭐였어요?"

정신없이 밀어닥친 손님들을 상대한 뒤 도리스가 물었다. 강낭콩 빵을 갑자기 나타난 남자가 전부 사 가는 바람에 필요 이상의 관심이 몰려 버렸다. 덕분에 지금까지 에버딘은 강낭콩을 넣은 빵을 잔뜩 만들었다.

"사냥꾼인데 고기를 못 먹는다네요."

"안식 기간이군요?"

에버딘의 설명이 끝나기도 전에 도리스가 고개를 끄덕이며 맞장

구쳤다. 안식 기간을 알아? 놀라는 에버딘에게 그녀가 웃으며 덧붙였다.

"사냥꾼 친구가 있거든요."

사냥꾼 대부분이 안식 기간을 갖는다는 말에 에버딘은 고개를 끄덕였다.

"시합에 나가야 해서 콩을 먹고 있는데 삶은 콩은 질렸다나 봐요."

"스튜도요?"

도리스의 반응은 치킨은 먹어도 되지 않냐던 에버딘보다는 나았지만 비슷했다. 스튜는 채소로 육수를 내니까 거기 들어간 콩은 먹어도 되지 않을까?

그런 반응에 에버딘이 웃으며 말했다.

"식당에서 파는 건 보통 고기를 조금이라도 넣잖아요."

"아, 그렇죠. 맞은편 주점도 소시지를 넣고요."

스튜에 고기가 들어간 것과 들어가지 않는 것은 맛 차이가 엄청나다. 도리스는 에버딘의 말에 동의하며 물었다.

"그래서 아까 빵을 다 사 간다고 한 거군요."

"그 사람 빼고 다섯 명이 더 있대요."

"아, 사냥꾼 여섯 명이면 그 빵도 부족하겠죠."

식빵 크기가 아니라 간식 빵 크기로 만들어서 한 사람당 서너 개는 먹어야 배가 찬다고 말할 수 있을 것이다. 에버딘은 주방으로 돌아가서 물에 불려 둔 콩을 확인했다.

아직 몇 시간 더 불려야 한다. 그리고 그 전에 또 사야 할 게 있다. 그녀를 따라온 도리스가 물에 불리는 콩을 보고 물었다.

"뭘 하려고요?"

"내가 콩 요리를 해 준다고 했거든요."

물론 돈을 받고. 에버딘의 말에 도리스는 어이가 없어서 깔깔대고 웃었다. 그녀의 사장은 생긴 건 조용하고 얌전하게 생겼는데 돈 버는 데 있어서는 확실했다.

"그전에 맷돌이 필요해요. 혹시 맷돌을 어디서 파는지 알아요?"

이곳에 믹서기나 그라인더가 있을 리 없으니 맷돌을 찾은 거다. 하지만 도리스는 맷돌이라는 걸 본 적이 없다. 물론 방앗간에 가면 있기는 할 거다.

하지만 도리스나 에버딘이나 방앗간이 어디 있는지 모르는 건 마찬가지다.

"어, 콩을 갈아야 하거든요. 뭔가 쓸 만한 도구가 있을까요?"

이해하지 못하는 도리스의 표정에 에버딘이 다시 설명했다. 콩을 갈아야 한다. 그래야 뭘 만들어도 만들 수가 있다.

그러자 도리스가 왼손을 오목하게 만들더니 그 위에 오른손으로 뭔가를 쥔 시늉을 하며 말했다.

"절구요?"

설마 이 세계는 손으로 일일이 빻아야 하는 건가? 에버딘은 저도 모르게 입을 딱 벌렸다. 저 많은 걸 하나하나 손절구로 빻을 수 있을 리가 없다.

그때, 그녀의 머릿속에 소시지가 떠올랐다.

"고기요! 고기 가는 거요!"

소시지는 고기를 갈아서 동물 내장에 넣어 찌는 거다. 그렇다면

고기를 가는 기계가 있지 않을까. 그리고 고기를 갈 수 있다면 콩도
갈 수 있을 것이다.

"고기 가는 거요? 대체 얼마나 갈려고요?"

비명 같은 도리스의 질문에 에버딘은 킥킥대고 웃었다. 많이 갈
아야 한다. 이것저것 만들어야 하니까. 그러려면 가는 도구는 아예
사는 것도 괜찮을 것이다.

"여기야."

그날 저녁, 에버딘이 말한 대로 톰이 동료들을 데리고 가게로 찾
아왔다. 에버딘은 톰의 뒤로 들어오는 사냥꾼들의 모습에 잠시 행
동을 멈췄다.

먼저 온 톰이 워낙 곰 같은 체형이라 많이 준비했는데 그의 뒤로
들어오는 동료들은 톰보다 날씬한 체형이었다. 특히 가장 뒤에 들
어온 남자는 삐쩍 말라서 그가 사간 빵 하나만으로도 충분할 것처
럼 보였다.

"당신이 사장이야?"

톰의 뒤에서 단단하게 생긴 여자가 나와서 도리스에게 물었다.
그러자 손님에게 계산을 해 주던 그녀가 당황해서 에버딘을 쳐다봤
다.

이번에는 톰과 사냥꾼들의 시선이 재고를 확인하던 에버딘에게
로 향했다. 빵이 얼마나 남았는지, 오늘 얼마나 팔았는지 확인해야
내일 어떤 빵을 얼마나 팔지 미리 반죽할 수 있다.

"저 여자야?"

지나는 놀랍다는 표정으로 톰에게 물었다. 빵집의 사장에 어떤 규격이 있어야 하는 건 아니지만 그녀가 보기에 이 빵집의 사장은 전혀 이런 작은 빵집의 사장으로 보이지 않았다.

탐스러운 빨간 머리카락과 깊이 있는 초록색의 눈동자. 거기에 약간 창백하다 싶을 정도로 하얀 피부가 도드라졌다.

미인이잖아.

지나는 저도 모르게 입을 딱 벌렸다. 굉장히 얌전해 보이는 미인이었다. 하지만 다음 순간 에버딘의 눈동자가 도전적으로 빛났다.

"내가 그 여잔데."

보통이 아니겠는데. 톰과 달리 지나는 에버딘을 보자마자 그녀가 보통이 아니라는 것을 알아차렸다. 그녀는 사냥꾼의 감으로 눈앞의 존재가 이길만한지를 가늠할 수 있었다.

톰은 이기기 쉽다. 그녀는 그를 어떻게 공격하면 되는지, 그의 약점이 뭔지 꿰고 있었다.

하지만 에버딘은 아니었다. 간혹 작고 약한 사냥감 중에 이런 존재가 있었다. 쉽게 말하면 악바리 근성을 가지고 있는 존재.

"난 지나야. 톰이 그러는데 콩으로만 음식을 만들어 준다고 했다고?"

재빨리 에버딘을 파악한 지나의 기세가 누그러졌다. 그녀가 손을 내밀자 에버딘은 그 손을 잡으며 말했다.

"콩으로 요리를 한다고 했지 콩으로만 만든다고는 안 했는데."

분위기가 얼어붙었다. 톰은 재빨리 동료들 뒤로 물러났고 그것을 본 에버딘은 이 그룹의 보스가 지나라는 것을 알아차렸다.

톰이 데려온 사냥꾼들은 지나가 먼저 나서는 것에 아무도 불쾌해하거나 불안해하지 않고 있었다. 오히려 지나의 기분이 안 좋아지자 바로 톰을 노려보는 사람도 있었다.

"콩 외의 것을 먹으면 탈이 나거나 하는 건 아니지?"

이은 에버딘의 질문에 분위기는 더더욱 험악해졌다. 하지만 다음 순간 에버딘이 다시 물었다.

"고기를 먹지 않는 건 신념인 거지?"

응? 지나는 어리둥절해서 뒤를 돌아보았다. 다들 비슷한 표정을 짓고 있었다. 물론 그녀의 동료 중에는 신념이 무슨 뜻인지 몰라서 어리둥절해 하는 사람도 있긴 했다.

톰이라든가.

"우리의 전통이지."

"전통을 지키려 하는 거고."

에버딘의 말에 지나는 고개를 끄덕였다. 일 년에 이삼 개월, 고기를 먹지 않는 건 사냥꾼의 오랜 전통이었다. 그 전통을 한 나라 규모로 큰 축제라고 해서 무시할 생각은 없다.

"대단하다고 생각해."

에버딘은 지나의 손을 놓고 따라오라고 손짓한 뒤 몸을 돌리며 말했다. 진짜로 그녀는 대단하다고 생각한다. 에버딘는 그녀가 전에 살던 곳에서도 고기 없이는 못 살았다.

사냥꾼이라면 고기를 접하기는 더욱 쉬울 것이다. 그것을 이 사람들은 큰 시합을 앞두고도 지키겠다고 이렇게 노력하고 있는 것이다.

"궁금한 게 있는데 우유도 안 돼?"

복도로 나와 주방 반대쪽 방으로 들어가며 에버딘이 물었다. 사냥에 대한 사과로 고기를 먹지 않는다고 했으니 우유는 먹지 않을까. 그렇게 생각하는 그녀에게 지나가 고개를 저으며 말했다.

"우유는. 계란은 안 돼."

요컨대 살아 있는 상태로 받을 수 있는 거라면 상관없다는 거다. 다행이다. 에버딘은 여섯 명의 사냥꾼을 식탁 앞에 안내했다.

"앉아."

사냥꾼들은 에버딘의 명령에 저도 모르게 의자에 앉았다. 그들이 뭐라고 말하기도 전에 에버딘이 밖으로 휙 나가 버렸다.

이거 괜찮은 건가? 걱정하던 톰이 조심스럽게 물었다.

"괜찮을까요?"

"네가 찾은 곳이잖아. 네가 책임져야지."

지나의 대답은 냉정했다. 먹을 만한 콩 요리를 찾으러 나간 건 여섯 명 모두였지만 그중에서 찾았다고 돌아온 건 톰 하나뿐이다.

하지만 그렇다고 다른 동료들이 콩 요리를 아예 찾지 못한 건 아니다. 그들은 그들 나름대로 조사를 했고 판단을 해서 자신이 찾은 콩 요리는 먹지 못하는 거라고 생각했기 때문에 보고하지 않은 거다.

그러니 만약 톰이 찾은 콩 요리에 고기가 들어간다면 그건 톰이 책임져야 한다.

그 사실을 깨달은 톰의 얼굴이 해쓱해졌다. 그는 에버딘이 어떤 사람인지, 어떤 요리를 준비했는지도 전혀 모른다.

"속이 안 좋은데요."

생긴 것과 달리 예민한 톰이 그렇게 중얼거린 순간, 에버딘이 쟁반에 대접을 담고 돌아왔다. 설마 스튜인가. 톰의 얼굴이 이젠 새파랗게 질렸다.

스튜는 맛을 내기 위해 소량이라도 고기를 넣는다. 제발 고기를 넣지 않은 스튜이길. 고기만 아니면 뭐가 들어가도 된다고 기도하는 톰 앞에 대접이 놓였다.

"이게 뭐야?"

스튜를 담는 넓은 대접 안에는 삶은 국수가 담겨 있었다. 조심스럽게 맛을 본 지나는 그게 평범한 국수라는 것을 알 수 있었다.

"아, 잠깐만."

곧이어 다시 방을 나갔던 에버딘이 주전자를 손에 들고 돌아왔다. 그러더니 제일 먼저 지나의 대접에 주전자에 든 것을 따라 주기 시작했다.

"어, 뭐야?"

하얗고 걸쭉한 액체가 주전자 주둥이에서 빠져나와 지나의 대접에 담기기 시작했다. 이게 뭐지? 에버딘이 다음 사람 그릇에 걸쭉한 액체를 담기 시작하자 지나는 그릇에 코를 대고 킁킁댔다.

"국수?"

"차가운데?"

식탁 위에 작은 소동이 일어났다. 사냥꾼들은 에버딘이 액체를 따르고 가자 대접 표면에 손을 내고 그게 차갑다는 것을 확인했다.

이런 음식은 처음 본다. 국수를 스튜에 넣어주는 경우도 종종 있긴 하다. 그게 더 포만감이 드니까.

하지만 그럴 때는 스튜를 뜨겁거나 적어도 따듯하게 해서 내왔다.

"이게⋯⋯."

뭐냐고 톰이 물어보려는데 에버딘이 작은 그릇을 가져왔다. 그녀는 그릇을 식탁 한가운데에 내려놓으며 말했다.

"소금이랑 설탕이야. 취향껏 넣어 먹어."

"이게 뭔데?"

소금은 그렇다 쳐도 설탕을? 어리둥절한 지나에게 에버딘이 아차 하고 깨달은 표정을 지었다. 어떤 음식을 준비했는지 설명하지 않았다는 게 생각났다.

그녀는 재빨리 주방으로 달려가서 작은 그릇을 하나 가져왔다. 그리고 주전자를 들어 그릇에 따르며 말했다.

"콩국수야."

"콩국수?"

"콩, 국수?"

처음 듣는 음식 이름에 사냥꾼들의 눈이 동그래졌다. 에버딘은 수저로 그릇에 담긴 콩물을 떠서 사람들에게 보여 주며 말했다.

"콩을 불린 다음 갈아서 물을 섞은 거야. 거기에 국수를 삶아 넣은 거고. 들어간 건 딱 세 개뿐인 거지. 콩이랑 밀가루랑 물."

확실히 그렇게 하면 사냥꾼들의 전통을 벗어나지 않게 된다. 에버딘은 한 번도 거르지 않고 그대로 써서 걸쭉한 콩물을 한 모금 마신 뒤 다시 말했다.

"사실 계란을 삶아서 올리기도 해. 그런데 먹으면 안 된다고 해서."

그래서 계란은 안 넣었다는 말이다. 그리고 그 판단이 옳았다.

생각보다 괜찮은 사람이잖아? 지나는 그렇게 생각하고 콩국수로 시선을 옮겼다. 보통 이런 요구를 하면 자기 멋대로 이건 되겠지 하고 넣어서 주는 경우가 많다.

수도로 오는 길에 들어갔던 식당 중에도 그런 경우가 몇 번 있었다. 채소 육수로만 만든 스튜라기에 사서 먹었는데 채소를 넣기 전에 고기 육수였다는 말을 들은 적도 있다.

그런 점에서 지나는 에버딘이 마음에 들었다. 그녀는 걸쭉한 하얀 국물 속에 똑같이 하얀 국수가 잠겨 있는 것을 쳐다보다가 물었다.

"콩으로만 만들었단 말이지?"

"국물은."

국수는 밀가루다. 에버딘의 설명에 지나는 조심스럽게 수저를 들어 국물을 떠먹었다. 걸쭉하면서 약간 까칠한 식감이 입 안에 들어왔다. 그리고 고소하면서 살짝 비린 맛도.

"설탕이랑 소금도 있어. 원하는 쪽으로 넣어 먹어."

에버딘의 설명에 지나가 의심스럽다는 눈으로 소금을 덜었다. 그것을 본 다른 사냥꾼들도 콩국수를 먹기 시작했다.

"이게…… 무슨 맛이지?"

국수를 차가운 우유에 말아 먹는 느낌이다. 지나의 바로 옆에 앉아 있던 남자가 저도 모르게 중얼거렸다. 차가운 국물이라는 것도 이해가 안 되는데 그 국물이 걸쭉한 우유 같은 거다.

"괜찮은데?"

반면 지나의 맞은편에 앉아 있던 삐쩍 마른 남자, 마커스는 놀랍다는 표정으로 말했다. 생각보다 훨씬 괜찮았다. 뭔가 씹을 것을 먹고 싶던 터였다. 그는 국수를 후르륵 빨아들인 뒤 수저로 콩국을 떠서 마셨다.

약간 거칠긴 하지만 고소한 게 마음에 들었다.

"한 그릇 더 됩니까?"

순식간에 한 그릇을 먹어 버린 마커스가 에버딘에게 요청했다. 벌써? 에버딘은 놀란 표정으로 그를 쳐다보다가 고개를 끄덕이고 몸을 돌렸다. 그때 마커스가 덧붙였다.

"혹시 따듯하게도 됩니까?"

어렵지 않다. 콩국을 끓이면 되니까. 하지만 그게 맛있으려나? 에버딘은 고개를 갸웃하고 곧 알겠다고 말했다.

알게 뭔가. 어쨌든 그녀는 돈만 받을 수 있으면 된다.

"이게 더 낫네."

에버딘이 콩물을 뜨겁게 데워서 가져다주자 마커스는 수저로 떠서 후룩 마시더니 말했다. 차가운 것도 시원하니 괜찮았는데 뜨거운 게 그의 입맛에 더 맞았다.

대신 좀 더 비리긴 한다. 그는 소금을 넣은 뒤 다시 맛있게 먹기 시작했다.

따듯한 콩국수라니, 그게 맛있을까? 에버딘은 이상하다는 표정으로 마커스를 쳐다보고 있었다. 하지만 생각해 보면 따듯한 두유는 평범하게 마시니까 괜찮을지도 모른다.

"저, 저도 따뜻한 거로 한 그릇 더 먹을 수 있을까요?"

그때 톰이 조심스럽게 물었다. 갑자기 바뀐 존댓말에 에버딘은 저도 모르게 피식 웃었다. 그녀가 알겠다고 하자 이번에는 다른 네 명의 사냥꾼도 자신도 따뜻하게 먹고 싶다고 요청해 왔다.

콩국수 열두 그릇이다. 에버딘의 기분이 좋아졌다. 지나는 그녀가 가져온 뜨거운 콩국수를 먹고 눈을 동그랗게 뜨더니 그릇을 슬쩍 밀며 말했다.

"난 차가운 게 더 나은 거 같아."

그럴 줄 알았다. 지나가 조금 먹은 뜨거운 콩국수는 마커스가 다 먹어 버렸다. 그 뒤로도 그는 뜨거운 콩국수를 다섯 그릇 더 주문했다.

먹은 게 다 어디로 가는 거지. 에버딘이 삐쩍 마른 마커스를 쳐다보며 궁금해하고 있을 때 지나가 그녀에게 말을 걸었다.

"우리 때문에 귀찮은 짓을 했군."

배가 찬 지나가 방을 둘러보며 인사를 했다. 척 봐도 이 방은 식당용이 아니다. 소파와 식탁이 한꺼번에 들어와 있는 걸 봐도 적당히 남은 가구를 보관해 두는 걸로 보인다.

"돈 주잖아."

약간은 쌀쌀맞은 에버딘의 대답에 지나의 얼굴에 미소가 떠올랐다. 그렇다고 모든 사람이 안 쓰는 방을 식당으로 내주지는 않는다.

그녀는 걸쭉한 콩국을 내려다보다가 물었다.

"이건 언제까지 팔아?"

언제까지라고 해도.

에버딘은 잠시 생각하다가 말했다.

"모르겠는데. 그리 흔한 음식은 아니거든. 콩도 다른 나라 거고. 당신들이 콩 요리를 찾는다고 해서 파는 것뿐이야."

서리태 자체가 이 나라에는 없던 콩이니 이 나라 사람들은 콩국수는 물론 이 콩 자체를 먹지 않을 것이다. 회의적인 에버딘과 달리 사냥꾼들의 얼굴에는 감동한 표정이 떠올랐다.

그들을 위해 식당을 마련해 줬을 뿐 아니라 번거롭게 새로운 요리를 만들어 냈다는 말이다. 감동하지 않을 수가 없다.

에버딘은 돈을 받을 거라고 말했지만, 돈을 줘도 못 하거나 안 하는 사람도 많다.

지나는 동료들을 돌아보고 식탁에 팔을 얹었다. 그리고 에버딘에게 말했다.

"그동안 삶은 콩이 지겨워서 뭔가 다른 음식을 찾아보던 중이었거든."

시합은 앞으로 삼 일. 결승까지 간다면 일주일은 걸릴 것이다. 그리고 바로 돌아가지 않을 테니 넉넉잡아 열흘 정도는 수도에 머문다는 말이 된다.

"그런데 별다른 게 없더라고. 고작 여섯 명을 위해 스튜를 다시 끓여 달라고 할 수도 없고."

에버딘은 최근에야 알았지만 이곳의 스튜는 대부분 전날 끓인 냄비에 물과 재료를 추가해 가며 끓여서 내놓는 것이었다. 아이린의 스튜가 유독 위생 상태가 안 좋은 건 아니었다는 말이다.

"고마워."

콩국수를 배불리 먹고 난 뒤, 지나와 그의 부하들은 에버딘에게 감사의 인사를 건넸다. 물론 음식값도 넉넉하게 지불했다.

"맛은 어땠어?"

시중에 팔 수 있을까? 에버딘의 질문에 지나의 시선이 동료들을 향했다. 남자들은 만족한 표정을 짓고 있었다. 삶은 콩보다 훨씬 나았다. 마커스는 나은 것보다 더 훌륭했다.

"맛있었어."

"내일도 됩니까?"

괜찮다는 지나 뒤에서 마커스가 대뜸 물었다. 이 남자 아까 한 일곱 그릇 먹지 않았나? 에버딘은 콩국수를 그렇게 맛있게 먹을지 몰랐기 때문에 당황해서 말했다.

"미리 콩을 불려 두면 가능해요."

"그럼 전 내일 이 시간에 또 먹으러 오겠습니다. 그래도 됩니까?"

마지막 질문은 지나를 향한 거였다. 허락을 받는 폼이 어김없이 대장에게 허락을 받는 모습이었다. 지나는 잠시 망설이다가 에버딘에게 물었다.

"내일 또 가능할까?"

"가능하긴 한데……."

에버딘의 뒷말이 흐려졌다. 그러자 지나가 미안하다는 표정으로 말했다.

"원래 식당이 아니랬지. 부담스러운 질문이라 미안하군."

"아니, 그게 아니라."

부담스러운 게 아니다. 에버딘은 놀라서 손을 내저었다. 그리고 마커스를 보며 말했다.

"사실은 콩국수 말고 다른 걸 만들어 보려고 했거든요."

"그것도 콩으로 만든 겁니까?"

맞다. 에버딘은 고개를 끄덕였다. 그러자 지나가 나서서 말했다.

"그럼 내일 그걸로 부탁해도 될까? 우리 모두."

할 수 있다. 에버딘은 가능하다고 말하다가 좋은 생각이 떠올랐다. 어차피 이들은 수도에서 계속 뭔가를 먹어야 한다. 하루 삼시 세끼. 한 끼 정도는 에버딘이 만든 콩국수, 콩물 같은 걸 먹어도 되겠지만 그걸 세끼 내내 먹을 수는 없다.

그녀는 그들이 간단하게 아침을 해결할 수 있고 아이린도 매일 육 인분의 식사를 팔 수 있는 방법을 떠올리고 재빨리 맞은편 주점으로 달려갔다.

매일 저녁 스튜를 새로 끓이는 아이린이라면 사냥꾼들의 요청을 들어줄 수 있을 것이다.

"가능해."

에버딘의 이야기를 들은 아이린은 사냥꾼들 앞에서 활짝 웃으며 대답했다. 어렵지 않겠냐는 에버딘의 걱정에 아이린은 걱정 말라고 웃었다.

큰 냄비에 양파를 넣어 볶다가 물을 부어 끓인 다음 소시지만 빼고 다 넣어 끓이다가 여섯 명분의 스튜만 작은 냄비로 옮기면 된다.

하지만 그렇다고 해도 냄비를 분리하는 거니 손이 두 번 가는 거다. 아이린의 친절에 사냥꾼들은 그녀와 상의 끝에 주점 이 층으로 숙소를 옮겼다.

09

"도리스, 전에 한다는 이야기가 뭐였어요?"

사냥꾼들이 아이린 아주머니의 숙소로 옮기기로 한 저녁, 나는 주방을 정리하며 도리스에게 물었다. 가게는 이미 문을 닫았고 불도 껐다. 이제 할 일은 오븐이 확실히 꺼졌는지와 반죽을 확인하는 것뿐이다.

"그게……."

어쩐지 도리스의 표정이 좋지 않았다. 어려운 일인가? 혹시 주급을 올려 달라는 거면 문제없다. 요즘 손님이 늘어나서 그녀의 일도 많아졌으니까.

이 나라는 월급이 아니라 주급을 받는다. 그만큼 사장인 내게는 돈이 빨리 나가지만 한 번에 큰돈이 나가는 것보다 상대적으로 적은 돈이 자주 나가는 게 더 낫다는 생각도 든다.

"고백할 게 있어요."

고백? 뜬금없는 소리에 나는 오븐을 확인하고 조리대 앞에 기대고 섰다. 설마하니 날 좋아한다거나, 갑자기 결혼한다거나 하는 건 아니겠지.

머릿속에 말도 안 되는 생각이 스쳐 지나갔다. 그래, 결혼은 말도 안 된다. 도리스는 애인이 퇴근을 기다린 적도, 내게 애인 이야기를 한 적도 없어.

"아마 들으면 화를 낼 거예요."

점점 더 분위기가 좋지 않았다. 나는 행주를 쥐어짜는 도리스의 행동에 아무 말도 없이 가만히 서 있었다. 그러자 그녀가 용기를 얻은 것처럼 이어 말했다.

"제 처분을 어떻게 하셔도 따를게요. 바로 해고하셔도 괜찮고 다음 직원을 구할 때까지 일하라고 하셔도 그렇게 할게요."

무슨 일인데 이러는 거야? 도리스의 심각한 표정과 더 심각한 말에 나는 결국 참지 못하고 인상을 쓰며 말했다.

"무슨 일인데요?"

"제가……."

행주를 쥐어짜는 도리스의 손이 하얗게 변했다. 저거 찢어지는 거 아냐? 그런 걱정을 하는데 그녀가 크게 심호흡을 하더니 말을 내뱉었다.

"전에 가게가 망하고 다른 사람 밑으로 들어가서 일을 했다고 말씀드렸었잖아요?"

그런 비슷한 이야기를 들었던 것 같다. 내가 고개를 끄덕이자 그녀가 의미심장한 표정으로 말했다.

"전 아직도 그 밑에서 일하고 있어요."

"네?"

당최 무슨 소린지 모르겠다. 내가 이해하지 못하는 것 같자 그녀가 조급한 표정을 짓더니 다시 행주를 쥐어짜기 시작했다. 찢어라, 찢어.

나는 행주의 생사여탈권이 도리스의 손아귀에 있다는 것을 인정했다. 그리고 행주의 무사 안녕을 빌어 주려는데 그녀가 불쑥 말했다.

"세, '세상의 모든 빵들' 아시죠?"

"알죠."

그거 모르는 사람이 있을까? 수도에서 가장 큰 빵집, 제일 잘 나가는 빵집. 제빵 길드의 마스터가 사장으로 있는 곳이다.

그리고 개인적으로 내가 악감정을 가지고 있기도 하지. 내 밤 식빵을 자기가 만들었다고 떠들고 다니고 있거든.

"전 거기 사장인 마이크 밑에서 일해요."

무슨 소리지? 나는 눈을 가늘게 뜨고 도리스를 쳐다봤다. 내 가게에서 퇴근하고 '세상의 모든 빵들'로 간다는 건가? 아니면 쉬는 날 거기서 일한다는 건가?

어느 쪽이어도 말이 안 된다. 도리스는 나보다 두어 시간 늦게 출근해서 나보다 한두 시간 일찍 퇴근한다. 투잡을 뛰기엔 부족한 시간일 것이다.

"투잡을 뛴다는 거예요?"

그래도 혹시 모르니 물어보자. 내가 조심스럽게 묻자 도리스는 투잡이 무슨 소린지 모르겠다는 표정을 짓더니 곧 고개를 흔들며 말했다.

"마이크가 내게 이 가게에 가서 당신의 요리법을 알아 오라고 했어요."

"응?"

이게 무슨 소리야? 너무 말도 안 되는 이야기라 도리스의 말이 빨리 머리에 들어오지 않았다. 나는 멍하니 그녀를 바라보다가 천천히 조리대를 돌아서 의자에 앉았다.

그러니까 도리스가 간첩이라는 건가? '세상의 모든 빵들'에서 보낸?

머릿속에 문득 밤 식빵이 떠올랐다. 그러고 보니 내가 팔기 시작하고 조금 있다가 '세상의 모든 빵들'에서도 팔기 시작했다고 들었다. 그리고 마이크가 그걸 자기가 만들었다고 떠들고 다녔지.

퍼뜩 거기에 도리스가 얽혀 있을지도 모른다는 생각이 들었다. 나는 여전히 조리대 앞에 서서 손이 하얗게 되도록 행주를 쥐어뜯는 도리스를 쳐다보며 물었다.

"당신이 '세상의 모든 빵들' 사장에게 밤 식빵 레시피를 알려 줬어요?"

"아니요!"

대답은 생각보다 거칠게 나왔다. 도리스는 얼마나 세게 소리쳤는지 그녀조차 비틀거릴 정도였다. 나는 의자에서 일어나 그녀를 붙잡아 맞은편 의자에 앉혔다. 그리고 다시 내 의자에 앉으며 물었다.

"그럼 뭘 알려 줬는데요?"

"아무것도요."

그럼 딱히 간첩은 아닌 거 아닌가? 그렇게 생각한 순간 도리스가 덧붙였다.

"아직은요."

아니, 뭐야. 불안하게. 내가 기겁하자 도리스가 한숨을 내쉬었다. 그러더니 미안한 표정을 지으며 말했다.

"처음 마이크가 날 보낸 건 밤 식빵 때문이었어요. 그때 그가 한번 사장님을 따라 하려다 실패했거든요."

그러고 보니 밤 식빵이 처음에 확 잘 팔렸다가 훅 가라앉은 적이 있었다. 그러고 나서 다시 잘 팔렸지.

나는 그게 단순히 인기가 사그라들 때쯤 주변에 소문이 나서 그렇다고 생각했다. 그러니까 딱 그 시점에 선이 전부 사 갔었지.

하지만 애초에 사그라진 이유가 '세상의 모든 빵들'에서 따라 해서 그랬던 모양이다. 하지만 내가 만든 빵이 더 맛있었고 오히려 '세상의 모든 빵들'에 가던 사람들의 발길이 내 빵집으로 오는 효과를 발휘했다고 한다.

"그건 몰랐는데요."

내가 얼떨떨하게 말하자 도리스가 쓰게 웃으며 말했다.

"사장님은 그쪽을 의식하지 않으니까요."

그쪽이란 '세상의 모든 빵들'을 말하는 모양이지. 나는 자리에서 일어나 차를 내왔다. 그리고 도리스에게 계속 이야기하라고 말했다.

"제가 알려 준 건 밤껍질을 까서 통째로 넣는다는 것뿐이었어요. 그 정도는 빵을 사 먹으면 알 수 있는 거라 괜찮다고 생각했는데……."

그렇게 말하며 도리스가 내 눈치를 살폈다. 그 정도는 상관없다. 그녀의 말대로 밤을 통째로 까서 빵 반죽에 넣었다는 건 빵을 먹어 보면 누구나 알 테니까.

아니, 그것 외에도 사실 밤 식빵이라는 건 그렇게 대단한 빵이 아니라서 기술이 있는 사람이라면 누구나 먹어 보면 안다. 대체 처음엔 왜 마이크가 실패했는지 모르겠다.

"그다음부터는 알려 주지 않았어요."

도리스는 내가 고개를 끄덕이자 침착하게 말했다. 그 후로 나온 것들은 아무것도 말하지 않았다고 한다. 달걀 토스트라거나 콩국수 같은 거. 그리고 내가 크리스틴과 만들고 있는 짤 주머니도.

마이크는 계속해서 내가 뭔가 새로운 것을 만들면 보고하라고 했지만 그녀는 내가 자기를 신뢰하지 않아서 알아내기 힘들다고 말했다고 한다.

재료 준비부터 반죽까지 다 내가 혼자 한다고 했다고.

"제가 하는 건 청소랑 진열, 계산 정도라고 했거든요."

그것보다 훨씬 많이 하지만 일단 겉으로 보기에 도리스가 하는 건 그 정도로 보인다. 원래 먹을 걸 파는 곳은 영업시간보다 영업시간이 아닐 때 하는 일이 더 많은 법이다.

하지만 그게 최근에는 먹히지 않기 시작했다.

"계란 샌드위치를 제가 만들었잖아요?"

도리스는 그렇게 말하고 한숨을 내쉬었다.

그걸 누군가 본 모양이다. 그거야 그렇겠지. 최근 내 가게에 오는 손님은 어마어마하게 많아졌다. 그중 몇 명이 마이크가 보낸 또다른 스파이라 해도 이상하지 않다.

나는 왜 미리 말하지 않았냐고 말하려다 입을 다물었다. 지금 도리스에게 왜 이제야 말하냐고 다그치는 건 아무 쓸모도 없다. 나는 팔짱을 낀 채 물었다.

"그 남자가 원하는 게 뭔데요?"

"계란 샌드위치의 조리법과 다음 신제품이요."

아마도 내가 대량의 콩을 샀다는 이야기를 듣고 콩으로 신제품을 만들려 한다고 생각한 모양이다. 내가 산 건 아니지만 가게 앞으로 엄청난 양이 콩이 도착했으니 그렇게 생각할 만도 하다.

잠깐, 그러고 보니 강낭콩 빵도 있잖아? 완전 틀린 판단은 아니었네.

나는 가만히 앉아서 곰곰이 생각에 잠겼다. 계단 샌드위치나 강낭콩 빵을 알려 주는 건 별로 어렵지 않다. 솔직히 둘 다 먹어 보면 알 정도로 대단한 건 아니다.

그러니까 마이크도 앞으로 나올 신제품을 알아 오라고 하는 거겠지. 그것만 보면 그가 원하는 건 단순히 유행에 편승하는 게 아니라 선도 주자가 되고 싶은 것이리라.

"그 녀석 밑에서 일하는 이유는 뭐예요?"

나는 찻잔을 들어 올리며 도리스에게 물었다. 마이크가 요리법을 가져오면 돈이라도 주나? 내 가게에서 돈을 받고 요리법을 빼돌려서 돈을 또 받으면 쉽게 돈을 두 배로 버는 거니 이해는 간다.

하지만 이렇게 성실한 도리스가 굳이 그런 짓을 한다는 건 이해가 되지 않았다.

내 질문에 도리스의 표정이 굳었다. 그녀는 고개를 숙이더니 다시 식탁 위에 얹어 둔 행주를 만지작거리기 시작했다. 새로운 행주를 만들어야겠는데.

이리저리 늘어난 행주를 쳐다보며 그런 생각을 하는데 그녀가 입을 열었다.

"전에 가게를 하다가 접었다고 했잖아요?"

그랬다. 몇 년간 자기 가게를 운영한 경력이 마음에 들어서 채용했지. 그때 운 좋게 빚을 지지 않았다고도 했고.

어라, 잠깐.

도리스에게 들은 이야기를 반추하던 나는 그녀가 어떤 사람의 도움으로 빚을 지지 않았다고 한 것을 떠올렸다.

"전에 도와줬다는 사람이 거기 사장이에요?"

내가 설마 하는 표정으로 묻자 도리스가 입술을 깨물고 고개를 끄덕였다. 그래서였군. 퍼즐 조각이 맞춰진 느낌에 탁 하고 긴장이 풀렸다.

나는 크게 한숨을 내쉬고 도리스를 쳐다봤다. 도리스가 왜 마이크가 시키는 대로 내 가게에 왔는지 알겠다. 그리고 밤 식빵을 만드는 힌트를 알려 준 것도.

하지만 다음 순간 다시 의문이 떠올랐다. 그때 도리스는 분명 빚을 갚았다고 했다. 그 빚을 도리스가 갚았다는 말이 아니었던 걸까?

"혹시 가게를 접으면서 진 빚을 그 나쁜 놈이 갚아 줬어요?"

"네."

내 질문에 이번에도 어김없이 도리스에게서 맞다는 대답이 흘러나왔다. 나는 이어서 물었다.

"그 대신 내 가게에 와서 정보를 빼 오기로 한 거예요?"

이번에는 도리스가 망설이는 게 보였다. 하지만 그녀는 곧 한숨을 내쉬며 말했다.

"네."

그래서였군. 나는 무슨 말을 해야 할지 몰라서 입을 딱 벌렸다. 이걸 뭐라고 해야 하지? 결국 도리스의 빚은 그대로 있는 거나 다름이 없다. 그 빚을 '세상의 모든 빵들' 사장에게 진 거니까.

"당장 그만두라고 하시면 그만둘게요. 혹시 다른 사람을 구할 때까지만 다니라고 하셔도 그렇게 할게요."

이어진 도리스의 말에도 나는 아무 말도 하지 않았다. 이걸 뭐라고 해야 해? 이 사기꾼! 당장 내 가게에서 나가! 이렇게?

하지만 도리스는 내 가게에 피해를 준 게 없다. 지금도 피해를 끼치기 전에 그만두려고 이야기를 한 거고.

내게 가장 편하고 쉬운 일은 그녀를 해고하고 잊어버리는 일일 것이다. 하지만 그러면 도리스는 어떻게 되지?

"생각해 볼게요. 일단 퇴근해요."

나는 그렇게 말하고 자리에서 일어났다. 일이 손에 잡히지 않지만 해야 한다. 그러고 보니 내일은 아이린 아주머니의 이 층을 청소하는 걸 도와주기로 했었지.

머릿속은 복잡한데 할 일은 많았다. 이게 좋은 일이다. 머릿속에 복잡한 데 할 일도 없으면 멍하니 있게 되거든.

나는 퇴근하는 도리스에게 내일 보자고 내보낸 뒤 어이가 없어서 피식 웃었다. 도리스도 나와 비슷한 감정이었나 보다. 내가 내일 보자고 하자 약간 안도한 표정을 지었다.

"피곤한데 괜히 도와 달라고 한 거 아냐?"

이튿날, 아이린 아주머니를 도와 그녀의 가게 이 층을 청소하는데 아이린 아주머니가 걱정스러운 표정으로 물었다. 밤새도록 뒤척였더니 얼굴이 엉망이었던 모양이다.

나는 재빨리 뺨을 문지르며 말했다.

"괜찮아요. 그보다 여관도 하는 줄은 몰랐는데요."

어제 사냥꾼들과 숙소를 옮기기로 이야기를 끝낸 덕에 아이린 아주머니는 미리 커튼과 시트를 싹 빨아서 말린 뒤였다. 날이 좋아서 반나절 만에 다 말랐다.

오늘 아침부터 우리가 한 일은 먼지를 털고 바닥과 유리를 쓸고 닦은 뒤 시트와 커튼을 제자리에 두는 거였다.

"원래 여관과 술집을 하던 건물을 인수한 거야. 근데 손도 부족하고 손님도 적어서……."

주점만 했다는 말이다. 어쩐지 아이린 아주머니 혼자 하기엔 너무 큰 건물이라고 생각했다. 이 거리가 쇠퇴하기 전까지는 제법 큰 여관 겸 주점이었던 모양이다.

나는 제법 깨끗해진 방과 복도를 확인하고 계단을 내려왔다. 그래도 아이린 아주머니가 평소에 관리를 잘했는지 침대나 의자 같은 건 전부 깨끗했다.

"들어가도 되나?"

때마침 짐을 가지고 주점 앞에 도착한 사냥꾼들이 나를 보고 물어왔다. 나는 지나의 질문에 아이린 아주머니를 돌아보고 고개를 끄덕였다.

"이 층에 방 아무거나 쓰세요."

"어, 마음대로 써도 됩니까?"

"숙박 손님은 여러분뿐이거든요."

아이린 아주머니의 설명에 사냥꾼들의 얼굴에 횡재했다는 표정이 떠올랐다. 이 큰 건물의 이 층을 여섯 명이 쓰게 생겼는데 당연히 좋겠지.

나와 아이린 아주머니는 사냥꾼들이 우르르 이 층으로 올라가는 것을 지켜보다가 이야기를 나눴다.

"안 그래도 좀 무서웠는데 사람이 있으니 잘됐어."

"무서웠어요?"

"요새 거리에 사람이 늘었잖아. 새벽에 식재료를 훔치려고 숨어드는 애들도 있거든."

아, 그러네. 아예 사람이 없을 때는 그런 일이 적었지만 사람이 확 늘어나고 장사도 되자 식재료나 돈을 노리고 새벽에 어슬렁거리는 사람들도 늘어났다.

그래도 아이린 아주머니는 주점이라 늦게까지 사람들이 있어서 밤늦게까지 밝고 시끄러웠다. 나는 그게 오히려 안전하게 느껴졌는데 생각해 보면 가게 문을 닫고 난 다음도 문제였다.

아이린 아주머니가 가게 문을 닫을 때면 나는 항상 곯아떨어지니까 생각을 못 했다. 내가 눈을 뜨는 건 동이 틀 때쯤, 배달부들이 배달을 시작할 때. 그때는 거리에 배달부들이 보여서 위험하다는 생각이 들지 않는다.

나는 내 가게 쪽으로 추가로 주문한 식료품을 배달하기 위해 배달부가 다가가는 것을 발견했다. 뭐가 온 거지? 내가 살던 곳은 늦어도 이틀이면 택배를 받을 수 있었는데 여긴 주문을 넣으면 빨라야 이틀이다.

그리고 이틀이 지나면 보통 사람들은 자기가 뭘 주문했는지 잊기 마련이다.

"아, 안녕하세요."

내가 뭘 주문했는지 곰곰이 생각하는 데 엘리스가 다가와서 인사를 건넸다. 많이 깨끗해졌다. 나는 깔끔한 옷을 입고 손톱 밑도 깨끗한 엘리스를 보고 인사를 건넸다.

어쩐지 그녀는 내게 호감을 가지고 있는지 내 인사에 얼굴을 붉히더니 들고 있던 꽃을 내게 내밀었다.

"이거, 주, 아니, 드릴게요."

아직 어색하긴 하지만 엘리스의 존댓말도 많이 늘었다. 나름대로 노력하는 모양이다. 나는 그녀가 내민 꽃을 받아 들며 말했다.

"어, 고마워."

그런데 왜 나한테 꽃을 주는 거지? 어리둥절해 하는데 엘리스가 부끄러워하며 덧붙였다.

"어제 저녁때 팔고 남은 거예요."

얘 저녁때 꽃도 파나? 거리를 돌아다니다 보면 이것저것 파는 아이들이 많았다. 신문, 꽃, 성냥. 구두를 닦는 애들도 있었다. 하지만 엘리스는 낮에는 여기서 일하잖아?

나는 대체 우드 부부가 애한테 무슨 짓을 시키는 건지 어이가 없어서 물었다.

"우드 부부가 너한테 꽃도 팔라고 시켜?"

"어제까지만. 이제 안 팔아, 요."

"식당 일을 하니까?"

"아니. 꽃 파는 건 다른 애한테 넘겼어. 식당도 오래 하진 않을 거래."

그래도 처음엔 신경 써서 요를 붙이더니 뒤로 갈수록 까먹는 모양이다. 나는 우드 부부가 갑자기 벼락이라도 맞았나 하고 생각했다.

어느 날 갑자기 자기들이 아이들을 학대한다는 걸 깨닫기라도 한 걸까. 그래서 엘리스에게 시키는 일을 점점 줄이는 건지도 모른다.

그때 아이린 아주머니가 엘리스에게 물었다.

"식당 일을 오래 하진 않는다고? 그럼 뭘 하는데?"

그냥 놀거나 공부한다는 선택지는 없는 건가? 어리둥절해 하는

데 엘리스가 말했다.

"좋은 집안에 하녀로 넣어준대, 요."

"그거 잘됐네!"

응? 잘된 거야? 나는 반색하는 아이린 아주머니의 태도에 뭐라 말해야 할지 몰라 가만히 서 있었다. 식당에서 일을 하는 것보다 하녀로 일하는 게 낫나?

아이린 아주머니는 엘리스에게 들어가서 테이블을 닦으라고 시킨 뒤 내게 돌아서서 말했다.

"다행이네. 우드 씨가 저 애를 방치하는 줄 알았는데."

"하녀로 들어가는 게 좋은 거예요?"

"식당에서 일하는 것보다 훨씬 좋지. 여기서 일해서 애가 뭘 하겠어?"

"훌륭한 식당 직원이요?"

"에버딘도 참."

난 진심이었는데 아이린 아주머니는 농담이라고 생각했나 보다. 그녀는 깔깔대며 내 등을 내려쳤고 나는 헉 하고 앞으로 고꾸라질 뻔하다가 간신히 자세를 바로 했다.

"하녀가 되는 게 훨씬 좋지. 아주 운이 좋으면 전문 하녀가 돼서 하녀장이 될 수도 있잖아. 아니면 주인마님의 눈에 들어서 좋은 곳에 시집갈 수 있을지도 모르고."

"식당에서 일하면 안 돼요?"

비슷하지 않나? 식당에서 일해도 운이 좋으면 자기 식당을 가질 수도 있고 요리사가 될 수도 있다. 식당에서 만난 손님과 연애 끝에 결혼할 수도 있지.

하지만 아이린 아주머니의 생각은 아니었나 보다. 그녀는 자기 가게를 돌아보더니 내게 말했다.

"이런 작은 식당에서 일하는 것보다 귀족 저택에서 일하는 게 더 나아. 귀족 저택도 아무나 일할 수 있는 게 아니잖아."

이 주점을 작은 식당이라고 하시면…… 이 거리에서 제일 큰 건물이다. 작을 리가 없다.

물론 낡았다고 한다면 할 말이 없지만. 나는 그렇게 생각하며 물었다.

"귀족 저택은 아무나 일할 수 있는 게 아니라는 게 무슨 말이에요?"

"도리스를 고용할 때 소개장을 받았잖아?"

그러고 보니 도리스를 보내 준 소개소에서 소개장을 보내 줬었다. 그녀의 경력을 보증한다는 내용이었지.

잠깐, 도리스는 소개소에서 소개를 받았는데 그럼 그 소개소에 '세상의 모든 빵들' 사장의 입김이 들어가 있다는 말인가?

머릿속에 그리 좋지 않은 생각이 떠올랐다. 하지만 그 생각이 깊어지기 전에 아이린 아주머니가 계속해서 말했다.

"제일 좋은 건 소개장 외에 전 직장에서 써 준 추천서도 받는 거야. 당연히 귀족 저택은 추천서를 받고."

그건 몰랐다. 나는 가만히 서 있다가 불쑥 물었다.

"전 직장이 없으면요? 엘리스는 전 직장이 굳이 따지면 이 식당인 거잖아요? 아이린이 추천서를 써 줘요?"

"에이, 귀족 저택에서 내 추천서 따위를 받기나 하겠어?"

그럼 어디서 추천서를 받지? 내 의문을 알아차렸는지 아이린 아주머니가 재빨리 덧붙였다.

"보통은 친척이나 지인에게 소개를 받거든. 우드 씨의 지인 중에 귀족과 아는 사람이 있는 거 아닐까? 수습 하녀는 그렇게 많이 구한다고 하더라고."

"어, 소개소는요? 안 써요?"

"거기도 쓰긴 하는데 보통은 친인척 소개지."

하기야 회사도 아니고 저택에서 하녀를 뽑는 건데 시험을 보고 들어갈 리는 없다. 내가 살던 곳에서도 좋은 아르바이트는 친인척 소개로 들어가는 게 대부분이었지.

그런 걸 생각하면 엘리스는 운이 좋은 게 확실했다. 나는 고개를 끄덕이며 엘리스에게로 시선을 던졌다. 그녀는 부지런하게 테이블을 닦고 있었다.

잘됐으면 좋겠다. 엘리스는 성실하고 노력도 많이 한다. 존댓말도 빨리 배우고 있고. 저런 아이는 잘되어야 한다.

"결정했어요."

다시 빵집으로 돌아온 나는 막 손님을 내보낸 도리스를 향해 당당하게 말했다. 내 말에 도리스의 얼굴이 확 굳었다.

하지만 그녀는 곧 침착하게 몸을 돌려 진열대를 정리하며 말했다.

"어떻게 결정하셔도 따를게요, 사장님."

어젯밤부터 도리스를 어떻게 해야 할지 머리가 빠지도록 고민했다. 그리고 방금 전까지도.

하지만 아까 성실하게 일하는 엘리스를 보고 결심이 굳어졌다. 나는 도리스에게 다가가 그녀의 손을 잡으며 말했다.

"괜찮으면 여기서 계속 일해 줘요."

예상하지 않은 결정이었는지 도리스의 몸이 멈췄다. 그녀는 믿을 수 없다는 듯 나를 돌아보더니 조심스럽게 입을 열었다.

"마이크가 사장님의 신제품 요리법을 내놓으라고 하고 있는 데도요?"

"하지만 도리스는 안 줬잖아요."

"앞으로 달라고 점점 더 억압할 거예요. 저뿐만 아니라 사장님께도 해가 갈 거고요."

그 정도는 나도 생각했다. 나는 아까 배달부가 배달하고 간 자루로 다가갔다. 도리스도 이게 뭐에 쓰는지 몰라서 카운터 안쪽에 놓아둔 모양이다.

"그럼 알려 주면 되죠."

내가 뭘 주문했는지 생각났다. 나는 짚으로 엉성하게 짠 자루를 들어 카운터 위에 올려놓았다. 풀썩하는 소리와 함께 알싸한 향이 코끝을 스쳤다.

도리스는 무엇을 물어봐야 할지 모르겠다는 표정을 짓고 있었다. 그중에 내가 제정신인지에 대한 질문도 들어 있겠지.

"이게 다음 신제품이에요."

나는 마 끈으로 둘둘 감아 둔 자루의 입구를 열며 말했다. 익숙한 향이 난다. 내가 살던 곳은 이걸 아주 많이 먹었었다.

이게 뭔가 하고 내게 다가온 도리스가 자루 안을 들여다보더니 인상을 쓰며 물었다.

"마늘이요?"

"마늘 빵을 만들 거예요."

마늘. 이 나라도 마늘을 재배하긴 하지만 그리 많이 먹지는 않았다. 아니, 많이 먹지 않는 수준이 아니지. 거의 안 먹는다.

그럼에도 재배를 하는 건 다른 나라에서는 쓰기 때문이다. 그 정도로 이 나라의 마늘은 대부분 다른 나라로 수출된다고 한다. 그 말은, 다른 나라에서는 먹는다는 말이겠지.

내가 살던 곳도 유독 마늘을 많이 먹는 나라가 있었다. 그게 내가 살던 나라였다. 얼마나 많이 먹었냐면 다른 나라보다 거의 열 배 가까이 더 먹었던 거로 기억한다.

그래서 아이린 아주머니의 스튜 요리법을 보고 놀랐었다. 어떻게 국물 요리에 마늘을 안 넣을 수가 있지? 마늘을 넣는 쪽이 국물의 깊이도 달라지고 감칠맛도 더 난다.

"이 나라 사람들은 마늘을 거의 안 먹죠."

나는 그렇게 말하며 까지 않은 마늘을 하나 집어 올렸다. 이걸 다 까려면 손이 필요하겠는데. 그렇게 생각하는데 도리스가 말했다.

"냄새가 나니까요."

그랬다. 이 나라 사람들은 마늘이 냄새가 너무 많이 나서 잘 안 먹는다고 한다. 그렇게 따지면 양파도 냄새가 많이 나지 않은가 싶지만 마늘 쪽 냄새가 더 강한 모양이다.

"하지만 다른 나라는 먹겠죠?"

아무도 안 먹는다면 아예 재배 자체를 안 할 거다. 하지만 분명이 마늘은 이 나라에서 재배한 거고 대부분 수출한다고 들었다.

그 말은, 다른 나라에서는 먹는다는 말이다. 그리고 지금은 이수도에 가장 많은 외국인이 있는 시기고.

마늘을 보자마자 굳었던 도리스의 표정이 곧 내가 뭘 하려는지 이해하더니 부드럽게 풀어졌다. 하지만 여전히 미심쩍다는 듯 말했다.

"먹는 외국인이 많을까요?"

"적어도 관심을 끌긴 할 거예요."

마늘 냄새를 풍기면 다들 이게 뭔가 하고 쫓아올 게 분명하다. 그중에서 호기심이 강한 사람은 사 먹겠지. 누구든지 마늘 빵을 한 번 먹은 사람은 있어도 한 번만 먹은 사람은 없다.

"마늘로 신제품을 만든다고 알려 줘요."

나는 빙그레 웃으며 도리스에게 말했다. 그녀는 인상을 쓰며 물었다.

"마이크에게요?"

"네. 둘 중 하나일 거예요. 당신 말을 믿거나, 안 믿거나."

어느 쪽이어도 우린 상관없다. 만약 '세상의 모든 빵들'이 마늘 빵을 만들어서 판다면 사람들은 이국적인 걸 판다고 생각할 테고 관심을 갖겠지. 마늘 빵이라는 게 알려질 테고.

나는 거기에 편승해서 빵을 팔면 된다.

만약 마이크가 도리스의 말을 무시하고 안 판다면? 우리가 먼저 파는 게 된다. 별로 인기가 없으면 안 팔면 된다.

좀 치사하긴 하지만 이게 바로 시작한 지 얼마 안 된 작은 가게와 유명한 큰 가게의 차이다.

"괜찮겠어요?"

내 설명에도 도리스는 불안한 표정을 지었다. 하지만 정말 상관없다. 마늘 빵은 내가 살던 곳에서 어디서나 흔하게 팔던 거였고 심지어 집에서도 쉽게 만들어 먹을 수 있는 거였으니까.

도리스가 곧장 마이크에게 이야기하러 간 사이 나는 마늘을 까서 시범으로 마늘 빵을 만들었다. 마늘 까는 건 엘리스의 도움을 받았다.

"으으."

마늘을 한 대접 깐 엘리스가 자기 손가락 냄새를 맡으며 인상을 썼다. 마늘 냄새가 별로긴 하지. 물론 익히면 아주 맛있어진다.

나는 엘리스가 손을 씻는 사이 마늘을 빻았다. 그리고 거기에 녹인 버터와 설탕을 섞은 뒤 식빵을 길게 잘라 바르기 시작했다.

"뭘 하는 거야, 요?"

"말하기 전에 먼저 문장을 생각해 보고 말하면 존댓말을 쓸 때 도움이 될 거야."

불쑥 말하니까 버릇대로 반말을 하게 되는 거다. 내 말에 그녀는 고개를 끄덕이더니 다시 물었다.

"이게 뭐예요?"

"마늘 빵. 어허, 일단 먹어 보고 결정해."

마늘 빵이라는 말이 끝나기도 전에 엘리스의 표정이 일그러졌기 때문에 나는 그녀를 잡으며 말했다. 진짜 먹어 봐야 한다. 얼마나 맛있는데?

"이게요?"

엘리스는 오븐에 들어가는 마늘 빵을 보며 물었다. 물론 한 번 더 굽기 전에는 별로 안 좋아 보인다는 걸 안다. 마늘 소스가 묻어서 축축해 보이거든.

하지만 구워지면 달라질 것이다.

금세 오븐 안에서 마늘 빵 냄새가 솔솔 나기 시작했다. 의심스러운 표정으로 오븐을 쳐다보던 엘리스는 곧 그 냄새에 표정을 바꾸며 말했다.

"맛있는 냄새가 나네요? 마늘인데?"

그게 바로 설탕과 버터의 힘이다. 중간중간 타지 않았는지 확인한 뒤 꺼내자 마늘 소스가 맛있어 보이는 갈색으로 익은 바삭한 마늘 빵이 모습을 드러냈다.

"기다려."

나는 재빨리 마늘 빵에 손을 내미는 엘리스의 손을 찰싹 때리며 막았다. 식어야 한다. 지금은 바삭하지도 않고 뜨겁거든.

식힘망째로 창문 앞에 놓고 손부채로 파닥거린 끝에 나는 엘리스에게 마늘 빵 한 조각을 건넬 수 있었다. 냄새는 끝내주지만 맛은 여전히 믿을 수 없다는 표정을 짓고 있던 그녀는 마늘 빵을 아주 조금 이빨로 뜯어먹었다.

"어?"

매울 거라고 생각한 모양이다. 그새 컵을 찾아서 물을 따라 놓고 있었으니까. 하지만 곧 바삭한 마늘 빵 조각을 삼킨 엘리스는 이상하다는 듯 물었다.

"왜 안 매워요?"

"익었으니까."

나도 잘은 모르지만 마늘이나 양파에 있는 알 어쩌고 하는 성분이 열을 받으면 사라지면서 매운맛이 사라진다고 한다. 물론 그 성분이 몸에 좋은 성분이라 조리하면 좋은 성분도 없어진다는데 어차피 마늘 빵은 몸에 좋으려고 먹는 게 아니다. 맛있으니까 먹는 거지.

"어때?"

나는 순식간에 마늘 빵 한쪽을 삼켜 버린 엘리스에게 물었다. 뭐라고 대답할지는 알겠지만 그래도 듣고 싶다. 그녀는 손가락에 묻은 마늘 소스를 아깝다는 듯 핥고 있다가 대답했다.

"맛있어요."

"하나 더 먹을래?"

"응."

생각할 필요도 없다는 듯한 대답에 나는 살짝 식은 마늘 빵 한쪽을 또 내밀었다. 그리고 나도 그대로 서서 마늘 빵을 먹기 시작했다.

확실히 갓 구웠을 때는 바삭바삭하고 맛있다. 이런 게 빵집에서 일하는 사람의 특권이다. 갓 구운 빵을 바로 먹을 수 있는 거. 나는 엘리스를 위해 찻잔을 꺼내 차를 따라 주었다. 그러자 엘리스의 눈이 동그래졌다.

차는 싫은가? 열다섯 살이면 우유보다는 차를 마시고 싶어 할 것 같은데. 그렇게 생각하는데 주방 입구로 누군가 고개를 내밀며 물었다.

"맛있는 냄새가 나는데. 무슨 냄새야?"

수잔이었다. 거기까지 마늘 빵 냄새가 퍼졌나?

확실히 멀리까지 퍼지는 냄새가 있긴 하다. 마늘 빵 냄새, 커피번 냄새. 그리고 델리만쥬 냄새.

지하철 입구로 들어서는 순간 냄새가 풍기기 시작한다. 그리고 그게 배고플 때면 엄청난 시너지를 발휘하지.

하지만 내 가게와 수잔의 꽃집까지는 훨씬 멀다. 나는 수잔을 위해 찻잔을 꺼내며 물었다.

"마늘 빵. 하나 줄까?"

커피 번을 떠올리니까 커피가 마시고 싶어졌다. 내가 살던 곳과 달리 여기는 커피보다 차가 더 보편적이다. 지금처럼 집에 누가 오면 커피가 아니라 차를 내놓는다.

커피 가게 같은 건 봤는데 내부가 어두워서 못 들어가 봤다. 시골 다방 같은 거면 좀 그런데.

"마늘 빵? 이게 마늘 냄새야?"

"이것저것 더 들어 있긴 하지. 먹어 봐."

나는 수잔의 찻잔에 차를 따르고 접시에 마늘 빵을 하나 얹어서 내밀었다. 그녀는 요상한 표정으로 마늘 빵을 쳐다보더니 나를 한 번 쳐다보고 마늘 빵을 집어 들며 말했다.

"전에 네가 만든 토마토소스도 맛있었으니까."

그러니 마늘 빵도 먹겠다는 말인가 보다. 약간 결심한 듯한 표정으로 마늘 빵을 입에 넣는 그녀의 모습을 엘리스가 재미있다는 듯 쳐다보고 있었다.

엘리스는 수잔이 마늘 빵을 용기 있게 크게 베어 무는 것을 보다가 나를 향해 고개를 돌려 배시시 웃었다. 너도 아까 비슷하게 굴었잖아. 그런 생각이 들었지만 나는 말없이 마주 보고 웃어 주었다.

"어, 이거 맛있네?"

수잔의 눈이 동그래졌다. 그녀는 말도 안 된다는 듯 차를 한 모금 마시더니 다시 마늘 빵을 한입 베어 물었다.

"그런데 냄새가 거기까지 났어?"

"어디? 내 가게? 아냐. 아이린이 꽃을 놓고 싶다고 해서 가져다줬거든."

수잔은 마늘 빵을 우물우물 먹으면서 얘기를 했다. 그러고 보니 아이린 아주머니가 테이블에 테이블보를 씌운다는 말을 했었지. 거기 테이블은 좀 낡고 흠집 때문에 더러워 보여서 뭘 씌우는 게 나을 거라고 말했던 기억이 난다.

새로 테이블과 의자를 사는 건 어차피 곧 재개발할 건데 너무 아깝다.

"여기도 꽃을 두면 어때?"

그때 마늘 빵을 모두 먹은 수잔이 물었다. 여기에? 나는 주방을 둘러보고 엘리스를 보며 말했다.

"뭐, 직원 복지를 위해 괜찮긴 한데."

"복지가 뭐야?"

어, 복지가 뭔지 모르나? 나는 수잔의 질문에 당황해서 엘리스를 쳐다봤다가 이 나라는 미성년자에게도 밤낮으로 일을 시킨다는 것을 깨달았다.

그러게. 복지란 뭐지? 나도 그걸 어렴풋하게만 알고 있다.

"음, 뭐랄까. 직원들이 좀 더 편하게 일할 수 있게 하는 거를 말하는 거야."

"꽃이 있다고 일하는 게 편해지진 않잖아?"

"하지만 기분은 좀 나아지잖아?"

내 말에 수잔과 엘리스가 전혀 생각해 보지 않았다는 표정을 지었다. 당장 꽃 한 송이로 기분이 엄청나게 좋아지진 않지만 좀 나아지긴 할 거다. 사무실에 화분이 있는 거로 사람들 능률이 좀 더 올라간다는 기사를 봤던 것 같다.

물론 직원의 능률은 사무실의 화분이 아니라 업무량과 근무 시간을 줄여 주면 더 올라갈 것 같지만 말이지.

멍하니 퇴근하고 싶다는 생각을 하고 있는데 수잔이 다시 말했다.

"직원을 위해서는 아니고. 조금 있으면 시합이 시작되니까 가게 앞에 꽃 화분을 두면 장식이 되지 않을까 싶어서."

그러면서 이미 자기는 가게 앞에 화분을 내놓고 있다고 덧붙였다. 그야 넌 꽃집을 하잖아. 나는 어이없는 심정으로 수잔을 바라보다가 그것도 나쁘지 않다는 생각을 떠올렸다.

이미 이 거리는 사람들이 많이 유입되긴 했지만 더 많으면 내 빛을 갚는 데 도움이 될 거다. 아직 반의반 정도지만 나는 투자로 생각하고 수잔에게 물었다.

"거리를 꾸미려면 얼마나 필요할까?"

"거리? 우리 거리?"

수잔은 그게 무슨 소리냐는 표정이더니 곧 놀란 표정으로 다시 말했다.

"그건 어렵지. 이 거리를 다 꾸미려면 꽃값이 장난 아니게 들어. 에버딘, 내가 말한 건 가게 앞에 화분 하나 놓아두는 정도였어."

마치 자기 돈처럼 말리는 모습에 웃음이 나왔다. 나는 마늘 빵을 하나 더 수잔의 접시에 덜어주며 말했다.

"전부 다 꾸미는 건 무리라면 거리 입구에만 꾸미면 어떨까? 사람들의 눈에 띄지 않을까?"

그걸로 거리에 유입되는 사람이 더 늘어난다면 장사에도 도움이 될 거다. 홀린 듯이 마늘 빵을 입에 넣던 수잔이 인상을 쓰며 말했다.

"누가 꺾어 갈 수도 있어."

하긴. 내가 살던 곳도 그런 일이 종종 일어났다. 내가 아무 말도 하지 않자 엘리스가 끼어들었다.

"맞아요. 가끔 그런 데서 꽃을 꺾어 와서 파는 애들도 있거든요."

전직 꽃 파는 소녀였던 엘리스의 증언이니 확실하겠지. 이건 좀 생각해 봐야겠네. 그렇게 생각할 때쯤 도리스가 돌아오는 소리가 들렸다.

에버딘 어서에게서 맛있는 냄새가 나고 있었다.

자신이 초대한 어서 경이 도착했다는 말에 그녀를 서재로 불러들인 선은 그녀에게서 나는 맛있는 냄새를 맡고 무심코 그렇게 생각했다.

"왜?"

그냥 쳐다봤을 뿐인데 그의 인상이 나쁜 탓인지 에버딘이 공격적으로 물었다. 선은 차려입은 에버딘의 모습에 잠시 멍하니 그녀를 쳐다보다가 입을 열었다.

"맛있는 냄새가 나서."

"아, 마늘 냄샌가 봐."

마늘 빵을 굽다 와서 그렇다. 팔을 들어 올려 쿵쿵대고 냄새를 맡는 에버딘의 모습에 선은 펜을 내려놓고 자리에서 일어났다. 그리고 그녀의 앞으로 다가가며 물었다.

"콩은 어떻게 하고?"

분명 수입 콩으로 뭔가를 하고 있다고 들었는데. 그래서 그가 소유한 가게 중 한 곳에서 가지고 있던 콩을 전부 사서 보내 줬었다. 그의 질문에 에버딘이 경계하며 말했다.

"그것도 쓰고 있어. 설마 빚에 포함시키려는 건 아니지?"

그럴 리가. 말도 안 되는 소리에 선은 저도 모르게 코웃음을 쳤다. 달라고 하지도 않은 걸 줘 놓고 마음대로 빚으로 만들 만큼 그는 파렴치하지 않다.

그는 에버딘을 소파로 안내하며 말했다.

"연구하려면 많이 필요할 것 같아서 보내 준 것뿐이야."

그러자 에버딘의 얼굴에 더더욱 경계가 심해졌다. 명확하게 '얘 뭐 잘 못 먹었나?' 하는 표정에 션은 한숨을 내쉬며 말했다.

"그걸로 돈을 많이 벌어서 빚을 갚으라는 뜻인 걸로 해 두지."

그럴 줄 알았다. 에버딘의 얼굴에 그제야 안도가 내려앉았다. 아무래도 그녀는 그가 잘해 주면 불편한 모양이다. 하긴, 어느 누가 그렇지 않을까.

션은 그가 잘해 주면 안절부절못하는 사람들을 떠올리고 웃었다. 남에게 빚을 지워 두는 건 편리하다. 그 빚이 물질적인 것이냐, 아니냐는 상관없다. 어쨌든 남에게 빚을 지워 두면 다음에 그가 필요할 때 이용할 수 있다.

하지만 에버딘에게는 좀 달랐다. 그녀가 지참금으로 받은 돈은 상당한 금액이긴 했지만 다른 사람이었다면 적당히 본전만 받아 내고 기억에서 지웠을 것이다.

"장사는 어때?"

션은 그녀의 맞은편 소파로 자리를 옮기며 물었다. 묻지 않아도 알고 있다. 그 거리의 매상에 대해서는 이미 보고하는 사람이 있으니까.

참고로 에버딘의 부모님도 거의 찾았다. 그는 이 정보를 언제쯤 그녀에게 알려 줄지 타이밍을 재고 있었다.

"그냥 그래."

약간 떨떠름한 태도로 에버딘이 대답했다. 장사는 아주 잘되지만 굳이 선 앞에서 아주 잘된다고 말할 필요는 없다. 물론 그는 그녀의 그런 생각을 읽고 있었다.

"거짓말할 필요는 없어. 아주 잘되고 있는 건 알고 있으니까."

그럴 줄 알았다. 에버딘은 김빠진다는 표정으로 어깨를 늘어트렸다. 그러더니 곧 그를 향해 몸을 내밀며 물었다.

"나는 그렇다 치고, 다른 가게들은 어때? 이 정도면 재계약할 만하지 않아?"

솔직히 말하면 그랬다. 선은 이 정도로 놀라운 매출을 보여 줄것이라고 미처 몰랐던 그 쇠퇴해가는 거리를 다시 보고 있었다. 제대로 된 매출은 의상실 정도였고 다른 세 곳은 매출이라 할 만한 게 없었다.

그중 가장 최악은 주점이었지.

하지만 주점은 최근 며칠 사이에 손님으로 앉을 자리가 없을 정도로 붐비고 있다고 들었다. 보고자조차도 신기하다는 듯 말했기 때문에 그는 조만간 대체 뭘 어떻게 한 건지 구경할 생각이었다.

"조건이 거리 전체 매출이라 다행이었지."

선은 그렇게 말하며 조용히 들어온 하인이 놓고 간 찻잔을 들어올렸다. 그의 말대로 놀라운 성과는 일부 가게에서만 나타나고 있었다.

콕 집어서 빵집과 의상실, 그리고 주점이다. 꽃가게와 대장간은 여전히 매출이랄 게 없었다.

선의 지적에 에버딘은 오기 전 수잔과 한 이야기를 떠올렸다. 역시 거리에 꽃 장식을 해야겠다. 문제는 꽃을 아이들이 꺾어가지 못

하도록 해야 하는데.

"선, 그 거리는 당신 거지?"

불쑥 튀어나온 에버딘의 질문에 선의 눈이 가늘어졌다. 그녀의 질문이 어떤 함정처럼 느껴졌다. 그는 가만히 에버딘을 쳐다보다가 찻잔을 내려놓으며 말했다.

"엄밀히 말하면 국왕 폐하의 것이지."

"하지만 실제 관리나 치안은 당신 손에 달려 있잖아?"

그건 맞다. 그는 아무 말도 하지 않았지만 소파 등받이에 몸을 기대는 태도에 여유로움이 묻어났다.

조금만 덜 잘생겼으면 그냥 재수 없었을 텐데. 에버딘은 아쉬워하며 다시 입을 열었다.

"곧 축제인데 거리를 꾸며 볼 생각은 없어?"

"내가 왜?"

"에헤이, 그 거리 건물 당신이 다 사들였다고 소문 다 났어. 아무리 갈아엎는다고 해도 축제까지 손 놔 버리면 사람들이 뭐라고 하겠어?"

그럴듯한 말이다. 그가 사람들이 이야기하는 거에 그다지 신경을 쓰지 않는다는 것을 빼면 말이지. 선은 에버딘의 꿍꿍이를 알 것 같아서 삐딱하게 웃었다.

"뭘 원해?"

허무맹랑한 소리를 하면 실망할 것이다. 하지만 그는 그녀에게 어떤 기대를 가지고 있었다. 그가 코웃음 칠 이야기를 하지 않을 거라는 기대. 최소한 선이 그럴듯하다고 생각할 이야기를 할 거라는 기대.

"어차피 올해 안에 갈아엎을 생각일 테니 도로나 건물을 정비하자는 말은 하지 않을게."

당연하다. 그는 에버딘의 말을 아무 대꾸 없이 듣고 있었다. 그녀는 선을 향해 테이블 위로 몸을 내밀며 말했다.

"거리 입구만이라도 장식을 하고 싶어. 축제 분위기가 나도록."

대로는 이미 장식이 되어 있다. 그게 이어지는 것처럼 거리 입구만이라도 장식을 하고 싶다는 에버딘의 말에 선은 괜찮은 생각이라고 생각했다.

사람들이 보기엔 일체감을 느낄 테고 그의 거리에도 뭔가를 할지 모른다는 기대감을 주겠지. 이미 사비를 써서 자기 가게를 꾸미는 사람도 꽤 있었다.

하지만 에버딘은 가게가 아니라 거리 자체를 꾸미고 싶다는 거다.

선은 흔쾌히 허락했다.

"좋아."

그에게 돈은 그리 문제가 되지 않는다. 돈으로 해결할 수 있다면 그건 쉬운 일이다. 물론 에버딘이 지금 선의 생각을 안다면 화를 내겠지만.

"대신 조건이 있어."

이어진 선의 말에 에버딘의 표정이 굳었다. 아무리 그의 거리를 꾸미는 거라 해도 남의 돈을 그렇게 쉽게 받을 수 있을 거라고는 그녀도 생각하지 않았다. 긴장한 에버딘에게 선이 자신의 조건을 이야기했다.

"오셨습니까."

같은 시각 톰슨은 오랜만에 귀가한 웨스트가의 둘째, 마틴을 맞이하고 있었다. 검정색 머리카락과 훤칠한 키가 언뜻 보면 선을 닮은 듯하지만 전혀 다르다.

마틴의 푸른색 눈동자가 오래된 집사를 향했다. 그는 자신의 재킷을 그에게 집어 던지듯 맡기며 말했다.

"무슨 행사가 있나 보군."

"오늘 연회가 있습니다."

그런 말을 들었던 것도 같다. 술에 취해 낄낄대고 있을 때 짜증나는 이 집 하인이 찾아와서 연회가 있으니 참가할 테면 하라고 하던 게 어렴풋하게 떠올랐다.

그리고 들고 있던 술잔을 집어 던져 하인을 맞췄던 것도.

"그게 오늘이었나."

그는 그렇게 중얼거리면 한쪽만 남은 장갑을 벗어 바닥에 던졌다. 다른 한쪽은 어디에 잃어버렸는지 기억도 나지 않는다. 어차피 상관없다. 웨스트 공작가는 그가 죽을 때까지 써도 티도 별로 안 날만큼 부유하니까.

"손님은?"

"서쪽 하늘 용병대입니다."

마틴의 얼굴이 집사의 대답에 일그러졌다. 귀족이라면 모를까 용병대라면 관심 없다. 게다가 이 집 하인들과 달리 서쪽 하늘 용병대는 오직 선에게만 충성한다. 마틴이 가장 껄끄러운 상대인 것이다.

"식사는 내 방으로 가져와."

그는 그렇게 말하고 휘적휘적 계단을 향해 걸어갔다. 이런 점이 선과 확연하게 차이가 난다. 배부른 짐승처럼 느긋하고 여유롭게 움직이는 선과 달리 마틴은 호리호리한 체격에 상대적으로 경박스럽게 보였다.

톰슨은 어떻게 해야 할지 잠시 망설이다가 그를 불렀다.

"도련님."

어차피 알게 될 일이다. 게다가 마틴이 묻지 않았던가. 손님이 누구냐고.

그는 말없이 고개만 돌린 둘째 도련님을 향해 표정 변화 없이 말을 이었다.

"용병대 외에 손님이 한 분 더 계십니다."

용병대 외에? 그게 중요하냐는 마틴의 질문에 집사가 조용히 손님의 이름을 말했다. 다음 순간, 마틴은 선의 개인 서재로 빠르게 걷고 있었다.

"공작님께서는 손님과 함께……."

집사가 말리려 했지만 소용없었다. 마틴은 톰슨을 밀어 버린 뒤 서재 문을 벌컥 열었다. 그러자 소파에 앉아 있던 에버딘과 선의 고개가 그를 향했다.

"형님!"

선과 같은 검정색 머리카락과 훤칠한 키. 저게 바로 마틴 웨스트

로군. 그런 생각이 에버딘의 머릿속에 제일 먼저 떠올랐다.

마틴 역시 에버딘을 봤다. 붉은 머리카락과 초록색 눈동자. 약간 창백하다 싶게 하얀 피부와 얌전해 보이는 인상. 어디서 본 여잔데?

에버딘보다 늦게 마틴의 머릿속에 그녀가 누군지가 떠올랐다. 에버딘 어서. 어서 남작의 딸이었다.

"초상화보다 못생겼잖아."

"마틴."

불쑥 내뱉은 마틴의 말에 선이 경고했다. 하지만 에버딘은 어이가 없어서 입을 딱 벌렸다. 그리고 선을 바라보며 물었다.

"당신 동생 좀 모자란 거였어?"

"뭐?"

마틴은 에버딘의 질문에 어이가 없다는 듯 입을 딱 벌렸다. 자신의 면전에서 이렇게 대놓고 무례하게 구는 사람은 처음이다.

그는 당연히 형이 에버딘을 호되게 혼낼 거라 생각하고 선을 쳐다봤다. 하지만 선은 마틴에게 시선도 두지 않고 에버딘에게 말했다.

"동생의 무례에 사과하지."

"무슨 소리야? 저 여자가……."

"마틴."

오싹하게 차가운 목소리로 선이 마틴을 불렀다. 마틴은 그대로 멈췄다.

선의 자주색 눈동자는 마치 불타는 것처럼 보였다. 그는 얼음장 같은 표정으로 동생에게 명령했다.

"나가."

그러자 방금 전까지 팔짝팔짝 뛰던 마틴이 로봇처럼 그대로 몸을 돌려 서재 밖으로 나가 버렸다. 심지어 얌전히 문을 닫기까지 했다.

그 일련의 과정을 에버딘은 눈을 동그랗게 뜨고 지켜보고 있었다. 그러고 보니 아네트도 션을 무서워했었다.

그녀의 머릿속에 이 집의 모든 규칙과 룰은 공작님이라던 집사의 말이 떠올랐다. 그 말이 진짜였던 모양이다.

"형 말은 잘 듣네?"

션의 얼굴에서 찬기가 가시자 에버딘이 불쑥 말했다. 그녀에게 철없는 애처럼 굴어서 션에게도 그렇게 굴 줄 알았다. 션은 무표정하게 말했다.

"내 말을 안 듣는 사람은 별로 없지."

자신의 부와 지위에 기댄 재수 없는 발언이라기엔 표정이 너무 무표정했다. 에버딘이 그게 무슨 소리냐고 물어봐야 할지 고민할 때 집사가 서재 문을 두드리며 말했다.

"손님들이 도착했습니다."

션이 오른팔을 내밀었다. 지난 무도회 때 거기에 왼손을 얹어야 한다는 것을 배운 에버딘은 재빨리 손을 얹었다. 셔츠와 재킷 너머로도 단단한 그의 근육이 느껴졌다.

"연회장은 일 층이야."

션은 그렇게 말하며 에버딘을 계단으로 안내했다. 복도로 나왔을 때 이미 마틴은 없었기 때문에 그녀는 왼손은 션을, 오른손은 계단 난간을 잡고 내려가며 물었다.

"연회에 동생도 참석해?"

"안 한다고 했어."

안 한다고 했지만 할 수도 있다. 그와 톰슨은 막판에 마음을 바꾸는 마틴의 변덕에 익숙했다. 그래서 마틴이 이제 와서라도 참석한다고 마음을 바꾸면 그의 자리를 마련할 수 있도록 미리 언질을 해 놓았다.

"하지만 할 수도 있지."

그 한마디로 에버딘은 이 집안에서 마틴의 위치를 알아차렸다. 집안의 골칫덩어리. 그녀는 원래 살던 곳에서 많은 아르바이트를 해 봤다. 그럴 때면 자기 건물이나 가게를 가진 돈 많은 사장님들의 자식들이 그렇게 부러울 수가 없었다.

부모님도 있고 집안에 돈도 많다니, 모든 사람의 꿈의 가정일 것이다. 물론 모든 가정이 행복하지 않다는 것은 안다.

하지만 그녀에게는 부유한 부모가 있다는 것만큼 부러운 것은 없었다. 그렇기 때문에 부유한 사장이 사고만 치고 돈만 요구하는 자식을 이야기할 때 사장을 동정하는 한편 그런 어리광을 부릴 수 있는 사장의 자식들이 부러웠다.

그리고 지금 마틴에 대해 이야기하는 선의 표정이 사고 치는 아들을 둔 사장과 비슷했다.

"당신 부모님은 어디 계셔?"

문득 생각난 것처럼 에버딘이 물었다. 이제 와서? 선은 난데없는 호구조사에 물끄러미 그녀를 쳐다보다가 말했다.

"돌아가셨지."

"두 분 다?"

그 질문에 선의 움직임이 멈췄다. 다른 사람이라면 머뭇거렸을 타이밍이었는데 에버딘은 그대로 두 분 다 돌아가신 거냐고 질문했다.

예의가 없다고 느낄만한 행동이었지만 그녀의 표정에서 아무 감정이 느껴지지 않았다. 그는 자신이 멈칫한 것 때문에 발을 헛디딘 에버딘의 팔꿈치를 재빨리 움켜잡았다.

그리고 한 계단 내려가서 그녀의 몸을 지탱하며 말했다.

"그래, 두 분 다."

눈높이가 아주 조금이나마 비슷해졌다. 고작 계단 하나 정도로 눈높이가 가까워지기엔 선의 키가 너무 컸지만 에버딘에게는 그것만으로도 충분히 가까워졌다고 느낄 만한 높이었다.

이상한 기분이 들었다. 에버딘은 그대로 선에게 팔을 잡힌 채 그를 멍하니 쳐다보고 있었다. 우습게도 그제야 선이 짊어지고 있는 게 뭔지 어렴풋이나마 보였다.

부모님을 모두 잃은 젊은 공작. 사고뭉치 동생.

그녀에게는 할머니가 있었지만 그에게는 아무도 없었다.

"동생들이 말을 안 들어서 골치 아프겠네."

에버딘은 그렇게 말하고 선에게서 몸을 뗐다. 그제야 그도 자신이 한 팔로 그녀의 몸을 지탱하고 있다는 것을 깨달았다.

멍하니 에버딘의 눈을 쳐다보고 있었다. 그게 어색하면서 동시에 기분 나쁜 생각이 들지 않았다.

이렇게 가까이 있는데도 에버딘의 감정이나 생각 같은 게 들어오지 않았다. 선은 움켜쥐고 있던 그녀의 팔꿈치를 놓고 다시 자신의 오른팔을 내밀며 말했다.

"최근에 골치 아프게 하는 사람이 하나 더 늘어났지."

농담 반 진담 반으로 던진 말이었는데 아주 잠시 후에 알아들었는지 에버딘이 눈을 동그랗게 뜨고 선을 쳐다봤다. 그리고 곧 말도 안 된다는 듯 웃기 시작했다.

"누가 할 소릴!"

그 웃음에 선도 저도 모르게 따라 웃었다. 늘 복잡한 감정과 생각 속에 침잠돼 있는 것 같았는데 개운한 느낌이 들었다. 그의 머릿속에 문득 진짜로 마틴이 아니라 자신이 에버딘과 결혼해도 괜찮겠다는 생각이 들었다.

물론 그녀를 사랑한다거나 이성으로 호감이 있어서 그런 생각이 드는 건 아니었다. 굳이 따지면 신기한 존재에 대한 호기심에 가까운 호감은 있을 것이다.

하지만 에버딘이 곁에 있으면 쓸데없는 감정이나 생각이 들어오지 않았다. 그는 그녀를 연회장의 자리로 에스코트하며 그 생각을 확신했다. 늘 와글와글 시끄럽다 느껴지던 감정들이 얇은 벽에 막힌 것처럼 멀게 느껴졌다.

"공작님."

연회장에 앉아 선을 기다리던 손님들이 자리에서 우르르 일어났다. 에버딘은 익숙한 얼굴을 보고 반가운 마음에 미소를 지었다. 아네트는 당연했고 카렌과 베르트도 있었다.

테이블은 그들과 에버딘이 앉는 것 외에도 더 있었다. 그녀는 모든 테이블 앞에 빽빽하게 앉아 있는 용병들을 보고 혀를 내둘렀다. 샌드위치를 주문할 때부터 손님 수가 꽤 많은 모양이라고 생각했는데 생각보다 더 많았다.

"이쪽은 내, 지인. 에버딘 어서 경일세."

아주 잠깐 에버딘을 자신의 뭐라고 소개해야 할지 망설였던 것을 제외하면 용병들에게 에버딘을 소개하는 것도 무난하게 지나갔다. 물론 다른 용병들은 그러려니 했지만 카렌과 베르트는 눈을 반짝 떴다.

웨스트 공작이 누군가를 소개할 때 자신과의 관계를 어떻게 말할지 망설였다. 그것만으로도 그를 아는 사람들에게는 놀라운 일이었다. 베르트는 카렌을 쳐다봤고 그녀는 그것 보라는 표정을 지었다.

보통 사람이 아니라니까. 그런 표정에 베르트는 다시 에버딘을 쳐다봤다. 확실히 보통 사람은 아니다. 멍청한 그의 부하를 직접 납치 감금했을 뿐 아니라 공작에게 자신의 안전을 위한 제안까지 했다.

그리고 웨스트 공작이 갈아엎으려던 쇠퇴한 거리를 살려 놨지.

"진짜 마음이 있나?"

베르트의 속삭임에 카렌이 어깨를 으쓱하며 말했다.

"그냥 호기심 아닐까?"

"마틴 때문에 호기심 생긴 걸로 치기엔 너무 오래되지 않았어?"

마틴과의 결혼을 거부하다 자살한 아가씨의 이야기는 용병대 안에서도 이미 알고 있었다. 다른 사람도 아니고 영주 가족의 이야기다. 용병대에서 모르고 있다는 게 더 놀라울 것이다.

다들 그 여자 누군지 몰라도 독하다고 혀를 찼지만 베르트는 그 소식을 듣자마자 선이 마음에 들어 할 것이라고 생각했다.

선과 함께 자란 건 마틴이 아니라 베르트였다. 그렇기 때문에 그는 마틴에 대한 선의 생각을 남들보다 잘 알고 있었다.

"이것저것 겹친 거겠지. 그것 말고도 호기심 품을 만한 사건은 많았잖아?"

카렌의 대꾸에 베르트는 고개를 끄덕였다. 확실히 마틴을 거부하느라 자살했다는 것 외에도 에버딘은 선이 관심을 가질만한 요소를 가지고 있었다.

거리를 살릴 테니 상인들의 재계약을 보장해 달라는 제안을 했다거나, 아네트를 이용해서 어느 유명한 의상실 사장의 코를 때려줬다거나.

"게다가 예쁘기도 하지."

그 순간 카렌의 팔꿈치가 베르트의 옆구리에 박혔다.

"억!"

그대로 베르트의 상체가 식탁 위로 고꾸라졌다. 아직 음식이 나오지 않은 게 다행이었다. 그랬다면 그 때문에 음식이 망가졌을 테니까.

카렌은 옆구리를 부여잡은 채 식탁 위에 엎어진 베르트를 차가운 눈으로 쳐다보며 중얼거렸다.

"건방지게 굴지 마."

덕분에 사람들의 시선이 베르트를 향했다. 다른 사람들과 이야기를 하던 선이 그와 카렌을 향해 물었다.

"뭔가."

"아닙니다."

카렌이 재빨리 대답했다. 하지만 선의 시선은 여전히 베르트를 향해 있었다. 무슨 일이냐는 눈빛에 베르트는 끙끙대며 자세를 바로 하고 말했다.

"아닙니다."

에버딘 어셔는 귀족이다. 아무리 서쪽 하늘 용병대 대장이라 해도 베르트가 감히 얼굴이 어쩌고 할 상대가 아닌 것이다.

몰락 귀족이라면 사정이 다르지만 설령 에버딘이 몰락 귀족이라 해도 웨스트 공작이 초대한 손님이다. 감히 웨스트 공작의 면전에서 그의 손님을 두고 예쁘다고 말했다고 한다면 카렌이 옆구리를 찌르는 걸로 끝나지 않을 것이다. 제일 먼저 선이 그를 쫓아내겠지.

아무리 멍청한 베르트라도 그건 알았다. 그까지 아무것도 아니라고 말하자 선이 대기하고 있던 톰슨에게 눈짓했다. 그러자 하인들이 거대한 요리를 들고 들어오기 시작했다.

"허."

선은 그의 옆에서 아네트와 대화를 하던 에버딘이 음식을 보고 신음을 내뱉는 소리를 들었다. 뭔가 하고 보니 네 명의 하인이 돼지를 통째로 구운 요리를 들고 들어오고 있었다.

그리 쉬운 요리는 아니다. 저만한 크기의 돼지를 통째로 넣어 구울 수 있을 만큼 큰 오븐이 있어야 한다는 뜻이니까. 그리고 오븐의 크기는 주방의 크기를 뜻하고 주방의 크기는 집의 크기를 뜻한다.

선은 그다지 세련된 방식이라고 생각하지는 않지만 부를 과시하기 위한 요리 방법이라 꽤 흔한 요리였다. 선이 오늘처럼 용병대를 초대하면 그의 요리사가 꼭 하는 요리기도 했다.

"릭."

선이 손짓하며 하인을 부르자 통돼지 구이를 들고 있던 하인들이 그대로 그에게 다가왔다. 그는 에버딘에게 보여 주라고 손짓했고 하인들이 그녀가 잘 볼 수 있도록 음식이 담긴 쟁반을 살짝 기울여 주었다.

"윽, 머리까지 구웠네."

심지어 돼지 입에 사과까지 물려 났다. 에버딘은 돼지 크기가 거의 그녀만 하다는 것을 깨닫고 그제야 이 요리가 무엇을 나타내는지 알아차렸다.

이 정도 크기의 오븐이 집에 있다는 거군.

돈 많아서 좋겠다. 그녀가 다 봤다고 고개를 끄덕이자 선이 손짓했다. 다시 하인들이 요리를 테이블 위에 차곡차곡 올려놓는 사이 베르트가 선에게 물었다.

"이번 시합 때 공작님께 걸어도 됩니까?"

이건 무슨 소리야? 하인이 따라 준 차를 들어 올리던 에버딘이 호기심 어린 표정으로 선을 쳐다봤다. 똑같이 찻잔을 들어 올리던 그는 그녀의 시선을 느꼈지만 모르는 척 베르트에게 대답했다.

"잃고 싶으면."

"무슨 소리야?"

에버딘은 옆에 앉은 아네트에게 물었다. 하인에게 자고새 구이를 잘라 달라고 하던 그녀는 에버딘을 쳐다봤다가 선과 베르트의 대화를 듣고 대답해 주었다.

"아, 결투 말하는 거야. 마지막 날 귀족 시합도 있거든."

"귀족도 참가할 수 있어?"

"원하는 사람만."

원래는 귀족과 평민의 구분 없이 결투를 했지만 암살의 위험도 있고 귀족에게 도전하는 도전자의 수가 너무 많아서 분리했다.

지금은 평민은 평민끼리, 귀족은 귀족끼리 결투를 한다.

"선도 참가했어?"

그런데 관심 없는 줄 알았는데. 놀란 에버딘의 표정에 아네트가 킥킥대고 웃었다. 당연히 자의로 참가한 게 아니다. 아네트는 선의 표정을 살피고 그가 다른 사람과 대화하는 사이 재빨리 설명했다.

"지난번 우승자거든."

"선이?"

지난번에도 참석했다는 부분과 우승했다는 부분 중 어느 부분에서 더 놀라야 할지 모르겠다. 하지만 놀라는 에버딘에게 아네트가 부연 설명을 하려는 순간 연회장에 마틴이 등장했다.

에버딘은 반사적으로 빈자리가 있는지 확인했다. 하지만 아까도 선이 말하지 않았던가. 마틴은 참석하지 않겠다고 했지만 마음을 바꿀지도 모른다고.

연회장 안에 침묵이 내려앉았다. 마틴은 껄렁껄렁하게 걸어 들어오더니 선의 옆으로 와서 말했다.

"뭐야, 식사하는데 나는 초대도 안 하는 거야?"

남이 들으면 마치 일부러 선이 초대하지 않았다는 것처럼 들린다. 보다 못한 아네트가 입을 열었다.

"오라버니가 안……."

하지만 아네트의 말이 시작되자마자 마틴이 그녀를 무서운 표정으로 쳐다봤다. 이건 또 뭐야? 에버딘은 그녀의 생각과 달리 마틴과 아네트의 관계가 별로 좋지 않을지도 모른다는 것을 깨달았다.

마틴과 선의 관계도 별로 좋아 보이지 않지만 그건 쌍방 혐오에 가깝다면 마틴과 아네트의 관계는 아네트가 마틴을 무서워하는 쪽이었다.

차라리 아네트와 선이 더 사이가 좋을 것이다. 그쪽도 그다지 사이가 좋은 남매는 아니지만.

아네트가 입을 다무는 것과 동시에 집사가 의자를 든 하인과 함께 연회장으로 들어왔다.

"늦는 줄 알고 빼놨다."

약간 넓다 싶던 선의 옆자리에 의자가 들어갔다. 선을 사이에 두고 에버딘과 반대편이었다. 마치 마틴이 이럴 줄 알았다는 듯 의자를 준비한 집사와 선에게 마틴은 입술을 부루퉁하게 내밀었다.

그럴 줄 알았다. 그가 무슨 짓을 해도 그의 완벽한 형은 뭐든 완벽하게 처리한다.

"앉아."

하인이 의자를 놓고 물러나자 선이 말했다. 마틴은 그가 아까 서재 안에서 자신에게 힘을 쓴 것을 잊지 않았다. 마틴은 과도하게 예의 바르게 앉으며 말했다.

"네, 네. 그럼요. 어느 분의 명령인데요."

덕분에 연회장의 분위기가 싸늘하게 가라앉았다. 에버딘은 뒤늦게 나타나서 분위기를 망치는데 탁월한 재능이 있는 마틴을 멍하니 쳐다보고 있었다.

아까는 너무 멍청한 짓을 하고 휙 하니 사라져서 제대로 못 봤는데 형과 전혀 닮지 않았다. 닮은 건 머리 색 하나뿐.

어쩌면 키가 큰 것도 닮았다고 할 수 있겠네. 에버딘이 그렇게 생각하는 순간 마틴이 소리쳤다.

"차 가져와! 이 게으른 것들!"

이미 하인은 마틴의 찻잔을 가지고 연회장 안으로 들어서던 중이었다. 하지만 그는 그것마저 느리다고 타박했다.

성질은 형보다 더 더럽다. 에버딘은 아네트가 누굴 보고 못되게 굴었는지 알겠다고 생각하며 아네트를 쳐다봤다. 그러자 아네트의 얼굴이 새빨갛게 달아올라 있는 게 보였다.

"그렇군."

에버딘의 입에서 작은 중얼거림이 흘러나왔다. 마틴의 행동은 똑같이 말썽꾸러기인 아네트도 창피한 모양이다. 그녀라 해도 마찬가지였을 것이다.

저런 멍청이를 에버딘과 결혼시키려 했단 말이지. 오히려 에버딘은 선보다 에버딘의 부모에게 화가 났다. 마틴에 비하면 선은 양반일 정도다.

선은 오만하고 재수 없긴 했지만 자기보다 약한 상대를 위협하지는 않았다. 에버딘에게도 건방지긴 했지만 행동은 정중했다.

선 웨스트 공작이 피도 눈물도 없는 괴물이라는 소문은 말도 안 된다는 생각이 들 정도로 그는 에버딘에게 정중하게 대해 주었다.

왜 선이 아니라 마틴이었을까. 에버딘은 하인이 잘라 주는 음식을 받으며 선을 쳐다봤다. 그는 마틴에게 닥치라는 눈빛을 보내고 있었다.

"그런데 이 식사는 뭘 위한 자리인 거야?"

마틴 역시 하인이 잘라 주는 고기를 받으며 선에게 물었다. 그가 빼앗듯이 접시를 받는 바람에 소스가 가볍게 마틴의 손에 튀었다. 그러자 그는 하인의 정강이를 걷어차며 낮게 꾸짖었다.

"일 똑바로 안 해?"

덕분에 마틴 옆에 앉은 베르트만 좌불안석이었다. 그는 인상을 쓰며 카렌을 쳐다봤고 카렌은 참으라는 눈빛을 보냈다.

'마틴이 이러는 거 어디 한두 번 봤어?'라는 눈빛에 베르트는 한숨을 푹 내쉬었다. 그의 동생이었다면 코뼈를 부러트렸을 것이다.

"내일 있을 시합 전에 용병대에게 식사를 대접하고 싶어서 불렀다."

한마디로 시합 전에 용병대의 기운을 북돋아 주려고 초대했다는 거다. 선의 말에 마틴이 픽 웃으며 말했다.

"분에 넘치는 대접을 받았으니 형님께 우승을 바쳐야겠군, 그래."

다시 연회장의 분위기가 가라앉았다. 선은 적당히 하지 않으면 내쫓아 버리겠다고 말하려 입을 열었다. 하지만 그보다 먼저 에버딘이 말했다.

"조용히 좀 해. 다섯 살짜리도 너보단 얌전하겠다."

그 순간 연회장에 있는 사람들 모두 찬물이라도 뒤집어쓴 듯 갑작스럽게 침묵이 내려앉았다. 용병들은 느닷없는 에버딘의 발언에 멍하니 그녀를 쳐다보기 시작했다.

션 앞에서 마틴에게 대놓고 저렇게 말하는 사람은 처음 봤다. 어쨌든 마틴은 웨스트가의 둘째고 그가 아무리 무례하게 굴어도 다들 션을 봐서 넘어가곤 했다.

하지만 에버딘은 아니었다. 그녀는 아까부터 징징거리는 마틴이 짜증 나서 앉아 있기도 힘들 지경이었다.

다 큰 놈이 뭘 저렇게 징징거리는 거람? 어쨌든 늦게 온 건 마틴 잘못이 맞고, 여긴 그의 형이 손님을 대접하는 자리다. 자기 기분이 안 좋다고 분위기를 망치는 건 다섯 살짜리나 하는 짓이다.

션도 아닌 생판 남인 에버딘에게 훈계를 받은 탓에 마틴의 얼굴이 새빨갛게 달아올랐다. 그가 말이 막힌 틈을 타서 션이 말했다.

"시끄러운 건 괜찮지만 다른 사람이 이야기할 기회도 줘야 하겠지. 베르트, 지난번에 마물을 잡았다지?"

자연스럽게 용병대의 무용전으로 주제를 바꾸려는 션의 질문에 베르트가 멍한 표정으로 그를 쳐다봤다. 이 바보가. 카렌은 식탁 밑으로 베르트의 종아리를 걷어차며 말했다.

"억!"

"꽤 큰 마물이었다더군요."

여기저기에서 베르트와 그의 부하들이 잡은 마물에 대한 증언이

쏟아져 나왔다. 다른 테이블에서까지 용병들이 마물의 껍질이 얼마나 단단했는지, 털은 얼마나 빳빳했는지 이야기하기 시작했다.

"마물?"

음식을 먹던 에버딘이 놀라서 션에게 몸을 기울이며 물었다. 마법이 있다는 건 이미 알고 있었다. 기계적인 냉장고가 없는 대신 방이나 상자 하나에 마법을 걸어 안에 들어 있는 것을 차갑게 유지시켜 준다는 것을 들었으니까. 하지만 마물이라는 건 단어부터도 생소했다.

션은 드디어 식사 자리가 그럭저럭 평온해지자 에버딘에게 조용히 설명했다.

"요새는 영주 간의 전쟁 같은 건 없으니까. 마물이나 몬스터 토벌이 주 의뢰거든."

때로는 먼 거리를 이동하는 상인들의 호위 의뢰가 들어오기도 한다. 하지만 에버딘이 묻는 건 그게 아니었다. 그녀는 약간 질린 표정으로 물었다.

"몬스터?"

여기 그런 것도 있냐는 질문이었지만 당연히 션은 다르게 받아들였다. 그는 걱정 말라는 표정으로 어깨를 으쓱하며 말했다.

"몬스터의 수도 거의 줄어서 대부분 마물이야. 아니면 호위 임무거나."

그런 걸 묻는 게 아니다. 하지만 새로운 정보에 에버딘의 머리가 복잡해졌다. 그녀는 자신의 접시에 놓인 음식을 깨작거리기 시작했다.

왜 그러는 거지. 에버딘의 생각을 전혀 모르는 선은 에버딘의 식욕이 눈에 띄게 사라진 것을 보고 눈살을 찌푸렸다. 하지만 당장 그녀에게 무슨 일이냐고 물어볼 수는 없다.

그는 에버딘의 상태를 살피며 자신에게 말을 걸어 온 용병과 이야기를 나누었다.

"무슨 생각이야?"

식사가 끝나고 사람들이 술에 취했을 때쯤 아네트가 에버딘에게 몸을 기울이며 힐난했다. 무슨 생각이라니? 어리둥절한 그녀에게 아네트가 화난 얼굴로 말했다.

"사람들 앞에서 오라버니를 망신을 주다니, 네가 뭔데?"

사람들 앞에서 마틴에게 조용히 좀 하라고 한마디 했던 것을 말하는 거다. 아네트 입장에서는 에버딘에게 그런 생각을 할 수 있다. 어쨌든 망나니여도 그녀의 오빠니까.

에버딘은 그렇게 생각하며 아네트에게 물었다.

"네 둘째 오빠가 너와 네 오빠에게 망신을 주고 있다는 생각은 안 했어?"

"그건 나랑 큰 오라버니가 알아서 할 일이야."

그것도 그렇다. 하지만 에버딘도 할 말은 있었다. 그녀는 어깨를 으쓱하며 말했다.

"그럼 나한테 화내는 게 아니라 미안해해야 하는 거 아니니? 난 손님인데 너네가 애 관리 제대로 못 해서 불편했거든."

"마틴 오라버니는 애가 아니라……."

"애가 아닌데 손님들이 잔뜩 있는데 진상을 부려? 그거 좀 모자 란 거 아니면 너네 집안이 교육을 제대로 안 한 건데?"

거기까지 말한 에버딘은 잠시 입을 다물었다. 그리고 이 대화를 정말 계속해도 되겠냐는 표정을 지었다.

대화가 이어지면 필연적으로 웨스트가의 교육이 잘못됐다는 데 까지 흘러갈 것이다. 그리고 그건 돌아가신 선대 웨스트 공작 부부 의 얼굴에 먹칠을 하게 될 테고.

다행히 아네트는 에버딘이 무슨 말을 하는지 금세 알아들었다. 그녀는 화난 표정으로 그녀를 노려보다가 카렌을 향해 고개를 돌 려 버렸다.

"동생의 무례에 사과하지."

식사가 끝나자 선이 에버딘의 손을 잡으며 말했다. 취한 용병들 의 노랫소리가 선의 등 뒤에서 울려 퍼지고 있었다. 에버딘이 가만 히 쳐다보자 선이 무표정하게 말했다.

"걱정 마. 저래 봬도 내일 시합에는 별 무리 없이 참가할 테니."

이런 일이 드물지 않다는 뉘앙스에 에버딘의 얼굴에 웃음이 번 졌다. 다들 부어라 마셔라 하기에 걱정했는데 저 정도 취한 건 취한 축에도 못 드는 모양이다.

"나 때문에 아네트가 화난 거 같던데."

에버딘은 잡은 선의 손을 한번 흔들고 놓으며 말했다. 그러자 그 는 어쩐지 아쉬운 기분에 자신의 손과 그녀의 손을 번갈아 쳐다봤다.

에버딘의 손이 그의 손안에 쏙 들어오는 게 어쩐지 마음에 들었 다. 그게 빠져나가니까 아쉽게 느껴진다. 그는 저도 모르게 에버딘의 손을 잡았던 손을 한 번 쥐었다가 펴며 대꾸했다.

"아네트는 마틴을 많이 따라서."

그건 아닌 것 같은데. 에버딘은 그렇게 생각하며 선을 쳐다봤지만 아무 말도 하지 않았다. 웨스트 남매의 일이다. 만난 지 이제 겨우 한 달째인 외부인이 이러쿵저러쿵할 일이 아닌 것이다.

"고든, 부탁한다."

선은 에버딘을 마차로 안내하며 카렌에게 말했다. 카렌이 그녀를 데려다주기로 했다. 이미 집사가 마차에 에버딘이 가져온 바구니를 싣고 있었다.

오늘 연회를 위해 선이 주문한 계란 샌드위치가 들어 있던 바구니다. 물론 샌드위치는 모두 빼고 집사가 채운 차와 과자가 가득 들어 있었다. 선이 시킨 건 아니지만 톰슨은 그렇게 하는 걸 자신의 주인도 마음에 들어 할 거라고 생각했다.

"아네트는 오빠들을 무서워해?"

마차가 출발하자 에버딘은 불쑥 카렌에게 물었다. 무서워하냐고? 멍하니 앉아 있던 그녀는 에버딘이 여전히 창밖을 쳐다보는 것을 발견하고 그녀를 따라 창밖으로 시선을 던졌다.

창밖에는 별다른 게 없었다. 마차는 여전히 웨스트 공작의 영지 내였고 그녀가 보기에는 저택 안으로 들어가는 공작 외에는 아무도 없었다.

설마 공작의 뒷모습을 멍하니 보는 건 아니겠지? 카렌은 그렇게 생각하며 에버딘의 얼굴을 쳐다봤다. 당연히 에버딘은 선의 뒷모습을 쳐다보고 있었다.

와, 등 좀 봐.

선이 저택에 들어가는 것까지 전부 본 에버딘은 그제야 카렌에게 고개를 돌렸다. 아주 잠깐 카렌의 머릿속에 그럴듯한 생각이 떠올랐다.

설마 어서 경이 웨스트 공작을 마음에 뒀나?

아예 말이 안 되는 건 아니다. 웨스트 공작은 생긴 건 좀 무섭게 생겼지만 부유하고 관대한 주인이니까. 물론 자기 사람 한정이다.

하지만 그녀는 곧 에버딘이 마틴과 혼담이 오갔고 그녀의 자살 시도로 혼담이 깨졌다는 것을 떠올렸다.

"설마."

"응?"

"아니, 아네트가 오빠들을 무서워하냐는 말이지? 아니, 말이죠?"

처음엔 귀족인 줄 몰라서 반말을 했다고 쳐도 지금은 귀족이라는 것을 알고 있다. 계속 말을 놓을 수는 없다.

에버딘은 편하게 말하라고 하려다가 그만뒀다. 카렌은 다시 등받이에 등을 기대고 입을 열었다.

"좀 그렇긴 하죠. 아무래도 공작님은 나이 차도 있고 어머니가 다르니까요."

"응? 어머니가 달라?"

"어, 네. 모르셨습니까? 공작님의 어머니와 웨스트 경과 웨스트 양의 어머니는 다릅니다."

몰랐다. 에버딘이 처음 듣는다는 표정을 짓자 카렌은 턱을 쓰다듬으며 이 이야기를 해도 될지 망설였다. 하지만 세 사람의 어머니가 다르다는 건 이 나라 사람들은 다 아는 이야기다.

그녀는 자세를 바로 하고 천천히 말했다.

"저도 어렸을 때지만요. 작은 소동이 일었던 걸로 기억합니다. 지금 공작님의 어머니께서 돌아가시고, 거의 일 년 만에 공작님의 아버지께서 새 장가를 드셨거든요."

이미 자식이 있는 여자였다. 그것만으로는 크게 문제가 되는 건 아니지만 문제는 그 자식이 선의 아버지를 닮았다는 거였다.

물론 거기까지는 카렌이 말할 수 있는 이야기가 아니다. 그녀는 그저 마틴이 새어머니가 데려온 자식이고, 아네트는 아버지와 새어머니의 결혼 후 태어난 동생이라고만 이야기했다.

"두 분 다 돌아가셨어?"

이건 숨김없이 말할 수 있다. 카렌은 고개를 끄덕이며 이야기했다.

"네. 새어머니는 웨스트 양을 낳고 사망했습니다. 공작님의 아버지는 그 후 몇 년쯤 있다가 사고로 사망하셨고요."

"동생이 둘이나 있는데 공작 일까지 하려니 힘들었겠네."

아니, 그래도 피붙이가 있어서 다행인가? 그렇게 생각하는 에버딘에게 카렌이 눈을 동그랗게 떴다가 고개를 저으며 말했다.

"오, 아니에요. 공작님은 이미 공작이었어요."

"응? 하지만 아버지가 계셨다고……."

에버딘의 질문에 카렌의 눈이 동그래졌다. 아버지가 있는 게 무슨 상관이지? 하지만 그녀는 곧 에버딘이 무슨 착각을 했는지 깨달았다.

"아, 선대 공작님은 여자분이셨어요. 공작님은 그분의 유일한 후계자시죠."

션의 어머니의 이름은 루아나 웨스트. 선대 웨스트 공작으로 별명은 철의 공작이었다고 한다.

션에게 식사를 대접받은 뒤 사흘 후. 나는 수잔에게 선대 웨스트 공작이 얼마나 무서운 사람이었는지 입을 딱 벌리고 듣고 있었다. 키가 건물 이 층 높이만 하고 일 미터짜리 검을 휘두르는 사람이었다고 한다. 그뿐이랴.

"원래 그쪽 땅이 척박할 뿐 아니라 몬스터도 심심찮게 등장하는 곳이었대. 그걸 웨스트 공작이 혼자서 다 토벌했다는 말이 있어."

이제는 몬스터가 뭔지 안다. 지나와 톰에게 배웠다. 몬스터는 인간형 괴물. 마물은 짐승형 괴물이라고 한다. 설명을 듣는 내 얼굴이 과도하게 핼쑥해졌었던 모양이다.

지나가 깔깔대고 웃으며 마물은 말이 마물이지 그냥 짐승이라고 덧붙여 줬었다. 그런데 왜 마물이라고 부르냐면 일반 짐승보다 크고 좀 더 영리하기 때문이라고.

짐승을 마물로 지칭하는 데는 몇 가지 조건이 있다고 한다. 그 조건이 맞으면 사냥꾼들은 용병을 부른다고.

하지만 지나네 팀은 어지간한 마물은 용병 없이 처리한다고 자신만만하게 말했었다. 나는 약간 심드렁한 표정으로 수잔의 이야기를 듣다가 말했다.

"사람 키가 저만하기는 어렵다는 건 알지?"

내가 살던 곳에서 아무리 키가 커도 삼 미터는 넘지 않았다. 당연히 이 층 높이는 사 미터가 넘는다. 그러니 지금 수잔의 이야기는 과장됐다는 말이다.

믿을 수 없다는 내 말에 수잔이 잠시 입을 다물더니 검지를 들어 올리며 말했다.

"그럼 이건 어때? 살아 있는 동안 검술대회에서 우승자 자리에서 내려온 적이 없대."

이건 어제 들었다.

"오."

저도 모르게 감탄이 흘러나왔다. 검술대회는 토너먼트 형식으로 치러진다. 그리고 결승전에서 전년도 우승자에게 밑에서부터 이기고 올라온 금년도 참가자가 도전하는 것이다.

살아 있는 동안 우승자 자리를 단 한 번도 빼앗긴 적이 없다는 건 대단한 일이다. 나는 어쩌면 키가 크다는 건 진짜일지도 모른다고 생각했다.

선도 키가 크잖아. 어머니도 꽤 키가 크지 않을까.

"얼마나 됐어요?"

그때 도리스가 주방으로 고개를 내밀며 물었다. 나는 다 구운 계란을 쟁반에 얹으며 말했다.

"이제 포장만 하면 돼."

"포장도 거의 다 했어."

수잔이 그렇게 말하며 종이로 곱게 싼 계란 샌드위치는 바구니 안에 넣었다. 바구니 안에는 이미 완성해서 포장한 샌드위치와 마늘 빵이 가득 들어 있었다. 그게 모두 두 바구니.

이것 외에도 가게에서도 팔 계란 샌드위치까지 모두 만들어 놨다. 나와 엘리스가 나가서 파는 동안 혼자인 도리스가 계산과 포장에만 전념할 수 있도록 샌드위치를 미리 만들어서 포장해 둔 거다.

"괜찮겠어?"

"제가 할 질문이지 않나요?"

괜찮겠냐는 내 질문에 도리스가 반대로 물으며 웃었다. 평소처럼 맞은편 주점에 간다거나 잠깐 다녀오는 게 아니라 도리스만 두고 가기가 좀 미안하다.

하지만 도리스는 걱정스러운 내 표정에 손을 저으며 덧붙였다.

"걱정하지 말고 다녀오세요."

원래는 도리스와 함께 가려고 했는데. 나는 식탁 앞에 앉아 마늘 빵을 포장하던 엘리스를 향해 미소를 지어 보였다.

시합 마지막 날이라 오늘은 좀 특별한 계획을 세웠다. 지난 이틀 동안 시합이 열리는 동안은 거리가 한산해진다는 것을 깨닫고 세운 계획이었다.

미리 계란 샌드위치를 만들어서 대회장에서 파는 거다. 사전 조사차 가 봤더니 차나 쿠키 같은 걸 파는 사람들이 있었다. 그렇다면 샌드위치도 팔 수 있지 않을까.

미리 만들어 둔 샌드위치라니 좀 이상하지 않냐던 도리스도 어제 포장한 샌드위치가 꽤 팔리는 것을 보고 더 이상 반대하지 않았다. 나는 바구니를 들어 올리며 그녀에게 말했다.

"진짜 같이 안 갈 거예요? 가서 안 팔리면 앉아서 이거 먹고 돌아오자니까."

"전 그런 싸우는 건 영……."

그렇게 말하며 도리스가 으으 하고 몸을 떨었다. 어지간히 싫은 모양이라 나는 더 이상 권하지 않고 엘리스를 쳐다봤다.

엘리스의 얼굴은 기대감으로 빛나고 있었다. 애도 시합을 구경하고 싶었던 모양이다. 그건 나도 마찬가지였다. 진짜 무기는 아니라지만 궁금하다! 대체 어떻게 결투를 하는 걸까.

내가 살던 곳은 무기 소지가 금지였다. 그래서 총은커녕 검도 본 적이 없었다. 뭐, 식칼이라면 많이 봤지만.

"가자."

나는 도리스에게 가게를 부탁하고 엘리스를 데리고 대회장으로 향했다. 가는 길에 다른 거리와 달리 우리 거리에 사람들이 좀 더 많은 게 보였다.

이게 다 수잔이 급하게 장식해 준 꽃 장식 덕분이다. 나는 거리

입구에 마치 이어지듯 장식된 꽃 화분을 보고 빙그레 웃었다. 가로
등에 매달린 꽃 장식은 아이들이 손을 대기엔 높았지만 성인의 눈
높이에 있어서 훌륭한 장식이 되어 주었다.

"예뻐요."

엘리스 역시 내 시선을 깨닫고 기분 좋게 덧붙였다. 확실히 예쁘
다. 수잔이 고르고 고른 꽃을 최대한 가벼운 화분에 옮겨 심은 거
다. 거기에 끈을 달아서 치안관의 도움을 받아 가로등에 매달았다.

우리가 대로로 나왔을 때 때마침 대로를 따라 쭉 올라가던 사람
들이 우리가 나온 거리로 고개를 돌렸다. 그러더니 가로등에 매달
린 화분을 가리키며 말했다.

"이 거리 예쁘다."

"그러게. 구경할까?"

좋아, 좋아. 나는 뿌듯한 기분으로 고개를 끄덕였다. 그리고 엘
리스의 손을 잡으며 물었다.

"꼭 소풍 가는 거 같다. 그렇지?"

팔러 가는 거지만 주머니에 음료를 사 먹을 돈도 있어서 왠지 소
풍 가는 기분이다.

그건 엘리스도 마찬가지인 모양이었다. 그녀는 나와 나란히 걸
으며 물었다.

"가서 마늘 빵 하나 먹어도 되나요?"

이제 존댓말을 쓰는 게 그럭저럭 익숙해졌다. 고작 며칠 만에 존
댓말을 능숙하게 사용하게 된 걸 보면 역시 얘는 머리가 좋은 편이
다.

나는 고개를 끄덕이며 말했다.

"가서 음료를 사서 같이 먹자."

미지근한 차지만 날이 덥지 않으니 그럭저럭 괜찮을 거다. 당연하지만 마법은 비싸기 때문에 보온병이나 냉장고 같은 게 일반인들에게도 흔한 건 아니다.

얼음을 넣은 상자로 냉장고 비슷한 걸 만들기는 하지만 그걸 들고 다닐 수도 없으니 밖에서 먹는 음식은 대부분 미지근하다.

그래서 미리 만들어 둔 샌드위치도 인기가 없었던 건지도 모르겠다. 하지만 그건 음식을 바로 만들 수 있는 가게가 즐비한 거리에 있을 때고, 지금은 상황이 좀 다르다.

미지근한 차를 파는 것도 감지덕지하며 마셔야 하는 대회장인 것이다. 미지근한 차가 싫다면 한참을 걷거나 마차를 타고 가게까지 가야 한다. 그리고 생각보다 많은 사람이 움직이느니 좀 미지근한 차를 마시려 한다.

"맥주요! 맥주 팝니다!"

"소시지 있어요!"

역시나 대회장 입구부터 우리처럼 바구니를 가지고 와서 먹거리를 파는 사람들이 있었다. 어떤 사람은 아예 커다란 통을 가져와서 위에 석쇠를 얹고 바비큐를 하고 있었다. 와, 냄새 좋다.

"이쯤에서 할까?"

나는 먹을 것을 파는 사람들 사이에 서서 엘리스에게 물었다. 가게에서 파는 것보다 좀 더 비싸게 팔 생각이었다. 우리가 여기까지 가져왔잖아! 싫으면 가게로 가서 사 먹으면 된다.

다른 상인들도 비슷하게 생각했는지 다들 내가 평소에 보던 가격보다 비쌌다. 이대로라면 두 배 정도로 올려도 괜찮을 것 같은데.

그렇게 생각하고 있는데 내 앞을 지나가던 남자가 이상한 소리를 냈다.

"윽."

뭐야? 나는 마치 나를 괴물 보듯 하는 남자의 얼굴을 보기 위해 고개를 들었다. 날 이렇게 대하는 남자는 딱 둘뿐이다. 그리고 둘 다 웨스트가의 남자들이지.

하지만 놀랍게도 그런 남자가 또 있었다. 꽤 익숙한 얼굴에 잠시 누군가 하고 고민했던 나는 곧 그의 이름을 내뱉었다.

"존?"

존이었다. 그러니까 나랑 수잔의 엉덩이를 만진 죄로 수잔이 휘두른 프라이팬에 맞아 기절한 용병. 그리고 우리 집 지하실에 삼 일쯤 감금돼 있던 멍청이.

그는 노골적으로 나를 괴물 보듯 하더니 내가 자신을 알아보자 어쩔 수 없다는 듯 인사를 해 왔다.

"어, 아, 안녕하십니까."

"내가 네 얼굴을 보면 안녕할까, 안 할까?"

날 선 내 질문에 존의 얼굴이 일그러졌다. 그는 우물거리며 말했다.

"아, 안 할 것 같습니다."

그럼 꺼져. 말 걸지 말고. 내 표정이 험악해진 순간, 존의 뒤에서 누군가 등장하더니 존의 뒤통수를 때리며 소리쳤다.

"왜 이렇게 늦어!"

웅? 카렌이었다. 그녀는 존에게 진심으로 짜증을 내며 말했다.

"차 좀 사 오랬더니 왜 여기서 어기적거리고 있어!"

아무래도 존은 심부름을 하러 나온 모양이다. 나와 엘리스가 입을 딱 벌리고 쳐다보고 있자니 존의 뒤통수를 한 대 더 때리려던 카렌이 드디어 우리를 발견하고 멈췄다.

그러더니 민망한 표정을 지으며 물었다.

"어, 어서 경. 여긴 무슨 일로…….."

"아, 혹시 공작님의 시합을 구경하러 오셨습니까?"

카렌 뒤에서 낯익은 남자가 고개를 내밀며 물었다. 누가 시합을 한다고? 그러고 보니 그런 이야기를 들었던 것 같다.

나는 카렌과 용병들을 쳐다보며 물었다.

"그게 오늘이었어?"

"공작님의 시합을 보러 오신 게 아니었습니까?"

몰랐다. 오늘 션이 시합을 한다고? 머릿속에서 그의 멋진 몸이 검을 들고 경기장 안을 날아다니는 말도 안 되는 상상이 떠올랐다.

"몰랐어. 오늘인 줄 알았으면 보러 갔을 텐데, 아깝네."

진짜 아깝다. 시합을 할 때는 재킷은 벗었으면 좋겠다. 그래야 그의 끝내주는 등 근육이 보일 테니까. 하지만 나는 이걸 팔아야 한다.

이렇게 생각하니 진짜 아깝다. 나는 부디 션이 재킷까지 다 갖춰 입고 시합을 하길 기도했다. 그래야 내가 덜 아쉬울 것 아닌가.

"시합을 보러 오신 게 아닙니까? 응원할 다른 참가자라도 있나요?"

아깝다는 내 말에 카렌이 눈을 동그랗게 뜨고 물었다. 아무래도 서쪽 하늘 용병들은 내가 선의 시합을 보러 갈 거라 철석같이 믿고 있었던 모양이다.

"이걸 팔아야 하거든."

나는 그렇게 말하며 바구니의 덮개를 들어 올려 안을 보여 주었다. 잘 포장한 샌드위치와 마늘 빵이 들어 있었다. 카렌은 내게 허락을 구하고 샌드위치를 집어 들더니 물었다.

"계란 샌드위치인가요?"

"응. 마늘 빵도 있어."

그러자 카렌의 얼굴 위로 이 여자가 진심인가? 하는 표정이 떠올랐다. 진심인데. 돈을 벌 수 있는 이런 대목이 흔한 줄 아니? 나는 계란 샌드위치의 냄새를 맡아 보는 카렌에게 말했다.

"서쪽 하늘 용병단에 한 개씩 제공하는 거랑 똑같은 거야."

"뭔데?"

그때 다시 카렌의 뒤에서 선의 시합을 알려 준 남자가 고개를 내밀었다. 그는 그녀가 들고 있는 샌드위치를 보더니 나와 카렌의 얼굴을 번갈아 쳐다보다가 내게 물었다.

"어, 샌드위치 파시는 겁니까?"

"응. 살래? 서쪽 하늘 용병단은 아는 사이니까 정가에 팔게."

"엑, 할인해 주시는 게 아닙니까?"

"어허, 만들어서 여기까지 가져왔는데 정가보다 비싸게 팔아야지."

당연히 운송비도 포함해야 할 것 아닌가. 내 주장에 카렌과 용병들이 웃음을 터트렸다. 그들은 배를 잡고 웃더니 돈을 꺼내 내게 내밀며 말했다.

"저 하나 주십쇼."

"어, 저도요."

"전 두 개 사겠습니다."

와, 진짜? 나는 샌드위치를 사겠다는 용병들의 말에 반색하며 돈을 받기 시작했다. 그리고 내 지시에 따라 엘리스가 샌드위치를 개수를 맞춰 용병들에게 건네주었다.

"뭐야?"

"뭘 파는 거야?"

한참을 용병들에게 샌드위치를 파느라 내 주위가 바글바글하자 지나가던 사람들이 호기심에 다가왔다. 그들의 호기심은 그대로 다시 샌드위치 구매로 이어졌다.

"나도 샌드위치 하나!"

"여기도 두 개 줘!"

눈 깜짝할 사이에 계란 샌드위치는 동이 났다. 나는 마늘 빵을 한쪽 바구니에 모두 몰아 놓고 남은 바구니를 들어 올리며 소리쳤다.

"샌드위치는 다 팔렸어요! 끝!"

"거짓말! 거기 남은 건 뭔데!"

"이건 마늘 빵이에요."

마늘이라는 말에 사람들의 움직임이 주춤했다. 그래도 가게에 있을 땐 좀 팔렸는데 여기선 완전히 생소한 모양이다.

안 팔리면 나랑 엘리스가 먹지 뭐. 그렇게 생각하는데 이국적으로 생긴 사람들이 수군거리더니 대표로 한 명이 나서서 말했다.

"마늘 빵이라고?"

이국적으로 생긴 사람들은 다른 나라에서 온 참가자들이라고 했다. 내 생각대로 이 나라 사람들보다 마늘을 즐겨 먹는 다른 나라가 있었다. 마늘 빵을 확인한 외국인들은 신이 나서 내가 가져온 마늘 빵의 반을 사 갔다.

그 후로는 일이 훨씬 쉬웠다. 한 무리의 외국 참가자가 뭐라고 했는지 모르겠지만 그들이 마늘 빵을 잔뜩 산 덕분에 다른 사람들도 덩달아 마늘 빵을 사 간 것이다.

나는 고생한 엘리스를 위해 마늘 빵 두 개는 팔지 않고 남겼다.

"공작님의 시합, 보실 거죠?"

그때까지 기다리고 있던 카렌이 내게 다가와서 물었을 때 나는 바구니와 돈을 정리하고 있었다. 와, 엄청 벌었네. 방금 고작 몇십 분 동안 번 돈이 우리 가게 삼 일치 매출을 웃돌았다.

이럴 줄 알았으면 지난 이틀 동안 여기 와서 팔 걸 그랬다고 후회하며 나는 엘리스를 한 번 쳐다봤다. 시합 보고 가고 싶니? 굳이 물어볼 필요도 없었다. 엘리스는 눈을 반짝이고 있었으니까.

"응. 도와줘서 고마워."

솔직히 이들이 아니었으면 이렇게 쉽고 빠르게 팔지 못했을 거다. 다음에 가게에 오면 한턱내겠다고 말하려는데 카렌이 기다렸다는 듯 말했다.

"가시죠, 공작님께 안내하겠습니다."

참가자들은 대기실 같은 데서 기다리나? 나는 빈 바구니를 든 채 엘리스와 함께 카렌의 뒤를 따랐다. 그러자 마치 호위하는 것처럼 용병들이 우리 주위를 에워쌌다.

설마 호위가 아니라 도망치지 못하게 감시하는 건 아니겠지. 돈이 잘 벌어서 그런가, 말도 안 되는 상상이 머릿속에 떠올랐다. 나는 약간 겁내는 엘리스를 안심시키기 위해 그녀와 손을 잡고 가볍게 흔들며 카렌의 뒤를 따랐다.

"어? 뭐야."

우리를 맞이한 건 선이 아니라 아네트였다. 그리고 카렌이 나와 엘리스를 안내한 곳은 대기실이 아니라 관람실이었다.

시합장이 훤히 내려다보이는 커다란 창문과 푹신한 소파. 한쪽에는 간단한 음식들이 진열돼 있었다. 나는 안을 들여다보고 거기에 마틴이 없는 것을 확인했다.

"선이 오늘 시합에 나간다며?"

내 질문에 아네트의 얼굴에 이상한 표정이 떠올랐다. 자랑스러운 거 같으면서도 웃겨 죽겠다는 그런 표정이었다.

자기 오빠가 시합에 나가는 게 웃긴 건가? 왜 그런 표정을 짓냐고 물어보려는 데 안쪽에서 집사와 이야기를 하던 선이 이쪽을 돌아보았다.

"힉!"

엘리스의 목이 사라졌다. 아니, 이렇게 말하니까 목이 잘린 것 같잖아? 그게 아니라 엘리스가 어깨를 움츠렸다는 말이다. 그녀는 깜짝 놀라서 어깨를 움츠리더니 고개를 숙인 채 내 뒤로 숨어 버렸다.

나는 선이 이쪽으로 다가오는 것을 기다렸다가 말을 걸었다.

"오늘 시합이라며?"

"누가 그래?"

내 옆에 선 용병들을 쳐다보는 선의 눈초리가 흉흉했다. 뭐야, 나한테 알리면 안 되는 거였나? 나는 카렌과 용병들을 쳐다보지 않으려 애쓰며 말했다.

"오는 길에 사람들이 그러던데. 아냐?"

엄밀히 말하면 거짓말은 아니다. 선은 의심스럽다는 듯 용병들을 쳐다봤지만 곧 포기하고 내게 고개를 돌렸다.

"맞아."

"알았으면 응원했을 텐데. 부르지 그랬어?"

"네가?"

그렇게 묻는 선의 표정은 자신을 응원할 리가 없다는 표정이었다. 어차피 오늘 시합에 나오는 참가자 중에 아는 사람은 선뿐이다.

나는 당당하게 말했다.

"어차피 응원할 거라면 아는 사람을 응원해야지. 상대는 누구야? 잘해?"

귀족은 귀족끼리 결투를 한댔으니 분명 귀족일 거다. 하지만 내가 아는 귀족은 그리 많지 않다. 나는 분명히 내가 모르는 상대일 거라 생각하고 물었다. 그러자 아네트가 불쑥 끼어들어서 말했다.

"이번에 제랄딘이 이기면 제랄딘이랑 붙어."

"제랄딘? 제랄딘 브룩?"

그 바지 입은 브룩 백작가의 아가씨?

놀란 내 표정에 아네트가 뽐내는 표정으로 덧붙였다.

"제랄딘은 굉장히 강하거든. 베르트랑 싸워서 이겼어."

그 잘생긴 용병 대장이랑 말이지? 나는 믿을 수 없는 소식에 놀라서 용병들을 쳐다봤다. 자기 대장이 졌다는 말에도 그들은 별 감흥이 없어 보였다.

"그럼 선이 이기기 어려우려나?"

"아니."

불쑥 대답한 건 선이었다. 그는 자신이 대답하고도 당황한 표정을 지었다. 아네트 역시 선을 놀란 표정으로 쳐다보고 있었다.

아무래도 제랄딘이 선보다 강한 모양인데. 그렇게 생각했을 때였다. 카렌이 끼어들었다.

"지난번 우승자가 공작님이었습니다."

그건 나도 이미 알고 있다. 나는 심드렁하게 물었다.

"지난번에는 브룩 경이 참가를 안 했어?"

"아닙니다. 지난번에 공작님이 브룩 경을 이기셨죠."

이번에도 이기겠네? 나는 약간 감탄하며 다시 선을 쳐다봤다. 그러자 이번에도 보였다. 곤란하다는 표정이.

금방 사라지긴 했지만 선은 이 대화를 좀 불편해하고 있었다.

"잠깐, 그럼 시합이 이제 겨우 두 번 남은 거야?"

"일반 시합까지 합하면 네 번이죠."

평민 시합 두 번, 귀족 시합 두 번으로 총 네 번이 남았다는 말이다. 카렌의 대답에 나는 허둥지둥 몸을 돌렸다. 이러고 있을 시간이 없다.

"잘해, 선. 우린 갈게."

"어디 가?"

물어본 건 아네트였다. 선 역시 미간을 찡그린 채 우리를 쳐다보고 있었다. 나는 엘리스의 손을 잡으며 말했다.

"우린 아직 자리를 안 샀거든. 마지막 시합 보려면 얼른 가서 사야지."

이 넓은 시합장에서 자리를 찾아가려면 시간이 꽤 걸릴 것이다. 표도 사야 하고. 그동안 시합 한두 개 정도는 그냥 못 볼 게 뻔하다.

고작 결승 보자고 자리를 두 개나 사는 건 아깝지만 그래도 이왕 왔으니 보고 가는 게 좋겠지.

"자리를 산다고?"

나는 어리둥절한 아네트의 말에 멈칫했다. 설마 관람은 공짜인가? 그랬으면 좋겠는데. 가벼운 희망을 가진 순간 선이 툭 내뱉듯 말했다.

"들어와."

"뭐?"

"여기서 보라고."

선은 그렇게 말하더니 그대로 몸을 돌려 안쪽으로 들어가 버렸다. 아네트 역시 나와 엘리스를 이상하다는 듯 쳐다보다가 물었다.

"진짜로 자리를 살 생각은 아니었지?"

아, 역시 관람석은 공짜인 모양이다. 돈 받는다고 들었는데 마지막 날은 무료인가 보지? 나는 좀 창피한 마음에 억지로 웃으며 말했다.

"돈 주고 사야 한다고 들었거든. 마지막 날은 무료인 줄 몰랐어."

그러자 아네트의 표정이 더욱 이상해졌다. 모를 수도 있지. 고개를 돌리자 아네트와 똑같이 나를 신기하다는 듯 쳐다보는 카렌과 용병들이 있었다.

아, 진짜. 모를 수도 있지. 나는 엘리스와 함께 안으로 들어가며 그들에게 씩 웃어 보였다.

션의 관람석은 넓었고 긴 소파가 놓여 있어서 편한 자세로 경기를 관람할 수 있게 되어 있었다. 먹을 것도 많았다. 구운 소고기나 닭고기뿐 아니라 빵과 쿠키, 차도 있었다.

"차를 드릴까요?"

얜 왜 여기 있나 했다. 음식이 진열된 진열대 옆에 서 있던 하인이 내가 다가가자 부드럽게 물었다. 나는 엘리스를 한 번 쳐다보고 차와 쿠키를 부탁했다.

"가져다드리겠습니다."

여기까지 와서 하인이 시중을 들어 줄은 몰랐는데. 나는 생각도 못 한 호사에 고개를 끄덕이며 빈 소파에 앉았다. 그러자 엘리스가 내 옆으로 다가와서 속삭였다.

"여기 있어도 돼요?"

"응. 여기 주인이 있어도 된대."

"주인이 저 무서운 아저씨죠?"

아저씨라니. 나는 멀리 떨어져서 집사와 이야기를 나누는 션을 쳐다보고 피식 웃었다. 나랑 나이 차이가 별로 안 나 보이는데 엘리스가 보기엔 아저씨인가 보다.

그때 혼자 외따로 떨어져 앉은 아네트가 보였다. 선은 뭐가 그리 바쁜지 집사와 이야기하느라 그녀와 이야기할 시간도 없어 보인다.

"응. 그런데 잘생기기도 했잖아."

눈이 자주색이라 무섭다는 건 인정하지만 그래도 선은 그걸 다 무시할 수 있을 만큼 잘생겼다. 나는 하인에게 차와 쿠키를 받으며 엘리스에게 동의를 구했다.

이것 보렴. 이 쿠키도 저 무섭게 생긴 아저씨가 주는 거란다. 그런 의도로 엘리스에게 쿠키를 내밀었는데 아무래도 십 대 소녀를 쿠키 따위로 포섭하는 건 말도 안 되는 일이었나 보다.

그녀는 내가 내민 쿠키를 받아먹으며 단호하게 말했다.

"아뇨, 무서워요."

*　　　*　　　*

저런 사람은 처음 봤다. 아네트는 경기장을 쳐다보는 척하면서 에버딘을 힐끔거렸다. 아니, 아니지. 굳이 따지면 두 번째다.

웨스트가와 안면을 익힌 귀족들은 저마다 뭔가를 바라고 그녀와 선에게 접근했다. 방금 에버딘이 찾아오기 전에도 세 명의 손님이 방문했는데 셋 다 그녀와 선이 자신들을 이곳에 초대해 주기를 바랐다.

그래서 아네트는 에버딘도 당연히 그걸 바라고 찾아온 거라고 생각했던 거다. 하지만 그녀는 자리를 사러 가야 한다고 말했고 예의상 말한 거 아니냐는 아네트의 빈정거림에 엉뚱한 대답을 내놨다.

마지막 날은 좌석이 무료인 줄 몰랐다고.

그럼, 에버딘은 아네트나 션의 초대 자체를 기대하지 않은 거다. 그러고 보면 에버딘은 아네트에게 도움을 요청했을 때도 마땅한 대가를 내놨었다. 자신의 친구가 만든 드레스를 입길 바랐을 때도 대신 그녀를 집 밖으로 꺼내 줬었지.

"아가씨."

손님이 왔다는 하인의 전달에 아네트는 자리에서 일어났다. 에버딘은 데리고 온 여자아이와 차를 마시고 있었다.

그녀는 어쩐지 이상한 기분이 들어서 두 사람을 물끄러미 쳐다봤다. 에버딘에게는 그녀와 저 여자아이가 똑같은 걸까.

"안녕, 아네트."

시합을 앞두고 션에게 선전포고를 하러 온 제럴딘은 자신을 맞이한 아네트에게 활짝 웃으며 인사를 건넸다. 아네트는 반사적으로 오빠를 한 번 쳐다보고 빙그레 웃으며 제럴딘을 맞이했다.

살면서 그녀에게 아무것도 바라지 않은 첫 번째 사람이다.

"제럴딘, 다음 시합에 나가야 하는 거 아냐?"

"그 전에 웨스트 공작한테 선전포고를 하려고."

장난스러운 말에 아네트는 반사적으로 깔깔대고 웃었다. 무슨 말을 하는지 알겠다. 그녀는 여전히 집사와 뭔가를 이야기 중인 션을 쳐다보고 미안하다는 표정으로 제럴딘에게 말했다.

"좀 기다려야 할 것 같은데."

손님이 왔는데 선은 여전히 집사와 이야기 중이었다. 그때 엘리스와 차와 쿠키를 먹던 에버딘이 제랄딘의 등장을 발견하고 다가왔다.

"브룩 경."

"어서 경, 여기 있었군요?"

그렇지 않아도 시합이 끝나면 에버딘을 찾아갈 생각이었다. 제랄딘은 반가운 마음에 에버딘의 손을 잡고 흔들었다.

적극적인 악수에 에버딘의 얼굴에도 미소가 떠올랐다. 그녀는 제랄딘에게 손이 잡혀 흔들리는 채 물었다.

"웨스트 공작에게 도전한다면서요?"

"그가 제게 도전하는 거죠."

에버딘의 얼굴에 어리둥절한 표정이 떠올랐다. 제랄딘은 킥킥대고 웃으며 말을 이었다.

"보면 알아요."

결국 제랄딘은 선에게 선전포고를 하지 못하고 다음 시합을 위해 떠나야 했다. 집사와 이야기를 마친 선이 고개를 돌렸을 때는 다들 원래 자리로 돌아가서 차를 마시고 있었다.

"아까 브룩 경이 왔다 갔는데."

에버딘은 선이 자신에게 다가오자 빙글빙글 웃으며 말했다. 선전포고하러 왔는데 피한 거 아니냐는 질문에 선이 피식 웃었다.

선전포고는 선전포고지만 그녀가 상상하는 그런 건 아니다. 하지만 그것보다 더 중요한 이야기가 있었다. 그는 쿠키와 차를 먹는 엘리스를 힐끔 쳐다보고 에버딘에게 말했다.

"잠깐 이야기 좀 하지."

단둘이서 이야기하자는 말에 에버딘은 어리둥절해 하면서도 그를 따라 이동했다. 관람실은 넓어서 아네트와 엘리스에게서 떨어져서 이야기할 수 있었다. 션은 에버딘을 한쪽 구석으로 데려가서 입을 열었다.

"네 아버지를 찾았어."

달랑 그렇게만 말한 션은 에버딘이 자신이 전한 정보를 받아들이는 것을 조용히 지켜봤다. 처음에는 어리둥절하던 그녀의 표정이 점차 놀라움으로 그리고 기쁨으로 변해 갔다.

"찾았다고? 당신이?"

정확하게는 그의 집사가 보낸 사람이 찾은 거다. 하지만 션은 말없이 고개를 끄덕였다.

사람을 쓰느라 돈도, 시간도 들었다. 션에게는 그것만으로 충분한 지출이었지만 에버딘이 기뻐하는 걸 보니 이상하게 그게 손해라는 생각은 들지 않았다. 그는 손해라는 생각이 들지 않는다는 부분에서 잠시 멈칫하고 재빨리 그 생각을 털어 냈다.

놀랍게도 에버딘의 부모는 외국에 있지 않았다. 그들은 어느샌가 이 나라로 돌아왔고 수도에서 그리 멀리 떨어지지 않은 곳에 머물고 있었다.

"어제 수도로 돌아왔다는군."

에버딘은 어떻게 알았냐고 물어보려다가 멈칫했다. 그는 자신이 준 지참금 수표를 누가 바꿔 갔는지도 아는 사람이다. 에버딘의 부모가 수도에 돌아오는 것 정도는 어렵지 않은 일이겠지.

곧 그녀의 머릿속이 복잡해졌다. 선에게 진 빚 때문에 에버딘의 부모를 찾긴 했지만 정작 부모를 만날 수 있게 되자 기분이 이상했다.

에버딘의 부모긴 하지만 그녀의 진짜 부모는 아니다. 하지만 저들에게 에버딘은 잠깐 헤어져 있었던 배 아파 낳은 진짜 자식이었다. 그들에게 진짜 자식이 아닌 그녀가 속인 채 살아야 한다는 게 두려움으로 다가왔다.

하지만 그러면서 동시에 에버딘의 마음속에 그녀가 원래 살던 곳에서 겪지 못한 부모라는 존재를 만나는 것에 기대감이 생기는 것은 어쩔 수가 없었다. 상상 속 그녀의 부모는 그녀에게 어렵고 힘든 일이 생길 때마다 위로해 주고 대신 해결해 주는 영웅이었다.

물론 모든 부모가 자식의 모든 시련과 고난을 처리해 줄 수 없다는 것을 알지만 그래도 에버딘은 그런 환상이 있었다.

만나고 싶다. 하지만 동시에 만나고 싶지 않았다. 어쩔 줄 몰라 하는 그녀에게 선이 말했다.

"시합이 끝난 뒤에 데려다주지."

"괜찮……."

그럴 필요까지는 없다. 괜찮다는 에버딘의 거절을 자르며 선이 말했다.

"어디 있는지 모르잖아."

"집에 있는 거 아냐?"

"아니야."

그때 "와아 —" 하고 함성이 울려 퍼졌다. 갑자기 들린 소리에 에버딘의 고개가 경기장을 향해 휙 돌아갔다.

제랄딘의 시합이 시작되고 있었다. 선은 제랄딘이 그녀의 두 배만 한 덩치를 가진 남자와 마주 선 것을 보고도 눈썹 하나 까딱하지 않았다.

하지만 에버딘은 아니었다. 그녀는 초조하게 제랄딘의 시합을 구경하는 아네트를 한번 쳐다보고 선에게 물었다.

"상대는 누구야?"

"루스 발데즈 경. 세느랄 사람이지."

"강해?"

잠시 선의 움직임이 멈췄다. 그는 제랄딘과 루스의 검이 부딪치는 것을 보고 난 뒤 천천히 말했다.

"좀 나아졌군."

그래도 제랄딘의 상대로는 부족하다. 발데즈 경보다 더 강한 사람은 전 시합에서 떨어진 모양이다. 아니면 안 왔거나.

선은 어깨를 으쓱하며 덧붙였다.

"브룩 경이 무난하게 이기겠는데."

"당신과 비교하면 어때? 누가 이겨?"

에버딘의 질문에 시합을 구경하던 선의 시선이 그녀를 향했다. 그는 자신의 뒷목을 쓸며 물었다.

"누구와 비교했을 때?"

"어느 쪽이든. 발데즈 경과 했을 때는 이길까?"

"그렇겠지. 좀 나아지긴 했지만 실력이 좋은 자는 아냐."

"그럼 브룩 경은 어때? 이길 수 있어?"

선은 이길 수 있다고 말하려다 멈칫했다. 생각해 보면 제랄딘과 전력으로 대련을 한 지 좀 되었다. 지금은 어떨지 모르겠다.

"글쎄. 모르겠는데."

"질 것 같아?"

순수한 호기심을 드러낸 에버딘의 모습에 선은 문득 궁금해졌다. 그는 그녀를 빤히 쳐다보며 물었다.

"내가 이겼으면 좋겠어?"

그것까진 생각 안 해 봤는데. 에버딘은 느닷없는 그의 질문에 입을 다물었다. 사실 누가 이겨도 그녀는 상관이 없었다. 어차피 남의 일이니까.

에버딘은 누가 이겨도 신경 안 쓴다고 말하려다 방금 선이 부모의 행방을 찾아 줬다는 것을 떠올렸다.

"당연하지."

그녀가 대답한 순간 선은 자기도 모르게 숨을 내뱉었다. 그 말은 그녀의 대답을 기다리는 동안 숨을 멈추고 있었다는 말이 된다.

내가 왜 이러지? 그는 에버딘과 아네트의 응원을 뒤로하고 관람실을 나오며 인상을 썼다. 이까짓 시합에서 이기고 지는 게 뭐라고.

자신의 이름을 알리고 명예를 드높일 수 있는 일반 참가자와 달리 귀족에게 이 시합은 개인이나 집안으로는 별 의미가 없었다. 원래는 전쟁을 멈추기 위해 시작된 시합이었고 전투가 인간과 인간의 싸움이 아니라 인간과 몬스터의 싸움으로 넘어가면서 귀족이 무기를 쥐는 일은 줄어들었다.

하지만 여전히 시합이라는 형태로 귀족들이 과거에는 전쟁으로부터 나라와 백성들을 지킨 사람들이라는 것을 인식시키고 있는 것이다. 그런 의미로 매년 각 나라에서는 무기를 다루는데 출중한 실력을 가진 귀족들을 의무적으로 시합에 참가시키고 있었다.

"잠시 이곳에서 기다려 주십시오."

션이 일 층으로 내려가자 갑옷을 입은 병사가 그를 대기실로 안내했다. 지금 시합장은 일반 참가자의 준결승전이 치러지고 있을 것이다.

션은 준비된 의자에 앉아 에버딘을 떠올렸다. 시합장에서 사람들의 함성이나 비명이 울려 퍼졌지만 그의 귀에는 들려오지 않았다.

그가 전년도 우승자가 된 건 작년, 이 시합이 열린 세느랄에서 왕위 다툼이 있었기 때문이다. 많은 귀족이 죽었고 그 틈을 놓치지 않은 노헤임의 국왕이 션에게 요청했다.

바보 같은 짓이었다. 션은 그때 왕의 요청을 거절하지 않았던 것을 후회하며 한숨을 내쉬었다. 그때 거절했다면 지금 이길지, 질지 고민할 필요도 없을 텐데.

"공작님."

일반 준결승전이 끝이 났는지 병사가 션을 불렀다. 그는 말없이 일어나 병사의 뒤를 따랐다. 어두운 복도를 지나 시합장으로 나가자 일반 참가자들의 준결승전에서 얻은 흥분이 식지 않은 관람객들이 환호성을 질러댔다.

"우와아아아!"

"웨스트! 웨스트! 웨스트!"

"브룩! 브룩! 브룩!"

자신의 성을 부르는 사람들의 함성에 선의 인상이 일그러졌다. 그는 이런 게 정말 싫었다. 자신이 우리 안의 짐승이 된 기분이다.

하지만 제랄딘은 아니었다. 그녀는 지금의 이 상황을 즐기고 있었다.

그녀야 그렇겠지. 선의 기분이 삐딱해졌다. 증표가 눈에 띄지 않는 그녀는 우리 안의 짐승이 된 기분을 느낄 일이 별로 없을 것이다. 그녀뿐만 아니라 다른 가문도 마찬가지다.

선은 무표정한 얼굴로 관람객을 둘러봤다. 그의 붉은 눈동자가 향한 곳은 어김없이 침묵이 찾아왔다. 이게 낫다.

그가 그렇게 생각한 순간, 그의 관람실 안에서 고개를 내민 에버딘이 선의 눈에 들어왔다.

에버딘은 바보처럼 양팔을 들고 손을 흔들고 있었다. 응원이 아니라 마치 자신이 여기 있다는 것을 온몸으로 알리려는 것 같은 태도에 그의 입가에 저도 모르게 웃음이 터져 나왔다.

"바보 같긴."

"뭐가?"

맞은편에 서 있던 제랄딘이 그의 중얼거림을 듣고 고개를 돌렸다. 그녀의 시선에도 에버딘이 들어 왔다. 제랄딘까지 자신을 쳐다보자 에버딘은 더욱더 힘차게 손을 흔들기 시작했다.

"재미있는 사람이야."

제랄딘의 입가에도 미소가 떠올랐다. 무도회에서 있었던 일 때문에 허바드 백작에게 사과하러 갔을 때 두 사람이 공모해서 사건을 벌였다는 것을 들었다. 그리고 허바드 백작에게도 사과를 받았다.

덕분에 그녀도 빨간 리본과의 거래를 끊었다. 듣기론 대부분의 거래가 끊기고 직원도 몇 명 안 남았다고 한다.

"맞아."

선의 동의에 제랄딘은 자신의 귀를 의심했다. 그러고 보니 무도회에 에버딘을 데려온 사람도 선이었지. 에버딘의 집이 비어 있어서 혹시나 하고 그를 찾아갔을 때도 그는 그녀가 어디 있는지 정확하게 알고 있었다.

"역시 소문은 믿을 게 못 돼."

제랄딘은 그렇게 중얼거리며 자세를 바로 했다. 선이 마틴과 에버딘을 결혼시키려 했지만 에버딘이 마틴과 결혼하느니 죽겠다며 자살했다는 소문은 그녀도 들었다.

하지만 소문은 그걸로 끝나지 않았다. 에버딘의 부모는 선의 분노를 피하기 위해 도망쳤고 살아남은 에버딘을 선이 노예처럼 부리고 있다는 것까지 이어졌다.

물론 그건 가게에서 일하는 그녀를 보고 생긴 소문일 것이다.

하지만 직접 에버딘과 선을 곁에서 본 제랄딘이 보기엔 두 사람의 관계는 소문과 전혀 달라 보였다. 그녀는 선이 아네트가 아닌 다른 여자를 공식적인 자리에 데려오는 것도 처음 봤고 누굴 보고 웃는 것도 처음 봤다.

물론 그녀는 그의 친구가 아니니까 두 사람이 어떻다고 말할 수는 없지만 에버딘을 향한 선의 모습은 심상치 않아 보였다.

"누구한테 잘 보이려고 이 년 연속 우승자가 되겠는데?"

제랄딘의 빈정거림에 선의 정신이 번쩍 들었다. 그 순간 두 사람의 검이 부딪쳤다.

"탕!" 하는 날 없는 검이 부딪치는 소리와 함께 선의 눈초리가 차가워졌다. 확실히 그도 그걸로 고민했다. 이길 것인가 질 것인가.

원래 계획은 지는 거였다. 그래야 내년에도 또 이 멍청한 광대놀음을 하지 않을 수 있으니까. 하지만 에버딘이 그가 이겼으면 좋겠다고 말한 순간 마음이 흔들렸다.

"헛소리."

선은 그렇게 말하며 마주 댄 제랄딘의 검을 뿌리쳤다. 덕분에 정신이 번쩍 들었다. 그가 에버딘에게 호의를 보인 건 그녀가 처음 보는 사람이었기 때문이다.

자신의 능력이 안 통하는 사람. 그는 그런 사람을 살면서 딱 네 명 만났다. 그리고 다섯 명째는 없다.

에버딘을 향한 관심은 오직 그것뿐이었다. 그의 능력이 통하지 않는다는 것. 어쩌면 다른 사람들의 능력도 통하지 않을지 모른다는 것.

만약 에버딘이 다른 세 가문의 직계와도 관계가 없는데 그런 능력을 가진 거라면 세 가문 역시 그녀에게 관심을 가질 것이다. 선은 그 전에 에버딘의 호의를 사고 싶었다. 그래야 다른 가문들에게 그녀를 빼앗기지 않을 테니까.

그동안의 호의는 그걸 위한 거였다. 무도회에 데려가고, 옷을 선물하는 것과 새로운 음식을 연구할 수 있도록 그가 소유한 가게에 있는 모든 콩을 보내 주는 등의 행동들.

"아냐?"

날카로워진 선의 행동에 제랄딘이 뒤로 물러나며 물었다. 그 표정에 그는 얼마 전 베르트와의 대화를 떠올렸다. 베르트 역시 선이 에버딘을 마음에 들어 한다고 생각하고 있었다.

물론 그가 생각한 이유는 좀 달랐지만.

"아냐."

선은 단호하게 말하며 제랄딘의 검을 뿌리쳤다. 에버딘에게 호기심이 생기긴 했다. 그리고 그래. 베르트의 말대로 약간 마음에 들기도 했다. 그녀가 마틴과 결혼을 하느니 죽음을 선택할 만큼 마틴을 싫어한다는 점이.

하지만 내년에도 또 이 광대놀음을 할 정도는 아니었다.

선은 곧바로 제랄딘이 검을 찔러 오자 일부러 비틀거리며 뒤로 물러났다. 그리고 검을 떨어트렸다.

응원과 고함으로 시끄럽던 관람석이 한순간 조용해졌다. 그리고 다음 순간 사람들의 환호성이 울려 퍼졌다.

"브룩! 브룩! 브룩!"

제랄딘의 승리가 결정됐다. 그 순간 제랄딘은 검을 집어 던지며 소리쳤다.

"선 웨스트! 이 자식!"

*　　*　　*

　같은 시각, 선의 관람석에서 에버딘과 엘리스는 눈을 동그랗게
뜨고 제럴딘과 선의 경기를 지켜보고 있었다. 에버딘은 입을 딱 벌
리고 선을 쳐다보다가 아네트에게 물었다.

　"방금 선이 검을 집어 던진 거 맞지?"

　"응. 그럴 줄 알았어."

　"그럴 줄 알았다고?"

　아네트의 대답에 에버딘과 엘리스가 그게 무슨 소리냐는 표정을
지었다. 그녀는 두 사람을 향해 뽐내는 표정으로 말했다.

　"우승자는 내년에도 참가를 해야 하거든."

　그런데? 여전히 이해하지 못하는 두 사람을 위해 아네트가 답답
하다는 듯 말했다.

　"내년에도 시합을 해야 한다는 말이잖아."

　이 정도면 이해했지? 아네트는 그런 표정을 지었지만 여전히 두
사람은 모르겠다는 표정이었다. 아, 진짜. 그녀는 답답한 마음에 날
카롭게 말했다.

　"내년엔 크룀에서 열린단 말이야. 거기까지 다녀오는 데 시간이
걸리잖아. 오라버니에게는 다스려야 할 영지가 있고."

　단승 작위가 아닌 세습 작위 귀족들에게는 영지가 있다. 지금은
사교 시즌이기 때문에 수도에 머무르는 것뿐이고 영주들은 사교 시
즌이 끝나거나 혹은 그보다 더 빨리 자신의 영지로 돌아가 영지를
다스린다.

하지만 이번 시합에 이겨 버리면 우승자의 의무로 크럼까지 가서 경기를 해야 하는 것이다. 왕복 세 달이나 걸리는 크럼까지 다녀올 시간이 선에게는 없는 것이다.

"그럼 작년엔 왜 세느랄까지 가서 우승하고 온 거야?"

사소한 의문이 에버딘의 입 밖으로 흘러나왔다. 아네트는 뭐라고 말해야 할지 몰라 입을 다물었다.

솔직히 말하면 그녀도 잘 모른다. 선도 가고 싶어 하지 않아 했다. 하지만 국왕의 요청이었고 거절할 수 없다고 했다.

다행히 아네트가 그 대답을 모른다는 것을 에버딘이 눈치채기 전에 선이 관람실로 돌아왔다.

"어서 와."

에버딘은 좋은 자리를 마련해 준 선의 귀환을 반겼다. 중요한 건 그가 이겼느냐 졌느냐가 아니다. 그와 아네트의 호의로 좋은 자리에서 경기를 볼 수 있다는 점이다.

그녀의 마중을 받은 선의 움직임이 멈칫했다. 전부터 느낀 거지만 에버딘의 얼굴은 유독 밝게 보이는 경향이 있었다. 이건 붉은 머리카락과 초록색 눈동자 때문인 걸까. 선은 그녀의 얼굴을 물끄러미 쳐다보다가 휙 몸을 돌렸다.

그리고 그녀를 바라보지 않은 채 말했다.

"네 부모에게 데려다주지."

"지금?"

에버딘은 선의 태도가 약간 쌀쌀맞아졌다고 느끼면서 당황해서 물었다. 그의 태도가 갑자기 변하는 건 그다지 놀라운 일이 아니지만 아직 경기가 하나 더 남아 있다. 이 축제의 백미인 일반 참가자의 결승전이었다.

이걸 보기 위해 사람들이 다 경기장으로 몰려왔다고 해도 과언이 아니다. 그런데 그 경기가 시작되는 지금 가자고?

에버딘은 선뜻 선을 따라 일어나야 할지 아니면 마지막 경기를 보고 싶다고 해야 할지 망설였다. 그녀가 진짜 에버딘이라면 부모님을 먼저 만나고 싶어 했겠지.

그렇게 생각한 에버딘은 엘리스에게 말했다.

"나 먼저 갈 테니까 경기 마지막까지 보고 올래?"

엘리스의 시선이 선과 아네트를 향했다. 선은 에버딘과 함께 떠날 테니 아네트만 남는다. 하지만 엘리스에게는 아네트도 좀 무서웠다.

화려한 미인이라는 것과 별개로 아네트는 귀족 특유의 거만함과 남을 밀어내는 분위기를 가지고 있었다. 하지만 엘리스가 싫다고 말하기 전에 경기장에서 다시 함성이 울려 퍼졌다.

결승전을 치르기 위한 참석자들이 입장한 것이다. 에버딘은 경기장으로 나오는 카렌을 보고 깜짝 놀란 표정을 지었다. 당연히 대장인 베르트 쪽이 더 강할 줄 알았는데?

"갈 거야, 말 거야?"

선의 재촉에 에버딘은 그를 짜증 난다는 듯 노려봤다. 기껏 보라고 했으면 끝까지 보게 해 줄 것이지. 마음 같아서는 나중에 만나러 가겠다고 하고 싶지만 그녀가 진짜 에버딘이 아니라는 점 때문에 그럴 수가 없었다.

진짜 자식이라면 경기보다 부모를 먼저 만나고 싶어 하지 않을까. 한 번도 부모가 있어 본 적이 없었던 에버딘은 그렇게 생각하고 아네트에게 말했다.

"아네트, 엘리스가 여기서 같이 봐도 되지?"

에버딘의 질문에 아네트는 무표정한 얼굴로 고개를 끄덕였다. 어차피 웨스트가의 하인들도 창문 가까이에서 경기를 지켜보고 있다. 수습 하녀 하나가 따라왔다고 생각하면 어려울 일도 아니었다.

"엘리스, 구경 잘하고 이따 가게에서 보자."

에버딘은 그렇게 말하고 선의 뒤를 따라 관람실을 나섰다. 두 사람이 나가고 나서 얼마 되지 않아 제랄딘이 씩씩대며 찾아왔다.

"션 웨스트!"

벌컥 화를 내며 들어온 제랄딘의 방문에 아네트의 얼굴에 웃음이 떠올랐다. 그녀는 킬킬거리며 제랄딘에게 손짓했다.

"오라버니한테 당했네."

"치사하게 열 합은 맞추고 졌어야지!"

"제랄딘은 몇 번째에 지려고 했는데?"

아네트의 질문에 제랄딘의 입이 막혔다. 그녀는 아네트 곁으로 다가와 소파에 털썩 주저앉으며 말했다.

"일곱 번째."

검이 일곱 번 부딪쳤을 때 실수인 척 검을 내던지려고 했다. 선이 그렇게 빨리 검을 던져 버릴 줄은 몰랐다. 제랄딘의 대답에 아네트는 깔깔대고 웃었다.

그러자 머리를 쓸어 넘긴 제랄딘이 주위를 둘러보다가 물었다.

"웨스트 공작은?"

"어서 경 데려다주러. 그 여자 부모를 찾았대."

"아네트."

말조심해야지. 그 여자가 뭐야. 제랄딘의 가벼운 충고에 아네트의 눈이 샐쭉해졌다. 그녀가 좀 진정된 것 같자 하인이 차를 가져왔다. 제랄딘은 차를 받아 들며 엘리스를 한 번 쳐다보고 아네트에게 물었다.

"저 앤 에버딘이 데려온 애 아냐?"

"응. 오라버니가 갑자기 가자고 해서 어서 경이 저 애는 보고 가게 해 달라고 하더라고."

그러고 보니 결승도 안 보고 갔다. 제랄딘은 결승전을 한 번 쳐다보고 엘리스에게 시선을 돌렸다. 그러자 엘리스가 완전히 무아지경으로 카렌의 경기를 구경하는 게 보였다.

"결승도 보고 가게 하지 왜 그랬대."

그녀도 에버딘의 부모를 찾았다. 무도회 때 사건으로 신경 쓰여서 뭔가 도움이 되고 싶었었다. 하지만 말하지 않은 건 결승까지 다 보고 알려줘도 늦지 않다고 생각했기 때문이었다.

"몰라. 아까 시합 끝나고 와서 바로 데려가더라고."

평소와 달리 좀 더 쌀쌀맞긴 했지만 웨스트 공작은 대부분의 사람에게 쌀쌀맞다. 그렇기 때문에 아네트는 딱히 그 부분은 말하지 않았다.

덕분에 제랄딘은 전혀 다른 오해를 했다.

"어서 경에게 조금이라도 빨리 부모를 찾았다는 좋은 소식을 알려 주고 싶었나?"

그런가? 제랄딘의 지적에 아네트는 잠시 그런 분위기였는지 생각했다. 하지만 그런 분위기는 아니었다. 굳이 따지면 그녀의 오라버니는 빨리 일을 해치우고 싶은 느낌이었다.

"그건 아니었던 것 같은데. 그냥 어서 경을 내보내고 싶은 느낌이었어."

아네트의 말에 제랄딘의 미간에 다시 주름이 생겼다. 문득 그녀가 시합 중에 도발하자 선이 정색을 하고 검을 놔 버렸던 게 떠올랐다.

"어, 내가 괜한 짓을 했나 본데."

약간 미안한 어조로 하는 말에 카렌의 움직임을 쫓던 아네트의 시선이 제랄딘을 향했다. 제랄딘은 턱을 쓸며 말을 이었다.

"내가 웨스트 공작한테 어서 경에게 관심이 있냐는 식으로 물었거든. 그래서 기분이 상했나 본데."

여자는커녕 타인에게도 늘 쌀쌀맞던 사람이 특정 한 명에게 호의를 보이는 게 신기해서 물었던 건데 그게 선의 역린을 건드린 모양이다.

후회하는 제랄딘에게 아네트가 어깨를 으쓱이며 말했다.

"그건 아닐 거야. 오라버니는 그렇게 작고 약한 여자는 별로 안 좋아하거든."

"그래?"

어서 경이 작고 약하던가? 제랄딘은 아네트의 말에 이상하다고 생각했다. 무도회에서 허바드 백작과 같은 드레스를 입고 일부러 소동을 일으킨 에버딘 어서는 절대 약하지도 작지도 않았다.

하지만 아네트는 다시 경기장으로 시선을 던지며 무덤덤하게 말했다.

"오라버니는 좀 크고 강한 타입을 좋아할 거 같아."

션의 어머니가 그랬다. 루아나 웨스트. 검은 머리에 붉은 눈동자를 가진 철의 공작. 훤칠한 키와 일 미터짜리 검을 무기로 휘두르던 그녀의 모습은 공작이라기보다는 강력한 전사에 가까웠을 것이다.

그것도 그렇겠네. 제랄딘은 어릴 때 멀리서 본 적 있는 루아나 웨스트 공작을 떠올리며 고개를 끄덕였다. 확실히 루아나와 에버딘은 겉모습만은 완전히 반대다.

"여기야."

경기장을 벗어나 한참을 달린 마차가 멈춘 것은 수도의 외곽이었다. 에버딘은 이런 곳에 어서 남작 부부가 있다는 사실이 이해가 되지 않아서 천천히 마차에서 내렸다.

문득 그녀만 내려주고 션은 그대로 떠나는 게 아닌가 하는 걱정이 들었지만 다행히 션은 떠나지 않았다. 그는 에버딘보다 먼저 집으로 성큼성큼 다가갔다.

평범한 농가였다. 그래도 에버딘이 사는 집보다는 컸고 주변에 너른 땅이 펼쳐져 있었다. 이런 데서 살고 있다고? 머뭇거리는 에버딘을 돌아본 션은 그녀가 왜 당황하는지 알아차렸다.

어서 남작가의 저택은 수도에서 가장 좋은 저택은 아니지만 그럭저럭 괜찮은 저택이었다. 그리고 지금 그녀의 눈앞에 있는 집에 비하면 아주 훌륭한 수준이었다.

그런데 그 저택을 내버려 두고 이런 농가에 자신의 부모가 있다는 게 이상하게 느껴진 거겠지. 이건 마치 숨어 있는 것 같다.

하지만 무엇으로부터?

"두 사람 다 안에 있습니다."

선이 마당으로 들어가자 어디선가 나타난 그의 부하가 그렇게 말했다. 에버딘의 부모가 안에 있다는 말이다. 그는 고개를 끄덕이고 문을 두드렸다.

집 안에서는 경직된 침묵이 흘러나왔다. 안에 있는 사람들이 얼마나 긴장했는지 그게 선에게까지 느껴질 정도였다. 그리고 잠시 후 여자의 목소리가 들려왔다.

"누구세요?"

이제는 에버딘이 나설 때다. 선은 돌아보자 그녀가 조심스럽게 문 앞으로 다가가서 말했다.

"에버딘이에요."

다시 안에서 침묵이 흘러나왔다. 여기 있는 사람들이 진짜 내 부모님이 맞아? 그녀가 그런 의심을 품을 때쯤 안에서 문이 열렸다. 그리고 그녀보다 고작 몇 살 정도 많아 보이는 여자가 나왔다.

"어서 경?"

여자는 에버딘이 어떻게 여기에 와 있는지 모르겠다는 표정을 짓고 있었다. 이 여자는 누구지? 에버딘은 여자의 나이가 자신보다 고작해야 몇 살 많아 보인다는 점과 자신과 전혀 닮지 않았다는 점으로 하녀라고 판단했다.

하지만 다음 순간, 그녀가 집 안으로 몸을 돌리며 소리쳤다.

"어르신! 나와 보세요! 어서 경이 왔어요!"

다음 순간 안에서 중년의 남성이 비틀거리며 나왔다. 아버지다. 에버딘은 남자를 본 순간 알 수 있었다.

그만큼 그는 에버딘을 일부 닮아 있었다. 아니, 에버딘이 그를 닮은 거겠지.

비틀거리며 밖으로 나온 남자는 에버딘을 보자마자 믿을 수 없다는 듯 얼어붙었다. 하지만 그것도 잠시, 그의 얼굴이 일그러지더니 미소 비슷한 것을 만들어 냈다.

"에버딘!"

〈다음 권에서 계속〉